Doris Oetting

Das Föhr-Geheimnis

AF197347

Handlung und Figuren dieses Romans entspringen der Phantasie der Autorin. Darum sind eventuelle Übereinstimmungen mit lebenden oder verstorbenen Personen zufällig und nicht beabsichtigt. Nicht erfunden sind Institutionen und Schauplätze auf Föhr.

Originalausgabe Juli 2023

© Prolibris Verlag Rolf Wagner, Kassel
Tel.: 0561/766 449 0, Fax: 0561/766 449 29

Titelfoto © Martina Thewes, Hamburg
Schriften: Linux Libertine
Druck: OSDW Azymut

ISBN: 978-3-95475-246-1

www.prolibris-verlag.de

Doris Oetting

Das Föhr-Geheimnis

Inselkrimi

Prolibris Verlag

Die Autorin

Doris Oetting, geboren 1970, lebt im ostwestfälischen Minden. Neben Kurzkrimis in verschiedenen Anthologien veröffentlichte sie 2016 ihren ersten Roman, eine Familiengeschichte, die überwiegend in Travemünde spielt. Anschließend folgten zwei Sammlungen von Kurzgeschichten über unterschiedliche Themen des alltäglichen Lebens. 2018 erschien der Roman „Das Haus auf Föhr", in dem ein dunkles Familiengeheimnis aufgedeckt wird. 2020 folgte der Krimi „Kalte Liebe in Cuxhaven", der sich mit dem Thema Stalking beschäftigt und aufzeigt, dass man sein Vertrauen leider allzu oft den falschen Menschen schenkt.

Mit „Die Föhr-Affäre" kehrte Doris Oetting 2022 wieder auf ihre Lieblingsinsel zurück, diesmal mit einem Kriminalroman, dem nun ihr zweiter Inselkrimi »Das Föhr-Geheimnis« folgt.

Mehr Informationen zur Autorin findet man auf ihrer Website: www.doris-oetting.de

Liebe ist kein Solo.
Liebe ist ein Duett.
Schwindet sie bei einem,
verstummt das Lied.
(Adelbert von Chamisso)

Für meinen liebsten Duettpartner!

Prolog

Montag, 6. Februar, Elmshorn

Mona trommelte nervös mit den Fingern auf die Fensterbank. Nur aus dem Küchenfenster ihrer kleinen Wohnung konnte sie die Straße vor dem Haus beobachten. Jeden Moment würde Tom eintreffen. Inzwischen war bei seinen Besuchen eine gewisse Routine eingekehrt. Er kam immer montags und donnerstags gegen 19 Uhr. Zum hundertsten Mal überprüfte sie den Sitz ihrer Frisur in dem Spiegelbild der Fensterscheibe. Tom mochte es, wenn sie ihre schulterlangen blonden Haare offen trug. In den engen Jeans und dem schwarzen Shirt mit dem tiefen Ausschnitt sah sie sexy, jedoch nicht zurechtgemacht aus. Außerdem war sie barfuß, weil ihm ihre rot lackierten Fußnägel gefielen. Passend zu ihrem unauffälligen, aber dennoch perfekt durchdachten Ich-hänge-nur-so-zu-Hause-rum-Style hatte sie auf ein aufwendiges Make-up verzichtet und stattdessen nur roséfarbenen Lipgloss aufgetragen und ihre blauen Augen mit etwas Wimperntusche betont.

Ungeduldig wanderte Monas Blick die Straße entlang bis zur Kreuzung. Ein aufgeregtes und erwartungsvolles Kribbeln durchfuhr ihren Körper. Heute Abend würde sie dem Alleinsein, aus dem ihr Leben überwiegend bestand, wieder für ein paar Stunden entfliehen. Ihre Kolleginnen in der Spedition, in der sie als kaufmännische Angestellte arbeitete, hatten sich daran gewöhnt, dass Mona, die sonst bereitwillig jede Überstunde machte, sich zweimal pro Woche auf die Minute genau in den Feierabend verabschiedete. Vielleicht dachten sie, sie würde zum Sport gehen, um sich ihre knackige Figur zu erhalten, oder Kurse bei der

Volkshochschule besuchen oder was auch immer. Es spielte keine Rolle. Sie verstand sich blendend mit den vier Frauen aus dem Büro. Zu fünft verbrachten sie viele Mittagspausen und trafen sich hin und wieder mal abends, aber das war es dann auch schon. Was sie verband, war und blieb ein rein kollegiales Verhältnis und keine der Beteiligten hätte es mit Freundschaft verwechselt.

Die Abende verbrachte Mona überwiegend allein in ihrer Wohnung, las, sah fern oder ging früh schlafen. An den Wochenenden besuchte sie ihre Eltern, die noch immer in Lübeck wohnten, umgeben von unzähligen Andenken an ein glückliches Familienleben und die Zeiten, als auch Monas tödlich verunglückte jüngere Schwester noch lebte. Woche für Woche fuhr sie am Samstagvormittag die knapp hundert Kilometer in die Hansestadt. Sie erzählte dem Vater von ihrem Job und ließ sich von der Mutter bekochen. Bei sonnigem Wetter ging sie mit beiden im Stadtpark spazieren, spielte an Regentagen mit ihnen Karten oder Monopoly, übernachtete in ihrem ehemaligen Kinderzimmer und behielt alles für sich, was den Eltern Sorgen bereiten könnte. Und am Sonntagabend fuhr sie zurück nach Elmshorn. Die Freude in den alten und von der Trauer über den Verlust der jüngeren Tochter gezeichneten Gesichtern ihrer Eltern war jede Mühe und jeden gefahrenen Kilometer wert. Außerdem wartete zu Hause ja leider niemand auf sie.

Als Mona merkte, dass ihre Augen feucht wurden, wie immer beim Gedanken an ihre Schwester und ihre Eltern, blinzelte sie die Tränen weg und sah genau in diesem Moment, wie Toms Auto in ihre Straße einbog. Das Kribbeln auf ihrer Haut verstärkte sich und im Unterleib breitete sich ein erwartungsvolles Ziehen aus. Hätte ihr vor einem halben Jahr jemand gesagt, dass sie sich jemals auf einen verheirateten Mann einlassen würde, hätte sie aus tiefster Seele und mit der angemessenen Portion

Empörung widersprochen. Auch wenn sie, abgesehen von ein paar unbedeutenden Liebesabenteuern, seit Jahren Single war und mit inzwischen vierzig nicht mehr das, was man eine junge Frau nannte, hatte sie doch immer an ihren Prinzipien festgehalten. Bis sie Tom getroffen hatte.

Und jetzt war er da, die achtzig Kilometer von Neumünster bis zu ihr lagen hinter ihm. Er parkte, sprang aus dem Wagen und lief mit großen Schritten zur Haustür. Mona drückte den Türöffner, noch ehe er geklingelt hatte. Für ein paar Stunden konnte sie die Einsamkeit im Besenschrank einsperren und geborgen und geliebt sein wie Millionen andere Frauen. Bis zu dem unausweichlichen Moment, in dem er mit einem bedauernden Blick auf seine sündhaft teure, goldene Rolex verkünden würde, dass er zurück nach Neumünster fahren müsse. Tom vermied den Begriff *nach Hause* und dafür war Mona ihm dankbar. Sie wollte, dass er sich bei ihr zu Hause fühlte. Und sie war sicher, dass das in ihrer gemeinsamen Zeit in ihrer Wohnung, genauer gesagt in ihrem Bett, der Fall war.

Zwei Stunden später lag sie neben ihm und sah ihn an. Tom hatte die Augen geschlossen, aber das leichte Lächeln, das seine Mundwinkel umspielte, verriet ihr, dass er nicht schlief. Nach dem Sex, dem berauschenden, erfüllenden und unvergleichlichen Sex, lagen sie jedes Mal schweigend da und hingen ihren Gedanken nach. Hatte er in diesen Momenten Gewissensbisse, dachte er an seine Frau oder doch eher an berufliche Dinge? Mona fragte nicht danach. Viel lieber gab sie sich den Erinnerungen an den Abend ihres Kennenlernens hin.

Am Silvesterabend bei der Hauseinweihungsparty ihrer Kollegin Petra war sie buchstäblich in ihn hineingelaufen und hatte ihn mit dem Inhalt ihres Sektglases übergossen. In dem Moment hatte sie sich gewünscht, in dem edel gefliesten Küchenfußboden versinken zu können, aber Tom hatte nur gelacht und ihr sofort einen weiteren Sekt besorgt, um mit ihr auf den Schreck anzustoßen. So waren sie ins Gespräch gekommen. Mona war sich darüber im Klaren, wen sie vor sich hatte, denn der erfolgreiche und dazu überaus attraktive Bauunternehmer Thomas Lehbrink war durch seine außergewöhnlichen Projekte über die Stadtgrenzen Neumünsters hinaus bekannt. Er hatte auch in diversen Artikeln der *Elmshorner Nachrichten* bereits Erwähnung gefunden, und zwar immer mit Fotos. Petras Mann hatte beruflich mit ihm zu tun, was Toms Anwesenheit auf der Party erklärte. In Begleitung war er nicht. Mona hatte den ganzen Abend über mit ihm geredet, getrunken und getanzt. Nachdem Petra ihr zugeflüstert hatte, dass er verheiratet war, hatte sie sich nach Kräften dagegen gewehrt, sich in diesen für eine ernsthafte Beziehung aussichtslosen Kandidaten zu verlieben.

Am nächsten Tag hatte Tom ihr per Boten einen riesigen Rosenstrauß geschickt. Auf der beigefügten Karte stand: *Danke für den schönsten Abend seit langer Zeit.* Mona hatte daraufhin in seiner Firma angerufen, sich mit ihm verbinden lassen und sich artig für die Blumen bedankt. Und dann hatte sie seine Einladung zum Essen angenommen. Nie zuvor hatte sie einen Mann getroffen, der so charmant, gut aussehend, höflich, lustig und – perfekt war. Monas schlechtes Gewissen Toms Frau gegenüber hatte er binnen Sekunden zum Schweigen gebracht, indem er ihr traurig erzählte, dass es in seiner Ehe keine Liebe gebe, weil seine Gattin es von Anfang an nur auf sein Geld abgesehen habe. Solange er ihr den Geldhahn nicht zudrehe, interessiere Toms Frau sich nicht weiter für sein Leben. Was für ein berechnendes Luder, dachte Mona. Warum war diese Trulla nicht glücklich, einen Ehemann zu haben, noch dazu einen wie Tom. Mona hatte immer davon geträumt, zu heiraten, aber inzwischen waren die

Männer, die altersmäßig zu ihr passten, aus vielerlei Gründen uninteressant, weil zum Beispiel verheiratet, also zu meiden. Aber Toms Frau konnte sie nichts wegnehmen, was die gar nicht haben wollte. Am selben Abend hatte ihre Affäre begonnen, und Mona hatte sich vorgenommen, Mister Perfect Thomas Lehbrink zu zeigen, wie sich echte Liebe anfühlte.

Kapitel 1

Samstag, 20. Mai, Oevenum auf Föhr

Insa warf einen Blick auf ihren Wecker. Verdammt! Sie schlief noch immer nicht, dabei war es schon kurz vor zehn. Seit eineinhalb Stunden wälzte sie sich hin und her und grübelte. Dabei war ihr Leben so langweilig, ereignislos und eintönig, dass es gar nichts zum Grübeln gab. Das sollte ihr erst mal einer nachmachen, dieses ständige Nachdenken über nichts und wieder nichts.

Insa wusste, dass sie sich mit jeder Minute, die sie im Bett liegen blieb, und mit jedem Wechsel von der linken auf die rechte Seite und wieder zurück nur immer weiter vom Schlaf entfernen würde. Manchmal wäre ein Ehemann doch ganz praktisch, denn mit dem hätte sie sich jetzt unterhalten oder in der Küche eine warme Milch trinken können. Allerdings müsste es sich dafür um ein brauchbares Exemplar von einem Mann handeln und nach Insas Erfahrungen gab es das nicht. Sie hatte jedenfalls nie den Richtigen gefunden – sie hatte allerdings auch nie nach ihm gesucht.

Insa seufzte, kroch unter ihrer warmen Decke hervor, knipste die altmodische Nachttischlampe mit dem geschwungenen Messingfuß an und schlüpfte in die Pantoffeln. Auf dem Weg zur Schlafzimmertür nahm sie ihren zerschlissenen Bademantel vom Haken und zog ihn an. Dann schlurfte sie über den Flur in die Küche. Das grelle Licht von der Deckenleuchte, die sie genau wie das Haus und fast das gesamte Mobiliar von ihren Eltern übernommen hatte, ließ sie ein paar Mal blinzeln. Ihr kleines etwas windschiefes Kapitänshaus hier in Oevenum auf Föhr schien zu einer anderen Zeit zu gehören. Von außen wirkte es heimelig und gemütlich, und sie hatte oft erlebt, dass Spaziergänger mit einem Lächeln davor stehen blieben. Wenn die wüssten, dachte Insa.

Sie band den Gürtel des Bademantels zu und versuchte vergeblich, ihre kinnlangen, glatten und von zahlreichen grauen Strähnen durchzogenen hellbraunen Haare zu ordnen. Nachdem sie die Milch aus dem Kühlschrank geholt hatte, goss sie etwas davon in einen kleinen Topf und stellte den Herd an. Auf dem Küchentisch lag der Karton von der Pizza, die Insa sich zum Abendessen hatte liefern lassen. Schinken, Salami und Pilze – so wie immer. Früher hatte Insa manchmal für Arbeitskolleginnen gekocht oder für Männer, mit denen sie für ein paar Wochen zusammen gewesen war. Bei ihrer Arbeit als Küchenhilfe in einem Restaurant, das es inzwischen längst nicht mehr gab, hatte sie viel gelernt und die Gerichte zu Hause gerne nachgekocht. Sie war für ihre Kochkünste immer sehr gelobt worden, aber das alles war so lange her, dass es zu einem anderen Leben zu gehören schien. Nur noch für sich allein zu kochen, fand Insa unsinnig und überflüssig.

Insa stellte ihre Lieblingstasse bereit, ging hinüber ins Wohnzimmer und schaltete dort das Licht ein. Ihr Blick wanderte zu dem Sofa, auf dem seit Jahren niemand Platz genommen hatte, weil sie beim Fernsehen ausschließlich in ihrem abgewetzten Lieblingssessel saß. Auf der anderen Seite des Raumes befand sich der ehemalige Essbereich. Inzwischen war der große Tisch übersät mit Werkzeugen, da Insa ihn als Arbeitstisch nutzte. Es gab auch nur noch einen einzigen Stuhl. Besuch bekam sie fast nie, und wenn, gab es in der Küche genügend Platz und Stühle. Auf den Regalen an der Wand und auf dem Fußboden lagerten unzählige fertige Holzarbeiten. Seit frühester Kindheit hatte Insa gerne geschnitzt, und inzwischen war sie so perfekt darin, dass sie schon lange von diesem Kunsthandwerk leben konnte. Aus Zweigen, Ästen und kleinen Holzstücken erschuf sie die unterschiedlichsten Dinge, zum Beispiel Figuren für Puppenhäuser oder Spielzeugkreisel. Auch Becher und Schalen für verschiedene Verwendungen, Garderobenleisten und Dekorationsgegenstände entstanden unter ihren geschickten Händen. Alles in allem mehr Werke, als sie jemals verkaufen konnte. Aber womit sollte sie sich sonst beschäftigen? Das Schnitzen war Insas einzige Flucht aus der Eintönigkeit ihres Lebens, daher machte sie immer weiter. Wenn sie sich nicht mit ihren Schnitzarbeiten beschäftigte und sich dabei konzentrieren müsste, würden ihre quälenden Erinnerungen sie von innen zerfressen, dessen war sich Insa sicher.

Sie verkaufte ihre Werke hauptsächlich im Internet. Vor über zehn Jahren hatte sie jemanden damit beauftragt, einen Onlineshop für sie zu erstellen, den sie trotz magerer Computerkenntnisse im Griff hatte. Selten bot sie ihre Ware auf Märkten an, aber auch wenn Insa sich ihres Könnens durchaus bewusst war, gestaltete sich der direkte Kontakt mit ihrer Kundschaft schwierig für sie. Mit ihr entgegengebrachter Begeisterung oder überschwänglichem Lob wusste sie nicht umzugehen. Insa war geübt darin, Kritik einzustecken, Ungerechtigkeiten hinzunehmen,

Wutausbrüche auszuhalten und Lieblosigkeit als normal zu empfinden, denn all das waren die Pfeiler ihrer Kindheit gewesen. Das abweisende und wortkarge Verhalten, mit dem sie ihren Kunden auf dem Markt begegnete, hatte ihr den Ruf einer kauzigen Eigenbrötlerin eingebracht, was Insa traurig machte, aber sie konnte nun mal nicht aus ihrer Haut.

Seit sie erwachsen war, und das war sie schon lange, denn inzwischen war sie achtundvierzig Jahre alt, lebte sie ein einsames und überwiegend freudloses Leben. Natürlich gab es Zeiten, in denen Insa das Alleinsein zu schaffen machte und sie sich jemanden wünschte, mit dem sie Freude und Sorgen teilen könnte, aber dieser Wunsch war bisher unerfüllt geblieben. Wenn sie in Wyk war, beobachtete sie ab und zu das bunte Treiben auf der Promenade, sah junge Frauen und Männer, die voller Neugier, Hoffnungen und Pläne waren. Sie hatten Träume, denen sie nachjagten. Und sie hatten es immer eilig. Insa hatte es nie eilig. Die Langeweile und Einsamkeit ihres jetzigen Lebens hatten sie schon lange ausgebremst. Auch die jungen Leute, die jetzt noch durch ihr Leben hasteten, würden irgendwann Frust, Ängste, Kummer und Verluste erleben und eines Tages so müde sein wie Insa. Vielleicht war sie wirklich kauzig und verschroben und all das, was hinter vorgehaltener Hand über sie gesagt wurde. Aber rückblickend und mit dem Verstand einer erwachsenen Frau fragte sie sich, wie sie, geprägt durch ihre Kindheit, ein normaler Mensch hätte werden sollen. Was immer *normal* hieß.

Inzwischen war es halb elf. Insa hatte ihre heiße Milch getrunken, aber von der Müdigkeit, die sie dazu gebracht hatte, früh ins Bett zu gehen, fehlte jede Spur. Kurz entschlossen kehrte Insa ins Schlafzimmer zurück, zog eine alte Jeans, einen Kapuzenpullover und dicke Socken an. Obwohl die erste Hälfte des Wonnemonats Mai schon vorüber war, wurde es nachts noch recht kühl. Auf dem Flur schlüpfte Insa in ihre ausgetretenen, dafür aber bequemen Boots, zog ihren flaschengrünen Anorak an, nahm den Schlüssel vom Regal und verließ das Haus. Es war nicht das erste Mal, dass sie nachts durch die Gegend lief, um ihre Gedanken zu ordnen. Manchmal half es, das Karussell aus unschönen Erinnerungen zu stoppen.

Insa lief zügig den *Karkstieg* entlang. Sie war eine hochgewachsene Frau mit langen Beinen und entsprechend großen Schritten. Sie schaute nicht nach links oder rechts. Warum auch, es war dunkel und kaum jemand unterwegs. Trotz der körperlichen Anstrengung fanden Insas Gedanken erneut den Weg in die schmerzhaften Kindheitserinnerungen. Das passierte inzwischen nicht mehr sehr häufig, aber wenn sie einmal zurückgekehrt waren, verließen sie Insa nicht so schnell. Sie beschleunigte ihre Schritte. Schon nach wenigen Minuten war sie außer Atem, aber sie verlangsamte ihr Tempo nicht, denn sie wollte so erschöpft und müde wie möglich sein, wenn sie in ihr Haus zurückkehrte.

Wie lange war sie jetzt schon unterwegs? Sie hatte jedes Zeitgefühl verloren. Der Weg nach Nieblum war ihre bevorzugte Strecke für ihre häufigen spätabendlichen oder nächtlichen Spaziergänge. Sie traf keine Menschenseele. Obwohl – was war denn das da vorne? Insa kniff die Augen zusammen, als könnte sie dadurch besser sehen, und starrte angestrengt geradeaus. Vor ihr mitten auf der Straße war jemand. Eine Frau in einem eng anliegenden Kleid und mit hochhackigen Schuhen. Nicht gerade die richtige Kleidung für eine Nachtwanderung, noch dazu bei diesen kühlen Temperaturen. Sie lief, so schnell ihr unpraktisches Schuhwerk das zuließ.

War das nicht diese unfähige Zicke aus der Augenarztpraxis? Vor ein paar Wochen hatte Insa geglaubt, einen Holzspan im

Auge zu haben. Die starken Schmerzen, die Beeinträchtigungen beim Sehen und das Gefühl eines Fremdkörpers hatten sie sehr beunruhigt, also hatte sie sich sofort auf den Weg zum Augenarzt gemacht. Da sie aber keinen Termin hatte, war sie am Empfang sehr unwirsch und pampig behandelt worden. Sie solle einen Termin vereinbaren oder als Notfall ins Krankenhaus gehen, hatte die Arzthelferin gesagt und sich sofort dem nächsten Patienten zugewandt. Insa war nach Hause gegangen und hatte ihr Auge zigmal mit Wasser ausgespült. Die Beschwerden hatten sich daraufhin gebessert und waren in den folgenden Stunden ganz verschwunden, also war alles halb so wild gewesen, aber das konnte man ja vorher nicht wissen. Tja, dachte Insa, man trifft sich eben immer zweimal. Sie würde der blöden Praxiskuh, jetzt mal einen gehörigen Schrecken einjagen und sich damit verspätet für die Unfreundlichkeit revanchieren. Danach ging die bestimmt nie wieder nachts spazieren.

»Hey! Bleiben Sie stehen!«, rief Insa laut.

Die Frau blieb wirklich wie angewurzelt stehen und sah sich verwirrt nach allen Seiten um. Insa erkannte schockiert, dass es sich doch nicht um die Sprechstundenhilfe aus der Augenarztpraxis handelte. Dabei war sie so sicher gewesen. Mist! Die Blicke der beiden Frauen trafen sich. Am liebsten hätte Insa einfach kehrtgemacht, aber in den Augen der Fremden hatte Insa so viel Panik und Verzweiflung gesehen, dass sie die Sache nicht auf sich beruhen lassen konnte, so sehr sie es eigentlich auch wollte. Mit einem Seufzer setzte sie sich in Bewegung und ging langsam auf die Frau zu.

»Was machen Sie denn um diese Zeit mitten auf der Straße?«

Die Frau starrte stur geradeaus, als versuchte sie angestrengt, Insa zu ignorieren.

»Brauchen Sie Hilfe? Kann ich etwas für Sie tun?«

Unvermittelt drehte die Frau sich um und rannte davon. Langsam ging Insa die Sache auf die Nerven. Jetzt fing es auch noch an zu regnen. Sie lief der Verwirrten hinterher und schloss mit wenigen Schritten zu ihr auf. »Was stimmt denn nicht mit Ihnen?«, fragte sie nun schon etwas ungeduldiger.

Entgegen aller Erwartung lief die Frau nicht wieder vor ihr weg, sondern blieb stehen. Sie war nach Insas Einschätzung Ende dreißig oder Anfang vierzig. Ihr Kleid und die Schuhe sahen teuer aus. Die langen blonden Haare waren feucht vom Regen. In ihrem Blick lag eine beinahe greifbare Panik und sie zitterte am ganzen Körper.

»Kann ich etwas für Sie tun?«, wiederholte Insa ihre Frage und legte der Fremden vorsichtig eine Hand auf die Schulter. Eine Geste, die die Frau zusammenzucken ließ.

»Nein, ich ... es ist nichts ... es ist ... alles okay ...«, stammelte sie.

»Tja, ich sehe aber, dass irgendetwas nicht okay ist. Warum laufen Sie hier in der Dunkelheit herum? Und warum sind Sie so aufgewühlt?« Insa redete nie lange um den heißen Brei.

Die Frau schlang die Arme um ihren Körper, als wollte sie sich selbst Halt geben. Sie sah Insa an und die Tränen, die über ihr Gesicht liefen, vermischten sich mit dem Regen. Ihre Zähne schlugen aufeinander. Entweder weil sie entsetzlich fror oder weil sie unter Schock stand. Insa überforderte die Situation. Geduld und Einfühlungsvermögen waren nicht ihre Stärken und auf diese Frau musste sie so behutsam einreden wie auf einen kranken Gaul, um auch nur die geringste Information zu erhalten.

»Hören Sie, ich will Ihnen helfen, aber dafür muss ich wissen, was mit Ihnen los ist. Machen Sie Urlaub hier auf Föhr? Haben Sie irgendwo ein Zimmer gemietet? Sind Sie allein unterwegs? Soll ich ...« Insa verstummte, als sie sah, dass die Fremde mit dem Finger die Straße hinunter zeigte. Wegen der Dunkelheit und des Regens erkannte sie zwar nichts, aber sie ahnte, was die Frau andeutete.

»Ist da irgendwo Ihr Auto? Hatten Sie einen Unfall?« Die Frau nickte.

»Haben Sie die Polizei verständigt?« Die Frau schüttelte den Kopf.

»Haben Sie ein Telefon bei sich?« Insa verfluchte sich im Stillen dafür, dass ihr eigenes Handy zu Hause lag, aber wer konnte denn mit so etwas rechnen? Und für sich selbst brauchte sie es nicht. Es gab niemanden, den sie in einem Notfall zu Hilfe rufen könnte.

Die Frau schüttelte erneut den Kopf. Insa hätte sich am liebsten die Haare gerauft. »Ist noch jemand im Wagen?«

Jetzt nickte die Frau wieder.

»Dann lassen Sie uns doch hier nicht länger herumstehen!« Insa packte sie am Handgelenk und zog sie in die gezeigte Richtung. »Kommen Sie, wir müssen zurück zu Ihrem Auto und sehen, was da los ist.«

»Er ist tot«, sagte die Fremde so leise, dass Insa hoffte, sich verhört zu haben.

Kapitel 2

»Was haben Sie gesagt?«

Als die Frau nicht antwortete, packte Insa sie an beiden Schultern und schüttelte sie leicht. »Was Sie da eben gesagt haben, will ich wissen!« Aber ehe die Fremde antworten konnte, fügte

Insa hinzu: »Sie sind ja so durch den Wind, dass Sie gar nicht mehr wissen, was Sie sagen. Also, los jetzt!« Sie setzte sich in Bewegung und zog die Fremde hinter sich her wie ein verängstigtes Kind am ersten Schultag.

Nach wenigen Minuten tauchten am Anfang eines Landschaftswegs, der von der Straße abbog, die Umrisse eines Autos vor ihnen auf. Es stand ein paar Meter von der eigentlichen Straße entfernt. Die Fremde umklammerte Insas Hand jetzt so fest, dass es schmerzte. Je näher sie kamen, umso sicherer wurde Insa: Es handelte sich um einen schwarzen Jaguar, denn die markante Kühlerfigur hätte vermutlich jedes Kind erkannt. Er war unbeleuchtet und schien verlassen, aber auf den ersten Blick unbeschädigt.

Plötzlich riss die fremde Frau sich von Insa los und blieb von einem erneuten Weinkrampf geschüttelt stehen. Insa trat näher an das Auto heran. Der Wagen hatte nicht die geringste Beule, soweit sie das in der Dunkelheit sehen konnte. Wenn es eine Bremsspur gegeben hatte, so war sie in dem bereits vom Regen aufgeweichten Boden nicht mehr zu sehen. Was für ein seltsamer Unfall war das denn? Insa trat zur Fahrertür und spähte durch die Scheibe. Sie sah einen Mann, dessen Oberkörper reglos auf dem Lenkrad lehnte. Vorsichtig versuchte sie, die Autotür zu öffnen, was problemlos gelang. Sollte sie den Verletzten anfassen oder lieber nicht? Herrje, wenn sie doch nur ihre Erste-Hilfe-Kenntnisse irgendwann einmal aufgefrischt hätte!

»Ist im Auto irgendwo ein Handy? In seinem Jackett vielleicht?«, rief sie in Richtung der Fremden, die sich mit langsamen Schritten dem Wagen näherte.

Als sie endlich neben Insa stand und ebenfalls ins Auto sah, sagte sie monoton: »Er ist tot, das habe ich Ihnen doch schon gesagt.« Dann drehte sie sich zu Insa um und fügte hinzu: »Wir hatten keinen Unfall. Ich habe ihn ermordet.«

Insa wurde vor Entsetzen abwechselnd heiß und kalt. Sie nahm den Regen nicht mehr wahr und starrte die fremde Frau nur an, die aufgehört hatte zu weinen und zu zittern und auf einmal ganz ruhig wirkte. Sie musste sich verhört haben, unmöglich konnte die Frau gesagt haben, was Insa verstanden hatte. Mit einer Stimme, die ihr selbst fremd vorkam, fragte sie: »Was sagen Sie da?«

Statt zu antworten, drängte die Frau Insa sanft zur Seite, beugte sich in den Wagen, fasste den Mann an beide Schultern und lehnte seinen Oberkörper an die Rückenlehne. Sein Kopf kippte seitlich weg und sie bettete ihn behutsam an die Kopfstütze. Dann beugte sie sich über ihn und holte ihre Handtasche aus dem Fußraum auf der Beifahrerseite. Sie richtete sich mit ihrer Tasche im Arm wieder auf und trat zur Seite. Insa schnappte nach Luft bei dem Anblick, der sich ihr bot. Jetzt war sie es, die am ganzen Körper zitterte. Die Augen des Mannes waren weit geöffnet und blickten leblos, die Lippen waren blutleer. Über sein Kinn zog sich ein tiefer Kratzer und aus seiner linken Brust schaute eine silberne Nagelfeile heraus, die vermutlich im Herz steckte. Sein blütenweißes Hemd war rund um die Einstichstelle blutdurchtränkt. Es gab nicht den geringsten Zweifel daran, dass er tot war.

Eine Ewigkeit, die vermutlich nur aus wenigen Sekunden bestand, verging. Dann hörte Insa wieder die Stimme der fremden Frau dicht neben sich. »Sie können mir nicht helfen. Niemand kann mir helfen. Sie werden jetzt gewiss die Polizei verständigen.«

»Ich habe kein Handy dabei.«

»Dann gehen Sie nach Hause und telefonieren von dort. Ich warte hier.«

Insa erwachte aus ihrer Starre. »Sagen Sie mir, warum Sie das getan haben! Warum haben Sie Ihren Mann umgebracht?«

Die Fremde antwortete: »Tom war nicht mein Mann. Wir hatten nur seit einiger Zeit ein Verhältnis. Am Anfang war es wunderschön, aber dann nicht mehr. Ich weiß nicht, wie viele Male er mich verprügelt und vergewaltigt hat. Und heute wollte er es wieder tun, aber heute habe ich mich gewehrt.«

Insas Gedanken wirbelten wild durcheinander, aber sie bekam keinen einzigen zu fassen. Nur eines wusste sie genau: Sie glaubte der Frau jedes Wort. Ein Satz, den die verzweifelte Fremde gesagt hatte, lief nun in Insas Kopf in Dauerschleife: Ich weiß nicht, wie viele Male er mich verprügelt und vergewaltigt hat. Hätte Insas Mutter sagen können, wie oft sie in ihrer Ehe verprügelt und vergewaltigt worden war? Vermutlich nicht. Bestimmt hörte man auf, zu zählen, sobald man begriff, dass es sich nicht um die Ausnahme handelte, sondern um die Regel. In den Augen und der demütigen Körperhaltung der Frau erkannte sie ihre Mutter, die sich stets geduckt durch ihr Leben bewegt hatte. Ein Gefühl von Ekel stieg in ihr auf. Und der Mann, der direkt vor ihr mausetot in seinem Auto saß, war also vom gleichen Schlag wie ihr Vater. Ein echter Mistkerl. Ein charakterlicher Totalausfall. Und letztlich doch nichts weiter als ein bedeutungsloser Nichtsnutz, der sich aufspielte, indem er die Frau an seiner Seite erniedrigte.

Einerseits war Insa sich im Klaren darüber, dass sie den Mord umgehend der Polizei melden musste, damit die Täterin festgenommen wurde. Aber andererseits hatte dieser Typ doch gar nichts anderes verdient. Insa sah sich außerstande, in diesem Moment, mit der Leiche direkt vor ihrer Nase und der unglückseligen Frau neben sich, irgendeine Entscheidung zu treffen. Und es hatte ja alles überhaupt keine Eile. Dem Mann konnte nicht mehr geholfen werden.

Entschlossen schlug Insa die Autotür wieder zu, wischte sich reflexartig die Hände an ihren Hosenbeinen ab und sagte zu der

Fremden: »Wir müssen überlegen, was jetzt zu tun ist. Kommen Sie, gehen wir erst einmal zu mir nach Hause.«

Insa war sicher, dass die Frau ihr folgen würde, und das tat sie. Schweigend liefen sie den knapp vier Kilometer langen Weg zurück bis zu Insas Haus. Unterwegs begegnete ihnen niemand, was sowohl an der nächtlichen Uhrzeit als auch am Regenwetter liegen mochte. Als Insa mit kalten und klammen Fingern ihre Haustür aufschloss, war sie froh und erleichtert wie selten zuvor über ihr Zuhause. Sie zeigte der Fremden den Weg in die Küche. Dann verschwand sie selbst im Badezimmer, zog die nassen Sachen aus, trocknete sich ab und schlüpfte in den Hausanzug, der auf dem Badewannenrand lag. Als sie wenige Minuten später die Küche betrat, stand ihr nächtlicher Gast unschlüssig mitten im Raum, die Handtasche noch immer fest an sich gedrückt. Insa bedeutete ihr mit einer Geste, sich zu setzen. Die Frau tat es und stellte die Tasche neben ihren Stuhl. »Danke«, brachte sie mit klappernden Zähnen hervor.

»Mein Gott, Sie frieren ja!«

Insa ging hinaus und legte der Fremden ein Handtuch, einen Jogginganzug und Wollsocken ins Badezimmer. Nicht der neueste Trend, aber besser als in einem durchnässten Sommerkleid zu schnattern vor Kälte.

Zurück in der Küche schaltete Insa den Wasserkocher ein, um Tee zuzubereiten. Den hatten sie beide nötig. Wenig später stellte sie eine Tasse vor der Frau ab und musterte ihre Besucherin im Licht der Küchenlampe. Sie war gepflegt und gut aussehend, hatte eine makellose Haut und feine Gesichtszüge. Die von der Kälte geröteten Hände, die sie sofort dankbar um die Teetasse legte, sahen weich aus und die Nägel waren in einem unauffälligen Roséton lackiert. Insa brannte darauf, zu erfahren, wie es zu dem Mord gekommen war, aber sie gab der Frau Zeit, sich zu sammeln. In der Zwischenzeit freute sie sich im Stillen darüber, dass der Zufall ihr diesen nächtlichen Gast beschert hatte, um den sie sich nur allzu gerne kümmern wollte.

Nach einigen Minuten, in denen das von ihrem Kleid tropfende Wasser kleine Pfützen neben ihrem Stuhl bildete, straffte sie die Schultern und richtete sich etwas auf. »Danke, dass ich hier sein darf, Frau Walzmann«, sagte sie leise.

Insa war nicht erstaunt, dass die Fremde ihren Namen kannte, denn das große hölzerne Schild neben ihrer Klingel war kaum zu übersehen. »Nennen Sie mich Insa. Und wie heißen Sie?«

»Mona. Ich heiße Mona Menkwitz. Was soll ich denn jetzt nur machen?«

»Zunächst mal Tee trinken und ein bisschen zur Ruhe kommen, Mona. Es ist nicht gut, wichtige Entscheidungen zu treffen, wenn man so durcheinander ist wie Sie gerade.«

»Aber ich habe einen Menschen getötet.« Monas Augen füllten sich erneut mit Tränen, dabei hatte sie sich gerade erst ein bisschen beruhigt.

»Erzählen Sie mir alles ganz in Ruhe. Sagen Sie mir, was passiert ist und wie es zu dem ... äh, Unglück kam. Und dann finden wir gemeinsam eine Lösung. Einverstanden?«

Kapitel 3

Es vergingen weitere Minuten, in denen Mona in ihre Tasse starrte, als könnte sie dort die Lösung ihres Problems erkennen, wenn sie nur lange genug hineinsah. In Insas Innerem sorgte der

Tee für eine wohlige Wärme, die sie trotz aller Aufregung müde machte. Inzwischen war es schon Mitternacht, und Insa erinnerte sich nicht, wann sie zuletzt so lange wach geblieben war. Normalerweise ging sie gegen neun Uhr ins Bett. Selbst wenn sie, so wie heute, nicht sofort einschlafen konnte und eine Weile draußen herumlief, hatte die Nacht noch genug Stunden, denn vor acht Uhr morgens stand sie nie auf. Abweichungen von ihrem gewohnten Tagesablauf gab es nicht. Wer oder was hätte die auch hervorrufen sollen?

Bis auf wenige kurze Techtelmechtel in jüngeren Jahren war Insa immer allein gewesen. Es war wohl auch besser so. Dabei sehnte sie sich so sehr nach Gesellschaft, nach Freundschaft. Nach jemandem, dem sie etwas bedeutete und der ihr etwas bedeutete. Wie alt musste sie werden, um die Vergangenheit hinter sich zu lassen? Die gleichgültigen Blicke ihres Vaters nicht mehr zu sehen und das ablehnende Gekeife ihrer Mutter nicht mehr zu hören?

Manchmal machte das Leben sie so müde. Es gab nichts, worauf sie sich freuen konnte. Ihre Vergangenheit hatte sie oft so fest im Griff, dass sie die Gegenwart kaum wahrnahm und an die Zukunft keinen Gedanken verschwendete. Alles um sie herum schien Kraft und Lebensfreude zu haben, nur sie nicht. Die Kühe auf den Weiden, die Pferde auf den Koppeln, die Vögel in den Bäumen, die Möwen über der Nordsee, selbst die Pflanzen am Wegesrand und erst recht die Leute, die ihr begegneten. Wenn sie nachts unterwegs war, traf sie zum Glück kaum jemanden.

Trotz allem hatte sie nie darüber nachgedacht, von hier fortzugehen. Sie liebte die Insel und die Weite von Meer oder Wattenmeer. In Oevenum und den umliegenden Dörfern gab es jede Menge Natur und in der Inselhauptstadt Wyk bekam man alles, was man brauchte, und mehr als das; Insa benötigte wenig. Oft kam es ihr so vor, als verschonten die Widrigkeiten des Lebens und alle negativen Entwicklungen der Welt ihre Insel. Wenn es ein Paradies auf Erden gab, dann war es zweifellos Föhr, die *friesische Karibik*. Insa hatte großes Verständnis für die Touristenströme, die Jahr für Jahr auf die Insel kamen, um sich zu erholen, salzige und gesunde Luft zu atmen und ein bisschen heile Welt zu erleben. Auch wenn viele die Insel dabei nie richtig kennenlernten. Sie schlenderten bloß die Strandpromenade entlang, machten Halt an Waffel- oder Eisbuden, kauften Buddelschiffe oder Plüsch-Seehunde und saßen abends in Restaurants mit Messinglampen über den Tischen und Dekorationen aus Treibholz. Am liebsten mochte Insa den Herbst und den Winter, wenn kaum Touristen da waren, die Insulaner die Promenade für sich allein hatten.

»... wirklich Notwehr, das müssen Sie mir glauben!«

Oh je, jetzt hatte Mona Menkwitz endlich angefangen, zu reden, und Insa hatte nicht zugehört, weil sie so tief in ihren Gedanken versunken war. Reiß dich zusammen, ermahnte sie sich selbst. Zeig, dass du noch fähig bist, die Gesellschaft anderer Menschen zu ertragen und dich für sie zu interessieren.

Sie flüchtete sich in eine Notlüge. »Entschuldigung, ich bin manchmal ein bisschen schwerhörig. Was haben Sie gesagt?«

»Die Sache mit der Nagelfeile. Es war Notwehr. Mein ... Freund und ich, wir haben uns furchtbar gestritten. Wir haben uns eigentlich nur noch gestritten, wenn wir uns gesehen haben. Dabei hat vor fünf Monaten alles so schön angefangen, es war ... es war perfekt, wissen Sie?«

Insa nickte, obwohl sie es natürlich nicht wusste.

»Wir haben uns auf einer Party kennengelernt. Silvester war das. Tom war so charmant und weltmännisch und geistreich und witzig. Dazu noch so gut aussehend. Einfach ein Traummann. Ich wusste, dass er verheiratet war, aber seine Ehe war nicht glücklich, seine Frau wollte nur sein Geld und sein Ansehen, hat ihn aber nicht geliebt. Natürlich hatte ich ein schlechtes Gewissen, aber wenn sie ihn doch nicht geliebt hat?«

Mona sah Insa über den Tisch hinweg mit einem Blick an, der um Absolution bat, aber Insa brachte nur ein leichtes Lächeln zustande. Selbstverständlich war seine Ehe unglücklich und seine Gattin ein gefühlloses Monster, was sonst, dachte sie im Stillen. Wie naiv erwachsene Frauen doch im Überschwang der Gefühle sein konnten.

»Und wie ging es dann weiter?«, fragte sie, denn dummerweise saß der Traummann jetzt tot in seinem Traumauto.

»Die ersten zwei Monate war alles fast zu schön, um wahr zu sein. Tom besuchte mich so oft wie möglich. Ich wohne in Elmshorn und er in Neumünster, also musste er immer achtzig Kilometer hin- und wieder zurückfahren, um mich zu sehen, aber das hat ihm nichts ausgemacht. Er war so aufmerksam und interessierte sich einfach für alles, was ich dachte oder was mich beschäftigte. Er las mir jeden Wunsch von den Augen ab, führte mich in die tollsten Restaurants und sagte, dass jeder Tag ohne mich ein verlorener Tag sei. Und erst der Sex mit ihm … aber lassen wir das.«

»Ja, lassen wir das«, stimmte Insa zu.

»Tja, und Mitte März, da hat es dann angefangen.«

»Was hat angefangen?«

»Tom hat sich verändert. Er wurde zum totalen Kontrollfreak. Wollte über jede Minute meines Tagesablaufs Bescheid wissen. Er stand alle paar Tage unangemeldet vor meiner Tür. Wenn ich nicht da war, drehte er komplett durch, rief mich an und bestellte mich nach Hause wie eine Pizza vom Bringdienst. Und dann machte er mir mit wenigen Worten, aber umso mehr Brutalität klar, wie wütend ich ihn gemacht hatte. Er verbot mir, mich mit meinen Kolleginnen zu treffen oder am Wochenende wegzufahren. Ich sollte immer zu Hause und für ihn verfügbar sein. So hat er es wirklich genannt: verfügbar.«

»Und haben Sie sich etwa an seine Anweisungen gehalten?«, fragte Insa, die Monas Erzählung sehr an ihre Eltern erinnerte.

»Nein, aber ich habe Verabredungen so gelegt, dass Tom am Vorabend bei mir gewesen war, denn zweimal hintereinander kam er nicht nach Elmshorn. Und wenn er anrief, bin ich schnell an einen ruhigen Ort gegangen, damit ich sagen konnte, ich sei allein zu Hause. Da wusste ich noch nicht, dass er mein Handy ortete. Aber das hat er mir dann sehr bald verraten und verpasste mir eine Platzwunde und Würgemale am Hals.«

Kapitel 4

Insa ballte unter dem Küchentisch die Fäuste. Sie hätte am liebsten nicht länger zugehört, aber da sie noch immer nicht erfahren hatte, was vor wenigen Stunden am Straßenrand geschehen war, ertrug sie tapfer die Vorgeschichte und fragte: »Hat denn niemand Ihre Verletzungen bemerkt?«

»Nein. Mit verschiedenen Frisuren und großen Halstüchern kann man eine Menge verbergen. Ich habe mich zu sehr dafür geschämt, dass ich mich von einem Mann behandeln ließ wie der letzte Dreck. In wenigen Wochen war Tom vom charmanten Liebhaber zum brutalen Mistkerl geworden. Ich habe ihn nur noch zum Teufel gewünscht, aber vermutlich war er selbst der Teufel.«

»Ist das da auch von ihm?«, fragte Insa und zeigte auf eine Verletzung über Monas linkem Auge.

»Ja, die Schramme hat sein Ehering hinterlassen, als er mir vor zwei Tagen mehrfach ins Gesicht geschlagen hat. Ich habe versucht, sie geschickt zu überschminken. Tom hat es gehasst, durch sichtbare Verletzungen an unsere Zankereien, wie er es nannte, erinnert zu werden. Zankereien. Was für ein harmloses Wort für das, was sich bei jedem unserer Zusammentreffen abspielte.« Mona zupfte ihren Pony, so gut es ging, über den Kratzer und schüttelte den Kopf. »Wie konnte ich nur so dumm sein? Wie eine unerfahrene Sechzehnjährige bin ich ihm auf den Leim gegangen, durch sein gutes Aussehen, seinen Charme und seinen traurigen Dackelblick, wenn er über seine Ehe sprach. Nie hätte ich gedacht, dass seine liebevolle und fürsorgliche Art nur Show und er in Wirklichkeit ein Monster war, das mich wie ein Spielzeug behandelte und mich nach Lust und Laune benutzte oder in die Ecke pfefferte. Er war ein selbstverliebter Narzisst, um den sich immer alles drehen musste.«

»Warum haben Sie sich nicht von ihm getrennt?«, wollte Insa wissen.

»Das habe ich versucht«, antwortete Mona mit einem bitteren Lachen. »Immer wieder habe ich es versucht. Zuerst setzte es auch dafür nur Prügel«, sie malte bei den letzten beiden Wörtern Anführungszeichen in die Luft, »aber dann kamen die Drohungen und Vergewaltigungen. Er machte mir klar, dass er allein bestimmte, wie lange diese sogenannte Beziehung dauerte. An einem Montag sperrte er mich sogar in meiner eigenen Wohnung ein. Meinen Schlüssel, meinen Laptop und mein Handy nahm er mit. Einen Festnetzanschluss habe ich nicht und aus dem Fenster springen konnte ich auch nicht, ich wohne im vierten Stock.«

»Haben Sie nicht um Hilfe gerufen?«

»Nein, dazu habe ich mich zu sehr geschämt. Ich habe nicht damit gerechnet, dass er erst nach vier Tagen zurückkommen würde.«

»Vier Tage?« Insa war fassungslos.

Mona nickte und senkte den Blick. Es war ihr anzusehen, wie sie sich selbst dafür verachtete, wie sie sich hatte behandeln lassen.

»Und weiter?«, ermunterte Insa sie zum Weitererzählen.

»Nachdem ich fast eine ganze Woche unentschuldigt im Büro gefehlt habe und auch nicht zu erreichen war, wurde mir gekündigt. Es fanden ohnehin gerade Personaldiskussionen statt, also hat die ganze Sache dem Chef ziemlich in die Karten gespielt. Ich war am Boden zerstört und unglaublich wütend auf Tom, aber er hat nur gesagt, dass er den Unterhalt für mein kleines, unbedeutendes Leben locker aufbringe. Er hat mein Leben wirklich klein und unbedeutend genannt.« Mona schwieg einen Moment und rang um Fassung. »Er sagte, er könne seine Besuche bei mir nun praktischerweise noch flexibler gestalten, weil ich ab jetzt immer zu Hause sei. Er hat mir verboten, mir eine neue Stelle zu suchen. Und als ich ihm sagte, dass ich mir das nicht gefallen ließe, für mich selbst sorgte und auf jeden Fall arbeiten ginge, hielt er mir Fotos unter die Nase, die mich, wie soll ich es sagen, in sehr kompromittierenden Situationen zeigen. Die hatte er ganz am Anfang unserer Beziehung gemacht. Angeblich, um sich damit die Wartezeit bis zum nächsten Treffen zu versüßen. Aber dann benutzte er sie, um mich damit unter Druck zu setzen. Er wollte die Fotos an jede Firma schicken, bei der ich anfing. Und dann würde ich die Probezeit garantiert nirgends überstehen.«

»Und damit hatte er Sie genau da, wo er Sie haben wollte«, fasste Insa zusammen.

»Ja. Ich saß zu Hause rum und er kam vorbei, wann immer er Sex wollte. Schnellen, brutalen Sex. Nicht wie am Anfang. Auf einmal wollte er es *etwas härter*. Ich solle mich nicht so anstellen. Ich habe ihm damit gedroht, ihn anzuzeigen, aber darüber hat er nur gelacht, denn dann stehe mein Wort gegen seins und er habe überall hilfreiche Kontakte. Ich solle mich einfach damit abfinden, dass die Sache mit uns erst dann zu Ende sei, wenn er mit mir fertig sei.«

»Was für ein Arschloch«, entfuhr es Insa. »Und dann hat er beschlossen, mit Ihnen ein paar Tage hier auf Föhr zu verbringen.«

»Ja, er meinte, bevor er mit seiner Frau auf die Seychellen fliege und diese Affenhitze, wie er sich ausdrückte, ertragen müsse, wolle er ein bisschen frische Nordseeluft atmen. Und sich an mir so verausgaben, dass er die sexuelle Sendepause im ehelichen Urlaub leichter verkrafte.«

»Seit wann sind Sie denn hier auf der Insel?«

»Wir sind heute«, Mona warf einen Blick auf ihre Armbanduhr, »besser gesagt, gestern Vormittag angekommen. Ich hatte zwei Zimmer in einer kleinen Pension für uns gebucht. Normalerweise steigt Tom natürlich nur in den besten Hotels ab, aber er hatte die Wahl der Unterkunft mir überlassen, und ich dachte, eine Pension sei weniger anonym. Er müsste sich dort zusammenreißen, könnte mich nicht so brutal behandeln, weil das sofort auffallen würde. Ihm habe ich gesagt, dass ich mal für ein bisschen mehr Gemütlichkeit sorgen wolle. Leider wurde er furchtbar wütend, als er die Pension sah und meinte, ein bisschen Komfort habe noch niemandem geschadet, aber ich sei eben sogar für eine simple Zimmerbuchung zu blöd. Schließlich willigte er ein, für die paar Tage würde es schon irgendwie gehen, aber seine Laune besserte sich danach nicht mehr.«

»Ich will ja nicht neugierig sein«, murmelte Insa, »aber wieso haben Sie zwei Zimmer in der Pension gebucht? Das dürfte ihm nicht gefallen haben.«

»Im Gegenteil. Das war genau richtig. Tom hasste es, nachts nicht allein zu sein. Seine Frau und er hatten von Beginn ihrer Ehe an getrennte Schlafzimmer, hat er mir erzählt. Auch auf ihren Reisen übernachteten sie immer in getrennten Zimmern. Und bei mir in Elmshorn blieb er ja auch nie über Nacht. Er konnte angeblich nur gut und erholsam schlafen, wenn er allein war. Das war so eine Macke von ihm. Eine von vielen, wie ich inzwischen weiß. Er sagte immer, Frauen dürften ihn liebend gerne in sein Bett begleiten, sollten aber auch schnell wieder verschwinden.«

»Aha«, war alles, was Insa dazu einfiel.

»Nachdem wir also in unserer Pension eingecheckt hatten«, fuhr Mona fort, »standen am Nachmittag Termine mit einem Makler an, weil Tom sich für einige Grundstücke hier auf der Insel interessiert. Er ist Bauunternehmer, wissen Sie. Ich war nur als Deko dabei. Abends hat besagter Makler uns dann noch zum Essen eingeladen. Ein schmieriger Typ übrigens, der mir die ganze Zeit in den Ausschnitt gestarrt und blöde Witze erzählt hat.«

»Und dann haben Sie sich irgendwann auf den Heimweg zu Ihrem Quartier gemacht«, sagte Insa in dem Bemühen, die Geschichte etwas voranzutreiben.

»Ja. Und unterwegs gerieten wir wie so oft in einen Streit. Tom war wieder wütend auf mich, weil ich angeblich nicht nett genug zu seinem Geschäftspartner gewesen sei, mich zu wenig an der Unterhaltung beteiligt und stattdessen gelangweilt auf meinem Putenbruststeak herumgekaut habe. Aber was hätte ich denn zu diesem sehr speziellen Gespräch beitragen sollen? Jedenfalls ahnte ich schon, was noch passieren würde, und fing an zu zittern. Ich wusste, was es für mich bedeutete, mehrere Tage und Nächte am Stück mit ihm verbringen zu müssen. Tom bemerkte das Zittern meiner Hände, was ihn noch wütender machte. Also nahm ich die Nagelfeile aus meiner Handtasche, um mich irgendwie zu beschäftigen. Tom zählte mir während der Fahrt die widerlichen Dinge auf, die er mit mir vorhatte. Mir wurde ganz schlecht vor Angst. Zuerst wollte ich ihn anflehen, mir nicht mehr wehzutun, aber ich wollte mich nicht mehr klein, erniedrigt und wertlos fühlen. Also nahm ich all meinen Mut zusammen und schrie ihn an, dass er ein perverses Schwein sei und ich nichts mehr mit ihm zu tun haben wolle. Dass ich mit seiner Frau reden und ihr alles erzählen werde. Und dass mir die widerlichen Fotos egal seien, weil ich die Stadt und vielleicht sogar das Land verlasse und er mir dann nicht mehr schaden könne.«

»Wie hat er reagiert?«

»Er drehte komplett durch. Trat wie ein Verrückter auf die Bremse und hielt an. Ein Auto fuhr laut hupend an uns vorbei, weil wir die Straße blockierten. Daraufhin fuhr er genervt noch ein paar Meter in den Feldweg rein. Er brüllte mich an, was mir denn einfiele und wie ich mit ihm reden würde. Dann legte er eine Hand an meinen Hals und drückte zu. Das hatte er schon öfter gemacht, weil es mochte, Todesangst in meinen Augen zu erkennen. Er sagte, er habe immer schon mal über gewisse Grenzen hinausgehen wollen. Heute Nacht würde er sich nicht mehr zurückhalten und daran sei ich ganz allein schuld. Wenn es blöd für mich liefe, könne er mich einfach verschwinden und es wie einen Unfall aussehen lassen. Niemand dürfe ihm drohen, so eine kleine Schlampe wie ich schon gar nicht. In diesem Moment war ich sicher, dass ich die kommende Nacht nicht überleben würde.«

Mona verschränkte nervös die Finger. Ihr war deutlich anzumerken, wie die Erinnerung an das Gespräch ihr zusetzte. »Er umfasste meinen Kopf mit seinen Händen und drückte so fest zu, dass ich mich fühlte wie in einem Schraubstock. Dann zog er mich ganz nahe zu sich heran, seine Spucke flog mir ins Gesicht und ich sah den blanken Hass in seinen Augen. Ich wusste, dass ich zurückrudern musste, wenn ich diese Nacht überleben wollte. Also bat ich ihn um Verzeihung für mein Verhalten und gab vor, es einfach nicht auszuhalten, ihn mit seiner Frau teilen zu müssen, weil ich ihn so sehr liebte und brauchte. Ich sagte ihm, dass ich verrückt nach ihm sei und so scharf auf ihn, dass ich nicht mehr warten könne bis zu unserer Ankunft in der Pension, sondern hier und jetzt mit ihm schlafen wolle. Er glaubte mir natürlich jedes Wort, er hielt sich nun mal für den tollsten Kerl der Welt. Ich beugte mich zu ihm hinüber und öffnete seine Hose. Die Nagelfeile hatte ich in den Ärmel meines Kleides geschoben. Als er genüsslich den Kopf zurücklehnte und die Augen schloss, zog ich sie hervor und stach zu.«

»Hat er sich noch wehren können oder war er sofort tot?«, fragte Insa.

»Er ruderte noch kurz und unkontrolliert mit den Armen. Dann sah er mich für eine Sekunde überrascht an. Diesen Blick werde ich nie vergessen. Und dann hörte er auf zu atmen.«

»Da hatten Sie aber Glück, ihn gleich tödlich getroffen zu haben«, sagte Insa emotionslos.

Mona zuckte bei ihren Worten zusammen. »Oh Gott, wie sich das anhört, dass ich Glück hatte. Ich bin kein kaltblütiger Mensch, bitte glauben Sie mir, ich bin nicht so.« Sie lehnte sich erschöpft zurück und rieb sich mit beiden Händen übers Gesicht.

Insa schwieg und gab ihr Zeit, sich zu sammeln. Und sich selbst auch. Was für eine Geschichte. Sie horchte in sich hinein, um festzustellen, ob sie Mona für ihre Tat verachtete und Mitleid mit dem Opfer hatte. Aber das Gegenteil war der Fall. Sie verachtete das Opfer und ihr Mitgefühl galt Mona. Was für ein Martyrium hatte die Frau monatelang über sich ergehen lassen! Nichts als seelische Grausamkeiten, Schikane und Gewalt. Bis sie zuletzt sogar um ihr Leben fürchtete.

Insa entdeckte in diesen Erzählungen unzählige Parallelen zur Ehe ihrer Eltern, die von Hass und Gewalt geprägt gewesen war. Anders als dieser reiche Schnösel Tom hatte Insas Vater sein Geld als Hilfsarbeiter auf Baustellen verdient, war seit frühester Jugend dem Alkohol verfallen und hatte in seinem Leben nichts auf die Reihe bekommen. Die Schuld daran suchte er aber nie bei sich selbst, sondern bei allen anderen. Seine Unzufriedenheit ließ er nach Strich und Faden an Insas Mutter aus. Er unterdrückte und verprügelte sie und zwang sie zum ehelichen Sex. Genau wie die Frau, die Insa in diesem Moment an ihrem Küchentisch gegenübersaß, hatte ihre Mutter alles ertragen, sich nicht gewehrt und sich in ihr Schicksal ergeben. Und war dabei immer weiter abgestumpft. Insa hatte sich oft gefragt, warum ihre Mutter ihren Vater nicht verließ. Aber wie hätte sie das anstellen, wo leben sollen? Und wovon? Es waren andere Zeiten und Alleinerziehende waren in den 1970er- und 1980er-Jahren die Ausnahme und dadurch stigmatisiert. Hätte Insa mehr Verständnis für das duldsame Verhalten ihrer Mutter aufbringen müssen? Vielleicht. Aber für ihren Vater nicht.

Sie zwang sich, sich wieder auf die Gegenwart und Mona zu konzentrieren. Eine Welle von Sympathie für diese Frau durchflutete sie. Es wäre nicht fair, sie dafür zu verurteilen, dass sie ihre Qualen beenden und ihr Leben retten wollte. Dieser Tom hatte sich durch sein mieses Verhalten doch letztlich selbst eingebrockt, was mit ihm passiert war. In diesem Moment fasste Insa einen Entschluss: Sie würde Mona helfen. Sie würde die Spuren der Tat für sie beseitigen und ihr ein Alibi verschaffen. Und möglicherweise war dieses Drama der Beginn einer echten, tiefen und engen Freundschaft.

»Mona, hören Sie zu«, sagte sie und griff über den Küchentisch hinweg nach Monas Hand. »Ich helfe Ihnen.«

»Sie können mir nicht helfen. Was passiert ist, ist passiert.«

»Aber niemand außer Ihnen und mir weiß davon. Jedenfalls bis jetzt. Wir dürfen keine Zeit verlieren.«

»Was meinen Sie?«, fragte Mona argwöhnisch.

»Wir sorgen dafür, dass die Leiche Ihres Lieb..., äh, des Mannes nicht gefunden wird. Wenn die Polizei auf das Auto aufmerksam wird, ist es leer. Dann kann es viele Gründe geben, warum es dort auf dem Feldweg abgestellt wurde. Und Sie sagen, dass Sie den späten Abend und die Nacht hier bei mir verbracht haben. Wir überlegen uns noch, woher wir uns kennen könnten.«

Mona schüttelte den Kopf. »Das geht nicht. Ich bin ja schuldig, also muss ich für meine Tat geradestehen.«

»Und für den Mistkerl ins Gefängnis gehen? Wahrscheinlich für den Rest Ihres Lebens? Und das nur, weil er bekommen hat, was er verdiente? Soll er sogar jetzt noch über Ihr Leben bestimmen? Was haben Sie gewonnen, wenn Sie von einem Gefängnis ins andere gehen?«

Darüber schien Mona ernsthaft nachzudenken. Sie legte die Stirn in Falten und sah Insa einen Moment schweigend an. Dann sagte sie: »Aber wie soll ich weiterleben mit dieser Tat auf dem Gewissen?«

»Indem Sie verdrängen. Sind wir Menschen nicht Meister im Verdrängen? Ich helfe Ihnen, ich kenne mich bestens damit aus. Wir alle verbergen doch etwas hinter der Fassade, die wir der Welt präsentieren.«

Kapitel 5

Mona dachte angestrengt über Insas Worte nach. War es möglich, dass sie ungestraft davonkam? Und würde sie einen Weg finden, die Tat an den äußersten Rand ihres Bewusstseins zu drängen, um einigermaßen unbelastet weiterzuleben? Sie war von ihren Eltern im christlichen Glauben erzogen worden. Und hatte gegen das fünfte Gebot verstoßen und getötet. Andererseits hatte sie sich zur Wehr setzen müssen, um ihr Leben zu retten. Sie wusste, dass Tom skrupellos genug gewesen wäre, um sie zu töten. Er wäre womöglich wirklich ungestraft davongekommen und hätte schon bald ein neues Opfer für seine Brutalität und seine kranken Phantasien gefunden. Was sie getan hatte, war Notwehr gewesen. Ein Akt der Selbstverteidigung. Wer wollte ihr daraus einen Vorwurf machen?

Ja, sie konnte sich vorstellen, mit sich selbst wieder ins Reine zu kommen. Tom hatte ihr schreckliches Leid zugefügt, und sie hatte ihn getötet, um ihr eigenes Leben zu schützen oder zu retten. Sie hatte nicht kaltblütig, sondern aus allerhöchster Not heraus gehandelt. Und was sogar vor der Justiz einen großen Unterschied ausmachte, würde auch beim lieben Gott für Nachsicht sorgen, wenn sie eines Tages Rechenschaft über ihr Leben und ihre Taten ablegte. Um Reue zu empfinden, verabscheute sie Tom und sein Verhalten ihr gegenüber zu sehr. Und Mitleid hatte sie, wenn sie ehrlich war, nur mit sich selbst bei dem Gedanken, dass sie hinter Gittern landen würde, nur weil sie weiteren Misshandlungen und Vergewaltigungen und Schlimmerem zuvorgekommen war.

Diese Insa Walzmann strahlte so viel Besonnenheit und Tatkraft aus. Wenn sie Mona nicht verachtete, musste Mona sich selbst auch nicht verachten. Dann durfte sie sich ihr Leben zurückerobern, über das Tom so brutal gewacht hatte. Sollte sie ihr Schicksal in Insas Hände legen? Mona fühlte sich wie ein kleines Boot auf dem offenen Meer, das von den Wellen hin und her geworfen wurde und die Richtung verloren hatte. Es tat so gut, jemandem das Ruder zu überlassen, der die Nerven behielt und den neuen Kurs festlegte.

Bevor sie es sich wieder anders überlegte, sagte sie zu Insa Walzmann: »Was schlagen Sie vor?« Täuschte sie sich oder umspielte ein kleines Lächeln Insas schmale Lippen?

»Warten Sie kurz hier. Ich hole aus dem Schuppen hinter dem Haus ein paar Sachen und dann gehen wir zurück zum Auto.«

»Und dann?«, fragte Mona und zog fröstelnd die Schulter hoch.

»Das erkläre ich Ihnen noch. Wir müssen uns beeilen.« Mit diesen Worten rauschte sie aus der Küche.

Als Insa nach wenigen Minuten zurückkehrte, trug sie über dem Hausanzug eine Regenjacke, darüber einen Rucksack und an den Füßen Gummistiefel. Eine zweite Regenjacke und ein zweites Paar Stiefel hatte sie für Mona mitgebracht. Im spärlichen Schein des zunehmenden Mondes machten sie sich auf den Weg zurück zum Auto. Insa schob eine Schubkarre mit mehreren Decken und Planen und Mona trottete hinter ihr her. Zum Glück hatte es aufgehört, zu regnen. Beim Jaguar angekommen befiel Mona erneut Panik und Unsicherheit. Das alles war wie ein Albtraum, aus dem sie nicht aufwachte. Sie blieb in einiger Entfernung zum Wagen stehen und beobachtete, wie Insa Walzmann Einweghandschuhe überstreifte, die Fahrertür öffnete und sich ins Wageninnere beugte. Was machte sie da?

»Kommen Sie her, ich brauche Ihre Hilfe!«, hörte Mona in diesem Moment.

Alles in ihr sträubte sich dagegen, sich dem Auto zu nähern und sich dem Anblick von Toms Leiche auszusetzen, aber sie hatte Frau Walzmann überhaupt erst in diese Situation gebracht. Und sie half, anstatt sich rauszuhalten und Mona sich selbst zu überlassen.

»Aber ich trage keine Handschuhe«, wandte sie kurz ein. »Haben Sie noch ein Paar für mich?«

Insa drehte sich kurz zu ihr um. »Leider nicht. Ist aber auch egal. Nehmen Sie einfach seine Beine und passen Sie auf, dass Sie ansonsten auf der Fahrerseite nichts anfassen.«

Mona nickte und bückte sich, um Toms Unterschenkel zu umfassen. Dabei streifte ihr Blick kurz sein Gesicht, das sich in der Zeit, die sie in Insas Haus verbracht hatten, verändert hatte. Er sah aus wie eine der Figuren bei Madame Tussauds, was Mona die Sache etwas erleichterte. Gemeinsam und unter größter Anstrengung zogen sie den schweren, leblosen Körper aus dem Auto. So schnell sie konnten, zogen sie ihm vorsichtshalber das blutdurchtränkte Hemd aus, das Mona berührt hatte, als sie den Leichnam zurückgelehnt hatte. Insa knüllte das Hemd zusammen und ließ es in einer ihrer riesigen Jackentaschen verschwinden. Dann holte sie aus ihrem Rucksack Klebeband, Schere sowie eine Plane, die sie ausbreitete und auf die sie Thomas zog. Mona wandte sich ab, um dem Anblick der schaurigen Szene für einen kurzen Moment zu entfliehen. Der Moment währte leider nur kurz.

»Halten Sie mal!«, hörte sie Insa leise rufen.

Sie drehte sich um und sah das Paketklebeband auf sich zufliegen. Reflexartig fing sie die Rolle auf. Insa zeigte auf Toms Füße. »Zusammenkleben!«, befahl sie und Mona wagte keine Widerrede.

Gemeinsam wickelten sie Thomas Lehbrink ein wie einen überdimensionalen Wurm, bis nur noch seine Schuhe zu sehen waren. Natürlich ragte sein Körper weit über den Rand der Karre, aber sie verbargen ihn unter den mitgebrachten Decken, so gut es ging. Zum Schluss warf Insa eine sperrige LKW-Plane über die Schubkarre, sodass Toms Umrisse nicht mehr zu erkennen waren.

»Oh Gott, hoffentlich sieht uns niemand«, jammerte Mona.

»Ja, das hoffe ich auch«, gab Insa zurück. »Aber keine Sorge, nachts ist hier kein Autoverkehr. Und wenn doch, sehen wir das schon von Weitem. Dann schubsen wir die Karre aufs Feld, tun ganz harmlos und holen sie ab, wenn die Luft wieder rein ist.« Mit einem skeptischen Blick auf Mona setzte sie noch hinzu: »Jetzt bloß nicht die Nerven verlieren.«

Monas Zähne schlugen unkontrolliert aufeinander. Sie hätte nicht sagen können, ob das ihrer Panik geschuldet war oder der Witterung. Es war eine kalte Nacht und sie zog die Jacke enger um sich. Auch Insa hauchte in die kalten Hände, während sie Schubkarre und Ladung einem letzten prüfenden Blick unterzog. Trotz der kühlen Temperaturen war Insa ins Schwitzen geraten, denn auf ihrer Stirn glänzte ein feiner Schweißfilm. Aber das war wahrscheinlich normal, dachte Mona. Vermutlich brach den meisten Menschen automatisch der Schweiß aus, wenn sie einen Toten verschwinden lassen wollten und ihnen die Angst vor Entdeckung im Nacken saß.

Mit einer schnellen Bewegung holte Insa noch Lehbrinks Jackett vom Rücksitz und stopfte es mit in die Karre. Als Nächstes nahm sie einen Lappen aus ihrem Rucksack und fing an, die Sitzfläche, die Rückenlehne und die Kopfstütze des Fahrersitzes gründlich abzuwischen. Anschließend putzte sie den Türgriff der Fahrertür, das Lenkrad sowie die Mittelkonsole. Mona beobachtete alles irritiert. Als Insa fertig war, sagte sie an Mona gewandt: »Jetzt dürften auf der Fahrerseite keine Spuren mehr von Ihnen zu finden sein. Die auf der Beifahrerseite sind egal.«

»Wieso?«, fragte Mona.

»Weil ohnehin herauskommt, dass Sie in diesem Auto gesessen haben«, antwortete Insa.

»Wieso«, fragte Mona erneut und kam sich ziemlich dumm vor.

Insa sagte kopfschüttelnd: »Das ist doch ganz klar. Sobald die Polizei auf den Wagen aufmerksam wird, und das wird sie früher oder später, wird sie den Halter ermitteln. Das können wir auch nicht verhindern, indem wir seine Papiere mitnehmen oder womöglich noch die Kennzeichen abschrauben, denn jedes Fahrzeug hat eine Identifikationsnummer, die an mehreren Stellen zu finden ist. Und wenn sie weiß, auf wen das Auto zugelassen ist, findet sie heraus, wo er hier auf der Insel übernachtet. Und mit wem. Damit sind Ihre Spuren auf der Beifahrerseite zu erklären, die auf der Fahrerseite, die Sie bei Ihrer vorgetäuschten Verführung und dem Mord hinterlassen haben, wären es aber nicht.«

Bei dem Wort Mord war Mona zusammengezuckt. »Also muss ich der Polizei Rede und Antwort stehen«, krächzte sie, denn vor Angst gehorchte ihre Stimme ihr nicht.

»Früher oder später, ja«, sagte Insa. Dann nahm sie Mona die Klebebandrolle aus der Hand, packte sie zusammen mit der Schere und dem Lappen wieder in ihren Rucksack und griff beherzt nach der Schubkarre.

Insa schritt zielstrebig voran und Mona fragte nicht, wohin sie unterwegs waren. Wozu auch? Sie kannte sich auf der Insel ohnehin nicht aus. Sie stapfte wortlos hinter Insa her, die trotz der schweren Last in der Schubkarre ein zügiges Tempo vorlegte. Erst als Mona das Schweigen nicht mehr ertrug, sagte sie zu Insas Rücken direkt vor ihr: »Haben Sie eigentlich kein Auto?«

»Doch, warum?«

Mona klappte den Jackenkragen auf und zog fröstelnd die Schultern hoch. »Warum sind wir dann bei diesem Wetter zu Fuß unterwegs?«

»Das werden Sie verstehen, wenn wir angekommen sind.«

Mona wollte die Unterhaltung, wenn man es überhaupt so nennen konnte, gerne fortsetzen. Der Klang ihrer beider Stimmen wirkte beruhigend auf sie in dieser gespenstischen Situation. Weil ihr nichts anderes einfiel, sagte sie: »Ein Glück, dass er sich noch bewegen ließ, ich meine, wegen der Leichenstarre und so.«

Insa antwortete erneut, ohne sich umzudrehen. »Da haben wir wirklich Glück gehabt. Es ist jetzt halb drei, also ist er seit knapp vier Stunden tot. Die Totenstarre setzt etwa zwei Stunden nach dem Sterben am Kiefergelenk ein und breitet sich dann nach unten aus. Die komplette Starre ist ungefähr nach sechs bis acht Stunden erreicht, bis dahin müssen wir ihn los sein. Nach ein bis zwei Tagen löst sich die Leichenstarre zwar langsam wieder, aber ich wüsste nicht, wo wir ihn bis dahin zwischenlagern sollten. Außerdem geht es dann auch schon los mit den Zersetzungsprozessen im Körper und das möchten Sie sich bestimmt nicht ansehen.«

Mona schüttelte stumm den Kopf. Ihr war bei Insas detaillierten Schilderungen übel geworden, und sie verkniff sich die Frage, warum sie sich mit diesen Dingen so gut auskannte.

»Jedenfalls haben wir noch einen ziemlichen Weg vor uns und um fünf Uhr geht die Sonne auf«, erklärte Insa weiter. »Ein bisschen Morgengrauen schadet bei unserer Mission nicht, aber ich würde sie ungern bei Tageslicht zu Ende bringen.«

Mona nickte, obwohl ihr klar war, dass Insa das nicht sehen konnte, aber eine Erwiderung fiel ihr beim besten Willen nicht ein. In was für einer absurden Situation befand sie sich hier? Sie war Insa Walzmann von Herzen dankbar dafür, dass sie ihr beistand und half und damit Monas Problem selbstlos zu ihrem machte. Wie viele Menschen mochte es auf der Welt geben, die so handeln würden? Diese hagere, auf den ersten Blick mürrisch wirkende, aber herzensgute und hilfsbereite Person war Monas Lichtblick in dieser furchtbaren Nacht.

Schweigend liefen die Frauen weiter. Sie waren ungefähr eine Stunde auf Straßen und Wegen inmitten von Feldern und Wiesen unterwegs, als vor ihnen die Umrisse einer Person auftauchten, die direkt auf sie zukam.

Kapitel 6

Monas Herzschlag beschleunigte sich und ihr Mund wurde vor Schreck trocken. Was jetzt? Wer war dieser nächtliche Spaziergänger und warum war er um diese Zeit in dieser menschenleeren Gegend unterwegs? Dem Mann, denn als solcher war er inzwischen klar zu erkennen, wirbelten sicherlich dieselben Fragen durch den Kopf. Was machten zwei Frauen hier um diese Zeit, noch dazu mit einer voll beladenen Schubkarre? Der Spaziergänger schwankte bedenklich, näherte sich Insa und Mona aber mit jedem Schritt. Je näher er kam, umso deutlicher sah Mona, dass er sturzbetrunken war. Vielleicht, so hoffte sie, war er aufgrund seines Zustandes zu sehr mit sich selbst beschäftigt, um ernsthaft Notiz von ihnen zu nehmen. Leider erfüllten sich Monas Hoffnungen nicht.

»Insa, altes Haus«, lallte der Mann, »auch unnerwechs?«

Die Hände tief in den Taschen seines Anoraks vergraben, kam er die letzten Schritte auf sie zu. Er blieb direkt vor der Karre stehen und zwang Insa dadurch, ebenfalls anzuhalten, um ihn nicht anzufahren. Seine Beine steckten in ausgebeulten Cordhosen und seine Füße in klobigen und dreckverkrusteten Schuhen. Welche Farbe seine Kleidung hatte, war in der Dunkelheit nicht zu erkennen. Irgendwas zwischen grau und braun, vermutete Mona. Sein Gesicht war aufgedunsen, woraus sie schloss, dass sein heutiger Zustand keine Ausnahme war, sondern eher die Regel. Der Blick, mit dem er zuerst Insa, dann Mona und zuletzt die Schubkarre musterte, war glasig. Mona rutschte das Herz in die Hose. Insa und der Mann kannten sich, was in einem kleinen Dorf kein Wunder war. Bestimmt kannte hier jeder jeden. Sie warf ihrer neuen Bekannten einen verstohlenen Blick zu. In Insas Gesicht war nicht die geringste Spur von Nervosität, Unbehagen oder gar Überforderung zu erkennen. Woher nahm die Frau bloß ihre Gelassenheit? Entspannt und unaufgeregt lächelte sie den betrunkenen Mann an.

»Na, Bauer Staas? Wieder mal zu tief ins Glas geguckt?«

»Knut hat Geburstach, da gab's n Lütten. Kennste Knut?«

Mona blickte sich nach allen Seiten um. Ihr war schleierhaft, wo besagter Knut wohnen könnte, denn weit und breit gab es keine Häuser. Aber vielleicht war der volltrunkene Partygast längst vom Kurs abgekommen und hatte sich verlaufen.

Insa ging nicht auf die Frage ein. Stattdessen sagte sie: »Geh nach Hause und schlaf deinen Rausch aus! Deine Frau macht sich bestimmt schon Sorgen.«

Der Bauer lachte dümmlich. »Nee, machtse nicht. Der ist das ejal. Die schläft bestimmt schon. Aber morgen, morgen gibs orndlich was zu hörn.«

»Tja, da musst du dann wohl durch«, kommentierte Insa und wiederholte: »Geh nach Hause!«

Bauer Staas hatte entweder nicht zugehört oder er ignorierte Insas Aufforderung. Er starrte noch immer auf die Schubkarre und seine Miene drückte die pure Neugier aus. Er zog eine Hand aus der Jackentasche und ließ sie unentschlossen in der Luft schweben. Als er sie langsam ausstreckte, um eine der Decken in der Karre zu berühren, haute Insa ihm auf die Finger wie einem Kind, das beim Bonbonklauen erwischt wurde. »Das geht dich nichts an.«

Bauer Staas war nicht beleidigt. Er grinste breit und meinte: »Kann's mir schon denken. Hast Holz geklaut. Für'n Lembke-Hain hasse ja ne Genehmijung, aber heute warste wohl woanners, was?«

Insa antwortete nicht, legte aber vielsagend einen Finger an die Lippen. Bauer Staas gefiel sich scheinbar in der Rolle des Komplizen, denn sein Grinsen wurde breiter. »Ich sach nix. Kannst dich auf mich verlassn. Ich weiß es morgen bestimmt auch gar nich mehr.« Er lachte so laut und dröhnend, dass Mona zusammenzuckte. »Als Dangeschön gehste dann mal mit mir aus, nech, Insa? Dann mach ich mich auch janz schick zurecht.«

Insa verdrehte die Augen. »Ach ja? Als was?«

Bauer Staas runzelte die Stirn, verstand den Witz aber nicht. Insa fuhr fort: »Nur weil du dir eine Feder ansteckst, bist du noch lange kein Hahn. Lass gut sein.«

»Schade«, lallte er bedauernd. »Aber kannst dich trossdem auf mich verlassn. Ich nehm dein Geheimnis mit ins Grab.«

Bei dem Wort Grab drehte sich Mona der Magen um. Sie gab einen erstickten Laut von sich und zog damit Bauer Staas' Aufmerksamkeit auf sich. »Und wer bissdu?«

Bevor Mona antworten konnte, sagte Insa: »Eine Freundin, die ein paar Tage Urlaub bei mir macht. Und jetzt solltest du wirklich nach Hause gehen. Und wir auch.« Sie hob die Schubkarre an und nickte Bauer Staas zum Abschied zu. »Holl di munter!«

Er tippte zur Antwort an seine nicht vorhandene Mütze und setzte sich in Bewegung.

Insa stapfte weiter schweigend voran und Mona trottete ihr hinterher. Ihre innere Uhr sagte ihr, dass sie seit der Begegnung mit dem betrunkenen Bauern bereits wieder mindestens eine Stunde unterwegs waren. Die Straße, auf der sie sich bewegten, hieß *Strungwai*. Insa bog ab in Richtung Deich.

»Ist es noch weit?«, flüsterte sie.

»Gleich da«, gab Insa knapp zurück und steuerte auf einen Trampelpfad zu, der vermutlich auch bei Tageslicht nur für Ortskundige zu erkennen war. Sie verlangsamte ihr Tempo, weil das Schieben der Karre auf dem unebenen Boden beschwerlich war.

Plötzlich stoppte Insa so abrupt, dass Mona einen Aufprall nur gerade so verhinderte. Irritiert sah sie sich nach allen Seiten um. Bevor Mona fragen konnte, was los war, stellte Insa die Schubkarre ab, massierte sich die Handflächen und sagte: »Wir sind da.«

Mona ließ den Blick wandern und fragte sich, was Insa vorhatte. »Wo sind wir?«, fragte sie.

»Beim alten Megalithgrab. Das ist eine historische Grabkammer. Ziemlich passend, oder?«

Monas Blick folgte Insas ausgestrecktem Finger. Sie sah ein paar helle Steine inmitten der grünen Fläche und daneben eine Infotafel. Gespannt trat Mona näher. Das Licht des beginnenden Tages reichte gerade so aus, um den Text zu lesen: *Sie sehen hier ein rund 5000 Jahre altes Megalithgrab der jüngeren Steinzeit. Die 2 m lange Grabkammer bestand aus 4 großen gespaltenen*

Seitensteinen sowie 2 Endsteinen und war mit 3 flachen Steinen
abgedeckt. In diesem Dolmen war eine einzelne Person bestattet.
Dieses älteste auf Föhr erhaltene Grab befindet sich in Besitz des
Museumsvereins Föhr e. V. ...

Insa, die den verpackten Tom wieder am Kopfende gepackt hatte, sagte: »Einen besseren und passenderen Ort hätten wir kaum finden können, oder? Na los, packen Sie mit an, damit wir ihn zur letzten Ruhe betten können.«

»Passt er denn da rein?«

»Die Grabkammer ist einen Meter siebzig lang. Und viel größer ist er ja nicht, auch wenn er sich Ihren Erzählungen nach für den Größten hielt.«

Gemeinsam hievten sie ihre Ladung aus der Karre und legten sie vor das Loch, das den Eingang zur Grabkammer markierte. Dann knieten sie sich hin und schoben Toms Körper in die lange, dunkle, enge Höhle. Als das geschafft war, stopfte Insa noch das Jackett hinterher. Über der Wiese lag dichter Morgennebel. Mona hätte den Moment als mystisch, sogar malerisch oder gar romantisch beschrieben, wäre sie nicht zusammen mit einer Frau, die sie vor wenigen Stunden gar nicht gekannt hatte, einer so grauenhaften Tätigkeit nachgegangen. Ihr lief ein Schauer über den Rücken und sie hätte nicht zu sagen vermocht, ob es die Morgenkälte, die Übermüdung oder der Grusel war. Insa Walzmann hingegen arbeitete konzentriert und scheinbar emotionslos. Sie rupfte kraftvoll jede Menge Dünengras aus und schmiss es in das Loch, bis nichts mehr von dem schaurigen Paket zu sehen war. Aber wer wusste schon, wie es in ihrem Inneren aussah? Wieder dachte Mona darüber nach, dass diese Frau sich aus allem hätte raushalten und ihre Nachtruhe genießen können. Eine erneute Welle von Dankbarkeit wärmte für einen kurzen Augenblick Monas Herz.

Kapitel 7

Zwei Stunden später waren sie zurück in Insas Haus. Insa kochte frischen Tee und die beiden Frauen setzten sich erneut an den Küchentisch. Inzwischen war die Sonne aufgegangen, aber sie wurde von einem bewölkten Himmel verdeckt. Vor ihnen lag ein in jeder Beziehung trister Sonntag. Sie hatten kein Licht eingeschaltet, sodass es in der Küche ziemlich dunkel blieb. Mona hatte die Hände unter ihre Oberschenkel geschoben, um sie zu wärmen und das Zittern zu stoppen. Sie war bestürzt über alles, was in dieser Nacht passiert war, aber ihre Tränen waren versiegt und ihr Kopf leer. War es klug gewesen, Toms Leiche zu verstecken, anstatt sich der Polizei zu stellen? Es hatte sich so angenehm angefühlt, Insa alle Entscheidungen treffen zu lassen. Sich durch diese Situation, der sie nicht gewachsen war, treiben zu lassen und nur zu tun, was Insa sagte. War es möglich, dass sie in ihr Leben zurückkehren und einen Neuanfang wagen konnte? Oder hatte sie alles nur schlimmer gemacht, indem sie vor ihrer Schuld davongelaufen war und ihre Tat vertuscht hatte? Mona war zu keinem klaren Gedanken fähig. Außerdem waren diese Überlegungen sinnlos. Sie konnten Tom nicht wieder hervorzerren und zurück zu seinem Auto bringen. Die Würfel waren gefallen. Die Karten waren gemischt und sie musste ab jetzt mit dem Blatt spielen, das sie hatte.

»Was für eine Nacht«, seufzte Insa mitten in Monas Gedanken. »Und was für ein mieser Kerl!«

»Er war nicht immer so. Am Anfang war alles wunderschön, das sagte ich ja bereits.«

»Nehmen Sie ihn bloß nicht in Schutz! Das ist nun wirklich das Letzte, was Männer wie er verdienen. Diese Kerle kriegen viel zu selten Gegenwind.«

Insas heftige Reaktion ließ Mona vermuten, dass sie in ihrem Leben ebenfalls Pech mit einem Mann oder sogar mehreren gehabt hatte. War sie deshalb allein? Und hatte sie deswegen überwiegend emotionslos auf die Ereignisse der vergangenen Stunden reagiert? Mona ließ den Blick durch die Küche schweifen. Alles wirkte heruntergewohnt und wie aus einer vergangenen Zeit. Der alte Herd, die Schränke mit den ockergelben Oberflächen. Der Tisch, an dem sie saßen. Die Stühle, aus deren gepolsterten Sitzflächen stellenweise die Füllung quoll. Das Einzige, was einigermaßen modern war, war die riesige Gefriertruhe in der Ecke.

Um das Thema zu wechseln, wies Mona mit einer Kopfbewegung zur Fensterbank, auf der zwischen einigen Kakteen ein kleiner hölzerner Schornsteinfeger stand. »Ist das Ihr Glücksbringer?«

»Keine Ahnung«, antwortete Insa und sah die Figur nachdenklich an. »Das große Glück hat er mir bisher nicht gebracht. Wobei die Abwesenheit von Unglück schon Glück ist. Und unglücklich bin ich jedenfalls nicht.«

Nur ein bisschen seltsam, dachte Mona. Doch sofort schämte sie sich für den Gedanken, denn was hätte sie in dieser schrecklichen Nacht ohne die Hilfe von Insa Walzmann gemacht? Außerdem war eine etwas gefühlskalt wirkende, dafür aber hilfsbereite und anpackende Frau, die allein in einem windschiefen Kapitänshäuschen wohnte, kaum seltsamer als eine, die ihren Liebhaber erstach.

»Ich habe ihn selbst geschnitzt«, sagte Insa, deren Blick noch immer auf dem Schornsteinfeger ruhte.

»Echt?« Mona stand auf, ging zur Fensterbank und nahm die Figur vorsichtig in die Hand. »Das ist eine bemerkenswerte Arbeit.«

»Verstehen Sie was davon?«

Mona errötete leicht. »Nein, nicht wirklich. Aber ich habe einen Blick für schöne Dinge. Und in dieser Figur steckt so viel Liebe zum Detail. Die feinen Linien im Gesicht, die schwieligen Hände, die Falten in der Arbeitsjacke und das winzige Werkzeug. Wirklich beeindruckend. Mit solchen kleinen Kunstwerken könnten Sie glatt Geld verdienen.«

»Genau das tue ich«, gab Insa zurück, stand auf und bedeutete Mona, ihr zu folgen.

Sie öffnete die Tür auf der gegenüberliegenden Seite des Flurs und ließ Mona eintreten, die sich in einer Art Wohnzimmer wiederfand. Wenngleich es nicht viel Wohnliches in dem Raum gab. Mona hatte schon den Flur, die Küche und das Bad, das sie kurz aufgesucht hatte, dunkel und unbehaglich empfunden, aber dieses Wohnzimmer stellte alles in den Schatten. Und zwar im wahrsten Sinne des Wortes. Sie hatte nie zuvor einen Raum betreten, der noch dunkler und noch deprimierender war. Alles war aus dunklem Holz, die Wandvertäfelung, der Fußboden und die Deckenbalken, die bedrohlich über ihr schwebten. An einer Wand befand sich ein braunes Sofa, an einer anderen ein Tisch, auf dem ein Fernsehgerät stand. Gegenüber gab es einen klobigen Ohrensessel, ebenfalls in Braun. Die düstere und schwermütige Atmosphäre des Zimmers legte sich wie eine schwere, nasse Decke auf Mona, und sie fragte sich, wie Insa sich hier wohlfühlen konnte.

Insa stand in dem Bereich, der irgendwann einmal das Esszimmer gewesen war. Mona folgte ihr und betrachtete den großen Tisch, auf dem unzählige Werkzeuge lagen, die sie nie zuvor gesehen hatte. Die Regale an der Wand und der Fußboden waren übersät mit Holzarbeiten. Mona sah sich alles in Ruhe an und staunte über Insas künstlerisches Talent. Ihre Arbeiten zeugten von einem feinen Gespür für Formen und Proportionen. Wieso wendete sie dieses Gespür nicht an, um ihr Zuhause heller, geschmackvoller, gemütlicher, freundlicher zu gestalten?

Mona drehte sich zu Insa um. »Ihre Arbeiten sind wirklich beeindruckend. Ich bin begeistert. Und ich kann mir gut vorstellen, dass Ihre Kunden es auch sind. Werden die Kunstwerke in Läden auf der Insel angeboten?«

»Nein«, antwortete Insa. »Aber früher gab es hier in Oevenum den Kreativmarkt, da hatte ich regelmäßig einen Stand. Jetzt findet von Ostern bis Oktober jeweils donnerstags der Oevenumer Dorfmarkt statt, aber daran habe ich bisher nur selten teilgenommen.«

»Und wie sieht es in den anderen Orten aus?«

Insa überlegte kurz. »Tja, es gibt noch den Föhrer Kunsthandwerkermarkt. Der findet mal hier und mal da statt, der Veranstaltungsort wechselt jährlich. Aber um eine Teilnahme habe ich mich bisher nie bemüht. Ich verkaufe meine Sachen inzwischen überwiegend online über einen eigenen Shop.«

Das verblüffte Mona. Insa hatte auf sie nicht gewirkt wie eine Frau, die sich mit dem Internet beschäftigte. Sie ließ den Blick erneut durch das Zimmer wandern und entdeckte erst jetzt den Hocker neben dem Ohrensessel, auf dem ein Laptop lag.

»Also sind Sie voll und ganz Ihre eigene Chefin.«

Insa nickte.

Mona nahm ein Holzgestell aus dem Regal und drehte es in ihrer Hand. »Was ist das?«

»Ein Kenkenbuum.«

»Ein was?«

Insa lächelte, nahm Mona das Gestell ab und stellte es zurück ins Regal.

»Der Kenkenbuum ist ein runder, flacher Holzständer mit einem Rahmen außen, der jedes Jahr zu Weihnachten mit Buchsbaum umwickelt wird. Und dann werden Figuren aus Salzteig innen an die Stangen gehängt. Die haben alle eine spezielle Bedeutung. Ein Pferd steht zum Beispiel für Kraft und Ausdauer, ein Hund für Treue, ein Hahn für Wachsamkeit und eine Mühle für den Ackerbau. Am Fuß des Kenkenbuums werden Adam und Eva aufgestellt. Dieser gebackene Baumschmuck heißt Kenkentjüch. Dazu kommen noch Kerzen, damit es schön festlich aussieht.«

»Was für eine schöne Tradition«, sagte Mona und trat näher an den großen Tisch. Dort sah sie sich die Werkzeuge an. »Sind das alles Schnitzmesser? Ich wusste nicht, dass es so viele verschiedene gibt.«

»Oh, ja! Und jedes wird für einen anderen Arbeitsschritt verwendet. Es gibt flache oder runde Messer, außerdem welche mit U-Form und welche mit V-Form. Das mit der V-Form nennt man auch Geißfuß, ist das nicht lustig?«

»Ja, sehr lustig«, behauptete Mona, obwohl weder sie noch Insa lachten.

Die kurze Ablenkung hatte beiden eine kleine Verschnaufpause verschafft, aber zumindest Monas Gedanken begannen schon wieder, sich um die Ereignisse der Nacht zu drehen. Lieber schnell zu dem Thema zurückkehren, deshalb fragte sie Insa: »Aus welchem Holz sind Ihre Arbeiten?«

»Linden- oder Kiefernholz ist am besten geeignet, weil es schön weich ist. Ahorn gehört zu den mittelharten Hölzern, aber damit funktioniert es auch noch ganz gut. Buche und Eiche sind dagegen völlig ungeeignet, denn die sind aus hartem Holz. Genau wie ich.« Insa lächelte, aber ihr Gesicht sah dabei aus, als hätten ihre Mundwinkel sich lange nicht mehr in diese Richtung bewegt.

»Man darf aber nicht einfach so Holz sammeln, wo man möchte«, fuhr sie fort. »Ich habe eine Genehmigung für meinen absoluten Lieblingsplatz auf der Insel, den Lembke-Hain in Wyk.

Also hole ich mir dort regelmäßig das sogenannte Leseholz. Aber gehen wir zurück in die Küche.« Insa knipste das Deckenlicht über ihrem Arbeitstisch aus. »Möchten Sie noch einen Tee? Oder haben Sie vielleicht Hunger?«

Mona unterdrückte ein Gähnen. »Nein, vielen Dank. Ich sollte mich jetzt auf den Weg in die Pension machen. Ich habe Sie nun wohl lange genug belästigt.« Belästigt? Was redete sie denn da? Sie hatte Insa nicht belästigt, sie hatte sie belastet, und zwar mehr, als man es einem Verwandten oder engen Freund zumuten würde. »Ich danke Ihnen für alles. Für Ihre ... Sie wissen schon.«

»Ja, ich weiß schon.«

»Wie weit ist es bis Nieblum? Dort befindet sich die Pension. Kann ich zu Fuß gehen?«

»Eine knappe Stunde müssten Sie laufen. Ich kann Sie aber auch mit dem Auto hinbringen. Wo wohnen Sie denn da?«

»Die Pension heißt *Haus Marina*. Und die Wirtin ist eine Frau ...« Mona überlegte.

»Mortensen. Ich kenne Greta Mortensen und ihre Pension, aber ich habe ohnehin eine bessere Idee.«

Mona sah sie fragend an.

»Warum bleiben Sie nicht einfach hier und schlafen erst mal ein bisschen? In der Pension erinnert Sie doch nur alles an Ihren ... an ihn. Und unter uns: Greta Mortensen ist nicht gerade dafür bekannt, sich aus den Angelegenheiten ihrer Gäste rauszuhalten, wenn Sie wissen, was ich meine. Es ist jetzt ...« Insa sah auf die Küchenuhr an der Wand, »kurz vor sieben. Wenn Sie im *Haus Marina* morgens gegen acht Uhr am Sonntagmorgen auftauchen, ohne Ihren Begleiter, in Ihrer Kleidung von gestern, einem schicken Kleid, mit hohen Schuhen und rot geweinten Augen, werden Sie womöglich in Erklärungsnot geraten. Und das möchten Sie doch nicht, oder?«

»Auf keinen Fall. Aber ich kann unmöglich noch länger hierbleiben. Sie haben schon so viel für mich getan.«

»Ach was! Sie haben sich von einem Ekelpaket befreit, das Ihnen Ihr Leben zur Hölle gemacht hat. Und ich habe Ihnen lediglich dabei geholfen, dafür nicht auch noch bestraft zu werden. So einfach ist das. Wo kommen wir denn da hin, wenn man ins Gefängnis muss, nur weil man selbstbestimmt leben will.«

Insas Logik klang so einleuchtend und klar. Mona wünschte sich nichts sehnlicher, als die Dinge genauso sehen zu können. Ob ihr das jemals gelingen würde?

»Kommen Sie! Direkt neben meinem Schlafzimmer ist ein Raum, den ich kaum nutze. Dort steht ein Schlafsofa, sodass wir im Handumdrehen ein Bett für Sie herrichten können.«

Ohne eine Antwort abzuwarten, ging Insa voraus. Monas Beine waren inzwischen schwer wie Blei und die Augen fielen ihr fast schon zu. Der Gedanke an einen einstündigen Fußmarsch nach Nieblum oder eine Autofahrt und ein anschließendes anstrengendes Gespräch mit einer geschwätzigen Pensionswirtin machte sie fast verrückt. Die Aussicht, sich innerhalb der nächsten Minuten in ein Bett zu legen und einzuschlafen, war hingegen extrem verlockend.

Im nächsten Moment trottete Mona schon hinter Insa her und betrat das Zimmer, das Insa Walzmann ihr anbot. Es handelte sich um einen kleinen, spärlich möblierten Raum mit einem Linoleumboden, auf dem ein dünner, brauner Teppich lag, grün gestrichenen Wänden und einem winzigen Fenster. Das Sofa, das Insa erwähnt hatte, stand links. Auf der anderen Seite gab es eine große Truhe, daneben einen verschlissenen Sessel. In der Ecke fristeten ein Staubsauger, ein Schrubber neben einem Eimer und ein zusammengeklapptes Bügelbrett ihr Dasein. Das war alles. Von Gemütlichkeit gab es auch hier keine Spur, aber wenigstens wirkte der Raum nicht so bedrückend wie der Rest des Hauses.

Mona sah Insa dabei zu, wie sie das Schlafsofa ausklappte, ein Kopfkissen und eine Decke aus der Truhe nahm und in frische Bezüge stopfte, die sie aus einem anderen Zimmer geholt hatte, zusammen mit einer Stehlampe, die den Raum in fahles Licht tauchte.

»Frische Handtücher sind im Bad im Regal. Ich habe Ihnen auch eins meiner Nachthemden hingelegt. Nicht ganz Ihr Stil, fürchte ich, aber besser als nichts. Brauchen Sie sonst noch etwas?«

»Nein, vielen Dank. Sie sind so freundlich und hilfsbereit. Ich weiß gar nicht, was ich sagen soll.«

»Dann sagen Sie einfach gute Nacht, so wie ich«, sagte Insa und versuchte sich erneut an einem Lächeln. »Schlafen Sie gut. Oder so gut es eben geht.«

Mona nickte und Insa verschwand nebenan in ihrem Schlafzimmer und schloss die Tür.

Kapitel 8

Insa lief aufgewühlt in ihrem Zimmer auf und ab. Ihre Finger umklammerten die Nagelfeile, mit der Mona ihren Liebhaber getötet hatte. Warum sie die Tatwaffe an sich genommen hatte, anstatt sie zusammen mit der Leiche zu verstecken, wusste sie selbst nicht. Vielleicht weil sie nie zuvor eine so aufwendig verarbeitete, stabile Nagelfeile gesehen hatte. Sie war recht lang, lief oben spitz zu, hatte einen goldenen, kunstvoll verzierten

Griff und sah teuer aus. Bestimmt war sie sehr alt. Möglicherweise ein Erbstück von Monas Mutter oder Großmutter.

Insa hatte von ihren Eltern nur das Haus geerbt, das bis unters Dach mit schmerzhaften Erinnerungen vollgestopft war. Sie hätte es lachenden Herzens hergegeben für etwas Persönliches wie eine Nagelfeile, die ihre Mutter ihr bewusst und voller Zuneigung hinterlassen hätte, als posthumen Beweis ihrer Liebe. Aber es gab nichts dergleichen. Trotzdem hatte Insa es nie übers Herz gebracht, ihr Zuhause zu verkaufen und sich eine andere Bleibe zu suchen. Man konnte ohnehin nicht vor seinen Erinnerungen davonlaufen. Das Haus zu bekommen, war der natürliche Lauf der Dinge. Ihre Eltern hatten es weder beschlossen noch fürsorglich gemeint, sie war als Einzelkind automatisch die Erbin.

Insa hockte sich auf die Bettkante und strich zum wiederholten Mal über die filigranen Verzierungen am Griff der Feile. Sie wusste, dass sie dabei war, Monas Fingerspuren zu vernichten und mit ihren eigenen zu überdecken, aber sie konnte nicht aufhören, das schöne Stück zu berühren. Nach wenigen Sekunden sprang sie wieder auf und lief erneut auf und ab. Es waren nicht die Geschehnisse der letzten paar Stunden, die sie so aufwühlten, sondern ein Gedanke, der seitdem in ihr reifte.

Sie hatte Mona Menkwitz aus tiefster Überzeugung geholfen. Denn sie beide verband etwas. Ihnen beiden war Liebe verwehrt worden. Mona von einem Mann, der sie mit seinem Charme eingewickelt und dann sein wahres Gesicht gezeigt hatte, und Insa von ihren eigenen Eltern. Warum hatten sie ihre Tochter nicht geliebt, wie die Natur es doch vorgesehen hatte? Aber Insa war ein unerwünschtes Kind gewesen, was ihre Mutter ihr auch regelmäßig unter die Nase rieb, während ihr Vater fast gar nicht mit ihr redete. Damit nicht genug, war sie sogar in einem gewalttätigen Akt gezeugt worden an einem der zahlreichen Abende, an denen er wie so oft betrunken und brutal seine ehelichen Rechte einforderte, sogar das hatte ihre Mutter verraten. Von dem Moment an, als sie von ihrer Schwangerschaft erfuhr, hatte sie das kleine Wesen abgelehnt, das in ihr heranwuchs. Insa hatte vor langer Zeit gelesen, dass Embryos im Mutterleib genau spürten, ob sie erwünscht waren und sehnlichst erwartet wurden oder nicht. Selbst die Art der Zeugung, zärtlich und liebevoll oder kalt und gefühllos, wurde vom Embryo abgespeichert. Die Chinesen zählten sogar zu den Jahren, die ein Mensch auf der Welt war, ein weiteres Lebensjahr hinzu, in das die Zeit der Schwangerschaft fiel, weil die Empfindungen des Embryos in diesen Monaten so wichtig und prägend waren. Für Insas Eltern aber war die Gleichgültigkeit ihrem Kind gegenüber die einzige Gemeinsamkeit. Noch immer konnte Insa im Geiste das Geschrei ihres Vaters hören und die vor Angst geweiteten Augen ihrer Mutter sehen. Oh, wie schwach sie gewesen war.

Mona Menkwitz war auch schwach, aber in dieser Nacht hatten die Angst und der Wille zu überleben überwogen. Sie hatte sich befreit. Danach war sie zwar zurückgefallen in ihre von Abwehr und Unsicherheit geprägten Verhaltensweisen, aber da war Insa zum Glück da gewesen, um ihr Stärke zu verleihen. Und das hatte sich beglückend und erhebend angefühlt. Perfekt. Was sich allerdings noch besser angefühlt hatte, war Monas Dankbarkeit. Und die wollte Insa bestmöglich für sich nutzen.

Am späten Vormittag hatte Insa den Frühstückstisch mit allem gedeckt, was Kühlschrank und Vorratskammer hergaben. Sie hatte Tee und Kaffee vorbereitet, denn sie wusste ja nicht, was Mona zum Frühstück bevorzugte. Orangensaft gab es auch. Und sie hatte Brötchen aufgebacken. So voll und einladend hatte der Tisch lange nicht ... nein, so hatte er noch nie ausgesehen.

Und nun saß sie hier und wartete. Mona schlief scheinbar

noch, jedenfalls hatte Insa bisher nichts von ihr gehört oder gesehen. Egal, es war Sonntag und sie hatte Zeit. Sie hatte fast immer Zeit. Genau das war das Problem. Zwanzig Minuten später betrat Mona die Küche. Sie trug den Jogginganzug und die Wollsocken, die Insa ihr in der Nacht gegeben hatte.

»Guten Morgen, Frau Walzmann.«

»Sagen Sie doch Insa zu mir. Ich finde, wir sollten uns duzen. In Ordnung, Mona?«

Mona schien kurz überrumpelt, aber dann nickte sie.

»Tee oder Kaffee?«

»Kaffee, bitte.« Mona setzte sich auf den Stuhl, auf dem sie die halbe Nacht verbracht hatte.

»Wie möchtest du deine Eier? Hart oder weich gekocht, als Rührei oder Spiegelei?«, setzte Insa ihre Befragung fort.

»Ehrlich gesagt habe ich kaum Appetit«, sagte Mona. »Kaffee würde reichen.«

»Kommt gar nicht infrage. Ohne ein richtiges Frühstück kann der Tag nicht gelingen.« Insa war selbst verblüfft über die Überzeugung in ihrer Stimme, denn sie frühstückte an den meisten Tagen gar nicht oder höchstens mit einer Scheibe Toast im Stehen. »Ich mache uns Rühreier, die rutschen fast von selbst runter.« Geschäftig machte sie sich am Herd zu schaffen. Es war ein ungewohntes Gefühl, jemanden zu umsorgen, aber es gefiel ihr.

Wenige Minuten später trat sie mit der Pfanne voller Rührei an den Tisch und sah, dass Mona noch immer wie ein Häufchen Elend auf ihrem Stuhl hockte und sich bisher nicht bedient hatte. »Lass deinen Kaffee nicht kalt werden. Bitte, nimm dir ein Brötchen. Hier sind die Eier oder was immer du magst.«

Endlich hob Mona den Kopf, schenkte Insa über den Tisch hinweg ein kurzes Lächeln, legte sich die geblümte Serviette auf den Schoß und nahm ein Brötchen aus dem Korb.

Insa nickte zufrieden und griff selbst beherzt zu. »Warum ziehst du nicht für einige Tage zu mir?«

Mona sah sie erstaunt an.

»Warte! Bevor du ablehnst, nenne ich dir ein paar gute Argumente. Erstens musst du nicht dringend zurück nach Elmshorn, denn einen Job hast du momentan ja nicht. Zweitens würde dich in deiner Wohnung alles an die Zeit mit diesem Tom erinnern und dafür bist du momentan noch nicht stark genug. Drittens ist es auch keine gute Idee, in der Pension zu wohnen, die für euch beide gebucht war. Und viertens würde ich mich sehr freuen, wenn du noch bleiben würdest. Ich bin sicher, die Insel und ich können dir dabei helfen, die Schreckensnacht hinter dir zu lassen und wieder nach vorne zu schauen. Es kommt nicht von ungefähr, dass es Menschen auf Inseln zieht. Wer eine Wunde hat, ob vernarbt oder nicht, kommt her. Wer nicht mehr atmen kann, weil ihm etwas auf der Seele liegt, hält die Nase in den Wind und wartet darauf, dass es nicht mehr wehtut. Es wird auch bei dir funktionieren. Überleg es dir, ja?«

Mona schob ihr Rührei auf dem Teller hin und her und antwortete nicht. Insa war trotzdem zufrieden, denn immerhin hatte Mona nicht abgelehnt.

Kapitel 9

Greta Mortensen erwachte an diesem Sonntagmorgen frisch und ausgeruht, was nach dem gestrigen Tag fast an ein Wunder grenzte. Es war ein ereignisreicher Samstag gewesen. Zwei Gäste aus Neumünster waren eingetroffen, ein Geschäftsmann mit Begleitung. Sie hatten aber nur kurz eingecheckt und sich dann auf den Weg zu einem Termin gemacht. Seitdem hatte Greta beide nicht mehr zu Gesicht bekommen. Vielleicht waren sie erst spät am Abend in ihr Quartier zurückgekehrt, als Greta schon geschlafen hatte wie ein Stein, und waren heute Morgen schon früh wieder aufgebrochen. Alle Gäste des Hauses Marina bekamen für die Dauer ihres Aufenthaltes Haustürschlüssel, sodass sie kommen und gehen konnten, wann sie wollten. Greta war Pensionswirtin und keine Gefängniswärterin.

Außerdem war eine vierköpfige Familie, die sich für acht Tage bei ihr eingemietet hatte, gestern abgereist. Greta gestand sich ein, dass sie darüber erleichtert war. Sie hatte ein Herz für alle Gäste, die sie in ihrer Pension beherbergte, aber manche kosteten eben mehr Nerven als andere. Zum Glück waren die vier bis zum Wochenende die einzigen Urlauber, denn Greta befürchtete, dass die Erholung weiterer anwesender Gäste empfindlich gestört worden wäre. Die Familie aus Sachsen-Anhalt bestand aus einem desinteressierten Vater, einer überforderten Mutter und zwei pubertierenden Mädchen, die es keine Sekunde am Tag ohne Zoff und Zickereien auszuhalten schienen. Da das Wetter während ihres Aufenthalts leider überwiegend kühl und regnerisch war, hatten sie viel Zeit in der Pension verbracht. Entweder im Aufenthaltsraum für Gäste, den sie ja für sich allein hatten, oder in ihren Zimmern. Dort hatten die Mädchen sich die Nägel lackiert und die Haare gefärbt, sodass Greta stundenlang das Badezimmer geputzt hatte, um die Farbreste der kosmetischen Exzesse zu beseitigen.

Greta stand auf, dehnte den schmerzenden Rücken und beschloss, den Sonntag mit einem ausgiebigen Frühstück zu beginnen, sich danach um die Zimmer der Gäste aus Neumünster zu kümmern und am Nachmittag zu faulenzen. Am Dienstag reisten der Geschäftsmann und seine Begleiterin wieder ab, dann stand die gründliche Reinigung der beiden Zimmer auf dem Programm und ein Berg Wäsche wartete auf Greta, aber heute wollte sie sich ausruhen.

Mona trat kräftig in die Pedale und trotzte dem Gegenwind. Sie hatte sich Insas Fahrrad ausgeliehen und war auf dem Weg nach Wyk. Der babyblaue Opel Rekord Kombi, der neben dem Haus parkte und Insa gehörte, hatte auf Mona nicht vertrauenswürdig gewirkt. Insa hatte lachend erklärt, dass sie und ihr Auto aus demselben Baujahr stammten, nämlich 1975, was Monas Misstrauen noch verstärkt hatte. Insa legte die meisten Wege zu Fuß oder mit dem Fahrrad zurück und nutzte das Auto nur selten. Daher hatte sie nach eigener Aussage nie die Notwendigkeit gesehen, Geld für einen neuen Wagen auszugeben.

Die Bewegung tat Mona gut und die Anstrengung, gegen den Wind zu fahren, lenkte sie von ihren Gedanken ab. Nach einigem Hin und Her hatte Mona das Angebot angenommen, ein paar Tage zu bleiben und Insas Gastfreundschaft in Anspruch zu nehmen. Es zog sie nichts in die Pension, in der sie sich vermutlich den Fragen der Wirtin stellen musste. Und noch weniger zog es sie nach Hause in ihre Wohnung, in der sie alles an die unglückselige Liaison mit Tom erinnerte. Kurz hatte sie überlegt, sich eine Zeit lang bei ihren Eltern einzuquartieren, aber wie sollte sie das erklären, ohne die beiden entweder anzulügen oder mit einer Wahrheit zu konfrontieren, die sie nicht ertragen konnten? Außerdem gestand sich Mona erneut ein, dass sie sich in der Obhut und unter der Regie von Insa Walzmann wohlfühlte. Es tat gut, sich ihr anzuvertrauen und in ihrem Kielwasser zu schwimmen.

Insa hatte sich über Monas Entscheidung zu bleiben gefreut und angeboten, für sie mit dem Auto zum *Haus Marina* zu fahren, um Monas Sachen abzuholen. Auf dem Fahrrad – in Insas Schuppen stand noch ein zweites – ließe sich Monas Gepäck bestimmt nicht problemlos transportieren. Mona nahm auch dieses Angebot dankend an, weil sie nicht sicher war, ob sie der netten Pensionswirtin die Lügengeschichte glaubwürdig darbieten könnte, von der alten Freundschaft, die einige Jahre brachgelegen hatte und durch das zufällige Zusammentreffen hier auf der Insel wiederbelebt worden war. Sie hatten die Geschichte bereits ansatzweise Bauer Staas aufgetischt. Obwohl er vermutlich mindestens diesen Teil der Unterhaltung, vielleicht sogar die ganze Begegnung aufgrund seiner Trunkenheit längst vergessen hatte, mussten sie vorsichtshalber an dieser Erklärung festhalten. Am Frühstückstisch hatten sie alles detailliert ausgearbeitet und mehrfach wiederholt, bis es sich eingebrannt hatte. Wer immer danach fragen würde, bekäme sowohl von Insa als auch von Mona dieselbe Geschichte erzählt, und zwar absolut deckungsgleich.

Insa hatte es sogar geschafft, Monas trübe Gedanken über das Geschehene etwas zu sortieren. Reue wegen der Tat und Entsetzen über sich selbst waren zumindest für den Moment abgelöst worden von Trotz und der Überzeugung, dass sie gar nicht anders hatte handeln können, um ihr eigenes Leben zu schützen. Sie hatte ihn nicht aus Boshaftigkeit erstochen, sondern aus Ausweglosigkeit. Jede Aktion ruft eine Reaktion hervor. Und das hatte eben auch Tom erfahren müssen. Die letzten Reste eines schlechten Gewissens hatte Mona an den äußersten Rand ihres Verstandes gedrängt, wo sie hoffentlich bald verkümmerten. Sie würde diese unglückselige Geschichte hinter sich lassen, dessen war Mona sich in diesem Moment sicher. Insa war bereit, ihr dabei zu helfen, und Mona war bereit, sich von ihr helfen zu lassen. Sich unter den Fittichen dieser nach außen hin kantigen und gefühlskalten, in Wirklichkeit aber umsorgenden und beschützenden Frau zu verkriechen. Sich zu erholen und Kraft für einen Neuanfang zu sammeln.

Auf dem Marktplatz am Hafen stellte Mona das Rad ab. Die knapp vier Kilometer von Oevenum bis in die Inselhauptstadt Wyk waren wegen des Gegenwindes anstrengender als erwartet, und sie musste kurz zu Atem kommen. Insa hatte ihr geraten, sich mit ein paar zusätzlichen Kleidungsstücken einzudecken. Da sie mit Tom nur von Samstag bis Dienstag auf der Insel bleiben wollte, war das Gepäck in ihrem Pensionszimmer überschaubar. Die Bekleidungsgeschäfte *Traumstück* und *Prinz Fashion* hatten von Ostern bis in den Herbst auch sonntags geöffnet, daher konnte sie dort einkaufen, was sie für den längeren Aufenthalt bei Insa benötigte. Zum Glück hatte sie ihre Handtasche noch aus Toms Wagen geholt, die ihre Papiere, etwas Bargeld sowie ihre Kreditkarte enthielt.

Nach zwei Stunden hatte Mona zwei Jeans, ein paar Shirts, drei Pullover und eine Jacke gekauft. Genügend Unterwäsche und Socken hatte sie zum Glück von zu Hause mitgebracht, da ging sie immer auf Nummer sicher. Ebenso ein Paar bequeme Sneakers, obwohl Tom flache Frauenschuhe im Allgemeinen und Sneakers im Besonderen hasste. Für ihn konnten Absätze gar nicht hoch genug sein. Aber damit war jetzt Schluss. Nie wieder würde sie freiwillig die Schmerzen in diesen unpraktischen High Heels aushalten. In einem Laden hatte sie nach einem Karton gefragt, der sich problemlos auf dem Fahrrad transportieren ließ. Zum Glück hatte die Verkäuferin genau das Passende gefunden.

Zufrieden mit ihren Einkäufen und beladen mit den neuen Errungenschaften setzte sich Mona auf eine Bank an der Promenade, um kurz zu verschnaufen. Sie horchte in sich hinein und stellte ebenso erstaunt wie erfreut fest, dass ihr Gedankenkarussell sich beruhigt hatte und sie ruhig und entspannt war. Das war Insas Werk und allein dafür verdiente sie Monas Zuneigung.

»Ey! Wetten, dass ich weiß, was du letzte Nacht getan hast?«

Schlagartig war es vorbei mit Monas Entspannung. Wer hatte das gerufen? Wer kannte sie und wusste, was sie getan hatte? Sie wirbelte herum und suchte die Promenade mit ihren Blicken ab. Nicht weit von ihr entfernt, direkt vor dem Schaufenster von *bubu, dem bunten buchladen*, stand ein schätzungsweise zwanzigjähriger Mann und starrte sie an. Was sollte sie tun? Mit ihm reden, um herauszufinden, was und wie viel er wusste? Oder lieber abhauen? Bevor sie sich zu einer Entscheidung durchringen konnte, kam der Typ langsam auf sie zu. Er schielte leicht, was seinem Blick etwas Unstetes gab. Mona hatte das Gefühl, dass er sie mal mit dem einen, dann wieder mit dem anderen Auge fixierte. Die Tätowierungen am Hals und die derbe Lederjacke verstärkten seine gefährliche Aura. Mit dem Ring in der Nase sah er aus wie ein schlecht gelaunter Jungbulle.

Weglaufen war jetzt keine Option mehr. Mona hielt den Karton mit ihren neuen Klamotten vor sich wie einen Rammbock und stand langsam auf. Der Mann kam immer näher und – grinste. In diesem Moment erkannte Mona, dass er gar nicht sie ansah, sondern etwas oder jemanden hinter ihr. Sie drehte sich um und sah einen anderen Kerl, ähnlich tätowiert, allerdings mit Jeans anstatt Lederjacke, auf sich zukommen. Die beiden trafen genau vor der Bank aufeinander, auf die Mona sich schnell wieder hatte fallen lassen.

»Alter, erzähl! Wie war's?«, wollte der mit dem Silberblick wissen und begrüßte den anderen per Faustgruß.

»Chill ma, ich brauch erst 'n Bier, dann erfährste alles«, grinste sein Kumpel geheimnisvoll und dann machten sich die beiden auf den Weg wohin auch immer.

Mona blieb einige Minuten auf der Bank sitzen, bis sich ihre Nerven beruhigt hatten. Sie musste unbedingt ein dickeres Fell bekommen, sonst artete das alles in Verfolgungswahn aus. Aber die Zeit und Insa würden ihr dabei schon helfen. Mit dem Karton auf dem Gepäckträger und einer Jutetasche am Lenker fuhr Mona wenig später wieder nach Oevenum.

Kapitel 10

Kurz nachdem Mona sich auf den Weg nach Wyk gemacht hatte, stieg Insa in ihren Opel Rekord und fuhr nach Nieblum. Wie versprochen wollte sie Monas Sachen aus der Pension von Greta Mortensen holen. Unterwegs hielt sie an einem Kleidercontainer und stopfte eine Plastiktüte mit ehemaliger Kleidung ihrer Mutter in die Kippklappe. Zwischen den altmodischen Blusen, den fadenscheinigen Röcken und den ausgeleierten Strickjacken aus längst vergangenen Zeiten lag das Oberhemd von Thomas Lehbrink. Sie hatte den riesigen Blutfleck an der Vorderseite notdürftig ausgewaschen. Zwar war er noch deutlich zu sehen, aber eine DNA-Untersuchung des Blutes würde kein brauchbares Ergebnis mehr liefern. Insa glaubte zwar nicht, dass überhaupt jemand nach der Leerung des Containers und dem Auffinden des Hemdes auf diese Idee käme, aber sie hatte lieber auf Nummer sicher gehen wollen.

Der Himmel war wolkenverhangen, die Sonne schaffte es nicht, sich ihren Weg durch die Wolkendecke zu bahnen. Nicht gerade das schönste Wetter für Monas Radtour, aber laut Wetterbericht würde es erst gegen Abend anfangen, zu regnen, und dann war Mona längst wieder zu Hause. Insa nahm sich vor, sich bei Greta Mortensen nicht lange aufzuhalten – was hatte sie sich auch mit der Pensionswirtin zu erzählen – und anschließend ein leckeres Abendessen zuzubereiten. Sie hatte Lust, endlich mal wieder für jemanden zu kochen, und freute sich auf den Abend mit ihrer neuen Freundin, denn das war Mona in ihren Augen inzwischen. Etwas Deftiges, Gutbürgerliches sollte es geben. Mona musste dringend was auf die Rippen bekommen. Und ein leckeres Essen war auch für die Nerven hilfreich.

Sollte sie einen schmackhaften Braten zubereiten? Mit Kartoffeln und Soße und allem Drum und Dran? Oder lieber Rouladen? Und dazu Rotkohl? Oder war Mona etwa Vegetarierin? Insa hielt nichts von einer komplett fleischlosen Ernährung. Der liebe Gott hatte die Menschen als Mischfresser erschaffen und sie von Anfang an auf die Jagd geschickt. Aber wie bei allen Dingen machte die Dosis das Gift. Kein Mensch brauchte täglich Fleisch, aber zu besonderen Gelegenheiten ... Und heute war eine besondere Gelegenheit. Die Herkunft des Fleisches war das A und O. Insa kaufte nur bei den Bauern ihres Vertrauens ein. Hier auf der Insel konnte sie sich täglich selbst davon überzeugen, dass die Tiere artgerecht versorgt wurden. Zum Glück bewahrte Insa noch eine reichhaltige Auswahl in der Gefriertruhe auf, die in der Küche stand. Sie war froh, dass die Küche dafür groß genug war, denn sonst hätte sie womöglich in dem ... Nein, jetzt bloß nicht über den Abstellraum nachdenken, heute war ein Tag zum Freuen. Insa fiel ein, dass Mona bei ihrem Bericht über das Essen mit diesem Lehbrink und seinem Geschäftspartner erwähnt hatte, dass sie Putenbrust gegessen hatte. Also Fleisch. Dem Schweinebraten am Abend stand nichts im Weg.

Greta Mortensen holte die Post aus dem Briefkasten, als sie sah, dass ein himmelblaues Auto vor ihrem Haus in der *Strandstraße* hielt. Sie erkannte auf Anhieb, dass es sich um den Opel von Insa Walzmann handelte. Sowohl die Kunsthandwerkerin aus Oevenum als auch ihr antiquierter fahrbarer Untersatz war den meisten Insulanern ein Begriff. Weniger wegen ihrer Arbeiten, obwohl ihre Werke durchaus geschmackvoll und handwerklich hochwertig waren, sondern wegen ihrer kauzigen und ruppigen Art. Auf dem beliebten Kreativmarkt in Insas Heimatort Oevenum zum Beispiel hatte Greta des Öfteren selbst mitbekommen, wie Insa mit ihrer Kundschaft gesprochen hatte. Nicht selten hatten Kaufinteressenten dann doch auf die Objekte der Begierde verzichtet, weil Insa sie mit schnodderigen Bemerkungen in die Flucht geschlagen hatte. Es war eine gute Idee, dass sie ihre Kunstwerke inzwischen fast ausschließlich im Internet verkaufte. Warum Insa Walzmann jetzt vor ihrem Haus parkte und direkt auf sie zukam, war Greta ein Rätsel. Aber sie würde es sicher jeden Moment erfahren. Freundlich lächelnd ging sie ihrer Besucherin entgegen und sagte: »Moin, Insa! Hü gungt at di?«

Insa Walzmann antwortete nicht auf Föhrer Friesisch, sondern auf Hochdeutsch, was sofort für Distanz sorgte. »Gut, danke. Und dir?«

Greta erkannte an Insas Tonfall und Gesichtsausdruck, dass sie die Antwort nicht im Geringsten interessierte. Sie war schon ein seltsames Wesen, die Insa Walzmann, aber Greta Mortensen nahm jeden Menschen so, wie er war. Sie beurteilte nicht. Und sie verurteilte erst recht nicht. Sie wusste schließlich nichts über die inneren Kämpfe, die ihr Gegenüber auszutragen hatte, daher war sie offen und freundlich und so unvoreingenommen wie möglich. Und meistens bekam sie Freundlichkeit zurück.

»Wir haben uns lange nicht gesehen. Was verschafft mir denn die Ehre deines Besuchs?«

»Ich will nur was abholen. Und zwar die Sachen von deinem Gast Mona Menkwitz. Sie ist eine alte Freundin und wohnt jetzt bei mir. Ach ja, und ihre Rechnung soll ich auch bezahlen.«

Greta war mehr als überrascht. »Du kennst Frau Menkwitz?«

»Das habe ich doch gerade gesagt, oder nicht?«

»Ja. Ja, natürlich. Ich bin nur erstaunt. Woher kennt ihr euch und seit wann? Sie ist einige Jahre jünger als du, oder? Und warum will sie jetzt bei dir wohnen?«

»Das sind eine Menge Fragen, findest du nicht?« Als Greta nicht sofort antwortete, fügte sie hinzu: »Nicht, dass es dich was angeht, aber meinetwegen erzähle ich es dir. Mona ist acht Jahre jünger als ich. Wir haben uns vor vielen Jahren kennengelernt und angefreundet, als sie mit ihren Eltern regelmäßig Urlaub hier gemacht hat. Irgendwann ist unser Kontakt dann eingeschlafen. Umso glücklicher sind wir, dass uns der Zufall nun wieder zusammengeführt hat.«

Greta hätte nicht sagen können, was sie mehr erstaunte: Die für Insas Verhältnisse lange und ausführliche Rede, die Tatsache, dass sie überhaupt eine Freundin hatte, oder die Geschichte hinter dieser Freundschaft.

»Ja, sie ist zusammen mit einem Mann angereist«, erklärte Greta überflüssigerweise, denn Insa kannte ja bestimmt alle Details.

»Der Mann wird ihr Chef, wenn es gut läuft«, gab Insa weiter die Geschichte zum Besten, die sie sich zurechtgelegt hatten. »Er hat eine Baufirma und Mona hat sich bei ihm auf eine Stelle beworben. Die Begleitung zu seinen Terminen hier auf Föhr sollte so etwas wie ein Einstellungstest sein.«

»Und?«, hakte Greta nach.

»Und was?«

»Bekommt sie die Stelle?«

»Keine Ahnung. Die beruflichen Termine sind erledigt, aber es ist noch nichts entschieden. Deshalb soll ich auch ihr Zimmer bezahlen. Sie möchte sich ungern einladen lassen, solange sie nicht weiß, ob es zu einem Anstellungsverhältnis kommt. Tja, und da Mona ab jetzt privat hier ist und tun und lassen kann, was sie will, verlängert sie ihren Aufenthalt und zieht zu mir. Wir haben uns unglaublich viel zu erzählen.«

»Das kann ich mir vorstellen.« Greta druckste etwas herum. »Hör mal, Insa, nichts für ungut, aber ich habe meinen Gästen gegenüber auch eine gewisse Verantwortung. Ich würde Frau Menkwitz gerne kurz anrufen und nachfragen, ob es auch alles seine Richtigkeit hat, dass du ihre Sachen abholst. Das verstehst du doch, oder?«

»Mach nur, ich habe nichts zu verbergen.«

»Dann komm doch kurz mit rein.«

Greta ging voran und Insa folgte ihr in die Pension. Am Empfangstresen tippte Greta etwas in ihren Computer und wählte dann die Handynummer, die Mona Menkwitz angegeben hatte.

»Frau Menkwitz, guten Tag. Greta Mortensen hier vom *Haus Marina*. Ich will sie gar nicht lange stören. Insa Walzmann ist gerade bei mir und hat mir erzählt, dass Sie befreundet sind und für die restliche Zeit Ihres Inselaufenthaltes bei ihr wohnen werden. Ich möchte nur sichergehen, dass alles seine Richtigkeit hat, wenn Frau Walzmann jetzt Ihr Gepäck aus Ihrem Zimmer holt.«

Greta lauschte ein paar Sekunden, während Insa sie beobachtete.

»Gut, dann wäre das ja geklärt. Danke, Frau Menkwitz. Ich wünsche Ihnen noch eine schöne Zeit auf Föhr.«

»Da siehst du es«, meinte Insa, als Greta aufgelegt hatte. »Alles ist in bester Ordnung. Übrigens habe ich hier noch einen Brief für Herrn Lehbrink, in dem Mona ihm alles erklärt. Wenn du ihm den bitte bei nächster Gelegenheit geben könntest.« Insa gratulierte sich im Stillen für die clevere Idee, Mona diesen Brief schreiben zu lassen. Was für ein Geniestreich, um vorzugeben, dass Mona nicht damit rechnete, dass er tot war. »Und dann mach doch bitte jetzt die Rechnung fertig. Welches Zimmer hat Mona? Ich möchte ungern noch mehr Zeit vertrödeln.«

»Die zweite Tür links, Zimmer vier«, antwortete Greta und sah Insa nach, die bereits die Treppe mit dem grünen Holzgeländer zur oberen Etage hinaufging. Am liebsten wäre sie ihr nachgegangen, aber sie hatte das Gefühl, Insa mit dem Kontrollanruf ohnehin schon verärgert zu haben, also blieb sie, wo sie war.

Nach wenigen Minuten kam Insa die Treppe wieder herunter, mit einer Reisetasche in der einen Hand und einem Kosmetikkoffer in der anderen. Sie stellte beides ab, warf einen Blick auf die Rechnung, die Greta ausgedruckt hatte, und bezahlte in bar. Dann nahm sie das Gepäck wieder auf, nickte Greta, die noch immer am Empfangstresen stand, kurz zu und rauschte aus dem Haus. Greta sah ihr nach und schüttelte den Kopf. Irgendwie konnte sie sich nicht recht vorstellen, dass Insa Walzmann mit Mona Menkwitz befreundet war. Aber was wusste sie schon über die Frau? Und vielleicht war Insa damals, als die beiden sich kennenlernten, anders gewesen. Greta hoffte für die beiden, dass sie ihre Freundschaft, die so lange auf Eis gelegen hatte, fortsetzen konnten.

Kapitel 11

Abgekämpft, aber ausgeglichen war Mona am Nachmittag von ihrer Einkaufstour in Wyk zurückgekehrt. Sie hatte Insa kurz Bescheid gesagt, dass sie wieder da war, und sich dann hingelegt, weil der Ausflug und der Schlafmangel der vergangenen Nacht sie erschöpft hatten. Nach einiger Zeit erwachte sie, weil sie ein Klopfen hörte. Sie brauchte einen Augenblick, um zu sich zu kommen. Das Klopfen kam von der Zimmertür und jetzt hörte sie Insas Stimme, die dumpf durch das Türblatt drang. »Mona, bist du wach?«

»Ja, komm ruhig rein.«

Die Tür wurde geöffnet und Insa schob ihren grauen Haarschopf durch den Spalt. »Das Essen ist fertig. Kommst du?«

»Oh, was für eine schöne Überraschung«, antwortete Mona, obwohl sie nicht den geringsten Hunger hatte und davon überzeugt war, nie wieder im Leben Appetit zu haben. »Ich mache mich kurz etwas frisch und bin in fünf Minuten da.«

Insa lächelte zufrieden und verschwand. Mona ließ sich zurück ins Kissen fallen. Was für ein großes Glück im Unglück hatte sie, auf diese herzensgute Frau zu treffen? Sie hatte Monas Problem gelöst, anstatt sich rauszuhalten und ihres Weges zu gehen. Sie hatte Mona bei sich aufgenommen, um ihr über die furchtbaren Erlebnisse hinwegzuhelfen, anstatt sie schnellstmöglich loszuwerden. Und nun übernahm sie auch noch beinahe mütterliche Aufgaben und unterstrich damit, wie willkommen Mona war. Eine Welle von Zuneigung für ihre Retterin durchflutete Mona. Wenn es ihr gelang, Tom und alles, was sie mit ihm erlebt hatte, hinter sich zu lassen und ihr Leben wieder in den Griff zu bekommen, dann hier und mit Insa Walzmanns Hilfe.

Als Mona in die Küche trat, traute sie ihren Augen kaum. Der Tisch war liebevoll gedeckt. Teller mit Goldrand, poliertes Besteck und Stoffservietten gaben sich ein Stelldichein. Außerdem duftete es köstlich und Mona lief zu ihrem großen Erstaunen doch das Wasser im Mund zusammen.

Insa stand am Herd, und als sie sich mit vor Eifer gerötetem Gesicht zu Mona umdrehte, strahlte sie zufrieden. »Nimm Platz, meine Liebe. Es kann sofort losgehen.«

Insa war Mona gegenüber sehr aufmerksam, reichte ihr die Schüssel mit den Kartoffeln an, legte ihr Scheiben des zarten Fleisches auf den Teller, schob ihr Sauciere und Rotkohl vor die Nase und war bei alldem sichtlich in ihrem Element. Noch wohler aber fühlte sich Mona, die es sich schmecken und unter Insas Fittichen gutgehen ließ.

Nach dem Essen räumte Insa ab und spülte das Geschirr, wobei sie Monas Hilfe strikt ablehnte. »Ruh dich aus und erzähl mir ein bisschen mehr von dir.«

»Was soll ich dir denn erzählen?«, fragte Mona.

»Leben deine Eltern noch?«

»Ja.«

»Verstehst du dich gut mit ihnen?«

»Ja.«

Insa drehte sich zu Mona um, stemmte die nassen Hände in die Hüften. »Nun lass dir doch nicht alles aus der Nase ziehen. Wenn ich schon jemanden einlade, in meinem Haus zu wohnen, sollte ich doch wohl das Recht haben, ein paar Dinge über die Person zu erfahren, oder?«

Mona war erstaunt über Insas fordernde Art, verkniff sich aber jegliche Bemerkung. Sie war heilfroh, dass sie hier sein durfte. Und was war schon dabei, Insa von sich zu erzählen? Das Schockierendste wusste sie ohnehin.

»Also gut. Meine Eltern wohnen in Lübeck, wo ich geboren wurde. Wir verstehen uns sehr gut, normalerweise besuche ich sie jedes Wochenende, aber in der letzten Zeit habe ich sie selten gesehen.«

»Warum?«, fragte Insa, fügte aber sofort hinzu: »Er hat es dir verboten, stimmt's?«

»Ja«, flüsterte Mona, weil sie sich bei dem Gedanken an all das schämte, was sie sich gefallen lassen hatte.

»Hast du Geschwister?«

Diese Frage von Insa ließ Monas Tränen erneut fließen. Insa sah sie erschrocken an. »Es tut mir leid, ich dachte ... ich wusste ja nicht ...«

Mona fiel ihr ins Wort. »Schon gut, woher solltest du auch wissen, dass genau das ein wunder Punkt ist.« Sie zog geräuschvoll die Nase hoch und wischte sich mit dem Handrücken über die Augen. Dann erklärte sie: »Ich hatte eine zwei Jahre jüngere Schwester. Sie war meine allerbeste Freundin, meine Seelenverwandte. Wir haben alles miteinander geteilt, jede Freude, jeden Kummer, jeden Zoff mit den Eltern, jedes Geheimnis, jedes Verknalltsein, jeden Plan für die Zukunft. Aber dann wurde sie vor vier Jahren von einem Geisterfahrer auf der Autobahn totgerast. Seitdem ist der Platz der Seelenverwandten leer und wird es wohl auch bleiben. Mit meinem Umzug nach Elmshorn wollte ich meinem Leben einen neuen Schauplatz geben. Den Schmerz in Lübeck zurückzulassen. Es hat nicht funktioniert. Die Erinnerungen und das Gefühl der Leere haben den Umzug leider unbeschadet überstanden.«

Insa griff über den Tisch hinweg nach Monas Hand und hielt sie ganz fest. Sie würde nur zu gerne den Platz der besten Freundin, der Seelenverwandten bei Mona einnehmen. Und durch das gemeinsam Erlebte, das Drama um Monas Lover, war der Anfang einer starken Verbindung doch bereits gemacht. Darauf konnten sie aufbauen.

Mona entzog Insa ihre Hand und wischte sich erneut die Tränen ab. »Tja, so viel zu meinem familiären Hintergrund. Über mein verkorkstes Liebesleben weißt du ja ohnehin schon alles. Hat Frau Mortensen eigentlich nach Tom gefragt, als du meine Sachen abgeholt hast?«

Insa schob ihre Gedanken beiseite. »Nein. Ich habe ihr gesagt, dass eure gemeinsamen Termine erledigt sind und du ab jetzt ganz privat noch etwas Zeit bei mir verbringst. Warum sollte dich da interessieren, was dieser Lehbrink macht? Noch ist er nicht dein Chef. Dass er es auch nicht mehr werden kann, weiß die Mortensen zum Glück nicht. Die Geschichte über unsere langjährige Freundschaft hat sie mir ohne Weiteres abgekauft.«

»Bist du sicher? Immerhin hat sie mich angerufen, um zu fragen, ob auch alles seine Richtigkeit hat, bevor sie dir meine Sachen überlassen hat. Oh, nein!« Plötzlich wurde Mona aschfahl und schlug sich erschrocken die Hand vor den Mund.

»Was ist?«, fragte Insa alarmiert.

»Wir ... wir haben ... oh, mein Gott ...«, stammelte Mona.

»Was denn? Nun sag schon!«

»Wir haben einen schrecklichen Fehler gemacht. Wir haben vergessen, Toms Handy mitzunehmen. Es muss noch immer in der Tasche seines Jacketts stecken. Zusammen mit dem Autoschlüssel, den man wegen der Zündung per Knopfdruck nicht benutzen muss.«

»Na, und?« Insa zuckte mit den Schultern. »Dann haben wir beides mit ihm zusammen verbuddelt. Spielt doch keine Rolle.«

»Aber die Polizei kann das Handy vielleicht orten und Toms Leiche finden. Und sie werden mich als Allererste verdächtigen. Dann cool zu bleiben, werde ich nicht schaffen.«

Insa war mit drei großen Schritten bei Mona, packte sie bei den Schultern und schüttelte sie leicht. »Jetzt krieg dich wieder ein! Wir haben keine Fingerabdrücke hinterlassen. Natürlich werden Sie sich auf dich konzentrieren, aber sie werden dir nichts nachweisen können. Und wahrscheinlich finden sie das Auto erst morgen oder übermorgen. Bis dahin funktioniert das Handy längst nicht mehr, kein Akku läuft ewig.«

»Du hast Recht«, sagte Mona und klang zuversichtlicher, als sie sich fühlte. »Außerdem hat Tom den ganzen Tag über sehr viel telefoniert und fotografiert, sodass der Akku bestimmt schon fast am Ende war.«

Insa nickte zufrieden. Dabei hätte sie sich vor lauter Ärger jedes Haar einzeln ausreißen mögen. Wie hatte sie so blöd sein können, nicht auf das Handy zu achten? Es nicht mitzunehmen? Sie hatte die Nagelfeile mitgenommen, aber nicht einen Gedanken an das Handy verschwendet. So ein Mist! Aber was konnten sie jetzt schon tun? Sie mussten entspannt bleiben und abwarten.

Kapitel 12

Hauptkommissar Norbert Nölk umrundete die Luxuskarosse. Ein vollelektrischer Jaguar I-Pace. So was sah man nicht alle Tage hier auf Föhr. Auf Sylt, da war das nichts Besonderes, aber hier? Ein sehr schickes Auto, sündhaft teuer und auf den ersten Blick scheinbar unversehrt, wie Nölk feststellte, nachdem er den Wagen zum dritten Mal von allen Seiten inspiziert hatte. Warum stand der verlassen in der Gegend herum? Am späten Nachmit-

tag hatten Spaziergänger die Polizei über den in einem Land-
wirtschaftsweg abgestellten Wagen informiert. Sie hatten sich
darüber gewundert, dass weit und breit kein Mensch zu sehen
war, der zu dem Fahrzeug zu gehören schien. Denn für gemütliche Spaziergänge war die Gegend nicht gerade die erste Wahl.
Sie gingen um das Auto herum und dabei fiel ihnen auf, dass die
Beifahrertür nicht richtig verschlossen war. Sie war nur angelehnt, allerdings so weit, dass die Innenbeleuchtung nicht an-
sprang. Als ihr Hund dann anfing, ganz aufgeregt an dem Spalt
zwischen unterer Fahrertürkante und Türschwelle zu schnup-
pern, und sie bei genauem Hinsehen etwas entdeckten, das ver-
dächtig nach Blut aussah, alarmierten sie die Beamten. Angefasst
hatten sie nichts, wie sie mehrfach betonten. Das wisse ja schließlich jeder, dass man das besser unterließ.

Die diensthabende Streife hatte sich umgehend auf den Weg
gemacht und sich an Ort und Stelle mit den Leuten getroffen, die
sich als Herr und Frau Lobig aus Wolfsburg vorstellten. Der
Hund, ein Dobermann, dessen Aussehen demonstrierte, dass er
keinen Spaß verstand, knurrte und bellte ununterbrochen. Er
war völlig außer sich, was Herrchen und Frauchen sichtlich
peinlich war. Sonst war er nämlich »ein ganz, ganz Lieber«.
Die Streifenbeamten, die bisher auf ihrer beschaulichen Insel
noch nie mit einem solchen Fund zu tun gehabt hatten und die
daher vorsichtshalber ebenfalls nichts anfassen wollten, blickten
durch die Scheiben in das Auto hinein und versuchten, irgendetwas zu erkennen. Der Wagen war leer. Was sie allerdings
entdeckten, hielten sie wohlweislich vor dem Ehepaar Lobig
geheim. Am Türfenster auf der Fahrerseite war oben ein blut-
verschmierter Handabdruck zu sehen. Und am unteren Rand der
Scheibe noch einer. Weniger deutlich, aber dennoch gut zu erkennen.

Die Beamten schirmten den Jaguar, bei dem es sich jetzt möglicherweise um den Tatort eines Verbrechens handelte, vor den Blicken der neugierigen Lobigs ab und verständigten umgehend die Kriminalpolizei und die Spurensicherung. Dem Dobermann lief inzwischen der Sabber aus der Schnauze und Herrchen konnte ihn kaum noch an der Leine halten, daher zog Frauchen schnell eine Visitenkarte aus der Handtasche und sagte: »Hier sind unsere Kontaktdaten. Werden wir jetzt noch gebraucht?« Nein, wurden sie nicht. Sie zogen weiter und zerrten den Dobermann, der bestimmt nur spielen wollte, hinter sich her.

Und dann war die ganze Angelegenheit bei ihm gelandet, Hauptkommissar Norbert Nölk von der Polizei in Wyk auf Föhr. Nölk seufzte. Den Sonntag hatte er sich anders vorgestellt. Sein Sohn war zum Mittagessen mit Frau und Kindern zu Besuch gekommen und er hätte gerne den ganzen Nachmittag mit ihnen verbracht, aber dann hatte wieder mal die Pflicht gerufen. Ach, er war es so leid. Noch zweiundzwanzig Monate bis zur Pensionierung. Aus tiefster Überzeugung war er vor über vierzig Jahren in den Polizeidienst eingetreten und mit derselben Überzeugung hatte er seine Arbeit erledigt, aber jetzt war er satt. Satt und erschöpft. Auf die Störung seiner Sonntagsruhe und einen Fall wie diesen hätte er gut und gerne verzichten können, aber vielleicht ließ sich das Ganze schneller und unproblematischer aufklären, als es momentan den Anschein hatte. Er würde sich eben zusammenreißen und sich mit voller Konzentration und seinen verlässlichen Kollegen und Kolleginnen ans Werk machen.

Nölk erlaubte sich einen weiteren Seufzer, dann drückte er den Rücken durch und setzte routiniert die Ermittlungsmaschinerie in Gang. Die Halterabfrage aufgrund des Kennzeichens ergab, dass das in Neumünster zugelassene Fahrzeug einem Thomas Lehbrink gehörte, einundfünfzig Jahre alt, wohnhaft ebenfalls in Neumünster. Außerdem fand man heraus, dass Lehbrink verheiratet war. Seine Frau hieß Valerie Lehbrink, geborene Criton. Ein Anruf bei Frau Lehbrink ergab, dass ihr Mann eine Geschäftsreise nach Föhr erwähnt hatte. Es konnte also mit einiger Wahrscheinlichkeit davon ausgegangen werden, dass Lehbrink seinen Wagen selbst in dem Feldweg abgestellt hatte. Weitere Infos über die Reise oder Kenntnis über seine gebuchte Unterkunft hatte Frau Lehbrink nicht, aber sie gab den Beamten die Telefonnummer von seiner Sekretärin.

Die äußere Begutachtung des Wagens ergab sehr schnell, dass es vollkommen unbeschädigt war, ein Unfall konnte somit ausgeschlossen werden. Die Fahrertür ließ sich problemlos öffnen, die automatische Verriegelung hatte wegen der nicht geschlossenen Beifahrertür nicht funktioniert. Der Startknopf reagierte nicht, was bewies, dass der Autoschlüssel sich nicht im Fahrzeug oder in dessen Nähe befand. Vom Fahrer oder der Fahrerin fehlte jede Spur. Den Bereich um den Wagen nach verwertbaren Spuren abzusuchen, würde nicht viel Zeit in Anspruch nehmen, weil da wohl kaum etwas zu finden war. Der nächtliche Regen hatte vieles verwischt, außerdem waren zu viele Menschen hier rumgelaufen. Die Blutspur, die am Türschweller und auf der chromblitzenden Einstiegsleiste zu sehen war, ließ darauf schließen, dass jemand das Fahrzeug verlassen hatte, leicht oder schwer verletzt, und sich jetzt wer weiß wo aufhielt. Diese Spuren müsste die Kriminaltechnik auf dem Festland genau untersuchen. Er würde das Auto dorthin transportieren lassen, sollte es Hinweise auf ein Verbrechen geben und der Fahrer des Wagens nicht bald auffindbar sein.

Was war passiert? Wie schwer war der Fahrer des Wagens verletzt? Und wo befand er sich jetzt? Hatte der Fahrzeughalter es selbst gefahren? Nölk hatte bereits in der Inselklinik nachfragen lassen, ob dort jemand mit dem Namen Lehbrink aufgetaucht war, das war aber nicht der Fall. Nun gab er Oberkommissar Huus den Auftrag, gleich morgen früh alle Arztpraxen der Insel abzutelefonieren. Die waren zwar übers Wochenende geschlossen, was es unwahrscheinlich machte, dass Lehbrink oder wer auch immer eine Verletzung dort hatte behandeln lassen, aber Nölk wollte auf Nummer sicher gehen. Und diese Anrufe nahmen nicht viel Zeit in Anspruch. Übermäßig viele Arztpraxen gab es nicht auf der Insel und die meisten Fachärzte konnten sie unberücksichtigt lassen. Anschließend rief Nölk einen weiteren Kollegen, Oberkommissar Prick, an. Er sollte dafür sorgen, dass sämtliche Ferienhaus- und Zimmervermietungen kontaktiert wurden, um herauszufinden, ob sich ein Thomas Lehbrink einquartiert hatte oder zumindest sein Auto irgendwo aufgetaucht war. Das war schon ein größeres Stück Arbeit, aber Prick versprach, sofort loszulegen und sich schnellstmöglich wieder bei Nölk zu melden.

Nölk bedankte sich zufrieden für die Information. Ja, auf sein Team konnte er sich verlassen. Diese perfekte Zusammenarbeit würde er nach seiner Pensionierung sogar vermissen, aber den Job nicht. Dafür freute er sich zu sehr auf seinen Ruhestand. Ein erneuter tiefer Seufzer kam über Nölks Lippen. Ein verlassenes Fahrzeug allein hätte nicht ausgereicht für so viel Aktionismus, aber anhand der blutigen Handabdrücke und der Blutspuren an der Einstiegsleiste war ein Verbrechen nicht auszuschließen, also durften sie keine Zeit verlieren. Jemand musste die Ehefrau von diesem Lehbrink befragen. Sie mussten herausfinden, was sie über den Föhr-Aufenthalt ihres Mannes wusste. Es sei denn ... Der Hauptkommissar beschloss, noch abzuwarten und eventuell selbst aufs Festland überzusetzen, sollte Lehbrink nicht auftauchen oder gefunden werden. Auf diese Weise konnte er sich ein

Bild von der Ehefrau und dem häuslichen Umfeld machen. Und, gestand er sich im Stillen ein, einen Tag dem Ermittlungsstress hier vor Ort entgehen, indem er sich einen Dienstausflug gönnte.

Kapitel 13

Mona hatte in der Nacht erstaunlich gut geschlafen und betrat gegen halb zehn frisch geduscht und bekleidet mit ihren neuen Sachen die Küche. Der Frühstückstisch war ebenso reichhaltig und liebevoll gedeckt wie am Morgen zuvor. Insa schien dieses Programm nicht nur am Sonntag abgespult zu haben. Wieder stand sie geschäftig am Herd und bereitete Rührei zu. Mona hätte ein Kaffee genügt, denn sie war noch satt von dem köstlichen Essen gestern Abend, aber sie wollte Insa nicht vor den Kopf stoßen. Daher griff sie beherzt zu einer Scheibe frischem Weißbrot und ließ sich das Rührei von Insa auf den Teller füllen.

»Gut geschlafen? Du siehst erholt aus«, stellte Insa in diesem Moment fest.

»Ich habe wirklich sehr gut geschlafen«, antwortete Mona.

Dann fiel ihr Blick auf den *Inselboten*. Die Föhrer Zeitung lag aufgeschlagen auf dem Tisch und sie erkannte sofort Toms Jaguar auf dem Foto. »Oh, Gott!«, entfuhr es ihr.

Insa legte ihr beruhigend eine Hand auf den Arm. »Kein Grund zur Sorge. Sie haben lediglich das Auto gefunden. War doch klar, dass das passieren würde.«

Mona wollte nach der Zeitung greifen, um den Artikel zu lesen, aber Insa war schneller und las vor. »Verlassenes Fahrzeug am Straßenrand in Oevenum aufgefunden. Alles deutet auf ein Verbrechen hin. Vom Fahrer und eventuell weiteren Insassen fehlt bisher jede Spur. Die Polizei ermittelt in alle Richtungen.« Zufrieden ließ Insa die Zeitung sinken. »Siehst du, sie wissen nichts.«

»Oder sie verraten nicht, was sie wissen«, flüsterte Mona. »Warum steht da was von einem Verbrechen? Wie kommen die darauf?«

»Keine Ahnung. Das muss ja auch gar nicht stimmen. Vielleicht wollte der Schreiberling von der Zeitung den Artikel damit nur ein bisschen spannender machen.«

»Meinst du?« Mona war nicht überzeugt. »Jedenfalls wissen sie bestimmt längst, wem das Auto gehört.«

»Und wenn schon!«

Insa gab sich gleichgültig, aber Mona spann den Gedanken im Stillen weiter. Die Polizei würde sicher bald wissen, dass der ermittelte Fahrzeughalter sich bei Greta Mortensen eingemietet hatte. Und dann erfuhren sie auch von ihr selbst.

»Bestimmt stehen schon bald Beamte hier vor der Tür«, murmelte Mona.

»Kann sein«, antwortete Insa. »Und darauf sind wir vorbereitet, oder etwa nicht? Lass es uns besser noch mal durchgehen.«

In der Dienstbesprechung am Montagmorgen erfuhr Hauptkommissar Nölk Details aus dem Telefonat seines Kollegen Huus mit Lehbrinks Sekretärin. Sie hatte bereits dreimal vergebens versucht, ihren Chef zu erreichen. Als die Beamten Birte Tauber anriefen, machte sie umgehend ihrem Ärger Luft. Das sei vollkommen untypisch, er gehe sonst immer ans Telefon. Erst nachdem sie ihren Frust abgeladen hatte, konnte ihr berichtet werden, dass Thomas Lehbrink vermisst wurde. Auf die Frage, warum sie ihn denn an diesem Morgen so dringend zu erreichen versuchte, antwortete sie, dass der Grundstücksmakler, mit dem er sich am Samstag getroffen hatte, stinksauer war und ihn unbedingt sprechen wollte. Leider konnte auch sie keine Auskunft über seine Unterkunft auf der Insel geben, da sie keine entsprechende Buchung für ihn vorgenommen hatte.

Lehbrinks Auto war inzwischen zur Polizeistation an den Hafendeich in Wyk abgeschleppt worden. Eine genaue Untersuchung konnte natürlich nur die Kriminaltechnik auf dem Festland vornehmen. Aber Prick, der zu gern eine Karriere bei der KT gemacht hätte, aber dann der Liebe wegen nach Föhr gekommen war, hatte es nicht lassen können, den Wagen genauer zu inspizieren. Natürlich nur von außen, denn er durfte den *Kollegen* ja nicht seine Spuren hinterlassen. An der dunklen Kopfstütze auf der Beifahrerseite meinte er, blonde Haare entdeckt zu haben.

»Wir brauchen ganz dringend einen Gegenstand aus dem Besitz von Lehbrink für den DNA-Abgleich mit den Blutspuren«, murmelte Nölk. Er wandte sich seinem Kollegen Prick zu. »Jan, was gibt's bei dir Neues?«

»Die schlechte Nachricht zuerst«, legte Prick los. »Die Anrufe in den Arztpraxen haben nichts ergeben.«

»Und die gute Nachricht?«, hakte Nölk nach.

»Wir haben angefangen, die Zimmervermietungen abzutelefonieren. Ein ziemlich großer Haufen Arbeit.«

Hauptkommissar Nölk verdrehte die Augen. Jan Prick tat so, als wüsste außer ihm niemand, wie viele verschiedene Unterkunftsangebote es auf der Insel gab. Er bemühte sich, seine Stimme nicht so ungeduldig klingen zu lassen wie er war. »Ist was dabei rausgekommen?«

»Wir haben uns mit mehreren Kollegen drangesetzt, sonst wären wir noch längst nicht durch.«

Nölks Ungeduld nahm zu. Prick war ein versierter Polizist, aber leider brauchte er Lob und Anerkennung wie die Luft zum Atmen.

»Das war eine gute Entscheidung, Jan. Gut gemacht. Erzählst du mir jetzt, ob ihr was rausgefunden habt?«

»Wir hatten Glück, denn wir haben ziemlich schnell einen Treffer gelandet und wissen nun, dass Thomas Lehbrink sich im *Haus Marina* in Nieblum einquartiert hatte. Und ...« Prick machte eine Kunstpause.

Nölk trommelte mit den Fingern auf der Tischplatte, um seine Ungeduld zu demonstrieren, und sah seinen Kollegen scharf an.

»Lehbrink ist nicht allein auf die Insel gekommen. Die Pensionswirtin Greta Mortensen hat uns erzählt, dass er in Begleitung einer Frau angereist ist. Ihr Name ist Mona Menkwitz.«

»Das ist ja hochinteressant«, gab Nölk zu, während die Kollegen ein Raunen von sich gaben. »Bin gespannt, ob die Dame blonde Haare hat. Machen wir uns auf den Weg zu Frau Mortensen.«

Kapitel 14

Beim Frühstück hatte Insa mit Mona die zurechtgelegte Geschichte wieder und wieder durchgekaut. Danach unternahmen die beiden Frauen einen kurzen Spaziergang durch den Ort. Die Sonne schaffte es kaum, ihre Strahlen zur Erde zu schicken, aber anders als gestern war es windstill. Die friedliche Umgebung war Balsam für Monas Seele. Vielleicht würde alles wieder gut.

Vielleicht könnte sie vergessen, was hier auf der Insel passiert war und ihrem Leben eine neue Richtung geben. Sie war Insa so dankbar für alles, was sie tat, um Mona zu helfen. Gleichzeitig meldete sich ihr schlechtes Gewissen, weil sie Insas Hilfe und Gastfreundschaft in Anspruch nahm, obwohl sie sicher war, nach diesem Aufenthalt nie mehr auf diese Insel zurückzukehren.

»Sieh nur, die dicke Frau dort drüben«, unterbrach Insa Monas Gedanken. »Querstreifen kann nun mal nicht jeder tragen. Und ihren Ballerinas sieht man auch deutlich an, dass sie ihrer Aufgabe absolut nicht gewachsen sind.«

Sie kicherte wie ein Schulmädchen und Mona stimmte aus Solidarität mit ein, obwohl sie Insas Äußerungen eher gemein als lustig fand. Aber Insa war noch nicht fertig. »Eindeutig Touristen. Sie kaufen sich geringelte Klamotten und fühlen sich dadurch wahnsinnig maritim. Aufs Auto kleben sie *I love Föhr* und für zu Hause kaufen sie Tassen mit Möwen drauf. Als ob sie das zu Insulanern machen würde. Pah!«

»Vielleicht ist es nur ihre Art, ihren Urlaub zu genießen. Was ist schlimm daran?«, fragte Mona.

Insa blieb ihr die Antwort schuldig, sah auf ihre Uhr und mahnte zur Umkehr, damit das Mittagessen nicht zu spät auf dem Tisch stand. Es würde Fisch zum Mittagessen geben. Monas Bemerkung, dass Insa nicht schon wieder für sie kochen müsse, wischte sie mit einer Handbewegung beiseite. Zu Hause verschwand sie sofort in der Küche und band sich die Schürze um.

Mona überlegte kurz, sich in ihr Zimmer zurückzuziehen, verwarf den Gedanken aber wieder. Der Raum war absolut okay, um darin zu schlafen, um sich tagsüber dort aufzuhalten, war er jedoch nicht gemütlich genug. Sie schlenderte über den dunklen Flur in das ebenso dunkle Wohnzimmer, nahm erneut Insas

Schnitzereien in Augenschein und ließ sich anschließend auf das Sofa fallen. Sie schaltete den Fernseher ein und zappte sich durch die Programme. Ein paar Minuten sah sie sich eine Folge einer Gerichtsserie mit haarsträubend schlechten Schauspielern an, dann schaltete sie den Fernseher wieder aus und ging erneut auf den Flur. In die Küche wollte sie nicht, bevor Insa sie rief, also stand sie einen Moment lang unschlüssig herum. Dann fiel ihr eine Kommode am Ende des Flurs auf, hinter der eine Tür war. Wohin führte diese Tür und warum hatte Insa sie zugestellt? Erstens sah es absolut nicht gut aus und zweitens machte es doch überhaupt keinen Sinn. In diesem Moment wurde die Küchentür aufgerissen und Insa verkündete strahlend: »Da bist du ja! Perfektes Timing. Das Essen ist fertig.«

Nachdem sie die köstlich zubereitete Scholle Finkenwerder Art gegessen hatten, blieben sie noch eine Weile am Küchentisch sitzen. Mona forderte Insa auf, von sich zu erzählen. »Du weißt jetzt so viel über mich, aber ich weiß über dich nur, was zu unserer vorbereiteten Geschichte gehört, nämlich dass du in Oevenum geboren bist und nie woanders gelebt hast, dass dies dein Elternhaus ist, dass du Küchenhilfe in einem Restaurant warst und jetzt kunstvolle Schnitzereien verkaufst. So weit, so gut.«

»Viel mehr gibt es über mich auch nicht zu wissen«, gab Insa zurück.

»Das glaube ich nicht. Na, los! Erzähl! Warst du mal verheiratet? Hast du Kinder? Leben deine Eltern noch? Gibt es einen Mann in deinem Leben, der jetzt nur deswegen nicht zu Besuch kommt, weil ich gerade hier bin?«

»Gott bewahre, nein! Es gibt keinen Mann. Und es gab auch nie einen. Ich bin immer bestens ohne ausgekommen und dabei soll es auch bleiben. Kinder habe ich auch nicht und meine Eltern sind tot. Jetzt weißt du alles.«

Mona begriff, dass Insa ungern über sich selbst redete, aber ihre Neugier war stärker. »Hast du nie darüber nachgedacht, deinen Heimatort mal zu verlassen?«

»Nein. Warum auch. Was soll woanders besser sein?«

»Es wäre vielleicht nicht besser, aber anders. Wolltest du nie was anderes als ...«, Mona ließ den Blick durch die Küche schweifen, »... das hier?« Sofort schämte sie sich dafür, wie abwertend das klang.

Aber Insa schien ihr die Äußerung nicht übel zu nehmen und sagte nur: »Nein. Nie.«

Ein paar Minuten lang schwiegen beide. Dann fragte Mona: »Wohin führt die Tür, vor der die Kommode steht?« Täuschte sie sich oder hatte sich kurz ein Schatten auf Insas Gesicht gelegt?

»Zum Abstellraum. Aber ich nutze ihn nicht.«

»Warum denn nicht?«

»Weil ich ihn nicht brauche.«

»Oh, du könntest ihn sogar ganz wunderbar gebrauchen«, widersprach Mona. »Und zwar, um deine fertigen Kunstwerke darin zu lagern. Dann würde nicht alles im Wohnzimmer herumstehen und du könntest den Raum viel gemütlicher gestalten.« Sie biss sich auf die Lippe. Das ging zu weit. Es war doch allein Insas Angelegenheit, wie sie sich einrichtete. »Entschuldige bitte«, sagte sie zerknirscht. »Es geht mich gar nichts an.«

»Ist schon gut«, antwortete Insa und lächelte nachsichtig. »Ich kann dir sagen, was es mit dem Abstellraum auf sich hat. Dann wirst du verstehen, warum ich ihn nicht nutze.«

Mona rutschte verlegen auf ihrem Stuhl hin und her. Einerseits fühlte sie sich unwohl dabei, sich so weit in Insas Angelegenheiten einzumischen, andererseits war sie begierig zu erfahren, was es mit dem Raum auf sich hatte.

»Wie du weißt, bin ich in diesem Haus geboren und aufgewachsen. Nur war das hier nie ein Elternhaus, das Liebe und Geborgenheit vermittelt hat. Meine Eltern konnten einander nicht leiden. Das Einzige, was sie gemeinsam hatten, war die Tatsache, dass sie mich genauso wenig leiden konnten wie einander. Ich bin kein Kind der Liebe, wenn du weißt, was ich meine. Ich war eines Tages einfach da. Mein Vater war Alkoholiker und meine Mutter war zu schwach, um sich gegen ihn zur Wehr zu setzen. Ihren Frust darüber ließ sie an mir aus. Wenn sie mich bestrafen oder einfach nur nicht mehr sehen wollte, sperrte sie mich ein. Und zwar in den Abstellraum. Licht spendete eine nackte Glühbirne an der Decke und irgendwann hatte ich ein paar Malsachen dort deponiert, damit ich mich beschäftigen konnte. Ich saß nämlich oft stundenlang da drin.«

»Wie furchtbar«, entfuhr es Mona. »Das tut mir so unglaublich leid.«

»Ach, ich hielt es beinahe für normal. Es war nicht so, dass sie mir ihre Liebe entzogen hätten. Sie hatten sie mir ohnehin nie geschenkt. Man vermisst nichts, was man nie hatte.«

»Hast du überhaupt keine schönen Kindheitserinnerungen?«

Insa schien nachzudenken. »Nein, ich erinnere mich wirklich an kein freundliches Wort von meiner Mutter, geschweige denn an ein Lächeln oder gar eine Umarmung. Gespräche zwischen ihr und mir hat es nie gegeben. Es gab immer nur Anschuldigungen und Vorwürfe. Wenn ich mich verteidigte, wurde es nur schlimmer, also habe ich einfach nur noch geschwiegen. Ich erinnere mich aber lebhaft daran, wie ich mir in meinem Bett, häufiger jedoch eingesperrt im Abstellraum, die Ohren zugehalten habe, um die wüsten Beschimpfungen auszublenden, die meine Eltern sich auch gegenseitig an den Kopf warfen.«

»Hattest du wenigstens Freundschaften mit anderen Kindern?«

»Nein. Ich habe mich um Menschen, die ich mochte und mit denen ich befreundet sein wollte, wohl immer zu verkrampft bemüht. Dadurch bin ich ihnen schnell lästig geworden und Freundschaften sind gar nicht erst entstanden.«

Mona schwieg betroffen. Insa atmete tief durch und rieb sich mit der Hand über die Augen, als könnte sie die Bilder der Vergangenheit damit wegwischen. Dann sagte sie: »Ein Therapeut würde vermutlich erklären, dass all diese Erinnerungen an meine unschöne Kindheit für mein kauziges Einsiedlerdasein verantwortlich sind. Und er hätte Recht damit, aber um das zu erfahren, brauche ich keinen Therapeuten, das weiß ich nämlich alles selber. Jedenfalls erinnert mich der Abstellraum an meine Eltern und meine Kindheit. Und an beides möchte ich lieber nicht erinnert werden.«

Sie stand auf und begann, die Küche aufzuräumen. Monas Angebot zu helfen, lehnte sie wie immer ab.

Kapitel 15

Hauptkommissar Nölk und sein Kollege Oberkommissar Prick gingen den Weg entlang auf die Haustür von Greta Mortensen zu. Links und rechts lagen Rasenflächen, denen deutlich anzusehen war, dass sie als Garten genutzt wurden. Eine Wäschespinne, eine verwitterte Bank unter einer alten Buche und ein Geräteschuppen, alle drei mit sichtbaren Laufwegen versehen, legten darüber Zeugnis ab. Nölk lächelte. Wenn er nicht auf Föhr leben würde und lediglich seinen Urlaub hier verbringen könnte, würde er dafür eine Unterkunft wie diese wählen.

Kurz bevor sie die Haustür erreichten, öffnete Greta Mortensen die Tür. In ihrem geblümten Sommerkleid, über dem sie wegen der kühlen Temperaturen eine Strickjacke trug, lächelte sie den beiden Beamten freundlich entgegen. »Moin, Norbert! Lange nicht gesehen. Wie geht es Sanne und dem Rest der Familie? Wie alt sind die Enkelchen inzwischen? Hach, die Zeit vergeht wie im Flug, und zack, sind sie groß. Gehst du jetzt nicht auch bald in den Ruhestand? Es wird Zeit, die Falten auf deiner Stirn werden vom vielen Grübeln immer tiefer.«

Norbert Nölk kannte Greta seit vielen Jahren. Auch ihren leider viel zu früh verstorbenen Mann hatte er gekannt und gemocht. Über den mit Fragen gespickten Redefluss gleich zur Begrüßung wunderte er sich nicht. Prick hingegen schien etwas schwindelig zu sein.

»Moin, Greta!«, grüßte er freundlich zurück. »Das sind keine Falten, das ist ein Denker-Sixpack.«

Greta lachte schallend. Nölk stimmte mit ein. Prick sah irritiert von einem zum anderen.

Als Greta sich beruhigt hatte, fragte sie: »Was führt dich zu mir und wen bringst du da mit? Na, egal. Möchtet ihr Tee? Oder lieber selbst gemachte Limonade?«

»Nein, danke. Nett von dir, aber leider sind wir dienstlich hier.«

»Sag bloß! Jetzt bin ich aber neugierig.«

»Bei dir hat sich ein Gast namens Thomas Lehbrink aus Neumünster einquartiert. Ist das korrekt und ist er momentan in seinem Zimmer?«

»Ja und nein.« Greta schüttelte bedauernd den Kopf. »Ja, er ist am Samstag gegen Mittag in Begleitung einer jungen Frau angereist. Sie haben ihre Zimmer im ersten Stock bezogen. Und nein, er ist nicht hier. Aber kommt doch rein, setzen wir uns in die Küche.«

»Ihre Zimmer?«

»Ja doch, eins für ihn, eins für sie.«

»Er und eine junge Frau, aber zwei Zimmer? Hast du dich nicht darüber gewundert?«, wollte Nölk wissen, nachdem sie an dem großen Küchentisch Platz genommen hatten.

Greta Mortensen lachte. »Nein, warum auch? Sie hätten ja Geschwister oder nur locker befreundet sein können oder was auch immer. Außerdem kann ich dir sagen, dass man sich über fast gar nichts mehr wundert, wenn man so lange die unterschiedlichsten Menschen beherbergt. Inzwischen weiß ich, dass sie beruflich auf der Insel sind. Und warum fragt die Polizei nach den beiden? Stimmt was nicht?«

»Hast du den *Inselboten* nicht gelesen?«

Greta Mortensen seufzte. »Zuletzt am Samstag. Heute noch nicht. Warum? Was ist denn passiert?«

Nölk ging nicht auf die Frage ein. »Woher weißt du, dass sie aus beruflichen Gründen hier sind?«

»Insa Walzmann war bei mir und hat erzählt, dass Frau Menkwitz sich bei Herrn Lehbrink um eine Stelle beworben hat. Er ist Bauunternehmer und sie sollte ihn probeweise zu seinen Terminen hier auf Föhr begleiten. Ich rede ja normalerweise nicht schlecht über meine Gäste, aber er hat wirklich ein sehr unangenehmes und übertrieben selbstsicheres Auftreten. So ein richtiger Gockel, wenn du weißt, was ich meine. Und sie schien von ihm ziemlich eingeschüchtert zu sein. Da hab ich mich noch gefragt, ob sie den wirklich als Chef haben will.«

»Moment, Moment«, schaltete sich Oberkommissar Prick ein. »Wer ist Insa Walzmann und was hat sie zu tun mit dieser Mona Men...?«

»Menkwitz. Insa Walzmann wohnt in Oevenum«, gab Greta ihm Auskunft und fragte Nölk: »Norbert, du kennst sie, oder?

Insa hat die Sachen von Frau Menkwitz abgeholt. Und einen Brief für Herrn Lehbrink abgegeben, den ich ihm aushändigen sollte. Insa sagte, sie und Frau Menkwitz seien alte Freundinnen, die sich jetzt zufällig wieder über den Weg gelaufen seien. Und weil sie sich so viel zu erzählen hätten, wolle Frau Menkwitz noch ein paar Tage bei ihr wohnen.«

»Warum hat Frau Menkwitz ihre Sachen nicht selber geholt?«, fragte Nölk.

»Keine Ahnung. Sie war wohl verhindert. Aber ich habe sie natürlich auf ihrem Handy angerufen, um sicherzugehen, dass das auch alles seine Richtigkeit hat.«

»Für wie lange hat Herr Lehbrink sein Zimmer noch gemietet?«, fragte Prick.

»Bis morgen.«

»Und wann haben Sie ihn zum letzten Mal gesehen?«

Greta Mortensen sah den jungen Polizisten an. »Kurz nach ihrer Ankunft hier haben sie sich auf den Weg zu einem Termin gemacht und mir noch gesagt, dass es wegen eines geplanten Abendessens spät werden kann. Als ob ich meine Gäste kontrollieren würde!«

Prick grinste, was ihm ein Kopfschütteln von Greta und ein Stirnrunzeln von Nölk einbrachte, bevor er fragte: »Was war mit dem Frühstück am gestrigen Sonntagmorgen?«

»Sie hatten schon beim Einchecken gesagt, dass sie auswärts frühstücken wollen. Darüber habe ich mich gewundert, denn hier ist es im Zimmerpreis enthalten, aber ich zwinge niemanden zu seinem Glück. Ja, und dann kam Insa Walzmann und holte das Gepäck von Frau Menkwitz, die ja schon bei ihr übernachtet hatte.«

»Und Lehbrink war ganz bestimmt seitdem nicht mehr in seinem Zimmer?«, hakte Nölk nach.

Greta schüttelte den Kopf, dass ihre Locken wild umherflogen. »Ganz bestimmt nicht. Selbst wenn er sehr rücksichtsvoll und leise wäre, was ich mir von dem gar nicht vorstellen kann, würde ich ja sein Auto vor dem Haus bemerken. Und dann wäre ja auch das Bett benutzt, aber das war es nicht.«

Prick grinste schon wieder auf respektlose Art. »Oder er ist ganz unbemerkt ebenfalls längst abgereist und hat die Zeche geprellt.«

Nölk trat seinem Kollegen unter dem Küchentisch gegen das Schienbein.

Greta funkelte den jungen Polizisten wütend an. »Nein, er ist nicht abgereist. Sie wissen scheinbar nicht, dass in einer anständigen Pension wie meiner täglich die Zimmer in Ordnung gebracht und die Badezimmer geputzt werden. Somit konnte ich mich längst davon überzeugen, dass sich alle Sachen des Gastes noch in seinem Zimmer befinden.«

»Was du sagst, erhärtet unseren Verdacht, dass Thomas Lehbrink als vermisst gelten muss«, klärte Nölk Greta auf. »Wir haben am Sonntag sein verlassenes Auto gefunden und leider auch Blutspuren, die uns vermuten lassen, dass ihm etwas passiert sein könnte.«

»Das ist ja ein Ding«, entfuhr es Greta. »Dann solltet ihr schleunigst mit Frau Menkwitz sprechen, vielleicht weiß sie etwas.«

»Darauf wären wir nie gekommen«, murmelte Prick, aber Greta hatte es gehört und antwortete: »Ihnen glaube ich das sogar.«

»Das machen wir auf jeden Fall«, sagte Nölk. »Wir fahren jetzt sofort nach Oevenum zu Insa Walzmann. Aber vorher gebe ich den Auftrag, seinen Wagen zur Kriminaltechnik aufs Festland transportieren zu lassen. Und für den Abgleich mit der DNA aus den Blutspuren, die wir gefunden haben, benötige ich schon mal die Zahnbürste aus seinem Zimmer.«

»Natürlich.« Greta begleitete die Beamten in Lehbrinks Zimmer, damit sie sich umsehen und die Zahnbürste mitnehmen konnten. Dann brachte sie die Polizisten zur Tür.

»Greta, bitte melde dich sofort bei mir, falls Lehbrink hier wider Erwarten auftauchen sollte.«

»Mach ich, Norbert, ist doch klar. Viel Erfolg wünsche ich dir. Und grüß mir die Sanne!«

Prick war inzwischen Luft für sie.

Kapitel 16

Mona saß auf dem Schlafsofa in Insas Gästezimmer und sah aus dem Fenster. Sie dachte über die Dinge nach, die sie heute über Insa erfahren hatte. Niemand konnte sich seine Eltern aussuchen und Insa hatte mit ihrem Pech gehabt. Mona empfand tiefes Mitgefühl für die Frau, die sie erst so kurz und dennoch schon gut kannte. Wie sehr sie Insa mochte! Zugegeben, mit ihrer hageren Figur, der großen Nase, den schmalen Lippen und dem durchdringenden Blick sah Insa nicht aus wie die Gutmütigkeit und Vertrauenswürdigkeit in Person. Viel mehr ließ sich eine gewisse Ähnlichkeit mit der *Zauberhaften Nanny* nicht von der Hand weisen. Aber die hatte sich zum Schluss ja auch als herzensguter Mensch entpuppt. Und Insa war im Inneren von großer Selbstlosigkeit und Hilfsbereitschaft und wieder mal ein Beweis dafür, dass man sich vom Aussehen einer Person nicht beeinflussen lassen durfte, weil es nichts über den Charakter aussagte.

Wie glücklich sie war über ihre eigene Kindheit. Liebe, Wärme, Verständnis und Geborgenheit waren die Pfeiler der Erziehung, die ihre Schwester und sie bekommen hatten. Plötzlich vermisste Mona ihre Eltern. Sie hatte ihnen nie von ihrer Beziehung zu Tom erzählt und war jetzt froh darüber. Auf keinen Fall würde sie ihre Eltern mit ihrer Tat belasten. Schon deshalb war es ein Segen, dass Insa sie davon abgehalten hatte, sich der Polizei zu stellen. Vater und Mutter waren am Tod der zweiten Tochter beinahe zerbrochen. Wenn Mona ins Gefängnis käme, würden sie das nicht überleben. Überzeugt davon, dass im Interesse ihrer leidgeprüften Eltern und ihres eigenen Lebens alles genau so hatte laufen müssen, stand Mona auf und verließ das Gästezimmer. Sie wollte Insa suchen und fragen, ob sie sich irgendwie nützlich machen konnte.

Insa saß im Wohnzimmer und freute sich, als Mona den Raum betrat. Sie hatte den Fernseher eingeschaltet und lauschte Katja Burkard, die bei *Punkt zwölf* die neuesten Nachrichten und den aktuellen Klatsch und Tratsch zum Besten gab. Die beiden Frauen schwiegen, aber Insa genoss Monas Gesellschaft trotzdem über alle Maßen. Es war angenehm, nicht allein zu sein und sich um jemanden zu kümmern. Die Dankbarkeit, die Mona durch Blicke und Worte zum Ausdruck brachte, war für Insa Gold wert. Das Gefühl, dass ihre bloße Existenz auf einen anderen Menschen wohltuend wirkte, war ihr so fremd, dass ihr schwindelig davon wurde.

Es erinnerte sie an die Stunden, die sie in ihrer Kindheit bei der Nachbarin hatte verbringen dürfen. Ihre Eltern hatten nie ein Problem damit gehabt, Insa einzusperren, um sie zu bestrafen, oder sie allein im Haus zu lassen, wenn sie etwas zu erledigen hatten. Aber hin und wieder hatte es Tage gegeben, an denen sie versucht hatten, ihrer verkorksten Beziehung auf die Sprünge zu helfen. Dann hatte ihr Vater ausnahmsweise den Fernseher ausgeschaltet und ihre Mutter hatte sich Strapse und durchsichtige BHs angezogen. Wahrscheinlich waren die Sachen so billig, wie sie ihre Mutter aussehen ließen, aber für den vom Alkohol verschleierten Blick ihres Vaters hatte es gereicht.

Für Insa waren diese Tage Glücksfälle. Zwar ekelten ihre Eltern sie dann noch mehr an als sonst, aber dafür wurde sie jedes Mal zu der alten Frau Tamm geschickt, die ein Stück entfernt wohnte. Frau Tamm lebte allein, seit ihr Mann vor vielen Jahren gestorben war. Ihre Kinder waren aufs Festland gezogen und besuchten sie nur selten. Umso mehr freute sie sich, wenn Insa zu ihr kam, und hinterfragte die Gründe nie. Frau Tamm nahm teil an Insas Leben. Sie erkundigte sich, wie es in der Schule lief. Manchmal spielten sie Karten, manchmal malten oder bastelten sie. Außerdem gab es immer warmen Kakao und Kekse oder selbst gebackenen nordfriesischen Kneppkuchen, für den sie ein altes Familienrezept benutzte. Insa blätterte gern in dem kleinen Büchlein, in dem Frau Tamm es zusammen mit vielen anderen Rezepten aufgeschrieben hatte. Insas Mutter besaß so etwas nicht.

Frau Tamms kleines Haus mit den abgewohnten Möbeln war für Insa das Paradies. Es gab auch eine kleine Bibliothek. Solange Insa klein war, hatte Frau Tamm ihr aus den alten Büchern ihrer Kinder vorgelesen, dann hatte sich Insa selbst in die Abenteuer von *fünf Freunden* und *Ronja Räubertochter* vertieft. In den Stunden, die sie bei Frau Tamm verbringen durfte, war sie glücklich, fühlte sich behütet. Sie erinnerte sich daran, dass ihr nur bei Frau Tamm warm ums Herz war. Gut, dass sie damals nicht ahnte, dass sie nie wieder in ihrem Leben so glücklich sein würde. Wenigstens blieben ihr die Erinnerungen, durch nichts verdorben, durch nichts getrübt. Vielleicht waren sie das Ungetrübteste, was sie hatte.

Insa und Mona schraken beide aus ihren Gedanken hoch und sahen sich erstaunt an, als es an der Haustür klingelte.

»Erwartest du Besuch?«, fragte Mona.

Insa schüttelte den Kopf und schaltete den Fernseher aus.

»Dann ist es bestimmt die Polizei.« Mona sackte in sich zusammen.

»Und wenn schon«, murmelte Insa. »Wir sind perfekt vorbereitet. Du darfst jetzt nur nicht die Nerven verlieren.«

Sie ging zur Haustür und warf einen Blick durch das winzige Fenster daneben. Dann drehte sie sich zu Mona um und sagte: »Wenn's nicht die Zeugen Jehovas sind, dann sind es Bullen.«

Mona wurde leichenblass, woraufhin Insa sie anfauchte: »Jetzt reiß dich zusammen, Herrgott noch mal!« Sie sah, wie Mona zusammenzuckte, aber darum konnte sie sich jetzt nicht kümmern, denn es klingelte erneut. Insa öffnete die Haustür. »Ja, bitte?«

»Frau Walzmann?«, fragte der ältere der beiden Männer.

»Wer sonst? Steht ja da auf dem Schild, wer hier wohnt«, gab Insa patzig zurück.

»Ich bin Hauptkommissar Nölk aus Wyk und das ist mein Kollege Oberkommissar Prick. Dürfen wir kurz reinkommen?«

»Ich wüsste nicht, wieso.«

Insa musterte die beiden Beamten und die Dienstausweise, die sie ihr entgegenhielten. Der Jüngere sah aus wie Millionen anderer seines Alters und fiel in einer Menschenmenge nicht auf. Der Ältere war markant – allerdings nicht im positiven Sinn. Was für ein unattraktiver Kerl, dachte Insa und sie schämte sich kein bisschen für diesen Gedanken. Der Mann hatte ungefähr sieben Haare in drei Reihen und sein Kopf hatte eine seltsame dreieckige Form. Im Stirnbereich breit, aber nach unten zulaufend immer schmaler, sodass der Unterkiefer aussah, als würde er zu einem anderen Menschen gehören. Wie ein Ersatzteil, das nicht passte.

»Wir haben erfahren, dass Mona Menkwitz vorübergehend bei Ihnen wohnt«, unterbrach der Dreieckskopf Insas Gedanken.

»Das ist richtig.«

»Wir würden uns gerne mit Frau Menkwitz unterhalten. Ist sie da?«

Kurz überlegte Insa, ob sie verneinen sollte, um die Polizisten zumindest für heute los zu sein, aber in diesem Moment trat Mona an die offene Tür und sagte: »Ich bin Mona Menkwitz. Was kann ich für Sie tun?«

»Vielleicht könnten wir das drinnen besprechen«, wagte der jüngere Beamte einen erneuten Versuch und dieses Mal traten beide Frauen zur Seite und Insa öffnete die Tür ein Stück weiter.

Insa führte die Männer in die Küche und bot ihnen an, sich zu setzen. Mehr aber auch nicht. Ein Tee oder Kaffee würde den Besuch am Ende nur unnötig in die Länge ziehen. Sie warf einen verstohlenen Blick auf Mona, die, anders als ein paar Minuten zuvor, einen entspannten Eindruck machte.

»Ich hatte noch nie etwas mit der Polizei zu tun«, erklärte Mona in diesem Moment mit perfektem Unschuldsblick. »Also, wie kann ich Ihnen behilflich sein?«

Kapitel 17

Der Dreieckskopf, der sich als Hauptkommissar Nölk vorgestellt hatte, ergriff das Wort. »Wir ermitteln in einem Vermisstenfall. Unsere bisherigen Ermittlungen haben ergeben, dass Sie zusammen mit Herrn Thomas Lehbrink nach Föhr gekommen sind und am vergangenen Samstag, dem 20. Mai, ein Zimmer im *Haus Marina* bezogen haben. Ist das so weit richtig?«

Mona nickte. »Ja, wir sind mittags in der Pension angekommen.«

»In welcher Beziehung stehen Sie zu Herrn Lehbrink?«

»In gar keiner«, antwortete Mona so gelassen, dass Insa nur staunte.

»Wie dürfen wir das verstehen?«

»Ich habe mich bei Herrn Lehbrink um eine Assistenzstelle beworben. Meine Teilnahme an den hier vereinbarten Terminen sollte eine Art Einstellungstest werden. Ich habe allerdings seit Samstagabend nichts von ihm gehört.«

»Herr Lehbrink gilt seit Sonntag als vermisst.«

Mona sah so erschrocken aus, dass sie allein dafür einen Oscar verdient hätte. »Aber wir waren ... aber ... das kann doch nicht sein!«

Die Beamten gaben Mona einen Moment Zeit, um sich zu sammeln. Dann fragte Hauptkommissar Nölk: »Wann haben Sie Thomas Lehbrink zum letzten Mal gesehen?«

»Wie ich bereits sagte, am Samstag.«

»Bitte etwas genauer.«

Mona tat so, als müsse sie angestrengt überlegen. »Warten Sie, das muss ... Wir hatten am Nachmittag diesen Termin zur Grundstücksbesichtigung mit einem Föhrer Makler. Ollmann ist sein Name. Nach der Besichtigung waren wir zu dritt essen im Restaurant *Zum Walfisch.*«

Insa sah, wie Nölk und Prick sich verstohlen zunickten. Offenbar hatten sie den Makler befragt und seine Aussage deckte sich mit der von Mona.

»Wie lange dauerte das gemeinsame Abendessen?«, setzte Nölk die Befragung fort.

»Wir haben das Restaurant gegen dreiundzwanzig Uhr verlassen. Als wir zum großen Parkplatz am Heymannsweg gingen, erwähnte Herr Lehbrink unterwegs dann ganz schamlos einen Nachtklub mit Tabledance ganz in der Nähe, den ihm irgendein Bekannter empfohlen hatte. Lehbrink war plötzlich Feuer und Flamme und wollte dort mit mir unbedingt noch einen Absacker trinken, aber ich war natürlich dagegen, ein solches Etablissement mit ihm aufzusuchen. Wir kannten uns kaum und außerdem war er vielleicht mein zukünftiger Chef. Würden Sie mit Ihrem Chef einen Nachtklub besuchen?«

»Um mich geht's hier nicht«, antwortete Nölk trocken.

»Jedenfalls ließ Herr Lehbrink sich nicht mehr von seinem Plan abbringen. Er bot noch widerwillig an, mich vorher zur Pension zu bringen. Ich lehnte ab und sagte, ich käme sehr gut allein zurecht. Das ließ er sich nicht zweimal sagen und machte sich sofort auf den Weg.«

»Und was haben Sie getan?«

»Ich stand da und war fassungslos über ein solches Benehmen. Dann machte ich mich auf den Weg zurück zum Restaurant, um mir von dort aus ein Taxi rufen zu lassen, denn mein Handy hatte ich dummerweise nicht bei mir. Und unterwegs traf ich dann Insa. Sie können sich nicht vorstellen, wie ich mich gefreut habe.«

»Ich mich auch«, warf Insa ein. »Nach so vielen Jahren. Aber wir haben uns sofort wiedererkannt.«

Nölk und Prick drehten sich zu Insa um, die zwangsläufig in das Gespräch einbezogen werden musste. »Woher kennen Sie beide sich?«, fragten sie wie aus einem Munde, was Mona und Insa dazu brachte, albern zu kichern wie zwei Schulmädchen.

»Darf ich erzählen?«, fragte Insa mit einem Blick auf Mona, und als diese nickte, fuhr sie fort: »Ich habe vor vielen Jahren, sagen wir inzwischen lieber vor sehr vielen Jahren, als Küchenhilfe in einem damals sehr angesagten Restaurant gearbeitet, das es heute leider nicht mehr gibt. Natürlich war ich dort überwiegend abends. Tagsüber war ich sehr häufig in der *Wyker Buchhandlung*, weil ich Bücher liebe. Es gibt doch nichts Schöneres als die vielen verschiedenen Abenteuer, die sich zwischen zwei Buchdeckeln verbergen. Kleine Fluchten aus dem Alltag, finden Sie nicht auch?«

»Könnten wir zurückkehren zum eigentlichen Thema?«, fragte Prick mit Ungeduld in der Stimme.

Insa sah ihn mit unverhohlener Missachtung an und erzählte weiter. »Mona hat Ende der Neunziger und Anfang der Zweitausender Jahre häufig mit ihrer Familie Urlaub auf Föhr gemacht. Sie kam auch oft in die Buchhandlung und wir sind ins Gespräch gekommen, haben uns angefreundet und während ihrer Aufenthalte dann viel Zeit zusammen verbracht, wenn ich frei hatte.«

Mona lächelte Insa an. »Genau, aber als ich dann selber eine Ausbildung gemacht habe und nicht mehr mit meinen Eltern verreist bin, haben sich meine Prioritäten verschoben und ich habe unsere Freundschaft verkümmern lassen. Das tut mir so leid. Insa, kannst du mir verzeihen?« Mona griff über den Tisch nach Insas Hand.

»Das habe ich längst, sonst wärst du doch jetzt nicht hier«, antwortete Insa und tätschelte zurück.

Im Augenwinkel sah sie, dass Prick unprofessionell die Augen verdrehte. »Bitte zurück zum Thema«, murmelte er erneut.

»Ich habe Insa also am späten Samstagabend getroffen und wir waren so glücklich über unser Wiedersehen, dass ich mit zu ihr gegangen und die ganze Nacht geblieben bin. Am nächsten Morgen haben wir dann beschlossen, dass ich noch ein paar Tage bleibe und hier bei Insa wohne.«

»Fanden Sie das Herrn Lehbrink gegenüber fair?«, hakte Nölk nach.

»Finden Sie sein Verhalten mir gegenüber an dem Abend fair? Er hat deutlich gezeigt, dass er absolut nicht verstand, warum ich nicht mit ihm zum Table Dance gehen wollte. Als ich sein Angebot, mich zur Pension zu fahren, abgelehnt habe, war seine Erleichterung nicht zu übersehen. Er konnte es kaum erwarten, in dieses Etablissement zu gehen. Wie auch immer, der offizielle Teil meines Aufenthaltes war erledigt. Den Job als seine Assistentin wollte ich ohnehin nicht mehr.«

»War es das, was Sie ihm in dem Brief mitgeteilt haben, den Frau Walzmann im *Haus Marina* abgegeben hat?«, fragte Nölk.

»Ja, sie hat den Brief mitgenommen, als sie meine Sachen abgeholt hat. Ich selbst war unterwegs, um meine Garderobe aufzustocken. Ich war auf einen längeren Aufenthalt ja nicht vorbereitet. Außerdem wollte ich ihm auf keinen Fall begegnen.«

»Aber was in aller Welt ist denn nun mit diesem Lehbrink geschehen?«, fragte Insa.

»Das versuchen wir rauszufinden«, antwortete Hauptkommissar Nölk. »Sein Auto wurde am Sonntagnachmittag von Passanten in einem landwirtschaftlich genutzten Weg entdeckt. Es ist unbeschädigt, wir schließen daher einen Unfall aus. Von Lehbrink selbst fehlt jede Spur. Am und im Auto wurden allerdings

Blutspuren gefunden, wir müssen also davon ausgehen, dass der Mann verletzt ist.«

Mona setzte eine angemessen betroffene Miene auf, blieb aber ruhig. Insa bewunderte sie erneut für ihr schauspielerisches Talent. Sie selbst versuchte angestrengt, sich den Schreck über diese Nachricht nicht anmerken zu lassen. Sie hätte zu gerne gewusst, wo sich diese Blutspuren befanden, aber sie konnte die Beamten natürlich nicht danach fragen. Hatte sie auf der Fahrerseite, auf der die Tat sich abgespielt hatte, gründlich genug geputzt? Sie hatte doch anschließend alles genau inspiziert und nirgends Blutspuren gesehen. Allerdings war es dunkel gewesen.

»Und jetzt«, sagte Mona, »möchten Sie sicher mein Handy überprüfen, um herauszufinden, ob Herr Lehbrink mich seit Samstagabend kontaktiert hat, richtig?« Sie hatte längst den gespeicherten Kontakt von *Tom* umbenannt in *Lehbrink, Thomas.* »Und nach einer DNA-Probe werden Sie mich vermutlich auch fragen.«

Als Prick dienstbeflissen die Hand nach Monas Handy ausstreckte, kam ihm Nölk zuvor. »Ich denke, wir glauben Ihnen auch so, dass Sie über die Aktivitäten und den Aufenthaltsort von Herrn Lehbrink nach dem besagten Samstagabend nichts wissen. Eine DNA-Probe benötigen wir allerdings trotzdem. Das geht ganz schnell und dann sind wir auch fertig hier.«

Wenige Minuten später brachte Insa die Beamten zur Tür. Bevor er ging, überreichte Hauptkommissar Nölk ihr seine Visitenkarte. »Bitte geben Sie die Frau Menkwitz. Sie soll mich anrufen, wenn ihr noch irgendetwas einfällt, das uns weiterhelfen könnte.«

»Aber natürlich«, sagte Insa und schloss hinter den Beamten die Tür.

Mona blieb reglos in der Küche sitzen, während Insa die Polizisten zur Tür brachte. Ihr war übel. Diese knappe halbe Stunde, in der sie den Beamten Rede und Antwort gestanden hatte, hatte sie an den Rand der Erschöpfung gebracht. Die widersprüchlichsten Emotionen kämpften in ihr um die Vorherrschaft. Da war Erleichterung, dass ihr die vorbereitete Lügengeschichte so leicht und glaubwürdig über die Lippen gekommen war – und gleichzeitig die Verwunderung darüber. Aber auch der Gedanke daran, dass sie es tat, tun musste, um ihren Eltern keinen weiteren Kummer zuzufügen, hatte sie stark gemacht. Irritiert war Mona allerdings wegen Insa. Ihr waren all die Lügen nicht nur leichtgefallen, denn sie hatte nicht den kleinsten Hauch von Anspannung oder Nervosität gezeigt und ausgesehen, als würde ihr das Ganze sogar Spaß machen. Sie hatte nahezu aufgekratzt und ausgelassen gewirkt. Oder hatte sich Mona das nur eingebildet?

Und dann war da noch dieses Gefühl von Hoffnung. Konnte es wirklich gutgehen? Niemand war im Bilde darüber, was geschehen war. Niemand außer Insa, aber die steckte nun selbst mit drin und würde nichts verraten. Wenn sie die Beamten von ihrer Geschichte überzeugt hatten, und es sah ganz danach aus, dann konnte sie vorsichtig den Blick in die Zukunft wagen. Irgendwann würden die Erinnerungen verblassen. Das taten sie doch immer. Und eines Tages erschien einem dann unwirklich, was geschehen war. Oder zumindest nicht mehr so schockierend. Nach einem Gefühl von Scham suchte sie vergeblich. Reue, ja. Natürlich bereute sie, was passiert war. Natürlich wünschte sie sich, dass es nicht geschehen wäre. Aber zu welchem Preis? Sich nicht zur Wehr zu setzen, hätte am vergangenen Samstagabend mit großer Wahrscheinlichkeit mehr als eine weitere Tracht Prügel bedeutet. Vermutlich sogar eine erneute Vergewaltigung.

Und vielleicht Schlimmeres, so wie Tom drauf gewesen war. Und deshalb bereute sie, aber sie schämte sich nicht. Wie könnte sie sich dafür schämen, ihre eigene Haut gerettet zu haben?

Jetzt war sie müde und erschöpft. Sie hätte nie vermutet, dass es so anstrengend war, zu lügen und sich zu verstellen. Insa hingegen kehrte mit allerbester Laune zurück in die Küche.

»Hey, was ist los? Warum hockst du da wie ein Häufchen Elend? Wir waren super! Die haben uns jedes Wort geglaubt und kommen bestimmt nicht wieder. Perfekt ausgetrickst, sage ich nur, perfekt ausgetrickst.«

»Ich hoffe, dass du Recht hast«, antwortete Mona. »Mir ist total schlecht. Noch mal kann ich diese Show nicht abziehen.«

»Es ist doch alles super gelaufen.«

Die Frauen schwiegen einen Moment lang. Dann sagte Mona: »Ich finde, zwischendurch hast du bei den Erinnerungen an unsere damalige angebliche Freundschaft und unsere überbordende Wiedersehensfreude ganz schön übertrieben.«

Insa grinste. »Na, und? Überall wird übertrieben, und zwar ständig.«

Kapitel 18

Nölk vergrub die Hände so tief wie möglich in den Taschen seines Anoraks und trat an Deck der Fähre fröstelnd von einem Bein auf das andere. Nachdem Lehbrinks Auto sowie seine Zahnbürste und die DNA-Probe von Mona Menkwitz zur Kriminaltechnik aufs Festland transportiert worden war, hieß es jetzt abwarten, bis das Ergebnis vorlag. Nölk hatte daraufhin seinen Plan, selber zu Lehbrinks Ehefrau nach Neumünster zu fahren, in die Tat umgesetzt.

Die *Uthlande* hatte morgens um Viertel nach sieben in Wyk abgelegt und bahnte sich nun ihren Weg durch den leichten Morgennebel, der über der Nordsee lag und der Szene etwas gab, das Romantiker magisch und geheimnisvoll genannt hätten. Norbert Nölk war kein Romantiker. Er fand die Situation unheimlich und ungemütlich. Schon nach wenigen Minuten war die Insel, auf der er sein ganzes Leben verbracht hatte, nicht mehr zu sehen, und er hatte das Gefühl, sich in einem unwirklichen Niemandsland zu befinden. Ein unangenehmes Empfinden von Verlorenheit und Einsamkeit machte sich in ihm breit. Er hatte mit jedem Jahr, das er älter wurde, weniger Lust, seine Heimatinsel zu verlassen. Warum auch? Auf Föhr gab es alles, was er zum Leben und zum Glücklichsein brauchte.

Heute war er als einer der Ersten mit seinem Wagen aufs Autodeck gerollt und würde somit die Blechlawine anführen, die in Dagebüll von Bord strömen würde. Kurz hatte er überlegt, ohne sein Auto, einen fünfzehn Jahre alten Ford Focus, überzusetzen und dann einen Leihwagen zu nehmen, aber Nölk fuhr ungern mit einem anderen Wagen als seinem eigenen. Außerdem war es egal, ob er Steuergelder für die teurere Überfahrt mitsamt Auto einsetzte oder für die Kosten, die durch einen Mietwagen entstanden.

Es war bitterkalt an Deck, also ging er hinunter ins Bordbistro, kaufte sich einen Kaffee und hoffte, sowohl die trüben Gedanken als auch die Müdigkeit zu vertreiben. Im Restaurantbereich der Fähre wählte Nölk einen der mittleren Tische, zu denen weiche, mit Kunstleder bezogene Bänke gehörten. An denen der äußeren Sitzreihen waren die Bänke aus Holz. Dafür saß man dort zwar am Fenster, aber an diesem Morgen gab es da draußen ohnehin nichts Interessantes zu sehen. Nölk stellte seinen Kaffee, den er bei der lustlos wirkenden Bedienung am Tresen gekauft hatte, auf der weißen Kunststofftischplatte ab und legte beide Hände um die Tasse. Er ließ den Blick über die wenigen Passagiere wandern, die mit ebenfalls müden Gesichtern dasaßen. Eine alte Frau, bei der Nölk sich fragte, was der Grund für ihre Überfahrt an einem so frühen Morgen sein könnte, tastete sich vorsichtig an der Wand zu den Treppen entlang. Wahrscheinlich wollte sie die Toiletten aufsuchen, die sich auf halber Höhe zwischen dem Autodeck und dem Bordbistro befanden. Obwohl die Fähre nur leicht schaukelte, klammerte sich die Frau mit einer Hand krampfhaft an die Stange, die an der Wand angebracht war und ihn an ein Krankenhaus oder an einen Ballettsaal erinnerte.

Nachdem seine Finger wieder warm und durchblutet waren, öffnete Nölk den Reißverschluss seiner Jacke und lehnte sich auf der Bank zurück. Von Dagebüll aus brauchte er bei freier Strecke zwei Stunden bis nach Neumünster. Für das vermutlich höchstens halbstündige Gespräch würde er mit Hin- und Rückreise einen ganzen Tag lang unterwegs sein, aber diesen Dienstausflug gestattete er sich jetzt einfach mal. Bisher hatten sie noch keine heiße Spur. Wenn bei der Befragung von Valerie Lehbrink auch nichts herauskäme, wenn sie nichts wusste oder nicht sagte, was sie wusste, wenn sie Thomas Lehbrink nicht fanden ... darüber wollte er lieber gar nicht nachdenken, denn dann würde dieser Fall kurz vor seiner Pensionierung einen dunklen Fleck auf der ansonsten blütenweißen Weste seiner Dienstzeit hinterlassen. Nölk schloss die Augen und versuchte sich zu entspannen. Sie standen noch am Anfang ihrer Ermittlungen und außerdem war dies der Beginn eines anstrengenden Tages, er sollte seine Kräfte nicht mit Überlegungen vergeuden, die zu nichts führten.

Um kurz nach acht fuhr Norbert Nölk mit seinem Ford über die Rampe von der Fähre aufs Festland und verließ Dagebüll. Der Himmel hatte etwas aufgeklart und einzelne Sonnenstrahlen wurden sichtbar. Die Fahrt ging eine ganze Weile am Deich entlang, auf dem die Schafe friedlich grasten oder schliefen. Nach einer Dreiviertelstunde hielt Nölk in Wanderup direkt an der B 200, um zu tanken. Gestern Abend hatte er dazu keine Lust mehr gehabt und für den Beginn seiner Reise hatte das Benzin locker ausgereicht. Beim Bezahlen griff er kurz entschlossen nach einer Flasche Cola und einer Tüte Weingummi. Dann setzte er seine Fahrt fort.

Nach 70 gefahrenen Kilometern fuhr er auf die Autobahn 7. Jetzt kam er wesentlich zügiger voran. Am Autobahnkreuz Rendsburg floss der Verkehr zwar zähflüssiger, weil dort immer viel los war, aber glücklicherweise kam es nicht zum Stau. Nölk schickte kurz den Wunsch ans Universum, dass der Rückweg ebenso reibungslos vonstattengehen möge. An der Abfahrt Neumünster-Nord verließ er die A 7 und startete das Navi in seinem Smartphone, in das er die Lehbrink'sche Adresse schon vor Fahrtantritt eingetippt hatte. Er schaltete von Norbert Nölk, dem Familienmenschen, um auf Hauptkommissar Nölk in dienstlicher Mission, indem er unbewusst eine aufrechtere Haltung in seinem Sitz einnahm. Ingeborg, wie er die Stimme aus dem Navi nannte, leitete ihn bis zu dem modernen weißen Flachdach-Bungalow der Lehbrinks in der Kastanienallee. Zu der überdachten Haustür führte ein gepflasterter Weg, rechts und links flankiert von einem Schottergarten, den Nölk grauenvoll fand. Graue Steine bildeten eine Ebene, aus der hin und wieder eine Pflanze herausragte. Diesen Vorgartentrend würde Nölk nie verstehen. Aber über Geschmack ließ sich nicht streiten.

Er zückte seinen Dienstausweis und betätigte die Klingel. Ein melodischer Gong ertönte. Es dauerte einen Moment, bis die Tür geöffnet wurde und Nölk einer zierlichen und jung wirkenden Frau gegenüberstand, die ihre dunklen Haare zu einem Zopf zusammengebunden hatte. Sie sah ihn fragend an und strich mit einer Hand über ihren Bauch, der eine fortgeschrittene Schwangerschaft verriet.

»Frau Lehbrink? Valerie Lehbrink?«

Sie nickte.

»Guten Morgen. Ich bin Hauptkommissar Norbert Nölk von der Polizei in Wyk auf Föhr. Dürfte ich Sie bitte kurz sprechen?«

Valerie Lehbrink warf einen kurzen Blick auf den Dienstausweis. Dann trat sie einen Schritt zurück und ließ ihn eintreten. Nölk betrat einen geräumigen Flur, weiß gefliest, mit einer Edelstahl-Garderobe, die in ihrer Form an ein Segel erinnerte, und teuer aussehenden Bildern an den Wänden. Frau Lehbrink lächelte ihn kurz an, ein charmantes Lächeln, das sie noch attraktiver wirken ließ, und bat ihn mit einer Geste in den angrenzenden Raum. Es handelte sich um ein geräumiges Wohnzimmer mit integriertem Essbereich und einer offenen Hochglanz-Küche mit Kochinsel. Es war unübersehbar, dass Weiß die Lieblingsfarbe der Lehbrinks war. Alles wirkte clean, edel, geschmackvoll und dadurch leider steril. Auf dem ebenfalls hell gefliesten Fußboden lagen flauschige Teppiche und große, bodentiefe Fenster gaben den Blick frei auf einen gepflegten Garten. Der Anblick des Rasens ließ Nölk aufatmen, hinter dem Haus war zum Glück keine Steinwüste angelegt worden. Das Herzstück des Gartens bildete ein rechteckiger, in die Erde eingelassener Pool, der mindestens acht Meter lang und vier Meter breit war.

»Nehmen Sie doch Platz. Darf ich Ihnen etwas anbieten? Kaffee, Tee, Mineralwasser?«

»Ein Wasser, bitte«, antwortete Nölk und setzte sich auf das weiße Ledersofa.

Sie ging zum Küchenbereich, holte eine Wasserflasche und ein Glas, stellte beides vor ihm auf den gläsernen Couchtisch und ließ sich in dem Sessel ihm gegenüber nieder. »Sie haben meinen Mann wohl noch nicht gefunden, oder?« Sie stellte die letzte Frage ruhig und emotionslos, als hätte sie ihn gefragt, ob es seiner Meinung nach heute noch regnen würde.

Kapitel 19

Nölk war verwundert, ließ sich aber nichts anmerken. Er goss Wasser ins Glas, schraubte die Flasche wieder zu und trank einen großen Schluck. Aus dem Augenwinkel beobachtete er Valerie Lehbrink, die sich zurückgelehnt und erneut eine Hand auf ihren gewölbten Bauch gelegt hatte.

Entgegen seiner üblichen Vorgehensweise entschloss sich Nölk, mit der Tür ins Haus zu fallen, um einen Blick hinter die Fassade von Lehbrinks Gattin zu bekommen. »Von Ihrem Mann fehlt leider weiter jede Spur.«

»Aha«, war alles, was Valerie Lehbrink sagte.

Einen Moment lang sah sie Nölk fest in die Augen, dann beugte sie sich in ihrem Sessel vor, strich sich eine Strähne ihres dunkelbraunen Haares, die sich aus dem Zopf gelöst hatte, hinter die Ohren und seufzte. »Ich denke, ich sollte Ihnen etwas mehr über unsere Ehe erzählen, damit Sie nachvollziehen können, warum ich an den Aktivitäten meines Mannes nicht sonderlich interessiert bin.«

»Ich bin ganz Ohr«, versprach Nölk und lehnte sich zurück.

»Ich habe Tom vor sechzehn Jahren kennengelernt. Er übernachtete in einem kleinen Hotel in Brest in der Bretagne, in dem ich an der Rezeption arbeitete. Ich bin gebürtige Französin, müssen Sie wissen. Damals war ich zweiundzwanzig Jahre jung und völlig unerfahren. Ich lebte bei einer kinderlosen Tante, nachdem meine Eltern vier Jahre zuvor bei einem Bootsunglück ums Leben gekommen waren. Für einen gut aussehenden, charmanten und weltgewandten Mann wie Tom, der mir ein aufregendes, glückliches und sorgloses Leben an seiner Seite versprach, war ich leichte Beute.«

»Sie haben sich also ineinander verliebt?«, fragte der Hauptkommissar.

»*Ich* hatte mich in *ihn* verliebt. Er hatte für mich lediglich Verwendung.« Bei diesen Worten lag keinerlei Verbitterung in ihrer Stimme, eher so etwas wie Gleichgültigkeit und Resignation.

»Wie meinen Sie das?«

»Mein Mann ist Bauunternehmer, aber das wissen Sie bestimmt längst. Er ist clever und war schon damals sehr erfolgreich. Er ist aber auch unerbittlich und skrupellos. Es macht ihm nicht das Geringste aus, wenn er für seinen Erfolg einen anderen Menschen in den Ruin treibt. Einen harten Hund nennen sie ihn in der Branche. Ich bin dreizehn Jahre jünger als Tom, nicht gerade hässlich, kultiviert und eine gute Köchin. Ich bin also genau das, was er für das Rundumpaket seiner Außenwirkung noch brauchte. Und ich war unerfahren, naiv und blind vor Liebe. Und nun sitze ich hier in der Falle.«

»Einer sehr komfortablen Falle«, warf Nölk ein.

»Ja. Aber eine Falle bleibt eine Falle.«

Valerie Lehbrink stand auf, ging zum Fenster und sah hinaus in den Garten. Nölk gab ihr die Zeit, die sie brauchte. Nach wenigen Sekunden kehrte sie zum Sessel zurück und setzte sich wieder. Der Blick aus ihren sanften braunen Augen war so traurig, dass sich Mitgefühl in Nölk regte. Sofort ermahnte er sich im Stillen zu professioneller Objektivität.

»Es dauerte nicht lange, bis ich begriff, dass Tom mich nicht liebt. Er liebt nur die Rolle, die ich an seiner Seite ausfülle. Er lädt häufig Leute ein, um mit ihnen, wie er es nennt, in entspannter Atmosphäre geschäftlich zu verhandeln. In Wirklichkeit geht es immer nur darum, den Heimvorteil zu nutzen, wenn er den jeweiligen Geschäftspartner oder Kunden über den Tisch zieht. Ich war bei diesen Terminen von Anfang an die liebenswürdige, elegante und zuvorkommende Gastgeberin. Für Tom bin ich das perfekte Gegengewicht zu seiner harten und unnachgiebigen Art. Für mich fühlt es sich jedes Mal eher an wie eine Komplizenschaft.«

»Haben Sie ihm das gesagt?«, fragte Nölk.

»Ja, und nicht nur einmal. Aber es hat nichts bewirkt. Wenn Tom etwas gänzlich unberührt lässt, sind es die Gefühle anderer Menschen. Er stellt die Regeln auf, an die sich alle halten müssen, wenn sie im Spiel bleiben wollen. Es hat ihn nie gestört, nur gewinnen zu können, weil ein anderer verliert.« Wieder seufzte Valerie Lehbrink tief und verzweifelt.

»Und Sie wollten im Spiel bleiben«, schlussfolgerte der Hauptkommissar und ergänzte mit einem flüchtigen Blick auf Valeries Bauch: »Immerhin erwarten Sie ein Kind.« Täuschte er sich oder war Valerie Lehbrink eine Nuance blasser geworden als zuvor?

»Ja, endlich. Wissen Sie, ich bin in den mittlerweile fünfzehn Jahren unserer Ehe einfach nicht schwanger geworden, obwohl ich mir vom ersten Tag an nichts mehr gewünscht habe als ein Kind, für das ich da sein und sorgen kann. Das ich lieben kann, wie ich Tom schon lange nicht mehr liebe, und von dem ich geliebt werde, wie Tom mich vermutlich nicht eine einzige Minute lang geliebt hat.«

»Und nun hat es endlich doch geklappt. Ich gratuliere«, sagte Nölk.

Valerie schlug die Augen nieder und antwortete nicht.

»Zurück zu Ihrem Mann. Sie wussten, dass er nach Föhr gefahren ist?«

»Ja, auch wenn ich in den meisten Fällen nicht weiß, wohin mein Mann reist. Oder mit wem.«

»Sie meinen, dass er häufig mit Leuten unterwegs ist, mit denen er Geschäfte abwickelt?«

»Nein. Ich meine, dass er häufig mit Frauen unterwegs ist, mit denen er Bettgeschichten abwickelt.« Erneut erhob sich Valerie Lehbrink und lief aufgewühlt im Wohnzimmer hin und her.

Hauptkommissar Nölk übte sich in Geduld. Er war aufgrund seiner langjährigen Erfahrung sicher, dass diese Frau noch mehr zu sagen hatte, sich aber zwischendurch immer wieder sammeln musste. Er durfte sie nicht bedrängen.

Nachdem sie mehrmals auf- und abgegangen war, blieb Valerie Lehbrink stehen und fragte Nölk, ob er jetzt doch einen Tee oder Kaffee wünsche, was er verneinte. Daraufhin setzte sie sich wieder in ihren Sessel, rang nervös die Hände und atmete ein paar Mal tief ein und aus, bevor sie erneut zu reden anfing. »Mein Mann duldet es nicht, wenn ich mich in sein Leben einmische, wie er jedes Interesse deutet, das ich an seinem Tun äußere. Er ermöglicht mir ein angenehmes Leben und erfüllt mir nun auch noch meinen Kinderwunsch. Damit hat er seines Erachtens seine Aufgabe als Ehemann absolut erfüllt. Ich kann mit meiner Zeit tun und lassen, was ich will. Ich lebe in diesem wunderschönen Haus, um das sich eine Putzfrau und ein Gärtner kümmern. Ich kann Geld ausgeben, so viel ich will, ohne jemals Rechenschaft ablegen zu müssen. Wir unternehmen mehrmals im Jahr luxuriöse Reisen durch die ganze Welt. Am kommenden Wochenende zum Beispiel fliegen wir auf die Seychellen. Also, das war zumindest der Plan. Aber dafür erwartet Tom, dass ich mich aus seinem Leben raushalte. Außer natürlich bei den vorhin erwähnten Terminen hier zu Hause. Verstehen Sie mich bitte nicht falsch. Tom behandelt mich nicht schlecht. Jedenfalls nicht körperlich. Er ist freundlich, höflich und aufmerksam, aber leider auch kalt, emotions- und lieblos. Und er hasst es nun mal, wenn ich Fragen stelle oder hinter ihm hertelefoniere.«

»Aber was ist das für eine Ehe?«, murmelte Nölk.

»Es ist *meine* Ehe. Ich habe mich zwangsläufig mit all dem arrangiert.«

»Bitte verzeihen Sie, aber nach einer glücklichen Ehe klingt es für mich nicht.«

»Welche Ehe ist schon glücklich? Ich bin zufrieden und lebe finanziell absolut sorglos, was nicht viele Menschen von sich sagen können, oder? Und mein Baby«, sie strich zärtlich über ihren Bauch, »mein Baby wird mich glücklich machen.«

»Haben Sie nie darüber nachgedacht, sich scheiden zu lassen?«

»Nein. Es gibt einen Ehevertrag, mit dem Tom sich abgesichert hat. Ich würde mit ebenso leeren Händen gehen, wie ich gekommen bin. Ich habe Ihnen ja erzählt, dass meine Eltern nicht mehr leben. Die Tante, bei der ich in Frankreich gewohnt habe, ist inzwischen ebenfalls gestorben und Geschwister habe ich nicht. Genauso wenig wie eine Berufsausbildung. Stattdessen habe ich demnächst ein Baby und keinerlei Erfahrung in der deutschen Arbeitswelt. Keine gute Basis, um auf eigenen Füßen zu stehen.«

Hauptkommissar Nölk tat sich schwer damit, einen Übergang zum eigentlichen Grund seines Besuches zu finden. Aber er wurde nicht für passende Übergänge bezahlt, sondern dafür, seinen Job zu erledigen. Er zögerte kurz, beschloss dann aber, Valerie Lehbrink nicht unnötig in Watte zu packen. »Leider haben wir in dem Jaguar Ihres Mannes Blutspuren gefunden, es ist also nicht auszuschließen, dass Ihr Mann verletzt ist.«

»Ist er allein nach Föhr gereist oder mit seiner aktuellen Geliebten?«, fragte Valerie und überging damit Nölks letzte Bemerkung.

»Dazu kann ich im Moment keine Angaben machen.«

»Können Sie nicht oder wollen Sie nicht?«

Wenige Minuten später saß Nölk wieder in seinem Ford. Er verließ die Kastanienallee und hielt auf der Preetzer Landstraße am Straßenrand, um für einen kurzen Moment seine Gedanken zu sortieren. Valerie Lehbrink hatte ihm ungefragt Kassenbelege von zwei Boutiquen in der Innenstadt von Neumünster gezeigt, in denen sie am Samstagnachmittag eingekauft und mit ihrer Kreditkarte bezahlt hatte. Abends hatte sie sich dann mit drei Frauen aus ihrem Schwangerschaftskurs getroffen, was sie durch ein Handy-Foto mit Datum und Uhrzeit untermauerte. Nölk ließ sich dennoch die Namen und Telefonnummern der Frauen geben, um das Alibi routinemäßig zu überprüfen. Allerdings hegte er ohnehin nicht den Verdacht, dass Valerie Lehbrink ihrem Mann hinterhergereist war. Diese Frau hatte sich mit den Eigenarten ihrer Ehe abgefunden und war erfüllt von der Vorfreude auf ihr Kind. Sie war ganz und gar harmlos. Um ihrem Mann hinterherzuspionieren, geschweige denn ihm etwas anzutun, fehlten ihr der Antrieb, der Mut und die Abgebrühtheit. Auf einer DNA-Probe hatte er dennoch bestanden, um sie mit den anderen Proben aus dem Auto zu vergleichen.

Kapitel 20

Mona erwachte am späten Nachmittag aus einem Traum, in dem Tom ihr erschienen war und sie mit Vorwürfen überschüttet hatte, weil sie seinem Leben ein Ende gesetzt hatte. In ihrem Traum war er über zwei Meter groß und sie selbst war winzig. Als er auf sie zukam und seine Hände fest um ihre Kehle legte, wachte sie schweißgebadet auf.

Einen Moment lang sah sie sich verwirrt um. Warum schlief sie mitten am Tag? Dann erinnerte sie sich an die gestrige Befragung durch die beiden Polizisten. So cool sie die gemeistert hatte, so aufgewühlt war sie danach gewesen und in der vergangenen Nacht hatte sie kein Auge zugemacht. Dafür hatte sie heute eine bleierne Müdigkeit fest im Griff, sodass sie sich nach dem Mittagsimbiss, der aus einem gemischten Salat mit Thunfisch bestanden hatte, in ihr Zimmer zurückgezogen und hingelegt hatte.

Durch den dünnen Vorhang fiel grelles Tageslicht. Sie konnte sich gar nicht daran erinnern, ihn zugezogen zu haben. Ihre Jeans, die sie ausgezogen hatte, bevor sie unter die Bettdecke geschlüpft war, lag ordentlich zusammengefaltet auf dem Sessel in der Ecke. Mona hätte schwören können, dass sie die Hose achtlos vor dem Bett hatte liegen lassen. Sie hatte das dringende Bedürfnis gehabt, ein bisschen Zeit ohne Insa zu verbringen. Das Auftauchen der Beamten gestern und der Verlauf des Gesprächs hatten Insa auf seltsame Weise aufgeputscht. Sie hatte nicht mehr aufgehört, sich und Mona für ihre, wie sie es nannte, filmreife Vorstellung zu loben und sich über Nölk und Prick kaputtzulachen, weil sie nicht den geringsten Zweifel an der ausgedachten Geschichte gezeigt hatten. Insa hatte die beiden Ermittler imitiert und dabei maßlos übertrieben. Perfekt ausgetrickst, sagte sie immer wieder. Perfekt ausgetrickst. Als Insa anfing, ausgelassen durch die Küche zu tanzen, und Mona aufforderte mitzumachen, hatte es ihr gereicht. So gerne sie Insa mochte, das war zu viel.

Sie hatte diese Auszeit in ihrem Zimmer dringend gebraucht und wollte noch ein bisschen hierbleiben. Leider ertönte in diesem Moment aber ein Klopfen an der Zimmertür.

»Mona? Schläfst du immer noch?«

Woher wusste Insa überhaupt, dass Mona geschlafen hatte? Monas Blick fiel erneut auf die ordentlich zusammengefaltete Jeans. War Insa etwa im Zimmer gewesen, während sie geschlafen hatte? Hatte sie ihre Hose aufgehoben und die Vorhänge zugezogen? Bei aller Dankbarkeit und Zuneigung fand Mona dieses Verhalten übergriffig. Sie nahm sich vor, Insa zu fragen, ob es einen Schlüssel für die Zimmertür gab.

»Mona?« Insa gab nicht so schnell auf.

»Ich komme gleich«, antwortete Mona so freundlich wie möglich.

»Wollen wir nach Wyk fahren und ausnahmsweise mal essen gehen? Ich habe keine Lust zu kochen und außerdem haben wir was zu feiern, oder? Die Bullen haben dich garantiert nicht mehr auf dem Radar. Ich könnte mich jetzt noch schlapplachen. Ich dachte, wir gehen ins Föhrer Fisch Restaurant, was meinst du?«

Jetzt gelang es Mona nicht mehr, ruhig zu bleiben, sie klang genervt. »Ich sagte doch, ich komme gleich.«

»Ich rufe schnell an und reserviere einen Tisch für uns.«

Mona hörte, wie sich Insas Schritte entfernten. Der Restaurantbesuch war damit einseitig beschlossene Sache. Was soll's, dachte Mona, sie hatte jetzt ein ganz anderes Problem. Sie hatte ihren Eltern natürlich von ihrem Wochenendausflug auf die Insel erzählt und gesagt, dass sie am heutigen Dienstag wieder zu

Hause in Elmshorn eintreffen würde. Natürlich hatte sie kein Wort über Tom verloren, sondern behauptet, ihr Arzt hätte ihr wegen einer verschleppten Erkältung zu einem Aufenthalt an der See geraten. Wenn sie sich heute, nach ihrer vermeintlichen Rückkehr nicht bei ihnen meldete, würden sie sich Sorgen machen. Mona griff nach ihrem Smartphone und drückte auf die Kurzwahltaste, unter der sie den Festnetzanschluss ihres Elternhauses abgespeichert hatte. Ihre Mutter meldete sich sofort.

»Menkwitz.«

»Hallo, Mama!«

Mona musste alles aufbieten, was ihr an schauspielerischen Fähigkeiten zur Verfügung stand, um fröhlich und entspannt zu klingen.

»Bist du wieder zurück von deinem Kurzurlaub?«

»Nein, ich …«, Mona hasste es, ihre Mutter anzulügen, »ich habe beschlossen, noch ein bisschen zu bleiben. Die Luft tut mir so gut, ich möchte das gerne etwas länger genießen.«

Dass sie seit ein paar Wochen keinen Job mehr hatte, wussten Monas Eltern. Den Grund dafür natürlich nicht. Sie hatte es als betriebsbedingte Kündigung ausgelegt und erklärt, sie wolle jetzt eine Zeit lang von ihren Ersparnissen leben und sich in Ruhe Gedanken über eine mögliche berufliche Neuorientierung machen.

»Das klingt vernünftig«, antwortete Monas Mutter. »Wie lange bleibst du denn weg?«

»Äh, das weiß ich noch nicht. Ich entscheide es spontan.«

»Dann wünschen der Papa und ich dir eine schöne Zeit und gute Erholung. Pass auf dich auf, mein Schatz. Und melde dich zwischendurch mal.«

Mona versprach es und beendete den Anruf. Sie war froh, das Telefonat erledigt zu haben, weil es ihr schwergefallen war, die liebsten Menschen, die sie auf der Welt hatte, so zu hintergehen.

Kapitel 21

Für die Rückfahrt von Neumünster nach Dagebüll hatte Hauptkommissar Nölk knapp fünf Stunden gebraucht inklusive zäh fließendem Verkehr und sogar Stau auf der A 7. Die Fähre um 16.30 Uhr, die er gebucht hatte, fuhr ihm direkt vor der Nase weg. Zum Glück war auf der um 18 Uhr Platz für ihn und seinen Pkw, aber die Zeit, die er sich am Anleger vertreiben musste, hatte ihm endgültig die Laune verdorben. Als er gegen 19 Uhr in Wyk ankam, rief er Oberkommissar Prick an, teilte ihm mit, dass sie sich die Ergebnisse des heutigen Tages am nächsten Morgen gegenseitig mitteilen würden, und wünschte ihm einen erholsamen Feierabend.

Nölks Frau Sanne, der er telefonisch mitgeteilt hatte, wann er zu Hause eintreffen würde, begrüßte ihn schon an der Haustür, einer echten Klöntür, bei der man die obere Hälfte unabhängig von der unteren öffnen konnte, um eben zu klönen. Daher ja auch der Name. Sanne nahm ihm die Jacke ab und geleitete ihn in die Küche, wo es herzhaft nach Föhrer Spargel duftete. Ihm lief das Wasser im Mund zusammen und seine Laune besserte sich schlagartig. Sanne wusste immer genau, womit sie ihm eine Freude machen konnte, was er brauchte, wie es ihm ging und ob er reden wollte oder nicht. Im kommenden Jahr stand ihr dreißigster Hochzeitstag an und Norbert Nölk hatte nicht einen Tag bereut, genau diese Frau an seiner Seite zu haben. Vor gar nicht langer Zeit hatte er sie mal gefragt, ob sie ihrer Meinung nach zu wenig über ihre Beziehung sprachen. Darauf hatte sie geantwortet, dass sie ihre Beziehung seit Jahr und Tag lebten, anstatt darüber zu sprechen. Denn je mehr man über eine Ehe sprechen müsse, umso kaputter sei sie bereits. So war sie, seine kluge Sanne. Kurz dachte er mit einem Anflug von Mitleid an Valerie Lehbrink, die zwar in Saus und Braus lebte, aber nicht annähernd von der Liebe und Wärme umgeben war, die ihn Tag für Tag umhüllte. Doch als Sanne ihm den Spargel auf den Teller legte und ihm die Sauce hollandaise reichte, drängte er diese Gedanken beiseite.

Gegen Abend fuhr Mona mit Insa nach Wyk. Insa parkte ihren alten Opel auf dem Parkplatz am Flughafen. Unterwegs hatte Mona die Sache mit dem Schlüssel für ihr Zimmer angesprochen. Insa hatte wütend gefragt: »Wozu willst du dich einschließen? Nein, in meinem Haus wird keine Tür vor mir verschlossen, das fehlte noch.« Und damit hatte sie das Thema beendet. Mona war im Stillen froh, dass wenigstens in der Badezimmertür ein Schlüssel steckte. Hoffentlich nahm Insa den jetzt nicht weg, um ihre Aussage zu untermauern. Als Mona auf dem Parkplatz aus dem Auto ausstieg und sich umsah, wirkte Insa auf einmal aufgekratzt. Wenige Sekunden später erfuhr Mona, warum.

»Und jetzt kommt meine Super-Überraschung für dich«, verkündete Insa und strahlte Mona aufgeregt an.

Mona ahnte nichts Gutes. »Und die wäre?«

»Ich schenke dir einen Rundflug über die Insel. Du bestimmst den Termin und dann geht's ab in die Lüfte. Vor vielen Jahren habe ich mir das auch mal gegönnt und ich sage dir, dieses Erlebnis vergisst du nie.«

Als Mona nicht antwortete, fügte sie hinzu: »Was ist denn? Du freust dich ja gar nicht.«

»Ich ... äh ...«, druckste Mona herum, »ich weiß gar nicht, was ich sagen soll. Das ist doch bestimmt sehr teuer und überhaupt nicht nötig.«

Sie traute sich nicht, Insa zu sagen, dass sie keine zehn Pferde in so ein kleines Flugzeug brachten.

Insa grinste selbstzufrieden. »Wusste ich's doch, dass du sprachlos sein würdest. Und jetzt lass uns zu Fuß zum Restaurant gehen. Der kleine Spaziergang wird unseren Appetit zusätzlich anregen, meinst du nicht? In ungefähr zwanzig Minuten sind wir da.«

Mona trottete neben Insa her. Sie folgten der Straße *Am Flugplatz*. Auf einmal blieb Mona wie angewurzelt vor einem imposanten Gebäudekomplex stehen. Insa folgte ihrem Blick. Beide betrachteten das große Haus aus rotem Backstein mit terrassenförmig angeordneten weißen Balkonen, von denen aus man eine freie Sicht auf die Nordsee hatte. Alles wirkte gepflegt und einladend.

»Tolles Haus«, sagte Mona.

Insa nickte. »Es heißt *Haus Halligblick*.« Sie schien plötzlich tief in Gedanken versunken.

»Kennst du jemanden, der dort wohnt?«

»Das sind alles Ferienwohnungen, die von den Eigentümern selbst genutzt und zum Teil auch fremdvermietet werden. Gebaut wurde das Haus Anfang der Achtzigerjahre, glaube ich. Schon im Jahr 2003 wurde aber wochenlang saniert. Unter anderem mussten im ganzen Haus die Böden wegen Abnutzung erneuert werden. Im Keller gibt es übrigens sogar einen Swimmingpool.«

»Woher weißt du das?« wollte Mona wissen.

Insas Blick bekam wieder diesen verklärten Ausdruck. »Ich kannte mal jemanden, der bei der Sanierung auf der Baustelle gearbeitet hat. Und ich habe damals die glücklichsten Minuten meines Lebens hier erlebt.«

»Etwa mit einem Verehrer?«, hakte Mona nach und knuffte Insa scherzhaft in die Seite. »Oder sogar mit einem festen Freund? Bist du sicher, dass es nur glückliche Minuten waren und nicht etwa Stunden?«

Insa ging nicht auf Monas neckenden Ton ein und verzog keine Miene. Mona beschloss, nicht länger auf dem Thema herumzureiten. Dabei hätte es sie erleichtert und beruhigt, etwas so Normales und Gewöhnliches wie eine kleine Schwärmerei über Insa zu erfahren.

Plötzlich erwachte Insa aus ihrer seltsamen Stimmung und sagte barsch: »Sei nicht albern. Komm jetzt, ich habe Hunger.«

Kurz vor dem *Föhrer Fisch Restaurant* hörten sie plötzlich: »Hallo, Frau Menkwitz! Moin, Insa!«

Mona und Insa blieben stehen und schauten sich um. Ein Stück hinter sich erblickten sie Greta Mortensen. Sie schien über das unverhoffte Treffen ehrlich erfreut zu sein, denn sie strahlte über das ganze Gesicht. Auch Mona freute sich, sie hatte Frau Mortensen bei ihrer einzigen kurzen Begegnung beim Einchecken am Samstag als warmherzige, freundliche und an ihren Gästen auf eine angenehme Weise interessierte Person kennengelernt. Und nicht als neugierige Klatschbase, wie Insa sie beschrieben hatte.

»Guten Tag, Frau Mortensen!« Mona schlenderte ein paar Schritte zurück und auf Greta Mortensen zu. Es war ihr egal, dass Insa sich nicht vom Fleck rührte und leicht säuerlich das Gesicht verzog.

»Machen Sie auch einen Spaziergang?«, fragte Mona.

»Ich war auf dem Hundespielplatz da drüben, dabei habe ich gar keinen Hund.« Greta Mortensen kicherte. »Aber ich treffe mich da oft mit einer Freundin. Auf die Weise hat ihr Hund Auslauf, meine Freundin und ich können in Ruhe quatschen und alle drei bekommen frische Luft. Wie geht es Ihnen? Genießen Sie die Zeit bei Ihrer Bekannten?«

»Das tue ich«, gab Mona zurück. »Wir haben uns so unglaublich viel zu erzählen.«

»Das kann ich mir vorstellen, nach so vielen Jahren.« Greta trat einen Schritt näher. »Ich hoffe, Sie nehmen mir nicht übel, dass ich der Polizei gesagt habe, wo Sie zu finden sind. Sie sind deren einzige Hoffnung bei dem Versuch, Herrn Lehbrink zu finden. Eine seltsame Geschichte, dass er einfach so verschwunden ist. Heute wollte er abreisen, aber er hat sich nicht blicken lassen, um seine Sachen zu holen. Hat Norbert denn schon mit Ihnen gesprochen? Also, Hauptkommissar Nölk, meine ich.«

»Das hat er. Gestern. Aber leider wird meine Aussage ihm bei seiner Arbeit wohl nicht weiterhelfen, da ich Herrn Lehbrink zuletzt am Samstagabend gesehen habe. Unterwegs zum Parkplatz haben sich unsere Wege getrennt, weil er noch ein anderes Lokal aufsuchen wollte, ich dazu aber keine Lust hatte. Über alles, was danach geschehen ist, weiß ich also nichts.«

Mona konnte Greta Mortensen nicht in die Augen sehen, während sie die Lüge wiederholte, die sie den Beamten aufgetischt hatte.

»Seltsame Geschichte. Hoffentlich ist ihm nichts Schlimmes zugestoßen«, murmelte Greta, klang dabei aber seltsam abwesend.

Mona folgte ihrem Blick und stellte fest, dass die Pensionswirtin Insa musterte und sich ein Ausdruck der Überraschung auf ihr Gesicht gelegt hatte. Mona konnte es ihr nicht verübeln, denn vermutlich hatte keiner Insa je so gesehen, wie sie heute aussah. Sie trug ein schwarzes Kleid, das wie eine Metapher wirkte für alles, was in einem Leben schiefgehen konnte. Nach eigener Aussage besaß Insa es nur für den Fall, dass sie zu einer Beerdigung gehen musste. Und selbst dort würde sie damit auffallen. Ihre Füße steckten in schwarzen Spangenpumps aus Wildleder, die dieselbe Daseinsberechtigung hatten wie das Kleid. Der zweckmäßige grüne Anorak, den sie Samstagnacht bei ihrer ersten Begegnung mit Mona getragen hatte, hing jedoch auch heute locker über ihren Schultern. Am auffälligsten waren aber Insas Haare und ihr Gesicht. Sie hatte Mona dazu überredet, ihr bei einer Hochsteckfrisur zu helfen und sie zu schminken. Sie hatte regelrecht gebettelt, bis Mona schließlich zugestimmt hatte, ihr ein dezentes Tages-Make-up zu verpassen.

Greta Mortensen starrte Insa noch immer ungläubig an. Die bemerkte den Blick und brachte ein kurzes Nicken als Gruß zustande, während sie ungeduldig mit einem Fuß auf den Boden tippte und immer wieder auf ihre Armbanduhr sah. Sie machte den Eindruck einer aufgeregten und ungeduldigen Brautmutter, die sich wegen der unerwarteten Kälte von irgendjemandem eine Jacke übergehängt hatte.

Mona verkniff sich ein Grinsen. »Einen schönen Abend noch, Frau Mortensen«, verabschiedete sie sich.

»Ebenfalls, Frau Menkwitz, und alles Gute für Sie.«

»Was wollte sie?«, fragte Insa, als Mona wieder zu ihr aufgeschlossen hatte.

»Wissen, wie es mir geht, ob wir die gemeinsame Zeit genießen und ob die Polizei schon mit mir gesprochen hat. Sie war sehr freundlich, ich mag sie«, gab Mona Auskunft.

Insa gab ein Schnauben von sich. »Dieses neugierige Weib. Ich hoffe, du hast dich von ihrer vorgetäuschten Freundlichkeit nicht so sehr blenden lassen, dass du dich verplappert hast.«

»Keine Sorge«, antwortete Mona und ärgerte sich über Insas Tonfall.

Schweigend gingen sie weiter, kamen an einer Nebenstelle der *Klinik Sonneneck* vorbei, über deren Gebäude, fiel Mona ein, der Makler mit Tom gesprochen hatte, aber sie erinnerte sich nicht, in welchem Zusammenhang. Sie war froh darüber, dass Insa nicht redete. Es würde anstrengend genug werden, sich beim Essen wieder mit ihr zu unterhalten. Sofort schämte Mona sich für diesen Gedanken. Insa meinte es doch nur gut und wollte die gemeinsame Zeit so abwechslungsreich wie möglich gestalten. Und dass sie sich für ein Abendessen mit Mona herausputzte, wie sie es sonst nie tat, hatte ja auch etwas Anrührendes. Ihre bestimmende und manchmal übergriffige Art auszuhalten, war ein geringer Preis dafür, dass sie Mona in der schlimmsten Situation ihres Lebens aus der Klemme geholfen und sich zur Komplizin einer ihr vollkommen fremden Frau gemacht hatte.

Als das *Föhrer Fisch Restaurant* zu sehen war, sagte Insa: »Hm, mir läuft schon das Wasser im Mund zusammen. Du ahnst gar nicht, was diese Insel alles zu bieten hat. Im Hochsommer macht die *Friesische Karibik* ihrem Namen alle Ehre. Noch lieber mag ich aber September und Oktober, da erleben wir oft noch einen richtig schönen Spätsommer. – Ich spreche aus nachvollziehbaren Gründen nicht so gerne vom Altweibersommer.«

Mona grinste. Manchmal konnte Insa echt witzig sein. Um die Stimmung nicht zu verderben, verzichtete sie darauf, Insa darüber aufzuklären, dass ihr Aufenthalt höchstens noch ein paar Tage dauern würde und dass sie aufgrund der furchtbaren Erinnerungen nicht vorhatte, jemals hierher zurückzukehren.

Insa erzählte munter weiter, dass es auf Föhr weder Eichhörnchen noch Maulwürfe gab. »Wenn du also mal in einem Föhr-Roman liest, dass ein verliebtes Pärchen auf einer Bank rumknutscht und plötzlich ein Eichhörnchen vor ihnen über die Wiese huscht oder dass ein Hobbygärtner sich über die Maulwurfshügel in seinem Garten aufregt, kannst du davon ausgehen, dass das Buch von jemandem geschrieben wurde, der nicht besonders viel über die Insel weiß.«

Kapitel 22

Endlich standen sie vor dem Restaurant. Von außen sah es aus wie ein verglaster Pavillon. Sie traten ein und wurden zu ihrem Tisch gebracht. Sie setzten sich einander gegenüber und Mona sah sich um. Die Einrichtung war schlicht und schnörkellos gehalten. Alle Möbel waren aus dunklem Holz und es gab eine offene Küche, in der man den Koch auf Hochtouren arbeiten sah. Einige Tische waren besetzt, die freien überwiegend reserviert. An den Wänden hingen zwar Bilder mit maritimen Motiven, aber ansonsten war die Deko reduziert und alles wirkte gradlinig und etwas unterkühlt. Aber Mona war ohnehin kein Fan von übertriebenem Schnickschnack. Und schließlich kam es auf das Essen an.

Die überaus freundliche Bedienung brachte die Speisekarten und fragte nach ihren Getränkewünschen. Sie bestellten Weißwein und vertieften sich in das reichhaltige Angebot der Karte. Plötzlich beugte sich Insa über den Tisch und flüsterte: »Guck jetzt nicht hin, aber hinter dir sitzt ein altes Ehepaar und man sieht beiden an, dass sie diese Ehe besser niemals eingegangen wären.«

Entgegen Insas Aufforderung drehte sich Mona um. Sie sah die beiden älteren Leute mit ernsten Gesichtern über ihre Teller gebeugt. »Sie konzentrieren sich eben voll und ganz auf ihr Essen.«

»Ach, was!«, winkte Insa ab. »Die reden kein Wort miteinander und sehen sich nicht ein einziges Mal an. Er ist bestimmt ein total schwieriger Typ und sie eine von diesen Frauen, die nichts zu melden haben. Ohne ihn hätte sie ein schöneres Leben gehabt, darauf wette ich. Wir müssen übrigens unbedingt die Fischsuppe nehmen, die ist hier köstlich.«

In dem Moment, in dem Mona sagte: »Ich bin nicht so für Fischsuppe«, trat die Bedienung wieder an ihren Tisch.

»Zweimal Fischsuppe, bitte. Und danach das Steinbuttfilet in Austernsauce. Auch zweimal.«

Mona wollte widersprechen, aber Insa tätschelte ihr die Hand und meinte: »Verlass dich auf mich, es wird dir schon schmecken.«

»Es gefällt mir nur nicht, dass du über mich bestimmst, als wäre ich ein unmündiges Kind.«

»Sei doch nicht so empfindlich, Samstagnacht warst du ganz froh darüber, dass ich das Ruder übernommen habe, oder?«

Was sollte das denn jetzt? Mona war für einen Moment geschockt und sprachlos. Insa erwartete aber keine Antwort, sondern sprach munter weiter. »Oh, die beiden sind fertig. Sie hat nicht aufgegessen, na, das gibt bestimmt Ärger.«

In diesem Moment hörte Mona, wie der Mann hinter ihr zu seiner Frau sagte: »Das macht doch nichts, Lisbeth. Hauptsache, es hat dir geschmeckt.«

Mona sah Insa an, aber die zuckte nur mit den Schultern, als hätte das nichts zu bedeuten und als läge sie mit ihrem Urteil über das Ehepaar dennoch genau richtig. Monas Vorfreude aufs Essen war verflogen. Sie hätte ihre Bestellung am liebsten geändert und sich etwas anderes ausgesucht, wollte aber weder eine Szene noch dem Personal doppelte Arbeit machen.

Nach wenigen Minuten wurde die Fischsuppe serviert, die köstlich war. Auch das Steinbuttfilet schmeckte lecker, aber für Mona hatte alles den Beigeschmack der Bevormundung. Außerdem ging ihr Insas Bemerkung wegen Samstagnacht nicht aus dem Kopf. Verbarg sich hinter all der Freundlichkeit und Hilfsbereitschaft eine Seite, die Mona lieber nicht kennenlernen wollte? Nein, niemand konnte sich derartig verstellen. Mona beschloss, Insas Äußerung nicht überzubewerten, aber ein ungutes Gefühl blieb.

Während des Fußmarsches zurück zum Parkplatz schien Insa die veränderte Stimmung zwischen ihnen nicht wahrzunehmen, denn sie plapperte munter weiter. »Füchse gibt es auf Föhr übrigens auch nicht. Das alte Kinderlied *Fuchs, du hast die Gans gestohlen* muss hier also nicht gesungen werden.«

Mona schwieg fast die ganze Zeit, was Insa aber nicht zu stören schien. Erst als sie im Auto saßen, meinte sie: »Du bist so still. Hat dich der Spaziergang ermüdet oder denkst du immer noch unnötig viel an das Gespräch mit den Bullen? Mach dir doch nicht so viele Sorgen, wir haben sie perfekt ausgetrickst.«

»Ich bin einfach satt und zufrieden«, antwortete Mona ausweichend.

Insa startete den Motor, lenkte den alten Opel vom Parkplatz und fuhr über den *Fehrstieg* immer geradeaus Richtung Oevenum. Die Fahrt dauerte nur wenige Minuten.

»Trinken wir noch einen Wein in der Küche?«, fragte Insa beim Betreten ihres Hauses.

»Ich habe Kopfschmerzen und möchte lieber sofort ins Bett gehen«, antwortete Mona.

Ihr war unbehaglich zumute und alles in ihr sträubte sich dagegen, in dem dunklen Schlund zu verschwinden, der sich hinter der Haustür auftat. Sei nicht albern, ermahnte sie sich selbst. Insa hat dir in der schlimmsten Nacht deines Lebens zur Seite gestanden. Sie hat es nicht verdient, dass jedes ihrer Worte auf die Goldwaage gelegt wird. Sie ist ein guter Mensch. Aber der Zweifel nagte weiter an Mona.

»Na, dann will ich dich mal schlafen lassen. Für morgen habe ich übrigens auch schon Pläne. Lass dich überraschen. Mit der

Fischsuppe und dem Steinbutt heute lag ich schließlich auch richtig.«

»Trotzdem hätte ich gerne selbst entschieden, was ich essen möchte«, begehrte Mona nun doch auf. »Ich kann durchaus eigene Entscheidungen treffen.«

»Ach ja?« Insa hob eine Augenbraue und verzog den Mund zu einem spöttischen Grinsen. »Was dabei herauskommt, haben wir an deinem Tom gesehen.«

Schon wieder so eine spitze Bemerkung über die Ereignisse von Samstag. Was sollte das? Mona verkniff sich eine Antwort, drängte sich an Insa vorbei und verschwand in ihrem Zimmer. Durch die geschlossene Tür hörte sie, wie Insa ihr hinterherrief: »Glaub mir, ich weiß am besten, was gut für dich ist. Besser als du selbst.«

In der Nacht wälzte sich Mona im Bett hin und her. An Schlaf war nicht zu denken. Insas spitze Bemerkungen gingen ihr nicht aus dem Kopf. Warum zeigte Insa auf einmal dieses andere Gesicht? Wohin waren ihre Herzlichkeit und Liebenswürdigkeit verschwunden? Und wie sollte es jetzt weitergehen? Am liebsten würde Mona gleich morgen früh ihre Sachen packen und mit der ersten Fähre von der Insel verschwinden. Aber dann wäre Insa auf jeden Fall beleidigt und vielleicht sogar wütend genug, um der Polizei die wahre Geschichte zu erzählen. Obwohl – würde sie das tun? Sie steckte knietief mit drin. Trotzdem beschloss Mona, dieses Risiko nicht einzugehen, sondern zu bleiben und abzuwarten. Vielleicht hatte Insa heute nur einen miesen Tag gehabt. Möglicherweise war sie gesundheitlich nicht auf der Höhe oder es beschäftigte sie etwas, von dem Mona keine Ahnung hatte. Was wusste sie schon über Insa und ihr Leben?

Erst in den frühen Morgenstunden hatte Mona sich so weit beruhigt, dass sie in einen leichten Schlaf fiel.

Kapitel 23

Drei Tage später. Freitag, 26. Mai

Hauptkommissar Nölk saß an seinem Schreibtisch in der Polizeidienststelle in Wyk. Er hatte den Kopf in die Hände gestützt und
atmete schwer. Thomas Lehbrink war jetzt schon seit fast einer
Woche verschwunden und sie hatten nicht den geringsten An-
haltspunkt für die Suche nach dem Mann. Die Befragung der
Ehefrau hatte nicht weitergeholfen. Eine Ehe wie die der Lehbrinks verwirrte Nölk. War das überhaupt eine Ehe? Ihm kam es
so vor, als würden Valerie und Thomas Lehbrink die meiste Zeit
wie in einer WG zusammenleben, und selbst das nicht besonders
harmonisch.

Na ja, seine Sorgen waren das zum Glück nicht. Das Gespräch
mit Mona Menkwitz hatte keine Anhaltspunkte für die weiteren
Ermittlungen ergeben. Herr Ollmann, der Makler, mit dem Thomas Lehbrink und Mona Menkwitz an dem betreffenden Samstagabend im Restaurant waren, hatte nur bestätigt, was die Beamten bereits wussten. Nach dem Essen hatte man sich mit ein
paar letzten Höflichkeitsfloskeln voneinander verabschiedet.
Ollmann war zügig abgefahren und hatte sich nicht mehr um
Lehbrink und seine Begleiterin gekümmert. Er ließ es sich in seiner Aussage nicht nehmen, seine Meinung über Thomas Lehbrink (»ein ganz mieser Halsabschneider mit aalglatter Optik,
aber miesen Geschäftspraktiken und einem hinterhältigen Charakter«) und Mona Menkwitz (»ein verklemmtes Frauenzimmer,
das die Zähne nicht auseinanderbekam und nicht mal ein Lächeln zustande brachte«) zum Besten zu geben. Auch das hatte
Nölk und seine Kollegen nicht weitergebracht. Gerne hätte Nölk

sich die Haare gerauft, aber die wurden auch ohne sein Zutun immer weniger. Wenigstens lag inzwischen das Ergebnis der DNA-Untersuchung vor. Der Abgleich der sichergestellten Blutpartikel mit Thomas Lehbrinks Zahnbürste hatte ergeben, dass das Blut am und im Auto von ihm stammte. Nölk hatte mit diesem Resultat gerechnet und war kein bisschen überrascht.

Nölk rieb sich mit beiden Händen übers Gesicht. Für heute war es genug. Zum Abendessen hatte er sich Kohlrouladen gewünscht und beim Gedanken daran lief ihm das Wasser im Mund zusammen. Sanne hatte seinen Wunsch zuerst abschlagen wollen, weil das ein Winteressen war und jetzt war Mai, aber ihr Widerstand hatte nicht lange gehalten. Sie verwöhnte ihn viel zu gerne. Nölk schaltete den Computer aus, zog seine Jacke an, knipste die Schreibtischlampe aus und verließ das Büro.

Kapitel 24

Vier Tage später. Dienstag, 30. Mai

Mona lag auf dem Bett und starrte an die Decke. Zehn Tage wohnte sie nun schon bei Insa. Nie hätte sie geglaubt, dass ihr Aufenthalt so lange dauern würde. Am Vormittag hatte sie versucht, ihre Eltern in Lübeck anzurufen, aber niemanden erreicht, weil dienstags wie immer der Einkauf auf dem Wochenmarkt auf dem Programm stand. Genauso hatte Mona das geplant. Sie hinterließ eine fröhlich klingende Nachricht auf dem uralten Anrufbeantworter, den ihre Eltern besaßen, schwärmte von der

Insel, beteuerte, wie gut es ihr ging, und versprach, sich bald wieder zu melden.

Das alles war so extrem entfernt von der Wahrheit, dass Mona übel wurde. In Wirklichkeit gefiel es ihr überhaupt nicht mehr hier. Sie wäre lieber heute als morgen abgereist, aber die Angst davor, was Insa dann mit ihrem Wissen über Monas Tat anfangen würde, hielt sie zurück. Wie sie sich aus dieser Zwickmühle befreien sollte, fiel ihr beim besten Willen nicht ein. Auf jeden Fall hatte sich die Chemie zwischen Insa und ihr verändert. Vergiftet, um genau zu sein. Insas spitze Bemerkungen, die Mona anfangs bereit war zu entschuldigen, waren inzwischen an der Tagesordnung. Zwischendurch gab es immer wieder entspannte und freundliche Phasen, aber von einer Sekunde auf die andere verschlechterte sich Insas Laune, wenn ihr etwas nicht passte.

Und ihr passte einiges nicht. Oft waren es Dinge, die Mona fragte oder sagte, was zwangsläufig dazu führte, dass Mona Gesprächen mehr und mehr aus dem Weg ging. Plante sie allerdings Unternehmungen ohne Insa, war erneut Ärger vorprogrammiert, denn Insa wollte immer und überall dabei sein. Langsam fragte sich Mona, wie Insa ihre Zeit vorher allein verbracht hatte. Als sie Insa einmal fragte, ob sie nicht irgendwann mal arbeiten, also Holz suchen, schnitzen oder Bestellungen abwickeln musste, verbat sich Insa jegliche Einmischung in ihre Angelegenheiten. Leider beruhte das nicht auf Gegenseitigkeit, denn Insa mischte sich mit zunehmender Intensität in alles ein, was Mona betraf. Ihren bisherigen Höhepunkt hatten Insas Übergriffigkeiten heute Vormittag gefunden, als sie nach dem Frühstück fast beiläufig gesagt hatte, dass sie für Mona einen Termin beim Friseur vereinbart hatte.

»Der Salon liegt direkt an der *Dörpstraat*, du kannst zu Fuß hingehen und ihn gar nicht verfehlen. Dein Termin ist um halb drei.«

Mona hatte Insa einen Moment lang sprachlos angestarrt, bevor sie etwas entgegnen konnte. »Wie kommst du darauf, dass ich hier zum Friseur gehen will?«

Insa verdrehte die Augen, als müsse sie für die Antwort alle Geduld aufbringen, zu der sie fähig war. »Du kannst ja schlecht warten, bis du wieder in Elmshorn bist, denn das liegt ja noch in weiter Ferne, wo wir es doch so schön zusammen haben. Mach dir keine Sorgen, der alte Hansen schneidet den Dörflern schon seit über vierzig Jahren die Haare. Mir übrigens auch, ich war noch nie bei einem anderen Friseur.«

»Ich werde auf gar keinen Fall ...«

»Es ist schon alles besprochen«, fiel Insa ihr ins Wort. »Ich habe Herrn Hansen gesagt, dass er dir genau meinen Haarschnitt verpassen soll. Ist das nicht eine tolle Idee? Das kriegt er bestimmt super hin und dann sehen wir aus wie Schwestern.«

Mona traute ihren Ohren nicht, aber Insa war nicht mehr zu bremsen. »Damals wollten wir so gerne Schwestern sein, weißt du noch? Und dann haben wir einfach so getan, als ob es so wäre.«

»Wann damals?«, brachte Mona mühsam hervor.

»Na, als du die Ferien hier auf Föhr verbracht hast und wir unzertrennlich waren.«

Mona lief es eiskalt den Rücken hinunter. Was war denn jetzt los? Insa sprach über Monas Ferienaufenthalte, als ob es sie gegeben hätte, dabei war das alles doch nur ausgedacht. Die ganze Geschichte von der alten und wiederentdeckten Freundschaft hatten sie erfunden, um Greta Mortensen und der Polizei ihren Aufenthalt bei Insa zu erklären. Das würde Insa ja wohl nicht vergessen haben. Sie konnte unmöglich annehmen, dass alles wirklich so stattgefunden hatte. War sie dermaßen durcheinander? Oder – war sie verrückt?

Mona beschloss, das Friseurthema auf sich beruhen zu lassen. Sie nahm sich vor, zur passenden Zeit das Haus zu verlassen und die Gelegenheit zu nutzen, um endlich mal wieder einen Nachmittag allein zu verbringen. Es gab so viel, worüber sie nachdenken musste. Sie würde den Termin bei dem Dorffriseur auf keinen Fall wahrnehmen, aber sie wollte darüber nicht mehr mit Insa diskutieren. Nicht jetzt. Vielleicht hatte Insa sich wieder gefangen, wenn sie am Abend sah, dass Monas Frisur unverändert war.

Um Viertel nach zwei zog Mona Jacke und Schuhe an, nahm ihre Handtasche und verabschiedete sich von Insa, die das mit einem wohlwollenden Nicken quittierte. Den ganzen Nachmittag lief Mona durch die Gegend und grübelte. Von der *Buurnstrat* aus lief sie die *Dörpstraat* entlang. Hin und wieder begegneten ihr ein paar Dorfbewohner, die sie mal mehr und mal weniger neugierig anstarrten. Sie lächelte jedes Mal freundlich und ging weiter. Nach ein paar Minuten bog sie nach links ab in den *Mühlenweg*, wo die Häuser weniger wurden. Auf einer Weide grasten ein paar Kühe. Zwei davon standen ziemlich nahe am Zaun und Mona blieb kurz bei ihnen stehen. Sie glotzten sie aus ihren großen Augen an, ohne ihr Kauen auch nur eine Sekunde zu unterbrechen.

»Na, Kuhnigunde und Kuhdrun«, murmelte Mona, »momentan würde ich gerne in eurer Haut stecken.«

Sie spazierte an Wiesen und Feldern vorbei und gelangte zum Sportplatz, wo sie Pause machte und einer Gruppe Jungs und Mädchen beim Fußballtraining zusah. Als sie ihren Weg fortsetzte, traf sie nach wenigen Metern rechts auf eine Straße, die wieder den Namen *Dörpstraat* trug. Wahrscheinlich war sie inzwischen im nächsten Inselort angekommen und jedes Dorf hatte seine eigene *Dörpstraat*. Wenn sie sich nicht irrte, war sie jetzt in Midlum. Mona folgte dem Weg und kam zum *Lütt Gasthus*. Sie beschloss, einzukehren und sich ein spätes Mittagessen zu gönnen. Leider hatte das Gasthaus dienstags geschlossen. Beim *Midlumer Krog* war es ebenso, sodass Mona weiterging. Jetzt erkannte sie, dass die *Dörpstraat* einen Bogen machte und sie wieder nach Oevenum zurückführte.

Mona lief und lief und versuchte, Ordnung in ihre wirren Gedanken zu bringen. Die Bewegung und die frische Luft taten gut und sie spürte, wie sie sich beruhigte. Sie durfte jetzt nicht durchdrehen, denn es war schlimm genug, dass Insa anscheinend nicht mehr bei Trost war. Wie war es sonst zu erklären, dass sie Realität und Fiktion dermaßen durcheinanderwarf und Mona auf eine beängstigende Art vereinnahmte? Am liebsten hätte Mona die Insel mit der nächsten Fähre verlassen, ohne Abschied, ohne ihre Sachen und ohne zurückzublicken. Nur weg von Insa, weg von der Insel. Nach Hause und versuchen, ihr Leben wieder in die Hand zu nehmen. Und vergessen, was hier auf Föhr geschehen war. Aber dann ging Insa aus Enttäuschung, Verletztheit und Wut sofort zur Polizei und erzählte die wahre Geschichte. Oder schreckte sie davor im letzten Moment zurück, weil sie sich damit selbst ans Messer lieferte? Mona wusste es nicht. Sie wusste nur eins: Sie hatte mit der Rolle, die sie bei Toms Tod gespielt hatte, ihren Frieden gefunden. Sie bedauerte, was geschehen war, aber sie bereute es nicht. Sie hatte quasi in Notwehr gehandelt. Wer konnte ihr das vorwerfen? Auf keinen Fall wollte sie dafür eingesperrt werden, dass sie sich selbst vor ihm und seinen Grausamkeiten beschützt hatte. Aber würde man ihr das jetzt noch glauben, nachdem sie alles getan hatte, um ihre Tat zu vertuschen?

Mona gestand sich ein, dass sie sich von einer Abhängigkeit in die nächste begeben hatte. Sie war Tom, seine Brutalität und seine Kontrolle über ihr Leben los, aber dafür war sie Insa und ihrer besitzergreifenden Bevormundung ins Netz gegangen. Ihr blieb nichts anderes übrig, als zu bleiben, um Insa noch besser kennenzulernen. Sie musste herausfinden, ob Insa schwieg, wenn Mona nach Hause fuhr. Oder besser: Sie musste es schaffen, dass Insa ihrer Abreise zustimmte und sie sich im Guten voneinander verabschiedeten. Und wenn das bedeutete, dass sie in Zukunft immer mal wieder nach Föhr reisen und Insa für ein paar Tage besuchen musste, um den Frieden zu wahren, würde sie das eben tun.

Ein Stück weiter die *Dörpstraat* entlang befand sich die *Bäckerei Mengel*. Mona beschloss, sich dort ein großes Stück Torte und ein Kännchen Kaffee zu gönnen. Etwas Nervennahrung konnte nicht schaden, bevor sie zu Insas Haus zurückkehrte und sich den nächsten schwierigen Situationen aussetzte.

Als Mona gegen 17 Uhr in Insas Haus zurückkehrte – sie hatte die Dauer ihres Aufenthaltes in Anbetracht des Verzehrs von einem Stück Torte und einem Kännchen Kaffee schon fast unverschämt in die Länge gezogen – war Insa weder zu sehen noch zu hören. Mona war das nur recht. Sie ging schnurstracks ins Gästezimmer.

Gegen halb acht hörte sie Insa rufen, dass das Abendessen fertig sei. Mona hatte nicht den geringsten Appetit, sowohl die Torte als auch die veränderte Stimmung zwischen Insa und ihr lagen ihr schwer im Magen, aber sie bot Insa lieber keinen erneuten Grund für schlechte Laune. Als sie die Küche betrat, duftete es wieder mal köstlich. Insa stand am Herd, mit dem Rücken zur Küchentür, und rührte in einer großen Kasserolle.

»Ich hoffe, du magst einen deftigen Bohneneintopf«, sagte sie, ohne sich umzudrehen. »Nimm Platz, wir können sofort essen.«

Mona setzte sich und kurz darauf stellte Insa den Topf auf einen Korkuntersetzer, der mitten auf dem Tisch bereitlag. Dann nahm sie Mona gegenüber Platz, stützte beide Ellenbogen auf, verschränkte die Hände und legte das Kind auf den Handrücken ab. Sie musterte Mona wortlos, aber mit deutlichem Missfallen. Mona, der bei Insas Blick ein kalter Schauer über den Rücken lief, tat gänzlich unbeteiligt und goss Mineralwasser in ihr Glas. Dann hielt sie die Flasche in Insas Richtung.

»Möchtest du auch?«

»Du warst nicht beim Friseur«, stellte Insa fest, ohne auf Monas Frage einzugehen.

»Nein, war ich nicht«, gab Mona mit vorgetäuschter Kaltschnäuzigkeit zurück. »Warum überrascht dich das? Ich habe doch schon heute Mittag gesagt, dass ich nicht hingehen werde.«

Insas Augen verengten sich zu schmalen Schlitzen. »Ich wollte dir mit dem Termin eine Freude machen.«

»Du hast den Friseur beauftragt, mir deine Frisur zu verpassen. Das ist ... das ist echt schräg.«

»Findest du es richtig, dich für meine Gastfreundschaft zu bedanken, indem du so stur bist?«

»Stur? Weil ich mich dagegen wehre, mir von dir mein Aussehen diktieren zu lassen?«

»Damit wollte ich dir zeigen, wie nahe ich mich dir fühle und wie wichtig du mir bist. Aber das hast du leider nicht kapiert.« Insa war mit jedem Wort lauter geworden.

»Dafür habe ich aber was anderes kapiert«, schrie Mona zurück. »Nämlich, dass es Zeit für mich wird abzureisen, bevor die Situation hier noch weiter eskaliert.«

Insa griff nach der Suppenkelle und schaufelte Eintopf auf ihren Teller. »Jetzt beruhigen wir uns und essen erst mal.«

Mona schnaubte vor Wut. Möglich, dass Insa so schnell um-schalten und jetzt das Essen genießen konnte. Sie, Mona, konnte das nicht. Sie schob ihren leeren Teller von sich und stand auf.

»Mir ist der Appetit vergangen.«

»Ich möchte wirklich mal wissen, warum du so explosiv bist«, murmelte Insa mit vollem Mund. »Wahrscheinlich ist es das Reizklima hier auf der Insel. Es scheint sich auf dich zu übertra-gen und macht dich unzufrieden und störrisch.«

»Störrisch?«, rief Mona fassungslos. »Das wird ja immer bes-ser. Ich muss wirklich weg von hier. Du merkst scheinbar gar nicht, dass du mit mir redest wie mit einem unmündigen Kind.«

Auf Insas Gesicht legte sich ein spöttisches und überhebliches Grinsen. »Nun ja, du benimmst dich auch nicht besonders mün-dig. Und nun glaubst du also, dass weglaufen das Richtige ist. Das war es doch schon in der Nacht nicht, als du deinen Tom er-stochen hast.«

Mona schnappte nach Luft. In den vergangenen Tagen hatte Insa immer wieder gemeine Äußerungen losgelassen, aber diese schlug dem Fass den Boden aus. Wann hatte der Wandel stattge-funden? Oder hatte es gar keinen Wandel gegeben? War Insa von Anfang an diese herrische, bevormundende und gemeine Person gewesen? Hatte Mona nur aus Erleichterung und Dank-barkeit Insas Bild verklärt?

Sie schluckte die aufsteigenden Tränen der Wut hinunter, räusperte sich und hoffte, dass ihre Stimme ihr gehorchte, als sie Insa fragte: »Ist dir dein eigenes Fehlverhalten in den letzten Tagen eigentlich auch nur ein einziges Mal aufgefallen?«

»Welches Fehlverhalten meinst du?«

»Oh, bitte! Merkst du wirklich nicht, dass du mich lenkst und bevormundest, als wäre ich dein Eigentum? Und wenn ich nicht nach deiner Pfeife tanze, haust du mir Gemeinheiten um die

Ohren und drohst mir damit, mich der Polizei auszuliefern. Dabei wollte ich mich von Anfang an stellen. Es war doch deine Idee, Tom verschwinden zu lassen und alles zu vertuschen.«

»Ja, und es war eine gute Idee, oder etwa nicht? Du hast dich doch nur zu gerne meiner Führung überlassen, als du zu keinem klaren Gedanken fähig warst. Aber ich werde wohl eine kleine Gefälligkeit dafür erwarten dürfen, dass ich für dich zum ersten Mal in meinem Leben kriminell geworden bin.«

»Du nennst es eine Gefälligkeit, dass du über meine Frisur, jeden meiner Schritte, mein ganzes weiteres Leben bestimmen willst? Vergiss es!«

Mona drehte sich auf dem Absatz um und beschloss, nur noch diese eine Nacht unter Insas Dach zu verbringen und am nächsten Tag abzureisen.

Kapitel 25

Nach einer schlaflosen Nacht klopfte Insa am nächsten Morgen an Monas Zimmertür. »Mona? Bist du wach? Ich möchte mit dir reden.«

»Ich aber nicht mit dir.«

Insa war klar, dass sie mit ihren Äußerungen beim Abendessen zu weit gegangen war. Die ganze Nacht hatte sie sich über sich selbst geärgert, weil sie sich nicht besser im Griff hatte. Jetzt pochte ein dumpfer Kopfschmerz hinter ihrer Stirn und sie war kaum zu einem klaren Gedanken fähig. Die Sache mit dem Friseurtermin war völlig aus dem Ruder gelaufen. Insa hatte sich verzettelt. Mona schien die Freundschaft zwischen ihnen keineswegs so eng zu empfinden wie Insa. Sie musste weiter daran arbeiten, aber behutsamer als bisher. Und sie musste sich die spitzen Bemerkungen über die Mordnacht verkneifen, sonst fühlte sich Mona am Ende mehr von ihr bedroht als beschützt. Insa fragte sich, wann Mona endlich begreifen würde, dass niemand auf der Welt so hinter ihr stand und so bedingungslos zu ihr hielt wie ihre neue Freundin. In ihrer dunkelsten Stunde hatte sie ihr beigestanden. Auch in der Zukunft würde sie ihr jeden Stein aus dem Weg räumen, jedes Problem für sie lösen, durch jeden brennenden Reifen für sie springen, wenn sie sie nur mochte und bei ihr blieb. Wann kapierte Mona endlich, dass sie nirgends besser aufgehoben war als hier?

»Mona, bitte«, rief Insa durch die geschlossene Tür. »Ich möchte mich entschuldigen. Keine Ahnung, was gestern los war und warum ich diese hässlichen Dinge zu dir gesagt habe. Wollen wir uns nicht wieder vertragen und einen schönen Tag zusammen verbringen?«

»Nein.«

»Ach, Mona, mach es mir doch nicht so schwer. Darf ich reinkommen?«

»Nein«, wiederholte Mona, aber Insa öffnete die Tür trotzdem und schob sich ins Zimmer. Monas Nein hatte sicherlich nichts zu bedeuten. Noch dazu in ihrem eigenen Haus.

»Jetzt sei nicht beleidigt. Manchmal sagt man eben dumme Dinge, aber das muss eine so tiefe Freundschaft wie unsere doch aushalten, meinst du nicht? Nach allem, was ich für dich getan habe und weiterhin bereit bin zu tun, solltest du etwas nachsichtiger mit mir sein. Habe ich nicht bewiesen, dass du dich auf mich verlassen kannst? Und das wird auch so bleiben, denn bei mir ist der Name Programm. Wusstest du, dass Insa *die Hüterin* und *die Beschützerin* bedeutet? Und ich finde, ich mache meinem Namen alle Ehre. Eigentlich bedeutet er im Altgermanischen auch noch *die Göttin*, aber ich will nicht übertreiben.«

Insa lachte, ging zum Fenster und zog die Vorhänge auf. Dann nahm sie Monas Armbanduhr vom Tisch und hielt sie ihr vor die Nase. »Es ist halb acht. Frühstück in einer halben Stunde, einverstanden? Und dann überlegen wir uns, wie wir den Tag verbringen.«

Monas Kopf kam unter der Decke hervor. »Keine Ahnung, was du heute machen wirst, aber ich werde packen und abreisen. An einem gewöhnlichen Mittwoch außerhalb der Ferien sind bestimmt noch Plätze auf der Fähre frei.«

Insa erschrak bei Monas Worten dermaßen, dass sie die Uhr fallen ließ. Das Schmuckstück fiel auf den uralten Teppichboden. Insa bückte sich, hob die Uhr auf und stellte erleichtert fest, dass sie einwandfrei funktionierte. »Nichts passiert, siehst du?«

Mona sprang aus dem Bett, riss Insa die Armbanduhr aus der Hand und fauchte: »Pass doch auf! Die Uhr ist ein Erbstück, daran hängen tausend Erinnerungen.«

In diesem Moment fuhren Millionen kleiner Blitze durch Insas Kopf. In ihren Ohren rauschte es laut und ihr Blick wurde verschwommen. Bitte nicht, dachte sie, denn sie erkannte die Anzeichen nur zu gut. Ihre Vergangenheit holte sie ein, überrollte sie wie ein voll beladener Güterzug. Im nächsten Moment sah sie sich selbst als Kind in der Küche neben ihrer Mutter.

April 1984
»Pass doch auf!« Wütend sah ihre Mutter sie an. »Das ist ein Erbstück!« Dann holte sie aus und verpasste ihr eine schallende Ohrfeige.

Insa hatte beim Abtrocknen des Geschirrs eine Schüssel fallen lassen und nun behauptete ihre Mutter, es sei ihre Lieblings-schüssel, mit der sie zahlreiche wunderschöne Erinnerungen ver-band. Davon hatte Insa zuvor nie auch nur ein einziges Wort ge-hört. Kopfschüttelnd und begleitet von tiefen Seufzern sammelte ihre Mutter die Scherben vom Boden auf. Es war typisch für sie, jede von Insas Verfehlungen derartig aufzubauschen. Was sie hingegen heute schon für die Familie getan hatte, zählte nicht: alle Betten frisch bezogen und Staub gesaugt. Das taten be-stimmt nicht alle neunjährigen Mädchen. Und jetzt half sie beim Abtrocknen. Aber wie immer kam kein Lob und kein Wort des Dankes über die Lippen ihrer Mutter. Mit Vorwürfen wegen des zerbrochenen Tellers sparte sie dagegen nicht.

»Immer bist du so ein Trampel. Man sollte dich windelweich prügeln. Was man dir in die Hand gibt, kann man auch gleich abschreiben, du machst es ohnehin kaputt.«

Insa schlich mit gesenktem Kopf aus der Küche. Ihre Wange brannte wie Feuer und ihr Gesicht glühte. Woher ihre klapper-dünne und schwächlich wirkende Mutter die Kraft für diese knallharten Schläge nahm, war Insa ein Rätsel. Mamas wüste Beschimpfungen verfolgten sie, bis ihr Vater aus dem Wohnzim-mer schrie, dass die Alte, wie er seine Frau nannte, das Maul halten und ihm Bier und Schnaps bringen sollte. Insa beeilte sich, in ihr Zimmer und damit aus dem Blickfeld ihrer Eltern zu kommen, froh darüber, dass die sie diesmal nicht einsperrten, wie sie es regelmäßig taten.

Als sie sich einige Zeit später über den Flur schlich und einen Blick ins Wohnzimmer warf, saß ihr Vater schnarchend im Ses-sel, vor sich auf dem Tisch sechs leere Flaschen. Ihre Mutter hockte vor ihm und massierte seine Füße. Aus ihrer Nase tropfte Blut auf den billigen Teppich. Sie wischte es nicht ab, weil sie,

obwohl er schlief, auf keinen Fall wagte, die Fußmassage zu un-
terbrechen.

Insa beobachtete die beiden und empfand nichts als Abscheu
und Hass. Im Fernseher lief eine Reportage über ein kleines Mäd-
chen, dessen Eltern bei einem Busunglück ums Leben gekommen
waren. Der Moderator erklärte, dass sich das Jugendamt um das
Kind kümmerte und nach einer Pflegefamilie suchte. Die hat es
gut, dachte Insa, bevor sie wieder in ihrem Zimmer verschwand.

Mona bemerkte die Veränderung, die mit Insa passierte. Sie wirkte
wie eingefroren, ihr Gesicht wurde starr, ihr Mund war geöffnet,
leise winselnde Töne entwichen ihm, ihr Blick ging ins Leere und
sie schien entrückt. Für Mona war die Situation unheimlich, sie
zwang sich aber dazu, sich um Insa zu kümmern. Sie lief auf sie zu
und legte behutsam die Hand auf ihren Arm. Die leichte Berührung
ließ Insa zusammenzucken, als hätte sie ihr einen Stromschlag
versetzt. Sie sah Mona an und es lag Wahnsinn in ihrem Blick.

Mona bekam eine Gänsehaut. Im Stillen hatte sie in den vergangenen Tagen oft überlegt, ob mit Insa irgendetwas nicht
stimmte. Da war zuerst ihr abgeklärtes und emotionsloses Handeln in der Nacht von Toms Tod. Mona war heilfroh über diese
Rettung aus höchster Not, aber Insas Verhalten war alles andere
als normal. Andererseits – wer reagierte schon normal auf derartig abnormale Ereignisse? Aber dann war da auch noch diese
überdimensionale Anhänglichkeit, die Insa Mona gegenüber an
den Tag legte, sowie ihre beleidigten Reaktionen, wenn Mona
etwas allein unternehmen wollte. Ganz zu schweigen von den
extremen Stimmungsschwankungen und den fiesen Sprüchen,
die Insas schlecht gelaunte Phasen begleiteten. Was Mona aber
gerade miterlebt hatte, machte sie sicher, dass Insa verrückt war.
Und verrückt bedeutete gefährlich. Oder etwa nicht?

»So, dann mache ich jetzt mal Frühstück.«

Dieser schmerzhaft banale Satz von Insa durchbrach Monas Grübeleien. Ein weiterer Beweis für Insas blitzschnelle Stimmungswechsel. Mona beschloss, mit ihr zu frühstücken, um ihr das Gefühl zu geben, alles wäre in Ordnung zwischen ihnen. Zwar würde sie am liebsten sofort aus dem Haus rennen und auf die nächste Fähre nach Dagebüll springen, aber dafür würde sich schon die passende Gelegenheit ergeben.

Kapitel 26

Insa betrat die Küche, schloss die Tür hinter sich und lehnte sich mit dem Rücken dagegen. Das Rauschen in ihren Ohren war leiser geworden, aber nicht verstummt. Die Blitze in ihrem Schädel waren einem dumpfen Kopfschmerz gewichen. Ihr Atem ging hektisch und stoßweise. Es hatte sie alle Kraft gekostet, die sie aufbringen konnte, Mona gegenüber entspannt zu wirken, als sie deren Zimmer verließ. Es war lange her, seit Insa zum letzten Mal ein solches Erlebnis hatte. Einen derartigen Anfall. Ein von körperlichen Symptomen begleitetes Erleben einer Szene aus ihrer Kindheit.

Viele Jahre lang hatte keine solche Episode stattgefunden. Sie hatte gelernt, die Geister ihrer Vergangenheit nicht zu rufen. Und da sie kaum Zeit mit anderen Menschen verbrachte, hatte sie nicht wissen können, dass eine unbedachte Äußerung von wem auch immer etwas Derartiges auslösen könnte. Nun, nach immerhin elf Tagen, die Mona schon bei ihr wohnte, war sie eines Besseren belehrt worden. In das körperliche Unwohlsein, das die Attacke hinterlassen hatte, mischte sich der Frust über die Erkenntnis, dass solche Flashbacks leider doch noch auftreten konnten.

Ein Blick auf die Küchenuhr zeigte, dass von der halben Stunde, die sie Mona gegeben hatte, die Hälfte verstrichen war. Mit zitternden Händen machte sich Insa daran, den Frühstückstisch zu decken, und hoffte, dass Mona sich verspätete und ihr so etwas mehr Zeit blieb, sich zu sammeln. Die Hoffnung erfüllte sich leider nicht, schon waren Monas Schritte auf dem Flur zu hören. Wenige Sekunden später betrat sie die Küche.

»Kann ich helfen?«

»Nein, nein, lass nur. Setz dich, der Kaffee ist gleich fertig.«

Insa tat so, als würde sie den Inhalt des Kühlschranks inspizieren. Sie nutzte die Zeit, in der sie mit dem Rücken zu Mona stand, um die Augen zu schließen und ein paar Mal tief durchzuatmen, um sich innerlich wie äußerlich zu beruhigen.

»Was suchst du denn?«, fragte Mona hinter ihr.

»Den Kochschinken.«

»Der liegt doch schon hier auf dem Tisch.«

»Ach, herrje!« Insa schüttelte den Kopf. »Na, dann ist ja alles gut.«

Sie nahm die Kaffeekanne, kam damit zum Tisch und setzte sich, genauso wie gestern zum Abendessen, bevor die Unterhaltung und der Abend einen so unschönen Verlauf genommen hatten. So etwas durfte auf keinen Fall noch einmal passieren. Betont fröhlich sagte sie: »Greif zu, es geht doch nichts über ein deftiges Frühstück, nicht wahr?«

Mona biss in eine Scheibe Brot, die sie mit Käse belegt hatte, und nickte. Insa nippte an ihrem Kaffee, sie hatte nicht den geringsten Appetit, aber um den Anschein von Normalität zu wahren, griff sie nach dem Margarinebecher.

In diesem Moment hörte sie Mona sagen: »Besonders, wenn man einen anstrengenden Abreisetag vor sich hat, so wie ich heute.«

Insa fiel das Messer aus der Hand, mit dem sie die Margarine auf einer Scheibe Toast verteilt hatte.

»Ich sagte doch eben schon, dass ich heute nach Hause fahren will,« meinte Mona.

»Warum denn?«, presste Insa hervor.

»Weil ich jetzt lange genug hier war. Weil ich mich nicht ewig verkriechen und vor meinem Leben verstecken kann. Weil ich mal wieder in meiner Wohnung nach dem Rechten sehen will. Weil ich mir einen Job suchen muss. Weil ich meine Eltern wiedersehen möchte. Es gibt viele Gründe.«

In Insas Ohren nahm das Rauschen wieder zu. Sie schob ihre Hände unter ihre Oberschenkel, um das erneut einsetzende Zittern zu verbergen. Bleib ruhig, bleib ruhig, bleib ruhig, sagte sie sich im Stillen, aber es half nichts. »Du darfst mich nicht verlassen.«

Es ging schon wieder los. Monas gute Vorsätze lösten sich in Luft auf. Sie stieß ein freudloses Lachen aus. »Du hörst dich an, als wären wir ein Paar.«

»Wir sind Freundinnen. Das ist auch eine Form von Partnerschaft. Außerdem hast du mir viel zu verdanken. Da sollte ich über die Dauer deines Aufenthaltes mitentscheiden dürfen, oder nicht?«

»Nein«, antwortete Mona und mahnte sich selbst, ruhig zu bleiben. Sie sah Insa fest in die Augen. »Es stimmt, du hast mir in der bisher schlimmsten Situation meines Lebens geholfen und mich in einer Art und Weise unterstützt, wie ich es niemals für möglich gehalten hätte. Dafür werde ich dir immer dankbar sein und das wird uns auch für immer verbinden. Aber mein Leben findet nicht hier auf Föhr statt, sondern in Elmshorn, wo ich wohne, und in Lübeck, wo meine Eltern leben. Ich komme dich gerne regelmäßig besuchen, übers Wochenende oder wenn ich Urlaub habe. Wir sehen uns also wieder, aber heute muss ich erst mal weg.«

Insa hatte Mona schweigend zugehört. Nun stand sie langsam auf, stützte sich mit beiden Händen auf dem Tisch ab und sagte: »Wenn du jetzt gehst, brauchst du nie mehr wiederkommen.«

»Wenn das dein Wunsch ist«, antwortete Mona, ohne den Blick abzuwenden, »bin ich einverstanden.«

Insas Gesicht glühte vor Wut. »Du wirst überhaupt nicht zu Hause ankommen, weil du entweder noch am Hafen oder spätestens in Dagebüll verhaftet wirst. Und glaub nicht, dass ich bluffe, weil ich mit drinhänge. Allein in diesem Haus gleicht mein Leben auch einem Gefängnis und meine Seele ist seit Jahrzehnten eingekerkert, somit setze ich nicht allzu viel aufs Spiel.«

»Und was soll das jetzt?« Mona sprang ebenfalls auf.

Sie standen sich wie zwei Furien gegenüber und keine gab sich Mühe, ihre Wut zu verbergen.

»Machst du jetzt einen auf Mitleid?«, fragte Mona. »Wenn dein Leben so furchtbar ist, dann ändere doch was! Es ist nicht meine Aufgabe, dir dein Dasein zu verschönern!«

»Ach, aber dass ich es zu meiner Aufgabe gemacht habe, deinen Arsch vor dem Knast zu retten, das war dir ganz recht, oder?« Insa hörte selbst, wie schrill ihre Stimme war.

»Ich hatte dich nicht darum gebeten. Es war deine Entscheidung. Und ich glaube, du hast dich dabei sehr wohl gefühlt, nicht wahr? Du bist doch Insa, die Hüterin, die Beschützerin.«

Der Spott in Monas Worten traf Insa wie ein Schlag ins Gesicht, aber das würde sie sich auf keinen Fall anmerken lassen. Sie nahm einen tiefen Atemzug und zählte im Stillen bis fünf, ehe sie so beherrscht wie möglich sagte: »Du solltest dir deine

Entscheidung ganz in Ruhe überlegen. Und abwägen, was schlimmer für dich ist. Ein Leben im Knast oder hier bei mir als meine Gefährtin.« Dann verließ sie die Küche.

Kapitel 27

Montag, 5. Juni

Greta Mortensen schaltete den Staubsauger aus und spitzte die Ohren. Hatte da jemand gerufen oder hatte sie sich das nur eingebildet?

»Hallo? Hallo!«

Also doch. Greta wischte sich aus reiner Gewohnheit die Hände an der Schürze ab und eilte zur Rezeption, wo sie auf eine junge Frau traf.

»Ich bitte vielmals um Entschuldigung. Ich war im Früh-. stücksraum beschäftigt und habe Sie nicht sofort gehört.« Greta schaute in ein freundlich lächelndes Gesicht, das von dunkelbraunen, glatten Haaren umrahmt wurde.

»Aber das macht doch nichts.«

»Herzlich willkommen im *Haus Marina*. Ich bin Greta Mortensen, mir gehört die Pension. Womit kann ich dienen?«

»Mit einem Zimmer, wenn das möglich wäre«, antwortete die Frau höflich.

»Natürlich. Womit denn auch sonst?« Greta schüttelte über sich selbst den Kopf. »Wo bin ich nur mit meinen Gedanken? Bitte entschuldigen Sie, Frau ...«

»Lehbrink. Valerie Lehbrink.«

Greta stutzte. Das konnte doch kein Zufall sein. Lehbrink. So hieß der Bauunternehmer, der seit mehr als zwei Wochen vermisst wurde und dessen Sachen sich noch oben in einem der Pensionszimmer befanden. Die Polizei war kurz nach dem Auffinden von Lehbrinks Auto noch mal gekommen, um das Zimmer zu durchsuchen, ohne Ergebnis, wenn man ihren enttäuschten Gesichtern glauben durfte. Zu dem Zeitpunkt hatte Lehbrink es noch gebucht. Weil die ersten Schulferien in Deutschland erst in zwei Wochen beginnen würden, hatte Greta keine Buchungsanfrage für das Zimmer erhalten und die Sachen unberührt gelassen. Sie ging davon aus, dass sich die Polizei bald dazu äußern würde. Hatte die Frau, die jetzt vor ihr stand, etwas mit dem verschwundenen Lehbrink zu tun?

Als könnte sie Gedanken lesen, sagte die Frau: »Ich bin die Ehefrau von Thomas Lehbrink, der hier bei Ihnen ein Zimmer gemietet hatte und jetzt vermisst wird.«

»Oh, ich ... es tut mir sehr leid, es muss eine sehr schwierige Situation für Sie sein.«

»Ja, die Ungewissheit ist schwer zu ertragen«, gab Valerie Lehbrink zu. »Haben Sie denn nun ein freies Zimmer für mich? Und bitte geben Sie mir nicht das meines Mannes.«

»Natürlich. Ich meine, natürlich nicht. Ich kann Ihnen gern hier im Erdgeschoss ein Zimmer geben, gleich neben der Haustür. Vielleicht möchten Sie das?«

»Gerne«, antwortete Valerie Lehbrink und die Erleichterung war ihr anzusehen. »Ich habe meinen Wagen direkt vor dem Haus geparkt, ist das in Ordnung?«

»Ja, natürlich.« Greta zog ein Anmeldeformular aus einer Mappe. »Wenn Sie das bitte noch ausfüllen und unterschreiben würden.«

Valerie Lehbrink nahm den Kugelschreiber, den Greta ihr reichte, strich sich die Haare hinter die Ohren und beugte sich über das Blatt Papier, wobei ihr Pony wie ein Vorhang vor ihr Gesicht fiel. In Greta regte sich Mitgefühl. Was diese Frau durchmachte, wagte sie sich kaum vorzustellen.

»So, bitte sehr.« Valerie Lehbrink überreichte Greta das ausgefüllte Formular. »Jetzt würde ich mich gerne kurz hinlegen, ich bin ziemlich erschöpft.«

»Ich begleite Sie zu Ihrem Zimmer«, sagte Greta und kam hinter dem Tresen hervor.

Erst jetzt sah sie, dass Valerie Lehbrink schwanger war, nach Gretas Einschätzung im siebten Monat. Kein Wunder, dass die Anreise sie ermüdet hatte. Und so wurde das Verschwinden ihres Mannes noch tragischer. Greta griff nach dem kleinen Koffer, den Valerie Lehbrink neben sich abgestellt hatte. »Lassen Sie mich Ihr Gepäck nehmen. Ist noch mehr im Wagen? Ich könnte es für Sie holen.«

»Nein, danke. Mehr habe ich nicht dabei. Die meisten meiner Sachen passen mir inzwischen ohnehin nicht mehr.«

Wieder dieses bezaubernde Lächeln. Greta lächelte zurück. Sie hatte Valerie Lehbrink in kürzester Zeit lieb gewonnen. »Bitte lassen Sie es mich wissen, wenn Sie etwas brauchen. Was immer es ist und egal zu welcher Uhrzeit. Versprochen?«

»Versprochen. Vielen Dank.«

Nachdem Valerie Lehbrink in ihrem Zimmer verschwunden war, kehrte Greta nachdenklich zurück in den Frühstücksraum. Mechanisch schaltete sie den Staubsauger wieder ein und setzte ihre Arbeit fort. Dabei kreisten ihre Gedanken unablässig um ihren soeben eingetroffenen Gast. Valerie Lehbrink wirkte auf sie eigentlich nicht so erschüttert, wie es angesichts der Umstände zu erwarten war. Aber das lag bestimmt an der Erschöpfung.

Vermutlich hatte sie sich in den vergangenen zwei Wochen die Augen aus dem Kopf geweint aus Sorge um ihren Mann. Und irgendwann war man leergeweint, das kannte niemand besser als Greta selbst. Für das ungeborene Kind war es ein Segen, dass sich die werdende Mutter inzwischen offensichtlich ein bisschen gefangen hatte. Greta überlegte, ob sie Norbert Nölk anrufen und ihm berichten sollte, dass die Frau des Vermissten auf Föhr eingetroffen war, entschied dann aber, sich nicht einzumischen. Nicht heute.

Am selben Abend gegen 18 Uhr stieg Valerie aus ihrem silberfarbenen BMW X3 und lief, die Hände ins Kreuz gestützt, auf das *Haus Marina* zu. Sie hatte sich am Nachmittag mit Hauptkommissar Nölk getroffen, der aber leider keine neuen Erkenntnisse zu Toms Verschwinden hatte vorbringen können. Danach hatte sie einen langen Spaziergang gemacht und jetzt schmerzte ihr Rücken. Sie würde die nette Wirtin Frau Mortensen fragen, ob es in der Pension eine Badewanne gab, die sie benutzen durfte. Bisher hatte ihr ein Vollbad immer die Entspannung gebracht, die sie benötigte, um trotz allem schlafen zu können. Und Frau Mortensen hatte gesagt, sie solle sich jederzeit wegen was auch immer melden. Als sie die Pension betrat, zusammen mit dem Zimmerschlüssel hatte Frau Mortensen ihr einen Schlüssel für die Haustür ausgehändigt, hörte sie die Wirtin in der Küche hantieren. Sie klopfte zaghaft an die Tür.

»Entschuldigung, Frau Mortensen?«

»Ah, da sind Sie ja wieder.«

Scheinbar hatte Frau Mortensen gesehen, dass Valerie am Nachmittag das Haus verlassen hatte und mit ihrem Auto weggefahren war.

»Kommen Sie ruhig rein. Die Küche ist das Herz meines Hauses. Sie glauben nicht, was sich in diesem Raum schon alles abgespielt hat. Wenn die Möbel erzählen könnten, oh je, oh je. Möchten Sie sich ein bisschen zu mir setzen?«

Valerie lächelte und sah sich in der gemütlichen Wohnküche um. Den Mittelpunkt bildete der Essbereich mit einem großen Tisch, einer Eckbank und drei Stühlen. Auf einen davon zeigte Greta Mortensen mit einladender Geste. Über der Sitzbank hing ein Regal, auf dem Kochbücher standen. Gegenüber befanden sich Herd, Kühlschrank, Spüle und Geschirrspüler. Eine stattliche Anzahl von Küchengeräten hatte ihren Platz auf der Arbeitsplatte aus hellem Holz gefunden. Darüber gab es Hängeschränke und weitere Regale mit Geschirr, Gewürzen und Kräutertöpfen. Die Tür in der gegenüberliegenden Wand führte vermutlich in den Garten. Rechts davon war ein Fenster und auf der Fensterbank stand ein modernes Radio neben einem Sammelsurium aus Muscheln, Notizzetteln und Kugelschreibern, links ein alter Buffetschrank mit schnörkeligen Holzverzierungen. Nichts passte zusammen, aber die gemütliche Atmosphäre dieses Raums zog Valerie sofort in den Bann.

Oder lag es weniger an der Küche als an der freundlichen, etwas rundlichen Wirtin mit den widerspenstigen braunen Locken und dem strahlenden Lächeln? Greta Mortensen trug eine Latzhose, die Valerie an ihre Kindheit und die Sendung *Löwenzahn* mit Peter Lustig erinnerte, und darunter eine geblümte Bluse. Alles an ihr strahlte Wärme und Herzlichkeit aus. Valerie setzte sich und fühlte sich willkommen und beschützt.

»Ich wollte mir gerade eine heiße Schokolade gönnen. Möchten Sie auch eine?«, fragte die nette Wirtin.

»Sehr freundlich, aber eigentlich wollte ich Sie fragen, ob es für Gäste hier im Haus die Möglichkeit gibt, ein Bad zu nehmen.«

»Die gibt es. Zum Zimmer mit der Nummer sechs, oben, rechts neben der Treppe, gehört ein großes Bad mit Wanne. Und da es derzeit nicht belegt ist, dürfen Sie es gerne nutzen. Badeschaum und frische Handtücher liegen bereit.«

Valerie schwankte zwischen der Freude auf die Entspannung in der Badewanne und dem unguten Gefühl, sich hier im Haus dermaßen breitzumachen. »Ich möchte Ihnen wirklich keine Umstände machen und jetzt auch noch Räumlichkeiten benutzen, die ich nicht gemietet habe. Aber ...« Sie richtete den Blick auf ihren Bauch, legte erneut die Hände ins Kreuz und verzog schmerzverzerrt das Gesicht.

Greta Mortensen lächelte. »Machen Sie sich deswegen keine Gedanken. Gönnen Sie sich und Ihrer kostbaren Fracht die Entspannung. Sie können natürlich auch gerne in das Zimmer oben umziehen, aber wenn Sie das nicht möchten, dürfen Sie die Wanne trotzdem nutzen, wann immer Sie wollen, solange ich es nicht anderweitig vermiete. Und wenn Sie später doch noch einen Kakao möchten, finden Sie mich in der Küche.«

Eineinhalb Stunden später überlegte Valerie, ob sie Frau Mortensens Einladung zum Kakao annehmen sollte. Nach dem entspannenden Bad hatte sie oben alles wieder so hergerichtet, wie sie es vorgefunden hatte. Dann hatte sie ihren kuscheligen, cremeweißen Hausanzug angezogen und war hinuntergegangen in ihr Zimmer. Sie hatte eine Gesichtsmaske aufgetragen, während der zehnminütigen Einwirkzeit aus dem Fenster gesehen, die Maske dann abgespült und ihre Haare geföhnt. Beim Gedanken an eine heiße Schokolade lief ihr das Wasser im Mund zusammen. Sie machte sich auf den Weg zur Küche.

Greta Mortensen stellte gerade Geschirr auf ein großes Tablett, sah aber erfreut hoch, als Valerie den Raum betrat. »Na? Haben Sie alles gefunden und Ihr Bad genossen?«

»Ja, vielen Dank noch mal. Es war einfach herrlich. Ich ... äh ...«, plötzlich erschien es Valerie dreist, die nette Wirtin schon wieder um etwas zu bitten.

»Sie möchten meine Einladung zum Kakao annehmen«, vollendete Frau Mortensen den Satz für sie. »Das freut mich, ich kann eine Pause gut gebrauchen.«

Valerie lächelte und setzte sich auf einen der Küchenstühle.

Wenig später stellte Greta Mortensen zwei dampfende Tassen mit heißer Schokolade auf den Tisch und nahm ebenfalls Platz. Keine von beiden sagte ein Wort, weil Valerie nichts einfiel und Frau Mortensen keine Fragen stellte, wofür sie ihr dankbar war.

Kapitel 28

Schweigend saß Greta neben Valerie Lehbrink am Tisch ihrer Küche. Mit dem Geschirr auf dem großen Tablett wollte sie nebenan fürs Frühstück eindecken, aber das konnte warten. Sie warf ihrem neuen Gast einen verstohlenen Blick zu. Valerie Lehbrink hielt den Kopf gesenkt, starrte in ihre Tasse und trommelte mit den Fingern nervös an das Porzellan. Ihr Oberkörper war in Bewegung, weil sie unter dem Tisch mit den Füßen wippte. Sie hatte das Bedürfnis zu reden, sich mitzuteilen, das spürte Greta überdeutlich. Frau Lehbrink wollte über all das sprechen, was ihr Leben in Schieflage gebracht hatte, sie wusste nur nicht, wie und wo sie anfangen sollte. Was fehlte, war der Mut für den ersten Satz. Zum Glück war Greta klar, dass bohrendes Nachfragen die meisten Menschen nicht ermutigte, sondern verstummen ließ. Und sie war geduldig genug, um abzuwarten, bis Valerie den für sich richtigen Moment fand.

Zehn Minuten waren vergangen und Greta hatte die Kakaotassen erneut gefüllt, als Valerie den Blick hob, auf das volle Tablett zeigte und sagte: »Ich halte Sie von der Arbeit ab, Sie haben bestimmt immer sehr viel zu tun.«

»Ich muss nur fürs Frühstück eindecken«, antwortete Greta und fügte sanft hinzu: »Und dafür habe ich noch die ganze Nacht Zeit.«

»Wie viele Gäste haben Sie denn im Moment?«

Greta wusste, dass Valerie andere Dinge unter den Nägeln brannten, aber scheinbar war genau dies der Gesprächseinstieg, den sie brauchte. »Ich vermiete insgesamt sechs Zimmer. In Zimmer eins wohnen Sie und Ihnen gegenüber in Zimmer zwei wohnt momentan ein junger Vogelkundler. Er verlässt das Haus sofort nach dem Frühstück und kehrt erst am späten Abend zurück. Oben in Zimmer vier wohnt eine ältere Dame, die hier auf der Insel ihre Tochter besucht und den ganzen Tag bei ihr verbringt. In Nummer fünf hat sich ein junges Paar einquartiert, das kaum das Zimmer verlässt. Ist wohl der erste gemeinsame Urlaub.« Greta kicherte. »Das Zimmer mit der Nummer sechs ist frei, sonst hätten Sie dort heute nicht baden können.«

»Und in Nummer drei?«

Mist, Valerie Lehbrink hatte genau aufgepasst. »Tja, also, in Nummer drei …«

»Ich verstehe schon.« Erneut ließ sie den Kopf hängen und starrte in ihre Tasse. Die Minuten verstrichen.

Als Greta nicht mehr damit rechnete, nahm Valerie Lehbrink den Gesprächsfaden wieder auf. »Ich werde die Sachen meines Mannes aus Zimmer drei holen, damit sie es wieder vermieten können.«

»Das eilt nicht«, sagte Greta. »Ich weiß auch nicht, ob die Polizei damit einverstanden wäre, aber da ich das Zimmer im Moment nicht benötige, frage ich nicht dauernd nach. Im Mai bin ich selten ausgebucht. Für die nächsten Tage habe ich auch keine Reservierungen.«

»Das muss nichts heißen«, meinte Frau Lehbrink. »Ich hatte ja auch nicht reserviert, sondern bin einfach aufgetaucht, weil ich ganz spontan entschieden hatte, auf die Insel zu kommen.«

Greta lachte. »Stimmt, aber glauben Sie mir, dass es so läuft wie mit Ihnen, ist eher die Ausnahme.«

»Jedenfalls bitte ich Sie, die Kosten für Zimmer drei auf meine Rechnung zu setzen. Und die zusätzliche Badezimmernutzung auch.«

Greta nickte. »Geht in Ordnung.«

Valerie Lehbrink schob die leere Tasse von sich und drehte gedankenverloren an ihrem Ehering. Greta rechnete damit, dass sie jeden Moment aufstehen und sich zurückziehen würde, aber unvermittelt hob sie den Kopf, sah Greta fest in die Augen und sagte: »War mein Mann in Begleitung einer Frau? Als der Kommissar mich bei mir zu Hause aufgesucht und befragt hat, wurde mir dazu nichts gesagt. Heute war ich erneut bei der Polizei, aber ich wollte die Frage nicht noch einmal stellen. Bitte sagen Sie es mir.«

Greta überraschte die Frage zunächst, aber dann sagte sie sich, dass es viele Männer gab, die ihre beruflichen Themen und Entscheidungen nicht mit ihren Partnerinnen teilten, damit ihr Zuhause ein neutraler Ort blieb. Sie sah demnach kein Problem darin, Frau Lehbrinks Frage zu beantworten. »Ja, mit einer gewissen Mona Menkwitz, die sich bei ihm auf eine Assistentinnenstelle beworben hatte und sich bei Terminen hier auf der Insel beweisen sollte.«

Valerie Lehbrink gab ein verächtliches Schnauben von sich, das in krassem Gegensatz zu ihrem gepflegten Aussehen und ihren geschliffenen Manieren stand. »Ist sie noch hier in der Pension?«

»Nein.«

Die Antwort schien Frau Lehbrink zufriedenzustellen, denn sie nickte. Dann sagte sie: »Ich kann mir lebhaft vorstellen, bei was sie ihm assistieren und sich beweisen sollte. Und mit einem Job hat das nicht das Geringste zu tun.«

»Sie glauben, Ihr Mann hat Sie betrogen?«, hakte Greta nach.

»Ich weiß es. Das tut er, seit wir verheiratet sind.«

»Wie können Sie da sicher sein?«, fragte Greta. »Geht er so offen damit um?«

»Nein, aber er dementiert auch nie. Und vor allem tut er nie etwas, um seine Affären zu verheimlichen. Ich kenne so ziemlich jedes Damenparfum, das es gibt, von den Hemdkragen meines Mannes. Und außerdem lässt er sein Handy überall herumliegen, sodass ich immer wieder die Dankesworte seiner Liebschaften für aufregende Abende und heiße Nächte lesen kann.«

»Sie Ärmste.« Greta schüttelte den Kopf. »Aber ich glaube wirklich nicht, dass Frau Menkwitz die Geliebte Ihres Mannes ist. Immerhin haben sie getrennte Zimmer gemietet, dabei hätten sie nun wirklich keinen Grund gehabt, mir etwas vorzumachen. Es war doch mehr als unwahrscheinlich, dass Sie und ich uns jemals kennenlernen. Außerdem wirkten sie auf mich nicht verliebt.«

»Wie meinen Sie das?«

»Nun, sie warfen sich keine sehnsüchtigen Blicke zu. Himmelten sich nicht an. Sie berührten einander auch nicht oder so.«

Valerie ließ den Einwand nicht gelten und sagte: »Vielleicht hat sich bei ihm ein letzter Funken Anstand gezeigt und er hatte kurz Gewissensbisse. Und wer weiß – möglicherweise ist sie auch verheiratet und hatte ebenfalls ein schlechtes Gewissen. Mit diesem störenden Gefühl haben sie sich aber bestimmt nicht lange aufgehalten.«

»Sie könnten Frau Menkwitz fragen«, schlug Greta vor. »Sie ist noch auf der Insel.«

Valerie Lehbrink wurde blass. »Sie sagten doch, sie wohnt nicht mehr hier!«

»Das tut sie auch nicht. Sie hat hier auf der Insel eine alte Freundin wiedergetroffen und verbringt jetzt noch etwas Zeit bei ihr. Gestern habe ich sie noch von Weitem in Wyk gesehen. Die Adresse könnte ich Ihnen geben.«

Valerie Lehbrink ging nicht auf den Vorschlag ein und Greta ließ es dabei bewenden, sagte aber: »Wie gesagt, ich glaube nicht, dass die beiden etwas miteinander haben. Ich empfange und verabschiede seit so vielen Jahren die unterschiedlichsten Gäste, dass ich erkenne, wer verliebt ist und wer nicht. Oder wer glücklich ist und wer nicht. Frau Menkwitz machte auf mich eher einen unsicheren und eingeschüchterten Eindruck. Sie war nervös, was kein Wunder ist, wenn man bedenkt, dass sie mit jemandem unterwegs war, der ihr Chef werden könnte.«

Valerie Lehbrink wischte Gretas Einschätzungen mit einer schnellen Handbewegung weg. »Ich bin mir absolut sicher, dass sie sein aktuelles Betthäschen ist. Wegen seiner ständigen Seitensprünge macht mich sein Verschwinden auch nicht so fassungslos und unglücklich, wie es sollte. Wir führen nicht die Ehe, die Sie vielleicht vermuten.«

Greta stand auf und holte ein Glas Wasser für ihren Gast. Als sie sich wieder setzte, sagte sie: »Ich stelle keine Vermutungen über Sie an. Aber wenn Sie mir etwas erzählen möchten, höre ich Ihnen zu. Manchmal redet es sich leichter mit jemandem, den man kaum kennt und der einem nicht nahesteht.«

Kapitel 29

Etwa zur gleichen Zeit verließ Mona Insas Badezimmer. Nachdem sie während der letzten Tage immer wieder überlegt hatte, ob sie darauf hoffen könnte, Insas Drohung sei nicht ernst gemeint, und ob sie abreisen sollte, hatte sie sich dann doch dagegen entschieden. Sie scheute das Risiko, dass Insa der Polizei alles erzählen würde. Zwar stand auch für sie einiges auf dem Spiel, aber längst nicht so viel wie für Mona. Insa würde wegen – wie hieß das in der Juristensprache – Beihilfe zur Vertuschung einer Straftat oder so angeklagt werden. Würde man sie dafür überhaupt einsperren oder käme sie mit einer Bewährungsstrafe davon? Mona kannte sich in der Rechtsprechung nicht genügend aus, um das zu beurteilen. Sie selbst würde garantiert zu einer Haftstrafe verurteilt werden, vielleicht sogar zu einer lebenslänglichen.

Was wurde dann aus ihren Eltern? Sie könnte sie nicht mehr besuchen, sich nicht mehr um sie kümmern. Wahrscheinlich wurden sie vor Schock und Scham sterbenskrank. Ihr Vater hatte seit Jahren Herzprobleme. Wie viel Kummer konnte ein ohnehin schwaches Herz ertragen, bevor es aufhörte zu schlagen? Und wie sollte es mit ihrer Mutter weitergehen, wenn ihr Vater starb? Was hatten ihre Eltern denn außer einander? Und was blieb, wenn nicht einmal mehr darauf Verlass war? Nein, dazu durfte es auf keinen Fall kommen. Mona hatte beschlossen zu bleiben, sich aber von nun an Insa gegenüber weniger fügsam, dankbar und unterwürfig, sondern frech, egoistisch und rebellisch zu verhalten. Vielleicht schaffte sie es, dass Insa sie von sich aus wegschickte, wenn sie ihr nur genug auf die Nerven fiel.

Sie warf einen Blick in die Küche, die aber leer war. Unter der Wohnzimmertür sah sie einen Lichtstreifen. Arbeitete Insa an ihren Schnitzereien? Mona öffnete die Tür, Insa saß mit gebeugtem Kopf auf dem einzigen Stuhl an der schmalen Tischseite und malte konzentriert ein Gesicht auf eine kleine Holzpuppe. Bei Monas Eintreten hob sie den Blick.

»Na? Alles in Ordnung bei dir?«, fragte sie. Ihre Miene zeigte ein freundliches Lächeln, das bei Monas Antwort sofort verschwand.

»Und bei dir?«

Insa erwiderte nichts und widmete sich wieder ihrer Arbeit. Mona ging zu dem Regal mit den fertigen Werken. »Wenn man genau hinsieht, sind die meisten Sachen ziemlich kitschig. Dass die Leute so was kaufen!« Das war gelogen, denn viele der Schnitzereien gefielen ihr, aber sie wollte Insa mit allen Mitteln verletzen und gemein zu ihr sein.

»Hast du einen bestimmten Wunsch für das Abendessen?«, fragte Insa, als hätte sie Monas Worte nicht gehört.

»Ich habe keinen Hunger«, murmelte Mona.

»Aber du hast heute Morgen kaum gefrühstückt.«

Mona schnaubte. »Tja, woran das wohl lag?«

»Und den ganzen Tag über hast du auch nichts gegessen«, fuhr Insa unbeirrt fort.

»Mir ist der Appetit vergangen. Aber du hast natürlich nicht die geringste Ahnung, warum.«

»Ich meine es nur gut mit dir. Vom ersten Moment unseres Zusammentreffens an habe ich es gut mit dir gemeint. Daran hat sich nichts geändert. Und daran wird sich auch nichts ändern. Warum siehst du nicht, wie schön wir es zusammen haben können? Wir haben doch bis jetzt alle perfekt ausgetrickst.« Insas Stimme war warm, fast liebevoll, während sie das sagte. Konzentriert malte sie weiter an dem Gesicht für die kleine Holzfigur.

»Hörst du dir zwischendurch mal selbst zu? Du redest über uns wie über ein Liebespaar. Bist du lesbisch? Oder verrückt? Oder beides?«

In diesem Moment rutschte Insa der Stift aus, mit dem sie ein Auge ausmalte, und ein blauer Strich zog sich über das Gesicht der Figur bis zu ihrem hölzernen Kinn.

Mona lachte gemein. »Auf jeden Fall bist du ungeschickt. Sieh dir das an! Da hast du dir wohl nicht genug Mühe gegeben.«

In diesem Moment setzte das Rauschen in Insas Ohren wieder ein. Die unzähligen Blitze fuhren erneut durch ihren Kopf und ließen keinen klaren Gedanken mehr zu. Dazu kamen wie immer die Übelkeit und der Schwindel. Nicht schon wieder, betete Insa. Aber die Vergangenheit griff mit fester Hand nach ihr, erlaubte kein Entkommen, zerrte sie mit aller Kraft in die schmerzhaften Erlebnisse ihrer Kindheit.

März 1986

»Da hast du dir wohl nicht genug Mühe gegeben!« Herr Lürsen, der Mathelehrer, ließ Insas Heft auf ihren Tisch fallen. »Nur eine Drei minus, dabei haben wir das Thema wieder und wieder durchgekaut.«

Er ragte mit seinen fast zwei Metern Körpergröße wie ein Turm vor ihr auf. Der missbilligende Blick, mit dem er auf sie hinabsah, gab ihr das Gefühl, ein Wurm zu sein, auf den sich ein riesiger Vogel stürzte. Bisher hatte sie immer eine Zwei in Mathe geschrieben, nur dieses Mal hatte sie von Anfang an kein gutes Gefühl gehabt. Aber war das wirklich so schlimm? Ihr Hals fühlte sich rau an, ihr Mund trocken und die Hitze in ihren Wangen war der Beweis, dass sie knallrot war. Sie wusste nicht, wohin mit ihrem Blick und hoffte nur, Lürsen würde endlich weitergehen. Aber dafür genoss er den Augenblick zu sehr.

»Für dich hätten wir wohl alles noch tausend Mal wiederholen können ohne Aussicht auf Erfolg.«

Beifall heischend sah er sich in der Klasse um und die anderen Schüler und Schülerinnen taten ihm den Gefallen, über seine gemeinen Worte zu lachen. Sie waren froh, nicht selbst das Ziel seines beißenden Spotts zu sein. Lürsen schlenderte weiter durch die Reihen und verteilte die Hefte mit der korrigierten Mathearbeit.

»Vier plus, Steffen, geht doch.«

Der Lehrer hielt besagtem Steffen die Hand zum High Five hin und dieser schlug ein. Insa verstand die Welt nicht mehr. Warum bekam so eine hohle Nuss wie Steffen ein Lob, nur weil er wie durch ein Wunder mal keine Fünf geschrieben hatte, während sie selber vorgeführt wurde für eine Drei? Drei hieß befriedigend, minus hin oder her. Außerdem war das nur ein Ausrutscher, das wusste Lürsen doch genau. Warum stellte er sie jetzt als totale Versagerin hin?

Sie verfolgte die weitere Herausgabe der Hefte und erfuhr, dass es keine einzige Einser- und nur vier Zweier-Benotungen gegeben hatte. Von ihren Mitschülern hatten vierzehn genau wie sie eine Drei geschrieben, sechs eine Vier und drei sogar eine Fünf. Da durfte sie doch trotz allem mit ihrer Note zufrieden sein. Vielleicht sollte Lürsen anhand des miesen Notendurchschnitts bei dieser Klassenarbeit mal den Gedanken zulassen, dass seine Unterrichtsmethoden doch nicht so perfekt waren, wie er glaubte. Und dass er nicht der Superlehrer war, den er selbst in sich sah. Es würde ihm jedoch niemals in den Sinn kommen, sich zu hinterfragen. Er war wie ihr Vater. Fies in seinem Verhalten, aber von sich restlos überzeugt.

Wie sie es hasste, sich immer und überall die größte Mühe zu geben, nur um festzustellen, dass es nie reichte. Sie wünschte

sich doch nur ein bisschen Anerkennung und Respekt. Aber wenn
sie beides nicht mal von ihren Eltern bekam, wo dann? Sie konn-
te sich scheinbar noch so viel Mühe geben – es war nie genug.

Als Mona bemerkte, dass Insa erneut in diesen komischen Zustand gelangte, den sie nicht einordnen konnte und der ihr Angst
machte, verließ sie das Wohnzimmer. Sie zog sich wieder zurück
in den Raum, in dem sie wohl oder übel noch einige Zeit wohnen
musste. Wenn sie nur wüsste, wie sie sich aus dieser Situation
befreien konnte, ohne dass Insa durchdrehte und ihr Leben zer-
störte.

Kapitel 30

Zuerst war es Valerie schwergefallen, sich Greta Mortensen gegenüber zu öffnen und Details aus ihrem Leben zu erzählen, die
Fremde nichts angingen. Aber als sie erst einmal angefangen
hatte zu reden, hatte sie schnell gemerkt, dass genau das der entscheidende Vorteil war. Sie kannte Frau Mortensen nicht, würde
sie vermutlich nie wiedersehen, wenn sie in ein paar Tagen wieder nach Hause fuhr. Außerdem hatte diese Pensionswirtin eine
so warmherzige und einfühlsame Art, dass Valerie das Gefühl
hatte, ihr alles sagen zu können, ohne bewertet oder beurteilt zu
werden.

Und so hatte sie angefangen, davon zu erzählen, wie sie Tom
kennengelernt und sich in ihn verliebt hatte. Und davon, wie sie
erkannt hatte, dass er sie keineswegs liebte, Scham und Stolz ihr

aber verboten hatten, nach Frankreich zurückzukehren. Als sie vom Tod ihrer Tante erzählte und davon, dass es nun nirgends mehr ein Zuhause für sie gab, hatte Valerie angefangen zu weinen. Greta Mortensen hatte taktvoll reagiert. Sie hatte nicht versucht, tröstende Worte zu finden oder sie in den Arm zu nehmen. Beides hätte es nur verschlimmert. Stattdessen hatte sie mit dem voll beladenen Tablett die Küche verlassen und die Tische im Frühstücksraum gedeckt. Dadurch hatte sie Valerie die Zeit gegeben, die sie brauchte, um sich zu sammeln und zu beruhigen.

Als Greta zurückkehrte, legte sie im Vorbeigehen nur sanft eine Hand auf Valeries Schulter und sagte: »Heute Mittag hat es bei mir Gulaschsuppe gegeben und es ist noch reichlich da. Die wärme ich uns jetzt auf. Es geht nichts über eine wärmende Suppe, wenn das Herz friert.«

Valerie lief wider Erwarten das Wasser im Mund zusammen. Trotzdem sagte sie: »Machen Sie sich bitte keine Umstände. Es ist schon so spät und Sie haben doch bestimmt schon zu Abend gegessen.«

»Na und?« Greta grinste breit. »Um so auszusehen wie ich, muss man auch mal essen, wenn man keinen Hunger hat.« Geschäftig machte sie sich am Herd zu schaffen und wenige Minuten später durchströmte ein köstlicher Duft die Küche.

Valerie hatte noch nie eine so leckere Suppe gegessen. Sie kochte selbst gerne, aber keine deftige Hausmannskost. Warum eigentlich nicht? Warum gab sie sich solche Mühe, trendige und raffinierte Gerichte zuzubereiten, die Tom kaum würdigte, wenn er überhaupt einmal zum Essen zu Hause war? Und warum achtete sie so penibel auf ihre Figur, wenn ihr Mann sich pausenlos für andere Frauen begeisterte, nur nicht für die eigene? Als sie den leeren Teller von sich schob, sagte Greta Mortensen: »Hat gutgetan, oder etwa nicht?«

»Absolut«, gab Valerie zu.

Greta stellte die Teller zusammen. »Möchten Sie jetzt weitererzählen?«

Das tat Valerie. Sie erzählte von dem Gespräch, das sie am Nachmittag mit Hauptkommissar Nölk gehabt hatte. Er hatte seine Worte mit Bedacht gewählt, als er ihr sagte, dass es leider keinerlei neue Hinweise gab, denen die Polizei nachging. Die Geschehnisse der Samstagnacht und die Frage nach dem Verbleib von Thomas Lehbrink lagen absolut im Dunkeln. Der Polizeibeamte hatte aufgrund dessen wenig Hoffnung auf eine baldige Aufklärung des Falls. Valerie hatte sich für seine Ehrlichkeit bedankt und war lange spazieren gegangen, um sich innerlich zu beruhigen. Die Schönheit der Insel, die frische und gesunde Nordseeluft und das Wolkenspiel am Himmel über dem Meer hatte sie kaum wahrgenommen.

»Bleiben Sie einfach noch ein paar Tage hier«, schlug Greta vor. »Dem Charme unserer Insel kann sich keiner entziehen, das werden Sie schon noch merken. Und besonders mit Sorgen, Kummer oder Ratlosigkeit ist man im *Haus Marina* viel besser aufgehoben als allein zu Hause. Meinen Sie nicht auch?«

»Da könnten Sie Recht haben«, antwortete Valerie und fügte hinzu: »Aber ich glaube, ich reise morgen schon wieder ab. Sie brauchen das Zimmer doch bestimmt für angemeldete Gäste.«

»Für Sie habe ich immer Platz«, sagte Greta Mortensen mit ihrem warmen Lächeln. »Wollen wir nicht du sagen? Bitte nennen Sie mich Greta.«

»Gerne. Ich heiße Valerie, aber das wissen Sie, äh, das weißt du ja. Warum bist du so nett zu mir? Wir kennen uns doch kaum.«

»Weil du auch nett bist und ich dich mag«, antwortete Greta schlicht und fügte hinzu: »Und ich glaube übrigens nicht, dass du mir irgendwas erzählen kannst, was daran etwas ändert.«

Von Gretas Worten ermutigt, berichtete Valerie weiter von ihrer Ehe und den Abmachungen, die es zwischen ihr und ihrem Mann gab. Sie erzählte von seinem Kontrollwahn, der sie wie in einem goldenen Käfig leben ließ. Von seinen Schikanen, wenn er ihr wieder und wieder erklärte, dass sie ohne ihn ein Nichts wäre. Und von seiner Untreue, die er im Gegenzug für die finanzielle Sicherheit und all den Luxus, den er ihr bot, für vollkommen gerechtfertigt hielt. Sie schloss ihren Bericht mit den Worten: »Die Liebe, die ich am Anfang für Thomas empfand, hat sich in Luft aufgelöst. Er hat meine Gefühle mit Füßen getreten, bis sie sich davongeschlichen haben. Mir ist egal, ob er gefunden wird oder nicht. Nein, es ist mir nicht egal. Ich wünsche ihm nichts Schlechtes, bitte versteh mich nicht falsch, aber ich wäre erleichtert, wenn ich ohne Tom weiterleben dürfte. Eine Scheidung ist keine Option, weil er mich als sein Eigentum betrachtet. Ich stehe quasi auf einer Stufe mit dem Haus und der Firma. Sein Verschwinden, was auch immer dahintersteckt, ist meine einzige Chance, von ihm getrennt zu werden. Jetzt bist du schockiert, oder?«

»Nein«, sagte Greta. »Aber darf ich dich etwas fragen? Glaubst du an Gott?«

Valeries Antwort kam postwendend. »In den ersten zwanzig Jahren meines Lebens habe ich es auf jeden Fall getan. Jetzt bin ich achtunddreißig, also sprechen wir beinahe von der Hälfte meines Lebens.«

»Und jetzt nicht mehr?«, hakte Greta nach.

»Ich weiß es ehrlich gesagt nicht. Sogar nach dem Tod meiner Eltern, ich war achtzehn, als sie starben, war ich noch der festen Überzeugung, dass da oben jemand auf mich aufpasst. Dass mir jemand hilft, nicht zu verzweifeln, nicht unterzugehen in meiner Trauer. Jemand, der mir in schwierigen Situationen einen Weg zeigt, auf dem ich weitergehen kann. Aber in den Jahren mit Tom fühlte ich mich nur noch vollkommen alleingelassen und von niemandem behütet. Ja, ich weiß, Gott prüft uns. Der Glaube wird immer wieder Prüfungen unterzogen. Scheinbar falle ich seit Jahren nur noch durch.«

Greta legte ihre Hand auf Valeries. »Na, dann ist es doch gut, dass du immer wieder aufs Neue zur Prüfung antreten darfst. So oft du es willst – und brauchst.«

Die beiden Frauen saßen noch eine Weile zusammen, schweigend, jede in ihre eigenen Gedanken versunken. Dann stand Valerie auf und sagte: »Ich ziehe mich jetzt zurück und versuche, ein bisschen zu schlafen. Danke für deine Zeit und fürs Zuhören.«

Greta winkte ab. »Dafür musst du dich doch nicht bedanken. Glaub daran, dass alles wieder gut wird. Du darfst dir niemals die Hoffnung rauben lassen. Manchmal ist sie das Einzige, was uns bleibt. Aber oft reicht sie auch aus. Schlaf gut.«

»Danke, du auch.« Valerie ging Richtung Küchentür und drehte sich dort noch einmal um. »Ob ich mit dieser Frau sprechen möchte, mit der Tom hierhergekommen ist, muss ich mir noch überlegen. Immerhin hat sie ihn in den Stunden vor seinem Verschwinden erlebt. Und vielleicht sollte ich über diese Stunden etwas erfahren. Vielleicht aber auch nicht. Darüber muss ich jetzt erst mal eine Nacht schlafen. Aber etwas anderes weiß ich dafür schon ganz genau: Ich möchte dein Angebot gerne annehmen und noch etwas hierbleiben.«

Greta strahlte über das ganze von wilden Locken umrahmte Gesicht und nahm Valerie fest in die Arme. Die Umarmung fühlte sich ein bisschen so an, als würde man von einem freundlichen Königspudel angesprungen. Valerie lachte und ließ sich drücken und herzen.

»Gute Nacht«, sagte Greta. »Und wenn du möchtest, begleite ich dich zu Frau Menkwitz.«

»Wenn ich überhaupt zu ihr will«, stellte Valerie klar. »Außerdem habe ich gehört, dass es morgen sehr stürmisch werden soll.«

»Ach, was!« Greta lachte, dass alles an ihrem rundlichen Körper in Bewegung geriet. »Es wird nur ein bisschen windig. Sturm ist erst, wenn die Schafe keine Locken mehr haben.«

Kapitel 31

Am nächsten Nachmittag stand Valerie in Oevenum vor dem kleinen Kapitänshaus von dieser Frau Walzmann, deren Adresse Greta ihr genannt hatte. Hier wohnte Mona Menkwitz, mit der Tom auf die Insel gereist war, jetzt bei ihrer Freundin. War es eine gute Idee, herzukommen? Oder hatte sie sich da von Greta reinquatschen lassen? Was brachte es, sich mit einer von Toms Geliebten zu unterhalten? Denn genau das traf auf diese Mona zu, davon war Valerie nach wie vor felsenfest überzeugt. Sie war bis kurz vor seinem Verschwinden mit Tom zusammen gewesen, aber wenn sie etwas über seinen Verbleib wüsste, hätte sie es doch längst der Polizei gesagt. Plötzlich wurde Valerie bewusst, dass sie seit mehreren Minuten reglos und etwas lethargisch vor diesem Haus stand. Wie ein Kutschpferd, das stoisch auf Anweisungen wartete.

Sie ging aber nicht zu ihrem Auto zurück, sondern schlenderte langsam weiter, um einen Spaziergang vorzutäuschen. Ein kräftiger Wind wehte ihr entgegen und zerzauste ihre Haare, die sie ausgerechnet heute nicht zusammengebunden hatte. Es schien fast, als wollte das Wetter sie daran hindern, weiterzugehen. Auf einmal fragte sie sich, warum sie überhaupt nach Föhr gefahren war. Vielleicht hatte sie gehofft, hier, am Ort seines Verschwindens, mit Tom abschließen zu können. Aber wie sollte das funktionieren? Es gab nur Fragen, keine Antworten. Nichts als Ungewissheit. Und die war in Neumünster ebenso nervenaufreibend wie auf Föhr.

Valeries Gedanken wanderten zurück zu der Zeit nach dem Tod ihrer Eltern. Damals war auch alles ungewiss. Wo sollte sie leben? Und wovon? Und dann war Tom auf der Bildfläche erschienen. Rückblickend war das Jahr zwischen ihrer ersten Begegnung und ihrer Hochzeit das glücklichste. Das Leben hatte sich leicht und verheißungsvoll angefühlt. War das schon alles, was sie an Glück zu erwarten hatte? Nein, in ihr wuchs ein neues Menschlein heran. Sie freute sich so auf ihr Kind und sah sich in Gedanken Windeln wechseln, eine kleine, fieberheiße Stirn kühlen und unter das Kopfkissen Geschenke der Petite Souris schieben, der Maus, die in Frankreich die ausgefallenen Milchzähne umtauschte.

Und auf einmal wollte sie sie doch kennenlernen. Die Frau, mit der Tom auf die Insel gereist war. Für die er seine schwangere Gattin allein zu Hause gelassen hatte. Ein kurzer Blick auf Mona Menkwitz, verbunden mit einem nichtssagenden Gespräch brachte Valerie zwar nicht weiter, aber es schadete auch nicht. Außerdem war sie klar in der besseren Position. Sie war die Ehefrau, die andere nur die Geliebte. Es lag wohl auf der Hand, wem von ihnen beiden die Situation peinlicher sein musste.

Entschlossen kehrte sie um und ging zurück. Jetzt trieben die Windböen sie vor sich her, als wollten sie ihren Entschluss bekräftigen und ihre Schritte beschleunigen. Als sie ankam, stellte sie fest, dass dieses windschiefe Kapitänshaus, das sich vor dem Wind zu ducken schien, zugleich malerisch und ablehnend auf sie wirkte. Was für ein widersprüchliches Empfinden. Sie klingelte. Eine große, hagere Frau mit grauen Haaren öffnete die Tür.

»Frau Walzmann?«, vermutete Valerie.

»Die bin ich. Und wer sind Sie?«

Valerie wollte nicht unhöflich sein, aber wenn sie jetzt ihren Namen sagte, würde sie vermutlich nicht mal bis zu dieser Mona vordringen. »Ich würde gerne Frau Menkwitz sprechen.«

Frau Walzmann setzte zu einer Antwort an, aber in dem Moment trat aus dem dunklen Flur eine zweite Frau.

»Ich bin Mona Menkwitz. Und mit wem habe ich das Vergnügen?«

Valerie nahm sich einen Moment Zeit, um Frau Menkwitz genau zu betrachten. Sie war ungefähr in Valeries Alter. Wenigstens erfüllte Tom nicht auch noch das Klischee, dass seine Betthäschen seine Töchter sein könnten. Mona Menkwitz war eine attraktive Erscheinung, das musste man ihr lassen. Ihr ebenmäßiges Gesicht mit den ausdrucksvollen Augen und den vollen Lippen umrahmten blonde Haare, die bis auf die Schultern reichten. Sie war nicht so knabenhaft schlank wie Valerie, sondern hatte weibliche Rundungen an genau den richtigen Stellen. Kein Wunder, dass Tom auf sie abgefahren war.

Valerie drückte den Rücken durch und reckte das Kinn, bevor sie antwortete. »Ich weiß nicht, ob es ein Vergnügen für Sie ist. Ich heiße Valerie Lehbrink und bin die Ehefrau von Thomas.« Mit Genugtuung sah sie, dass ihr Gegenüber eine Nuance blasser wurde.

»Hat die Polizei Ihnen gesagt, wo Sie mich finden?«, fragte Mona Menkwitz.

»Nein«, antwortete Valerie. »Ich wohne in der Pension *Haus Marina*, die kennen Sie ja. Frau Mortensen hat mir gesagt, dass Sie noch auf der Insel weilen und wo ich Sie antreffen kann.«

»Das ist wohl ein starkes Stück!«, erboste sich Frau Walzmann. »Die kann doch nicht einfach meine Adresse ...«

Mona Menkwitz fiel ihr ins Wort. »Reg dich ab, Insa. Warst du nicht gerade beschäftigt? Ich komme hier sehr gut allein zurecht.«

Der schnippische Unterton war Valerie nicht entgangen. Nach einer herzlichen freundschaftlichen Verbundenheit hörte sich das nicht an.

»Bitte, kommen Sie herein.«

Mona Menkwitz öffnete die Tür ein Stück weiter und Valerie betrat das Haus. Das Erste, was ihr auffiel, war die fast greifbare negative Energie, die sie umgab. Für solche Schwingungen hatte Valerie schon immer feine Antennen. Natürlich war auch zwischen Frau Menkwitz und ihr eine gewisse Anspannung spürbar, wie sollte es anders sein? Aber dieses Haus, das auf die meisten Menschen wahrscheinlich urig und gemütlich wirkte, strahlte so wenig Wärme und Behaglichkeit, dafür aber Enge und Dunkelheit aus, dass Valerie ein Frösteln durchfuhr. Wenigstens passen Haus und Besitzerin zusammen, dachte sie, als Frau Menkwitz sie in ein seltsam eingerichtetes, düsteres Wohnzimmer führte und ihr einen Platz auf dem uralten Sofa anbot. Sie setzte sich auf die vorderste Kante, jederzeit zum Aufbruch bereit. Mona Menkwitz nahm in dem einzigen Sessel Platz und sah Valerie verlegen an. In diesem Moment betrat Insa Walzmann das Wohnzimmer und setzte sich ebenfalls auf das Sofa.

»Was soll das, Insa? Wir möchten uns unter vier Augen unterhalten, nicht wahr, Frau Lehbrink?«

Valerie nickte unbehaglich. Das fehlte noch, dass sie zwischen die Fronten dieser vermeintlichen Freundinnen geriet.

»Also lass uns bitte allein und renn mir nicht dauernd hinterher.«

Mai 1987

»Renn mir nicht dauernd hinterher!«

»Aber du bist doch meine beste Freundin.« Insa trippelte aufgeregt neben Anja her.

»Das heißt aber nicht, dass wir zusammengewachsen sind wie sibirische Zwillinge.«

»Das heißt siamesische Zwillinge.«

Anja warf Insa einen genervten Blick zu, murmelte etwas, das sich anhörte wie Klugscheißerin, und wechselte die Straßenseite an einer gänzlich ungewohnten Stelle und ohne Insa überhaupt zu beachten.

Seit Anja vor über einem Jahr in Insas Klasse gekommen war, liefen sie jeden Tag zusammen zur Eilun Feer Skuul, dem staatlichen Gymnasium in Wyk auf Föhr. Und wieder zurück. Dass Anja heute einen anderen Weg einschlug als sonst, war keine Katastrophe, aber es wich von ihrer gemeinsamen Routine ab. Und das alarmierte Insa. Sie existierte doch nur als Freundin von Anja. Ohne die hübsche, sportliche und überall beliebte Anja an ihrer Seite war Insa ein Nichts. Sie war ohnehin nur auf Drängen eines Lehrers, der es gut mit ihr gemeint hatte, auf dem Gymnasium gelandet. Ihren Eltern war ihre schulische Ausbildung vollkommen egal. Umso glücklicher war Insa darüber, auf diese Schule zu gehen und dadurch hoffentlich die Chance auf eine qualifizierte Berufsausbildung zu haben. Bemerkt und akzeptiert wurde sie auf dem Gymnasium allerdings nur in Anjas Gegenwart. Sie lief ein paar Schritte, um ihre Freundin wieder einzuholen.

»Gute Idee, heute mal einen anderen Weg zu gehen«, säuselte sie. »Da wäre ich nie drauf gekommen.« Erleichtert registrierte sie, dass Anjas eben noch wütende Gesichtszüge sich entspannten.

»Dafür kannst du andere Sachen gut«, sagte sie gönnerhaft. »Zum Beispiel Aufsätze schreiben. Ach übrigens«, sie hakte sich bei Insa unter, was diese nur zu gern geschehen ließ, »könntest du die Deutsch-Hausaufgabe für mich mit erledigen? Diese Inhaltsangabe kriege ich bestimmt nicht hin. Ändere einfach deinen eigenen Text ein bisschen ab. Das ist doch kein großer Aufwand. Sei ein Schatz und mach das für mich, okay?«

Insa fand, dass Anja sie häufig um derartige Gefallen bat und nur nett zu ihr war, wenn sie sie für irgendwelche Hausaufgaben brauchte. Aber was machte das schon? Dafür waren Freundinnen doch da, oder etwa nicht? »Klar, mach ich. Sehen wir uns denn später am Nachmittag noch?«

»Sorry, keine Zeit, bin mit den Volleyball-Mädels verabredet. Morgen vielleicht.«

Aber morgen würde es wieder genauso ablaufen, da war Insa sicher. Das Einzige, wofür Anja sie brauchte, waren die Hausaufgaben. Und die Bewunderung, die Insa ihr entgegenbrachte. Inzwischen gelang es Insa immer seltener, sich diese vermeintliche Freundschaft schönzureden. Am liebsten hätte sie Anja mal kräftig die Meinung gegeigt. Aber was dann? Sie würde komplett zur Außenseiterin werden. Obwohl sie wusste, dass viele von Anjas Arroganz und Egozentrik genervt waren, schlugen sich im Zweifel doch alle auf ihre Seite. Niemand, ob Mädchen oder Junge, wollte bei der tollen Anja in Ungnade fallen. Insa konnte froh sein, wenigstens am Rande von Anjas Universum zu existieren. Wenn sie sich gegen sie stellte, machten erst recht alle einen Bogen um sie und behandelten sie wie eine Aussätzige.

Am nächsten Morgen war Insa blass und müde, weil sie bis tief in die Nacht hinein zuerst an ihrer und dann an Anjas Hausarbeit geschrieben hatte. Ihre Schläfen pochten und sie konnte sich auf nichts konzentrieren. Anja schien nicht zu bemerken, dass es Insa schlechtging. Sie nahm die eng beschriebenen Seiten entgegen und heftete sie ohne ein Wort des Dankes in ihre Mappe.

Insa stand in der Küche und hielt sich mit beiden Händen an der Spüle fest. Es war schon wieder passiert. Schon wieder war sie wie von einem Katapult in ihre Vergangenheit zurückgeschossen worden. Sie hatte lange nicht mehr an Anja und die Zeit auf dem Gymnasium gedacht. Zu schmerzlich war die Einsicht, dass sie diese Chance auf ein besseres Leben nicht genutzt hatte. Irgendwann hatte sie sich der falschen Clique angeschlossen, war immer tiefer abgerutscht. Und zwar sowohl sozial als auch im Notendurchschnitt. Vielleicht hätte mehr als eine Küchenhilfe aus ihr werden können, wenn sie die Schule nicht ohne Abschluss verlassen hätte. Aber jetzt noch, nach über dreißig Jahren, darüber nachzudenken, machte nun wirklich keinen Sinn. Nur langsam beruhigte sich ihr Atem. Die Kopfschmerzen würden sie für den Rest des Tages begleiten. Insa hatte keine Ahnung, worüber sie sich mehr ärgerte: Darüber, dass diese Flashback-Attacken sie in den letzten Tag unverhältnismäßig oft heimsuchten und ihr schwer zusetzten, oder über Monas Dreistigkeit, sie aus ihrem eigenen Wohnzimmer zu schicken. Und zu dem ganzen Ärger kam die schier unerträgliche Neugier. Was wollte die Frau von diesem Mistkerl hier auf Föhr? Worüber redete sie mit Mona? Hatte die Polizei etwas rausgefunden?

Insa schlich sich über den Flur und lehnte das Ohr an die geschlossene Wohnzimmertür. Sie hörte leises Gemurmel, verstand aber leider kein einziges Wort. Da hatte Mona sie ausnahmsweise mal perfekt ausgetrickst. Sie musste sich gedulden, bis der ungebetene Gast wieder verschwunden war und sie Mona auf den Zahn fühlen konnte.

Kapitel 32

Mona kämpfte mit den unterschiedlichsten Emotionen. Das plötzliche Auftauchen von Toms Frau überforderte sie. Nach seinen Erzählungen hatte sich in ihrem Kopf das Bild von einem geldgierigen und emotionslosen Frauenzimmer zusammengesetzt. Allerdings passte diese Vorstellung ganz und gar nicht zu der zierlichen Brünetten, die jetzt vor ihr saß und mit ihr sprach. Dabei lächelte sie sogar freundlich, was angesichts des Grundes für ihren Besuch grotesk war.

Valerie Lehbrinks nicht zu übersehende Schwangerschaft beschämte Mona. Tom hatte nie ein Wort darüber verloren, dass seine Frau und er ein Baby erwarteten. Dass sie ihr den Mann genommen hatte, war eine Sache. Dass aber ihretwegen jetzt ein Kind ohne seinen Vater aufwachsen musste, eine andere. Und Insas Taktlosigkeit brachte sie auch wieder einmal in Rage. Wie kam Insa darauf, sich zu ihnen zu setzen, obwohl Toms Frau deutlich gesagt hatte, dass sie zu Mona wollte?

Mona versuchte, sich zu beruhigen. Eins nach dem anderen. Jetzt musste sie sich erst mal auf Valerie Lehbrink konzentrieren. Würde es gelingen, ihr die Geschichte von der Geschäftsreise und der angeblichen Bewerbung ebenso glaubhaft zu verkaufen wie der Polizei? Sie wischte ihre schweißnassen Hände an ihrer Jeans ab, dann verschränkte sie die Finger ineinander, um sich an sich selbst festzuhalten. Wie fing sie das Gespräch bloß an? Oder sollte sie abwarten, bis Frau Lehbrink etwas sagte? Immerhin hatte sie um die Unterredung gebeten.

»Ich komme am besten gleich zur Sache.« Valerie Lehbrink schien Monas Gedanken gelesen zu haben. »Das Märchen von der Bewerbung und dem rein beruflichen Grund für Ihre Reise glaube ich nicht. Haben Sie ein Verhältnis mit meinem Mann?«

Obwohl die Frage naheliegend war, fühlte sich Mona doch überrumpelt. »Ich ... also, es ist so ... ich ...«

»Also ja«, schlussfolgerte Valerie Lehbrink. »Sie können es ruhig zugeben. Es verletzt mich nicht. Nicht mehr. Sie sind nicht die Erste. Und Sie werden auch ganz bestimmt nicht die Letzte sein, falls Tom wieder auftaucht.«

»Und es ist Ihnen egal, weil er Ihnen egal ist, stimmt's?« Mona erschrak selbst über ihre Worte.

»Hat er das gesagt? Dass er mir egal ist? Dass ich von Anfang an nur auf sein Geld aus war? Dass er der ungeliebte und bemitleidenswerte Goldesel ist?« Valerie Lehbrink lachte, aber es war ein freudloses Lachen. »Ich kann nicht glauben, dass die modernen Frauen von heute noch immer auf diese Masche hereinfallen.«

Mona spürte, wie ihr Gesicht vor Scham glühend heiß wurde. »Es tut mir leid«, sagte sie, weil sie nicht wusste, was sie sonst sagen sollte. »Von Ihrer Schwangerschaft wusste ich jedenfalls nichts, das müssen Sie mir glauben.«

»Macht das für Sie den großen Unterschied? Dass er verheiratet ist, war also nicht Grund genug, die Finger von ihm zu lassen?«

Mona hatte sich nie zuvor so klein und so bloßgestellt gefühlt.

Sie schluckte den Kloß im Hals hinunter. Auf keinen Fall durfte sie jetzt anfangen zu heulen wie ein kleines Kind. Valerie Lehbrink hatte keine Ahnung, wie verzweifelt Mona sich seit Langem, besonders aber in den letzten beiden Wochen wünschte, sie hätte die Finger von Tom gelassen. Wäre sie ihm doch nur nie begegnet. Oder hätte zumindest nicht diese Affäre begonnen. Hätte, wäre, wenn.

Valerie Lehbrink rutschte auf der Sofakante hin und her. »Was ist an dem Abend geschehen? Wo ist mein Mann?«

»Ich weiß es nicht«, flüsterte Mona. Die Lüge kam ihr schwerer über die Lippen, als in dem Gespräch mit der Polizei.

»Aber Sie waren doch mit ihm zusammen, oder nicht?«

In Monas Kopf wirbelten die Gedanken durcheinander. Bestimmt würde Valerie Lehbrink der Polizei so schnell wie möglich erzählen, dass Mona als Toms Geliebte und nicht als Bewerberin für einen Job auf die Insel gereist war. Die Geschichte, die Insa und Mona der Polizei erzählt hatten, funktionierte also nicht mehr. Mona brach der Schweiß aus.

»Keine Angst, ich verrate der Polizei nichts von Ihrem Verhältnis mit meinem Mann. Und der Pensionswirtin auch nicht«, sagte Valerie Lehbrink in diesem Moment.

Mona war von dieser Aussage ebenso erleichtert wie überrascht. »Warum nicht?«

»Ich glaube, es würde den Fall unnötig kompliziert machen. Sie werden ihn ja wohl kaum umgebracht haben, oder?« Sie stieß ein kurzes Lachen aus, das eher wie ein Husten klang. »Solange Tom nicht wieder auftaucht, macht es keinen Unterschied, ob Sie beruflich oder privat mit ihm hier waren.«

Einen Moment lang schwiegen die beiden Frauen. Dann wiederholte Valerie Lehbrink ihre Frage. »Also, was ist an dem Abend passiert?«

Mona erzählte Toms Frau weitestgehend dasselbe wie den Polizeibeamten, allerdings mit kleinen Änderungen. Dass Tom ein berufliches Meeting hier auf Föhr hatte, zu dem sie ihn begleitete. Dass dem nachmittäglichen Termin ein gemeinsames Abendessen mit dem Geschäftspartner folgte. Dass Tom später, als dieser Herr Ollmann sich verabschiedet hatte, für einen letzten Drink in einen Nachtklub wollte, was Mona aber ablehnte. Dass sie sich daraufhin heftig gestritten und sich ihre Wege auf dem Parkplatz getrennt hatten.

Valerie Lehbrink hatte sich alles schweigend angehört und nur hin und wieder den Kopf geschüttelt. Jetzt sagte sie: »Ich würde zu gerne sagen, dass ein solches Benehmen bei Tom undenkbar ist. Aber leider kann ich es mir nur allzu gut vorstellen. Was haben Sie dann gemacht, ganz alleine am späten Abend?«

»Da ich mein Handy nicht bei mir hatte, wollte ich zurückgehen zum Restaurant und mir ein Taxi rufen lassen. In dem Moment lief mir meine alte Freundin Insa Walzmann über den Weg. Sie nahm mich mit zu sich nach Hause und ich erzählte ihr alles. Von Tom hatte ich nach dieser Aktion wirklich genug. Es war schon vorher einige Zeit nicht mehr gut gelaufen zwischen uns, aber jetzt reichte es mir. Am nächsten Tag hat Insa meine Sachen aus der Pension abgeholt, weil ich ihm auf keinen Fall zufällig über den Weg laufen wollte. Ich habe nichts mehr von ihm gehört oder gesehen, bis die Polizei vor der Tür stand und berichtete, dass sein Auto gefunden worden war, von ihm selbst aber jede Spur fehlte.«

Valerie Lehbrink nickte nachdenklich, dann ließ sie den Blick durch den Raum wandern. Sie tat Mona leid. Es war furchtbar, was diese Frau durchmachte. Ihr Mann, von dem sie zwar wusste, dass er sie immer wieder betrog und hinterging, der aber dennoch ihr Ehemann und der Vater ihres ungeborenen Kindes war, wurde vermisst. Welche Gedanken kreisten jetzt in ihrem Kopf umher? Sie hatte keine Ahnung, wo ihr Mann sich aufhielt, ob er verletzt, desorientiert oder sogar tot war. Sie sah einer ungewissen Zukunft für sich und ihr Kind entgegen. Sie musste furchtbare Angst haben, auch wenn sie sich nach außen so kühl und kontrolliert zeigte. Bestimmt verabschiedete sie sich jeden Moment, warum sollte sie länger bleiben? Erstaunt bemerkte Mona, dass sie sich wünschte, sie würde noch nicht gehen und sie könnten sich etwas besser kennenlernen.

In diesem Moment wurde die Wohnzimmertür aufgerissen und Insa kam wutschnaubend in den Raum. »Darf ich dich daran erinnern, dass dies mein Haus ist? Und es ist ebenso mein Wohnzimmer. Und in meinem Wohnzimmer halte ich mich auf, wann immer ich will. Unterhaltet euch weiter oder lasst es bleiben. Aber wage es nie wieder, mich in meinem Haus des Raumes zu verweisen!«

War Mona vor wenigen Sekunden überzeugt gewesen, die Situation könne nicht mehr an Peinlichkeit zunehmen, wurde sie jetzt eines Besseren belehrt. Insas Gesicht war knallrot und vor Ärger zu einer Fratze verzerrt. Das von Valerie Lehbrink sah erschrocken und verwirrt aus. Vermutlich fragte sie sich, in was für ein Irrenhaus sie hier geraten war.

Mona wünschte sich das berühmte Mauseloch, in das sie verschwinden konnte. Dann aber siegte ihre Wut auf Insa. Mit krampfhaft beherrschter Stimme sagte sie: »Wie du meinst, Insa.« Dann wandte sie sich ihrem Gast zu. »Frau Lehbrink, wären Sie damit einverstanden, dass wir unsere Unterhaltung außer Haus fortsetzen?«

Valerie Lehbrink war anzumerken, dass die Gesamtsituation sie irritierte. Wer konnte es ihr verübeln?

»Gerne. Mein Wagen steht draußen.«

Im Auto schlug Mona vor, nach Wyk zu fahren und das Café *Die Insel* zu besuchen. Die Fahrt verlief schweigend. Sie parkten auf dem großen Parkplatz am Heymannsweg, und Mona fiel die Lügengeschichte ein, die sie der Polizei über die Geschehnisse auf diesem Parkplatz aufgetischt hatte. Und jetzt war sie im Begriff, ausgerechnet mit Toms Ehefrau ins Café zu gehen. Das war so schräg, das konnte sich keiner ausdenken.

Erst als sie an einem Tisch am Fenster Platz genommen hatten, stellte Valerie Lehbrink die nächste Frage. »Wie lange läuft das zwischen Ihnen und meinem Mann schon?«

»Wir haben uns Silvester kennengelernt.«

»Ach, bei dieser Hauseinweihungsparty von einem seiner Geschäftspartner. Ich erinnere mich an die Einladung. Ich wäre gerne mitgegangen, aber Tom wollte mich nicht dabeihaben. Er hatte wohl längst geplant, an dem Abend auf die Pirsch zu gehen. Bitte entschuldigen Sie meine Ausdrucksweise, aber Tom ist nun mal ein Jäger, wenn es um Frauen geht. Die erlegte Beute interessiert ihn dann meistens nur noch am Rande. Dass er mit Ihnen nach knapp sechs Monaten noch immer zusammen ist, erstaunt mich.«

Mona schwieg. Was hätte sie sagen sollen?

»Ich will ehrlich zu Ihnen sein«, sagte Valerie Lehbrink. »Denn es reicht ja, dass Tom uns beide belogen hat. Und noch einige andere Frauen.« Sie rührte kurz in ihrer Teetasse, und Mona ließ ihr Zeit, bis sie sich ihre Worte zurechtgelegt hatte. »Meine Ehe mit Tom ist nicht glücklich. Sie war es von Anfang an nicht. Das wird Ihnen Tom auch erzählt haben. Aber sicher hat er Ihnen nicht die wahren Gründe genannt. Ich habe ihn geliebt, zumindest in den ersten Jahren. Er mich leider nicht.«

Sie atmete ein paar Mal tief ein und aus und Mona konnte sich vorstellen, wie schwer es ihr fiel, mit einer Fremden über solche intimen Dinge zu sprechen.

»Sein Geld und all der Luxus, den er mir bietet, sind mir nicht wichtig«, fuhr Valerie Lehbrink fort. »Ich wünsche mir Liebe und Geborgenheit, aber beides kann er mir nicht geben. Er braucht mich nur für seine Außenwirkung. Als Gastgeberin, wenn er Kunden oder Geschäftspartner zu uns einlädt, oder als schmückendes Beiwerk, wenn wir selbst eingeladen werden. Für unsere Ehe stellte er klare Regeln auf. Ich habe immer genug Geld und ein schönes Haus, um das sich Personal kümmert. Wir bereisen die ganze Welt. Im Gegenzug nimmt er sich alle Freiheiten raus, die er will und die ihm seiner Meinung nach auch zustehen. Er ist kaum einen Abend zu Hause, vergnügt sich am Wochenende Gott weiß wo mit Gott weiß wem und gibt sich keine Mühe, seine Affären vor mir zu verbergen. Und manchmal fordert er gefühlskalt und rücksichtslos seine sexuellen Rechte als Ehemann ein, wenn gerade keines seiner Betthäschen verfügbar ist.«

Bei dem Wort *verfügbar* zog sich eine Gänsehaut über Monas Körper. Genau das hatte Tom gesagt, als sie ihren Job verlor und er ihr verboten hatte, sich einen neuen zu suchen. Jederzeit für ihn verfügbar sollte sie sein.

»Warum trennen Sie sich nicht von ihm?«, fragte Mona.

»Weil er eine Scheidung mit allen Mitteln verhindern wird. Sein Ansehen als erfolgreicher und noch dazu gut aussehender Geschäftsmann, der alles im Griff hat und dem immer alles gelingt, würde zu sehr darunter leiden. Er hat nicht nur einmal zu mir gesagt, er würde niemals in die Rolle eines geschiedenen Mannes schlüpfen, über den geklatscht und getratscht wird. Dann schon eher in die des trauernden Witwers. Ich werde das Thema Scheidung nie mehr ansprechen, das verstehen Sie vielleicht.«

Mona verstand nur allzu gut. »Sie könnten trotzdem gehen. Irgendwohin. Weit weg. Auch ohne offizielle Scheidung.«

»Dazu fehlt mir der Mut«, flüsterte Valerie Lehbrink und zum ersten Mal konnte Mona einen Blick hinter die kühle und beherrschte Fassade werfen. Einen Blick auf eine zutiefst verletzte Frau, die nicht halb so viel Selbstvertrauen besaß, wie es den Anschein hatte.

»Ich komme ursprünglich aus Frankreich. Eine richtige Ausbildung habe ich nicht. Als Tom und ich uns kennengelernt haben, war ich Anfang zwanzig. Meine Eltern waren ein paar Jahre zuvor gestorben, ich habe bei einer Tante gewohnt und in einem kleinen Hotel an der Rezeption gearbeitet. Tom schien der Prinz auf dem weißen Pferd zu sein. Aber in Wirklichkeit ist er nur ein Frosch in einem großen, teuren Auto.«

Valerie verstummte, als die Bedienung an ihren Tisch trat. Sie bestellten sich noch Mineralwasser. Dann beobachteten sie eine Weile das Treiben auf dem *Sandwall* und an der Promenade und hingen ihren Gedanken nach. Mona gestand sich ein, dass Valerie Lehbrink absolut nichts mit der Person gemeinsam hatte, als die Tom sie immer wieder beschrieben hatte. Sie war eine angenehme und reflektierte Frau, die sich in Thomas verliebt hatte, nicht in sein Geld. Dass Tom seinerseits zu echter Liebe gar nicht fähig war, hatte Mona mehr als deutlich selbst zu spüren bekommen. Festzustellen, dass der Liebhaber ein mieser Schuft war, war schon furchtbar. Aber wie schrecklich war erst die Erkenntnis, einen solchen Typ geheiratet zu haben. Dass Valerie Lehbrink in ihrer Ehe nicht glücklich gewesen war, darüber empfand Mona auf eine seltsame Weise Erleichterung. Sie verstand selbst nicht, warum. Es machte die Affäre nicht harmloser. Es rechtfertigte nicht, dass sie mit einem verheirateten Mann zusammen gewesen war. Und erst recht nicht, dass sie diesen Mann getötet hatte.

Kapitel 33

Als die Getränke gebracht wurden, nahm Valerie einen großen Schluck von ihrem Wasser, bevor sie weitersprach. »Vielleicht verstehen Sie jetzt, dass mich Ihre Affäre mit Tom weder überrascht noch verletzt.«

»Aber warum wollten Sie mich dann sprechen?«, fragte Mona. »Warum sind Sie überhaupt nach Föhr gekommen?«

»Ich weiß es nicht genau.« Valerie seufzte und malte mit dem Finger Muster auf ihr beschlagenes Wasserglas. »Jedenfalls nicht, um Sie anzuklagen oder zu verurteilen. Ich weiß selbst am besten, welche Wirkung Tom auf eine Frau haben kann, wenn er sich Mühe gibt. Aber da die charmante, höfliche, aufmerksame und liebevolle Art nicht seiner Natur entspricht, dauern seine Affären nie lange.«

Oder er lässt die Maske schon während der Affäre fallen, dachte Mona, während Valerie Lehbrink weitersprach. »Wahrscheinlich wollte ich nur wissen, ob ich richtig liege mit meiner Vermutung, dass er mit einer Geliebten hier ist. Vielleicht wollte ich einfach mal sehen, was für Frauen Toms Beuteschema sind. Ich war es leider nie. Vielleicht habe ich auch gehofft, dass Sie wissen, was mit ihm passiert ist und wo er sich aufhält. Aber das hätten Sie dann ja längst der Polizei gesagt, nehme ich an. Meine kühnste Hoffnung war, dass Sie mir erzählen, Tom hätte sich aufgrund von krummen Geschäften und kriminellen Machenschaften für immer und ewig ins Ausland abgesetzt.«

»Trauen Sie ihm das zu?«, fragte Mona.

»Krumme Geschäfte? Kriminelle Machenschaften? Absolut.«

»Und dass er abhaut und Sie mit dem Kind im Stich lässt?«

»Ja, das auch.« Valerie Lehbrink senkte den Blick und legte behutsam eine Hand auf ihren Bauch. »Aber das würde uns nichts ausmachen.«

Erneut sahen beide aus dem Fenster. Draußen hatte der Wind weiter aufgefrischt und es waren nur wenige Menschen unterwegs. In Anoraks oder Regenjacken mit hochgestellten Kragen, die Köpfe eingezogen und von Kapuzen verdeckt, huschten sie über die Promenade. Die Bäume auf dem *Sandwall* wurden vom Wind gebogen, als machten sie eine höfliche Verbeugung. Dann richteten sie sich wieder auf, um kurz darauf erneut niedergedrückt zu werden. Inzwischen war es halb sechs, die Nordsee hatte Hochwasser und führte einen wilden Tanz auf, bei dem unzählige Schaumkronen wie Rüschen an einem Ballkleid wippten. Hoch über der Promenade sah Mona eine Möwe am Himmel, die heftig mit den Flügeln schlug, aber dennoch nicht vom Fleck kam. Ihre Artgenossen hatten sich längst einen Unterschlupf gesucht. Genauso wie die meisten Menschen.

Die Insel, die schon vor dem Wetterumschwung gut besucht gewesen war, hatte sich bis auf den letzten Platz gefüllt. Der Lärmpegel hatte enorm zugenommen und man kam sich eher vor wie in einer Kneipe als in einem Café. Mona fand, dass die Atmosphäre nicht mehr zu dem ernsten Gespräch passte, das sie mit Valerie Lehbrink führte.

»Wollen wir woanders hingehen?«, fragte sie spontan. »Ungefähr dreihundert Meter von hier befindet sich die Pizzeria *Leonardo da Vinci*.«

»Gute Idee«, sagte Valerie Lehbrink mit einem herzlichen Lächeln.

Mona hatte das Gefühl, dass sie der Frau trotz allem ebenso sympathisch war wie umgekehrt. Von außen betrachtet hielt man sie bestimmt für enge Freundinnen. Welch eine bizarre Situation. Sie bezahlten, zogen ihre Jacken an und verließen *Die Insel*. Draußen stemmten sie sich gegen den heftigen Wind und liefen los. Als sie am *Kurhaus Hotel* vorbeigingen, hörten sie ein gespenstisches Klappern. Es kam von der geschlossenen Jalousie des *Filmtheaters*, an der der Sturm kräftig rüttelte. Nach wenigen Schritten hakte sich Valerie Lehbrink bei Mona unter und es war ein angenehmes Gefühl.

Insa hätte sich ohrfeigen können. Seit mehr als drei Stunden war Mona jetzt unterwegs. Wo trieb sie sich bloß rum? War sie noch immer mit dieser Valerie Lehbrink zusammen? Über was redeten sie? Wenn sie doch nur nicht so dumm gewesen wäre, ins Wohnzimmer zu platzen, als Mona sich dort mit der Frau unterhalten hatte. Mit ihrem Auftritt und dem kindischen Verhalten hatte sie die beiden aus dem Haus getrieben. Und jetzt bekam sie erst recht nicht mehr mit, um was sich das Gespräch drehte, welchen Verlauf es nahm und ob sie und Mona in Bedrängnis gerieten. Wie konnte sie nur so blöd sein?

Insa hetzte von einem Zimmer ins andere, fand keine Ruhe und wusste nichts mit sich anzufangen. In der Küche goss sie sich ein Glas Wasser ein, trank es gierig leer und warf es mit Wucht in die Spüle, sodass es zerbrach. Dann lief sie mehrmals den Flur auf und ab, blieb vor der Kommode stehen, die den Zugang zum Abstellraum versperrte, und ballte die Fäuste, bis ihre Knöchel weiß hervortraten. Sie trat ins Wohnzimmer, ging von dort aus wieder in die Küche und zurück auf den Flur, aber die Bewegung beruhigte sie nicht. Am liebsten hätte sie das Haus verlassen, das ihr heute die Luft zum Atmen nahm. Es drängte sie nach draußen. Sie wollte durch die Gegend laufen, wie sie es immer tat, wenn sie nicht zur Ruhe kam. Aber sie durfte auf keinen Fall Monas Rückkehr verpassen.

Sie griff nach dem Regenschirm, der neben der Haustür an der Wand lehnte, und schlug damit außer sich vor Wut auf die Tür zum Abstellraum ein. Ihre Schläge hinterließen kleine Kerben in dem uralten Holz der Tür. In der Küche nahm sie Teller und Tassen aus dem Schrank und warf sie auf den Boden, bis er übersät war mit Scherben. Beruhigen konnte sie sich dennoch nicht. Sie rannte ins Wohnzimmer und fegte mit dem Schirm die fertigen Schnitzarbeiten aus dem Regal. Nun lag alles verstreut und zum Teil zerbrochen auf dem billigen Teppichboden. Ihr Zorn war dennoch nicht verraucht. Auf dem Tisch fand sie ein Stück Luftpolsterfolie, mit der sie ihre Ware für den Transport verpackte. Sie nahm die Folie in beide Hände und wrang sie aus wie einen nassen Waschlappen. Beim Knacken der aufplatzenden Luftbläschen stellte sie sich vor, es wäre das Geräusch von Valeries brechendem Genick. Doch der innere Druck ließ nicht nach. Sie schmiss den Regenschirm in die Ecke und nahm eins ihrer Schnitzmesser vom Tisch. Langsam ritzte sie sich den Buchstaben M auf die Innenseite des linken Unterarms. Als die Wunde anfing zu bluten, ließ Insa sich auf den Stuhl fallen und schloss zufrieden die Augen.

In der urigen Pizzeria war nicht viel los. Mona erklärte, dass sie leider nicht reserviert hatten, aber das stellte zum Glück kein Problem dar. Sie wurden an einen Zweiertisch geführt, schälten sich aus ihren Jacken und setzten sich einander gegenüber auf die dick gepolsterten, schwarzen Lederstühle. An der Wand direkt neben ihnen hing passend zum Namen des Lokals ein Bild der *Mona Lisa*. An der breiten Rückwand des Restaurants erkannte Mona das Gemälde *Das letzte Abendmahl*. War Jesus nicht von einem seiner Jünger verraten worden? Ein böses Omen? Aber Valerie Lehbrink wollte Mona nicht verraten, das hatte sie deutlich gesagt. Und dabei war es nur um die Affäre mit Tom gegangen. Von Monas eigentlicher Tat hatte niemand außer Insa auch nur die geringste Ahnung. Insa, die als Retterin in der Not aufgetaucht und inzwischen zu einer Bedrohung geworden war. Bestimmt schäumte sie vor Wut, weil Mona noch nicht zurückgekehrt war und sich nicht bei ihr gemeldet hatte. Insa war unberechenbar. Eine tickende Zeitbombe. Mona war außerstande einzuschätzen, wozu sie in ihrer Rage fähig war, aber der heutige Abend gehörte Valerie Lehbrink. Das war sie der Frau doch schuldig. Außerdem fühlte sie sich in ihrer Gesellschaft wohl.

Mona hätte gerne ein Glas Rotwein getrunken, aber da Valerie Lehbrink aufgrund ihrer Schwangerschaft keinen Alkohol trank, verzichtete sie. Sie bestellten noch einmal Mineralwasser und vertieften sich in die Speisekarte. Nachdem sie ihr Essen ausgewählt hatten, sagte Valerie Lehbrink: »Ich glaube, unter anderen Voraussetzungen würde es mir auf dieser Insel richtig gut gefallen.«

»Mir auch«, antwortete Mona.

»Würde es Sie eigentlich unter den gegebenen Umständen sehr schockieren, wenn ich Sie frage, ob wir uns duzen wollen? Ich glaube, es würde zu unseren Gesprächen passen. Denn noch persönlicher können unsere Themen kaum werden.« Valerie Lehbrink lächelte erneut auf ihre offene und warmherzige Art. »Ich heiße Valerie.«

»Und ich Mona.«

Sie prosteten sich zu. Als sie die Gläser abstellten, nahm Valerie den Gesprächsfaden wieder auf. »Weißt du, ich habe mir oft gewünscht, dass mein Mann sich in eine seiner Liebschaften ernsthaft verliebt und mich verlässt. Ist das nicht verrückt? Ich habe auf etwas gehofft, was für die allermeisten Ehefrauen das Allerschlimmste wäre.«

»Hast du ihm nie gesagt, wie sehr du unter den Bedingungen eurer Ehe und seiner geringen Wertschätzung leidest?«, fragte Mona.

»Doch, am Anfang sogar sehr häufig. Da dachte ich noch, dass er sich dafür interessiert, wie es mir geht.«

»Und was hat er geantwortet?«

»Dass er vielleicht nicht der perfekte Ehemann sei, ich es doch aber sehr gut bei ihm habe. Er kapiert nicht, worum es mir wirklich geht. Und er ist immun gegen Kritik. Ich nenne ihn manchmal Königspinguin. Immer elegant gekleidet, immer den Kopf zu hoch und die Brust zu weit raus.«

»Macht ihn das nicht wütend?«, fragte Mona, die sich nicht im Traum getraut hätte, Tom mit solchen Vergleichen zu reizen.

»Doch, natürlich. Er redet danach oft stundenlang nicht mit mir, aber das macht mir nichts aus.« Valerie grinste, wurde aber sofort wieder ernst. »Ich hatte mir immer die Ehe meiner Eltern zum Vorbild genommen. Liebevoll, vertrauensvoll, auf Augenhöhe und in allem so klar und selbstverständlich. Genau das hatte ich mir auch für mich immer gewünscht. Ich hätte meine Mutter so gerne um Rat gefragt. Meine Eltern fehlen mir so sehr. Selbst nach all den Jahren ... « Eine Träne rann über Valeries Wange. Sie wischte sie mit dem Handrücken fort.

»Und wie verstehst du dich mit deinen Schwiegereltern? Kannst du auch aus der Richtung nicht auf Unterstützung hoffen?«

»Toms Vater ist früh gestorben, ich habe ihn gar nicht kennengelernt. Und seine Mutter hat regelrecht Angst vor ihrem Sohn, das hat sie mir irgendwann einmal gesagt. Tom besucht sie nur selten und darüber ist sie heilfroh. Ein einziges Mal habe ich mich mit ihr allein zum Mittagessen getroffen. Das war ganz kurz nach unserer Hochzeit, zu der sie übrigens nicht gekommen war. Damals sagte sie, es sei viel Wahres an dem Satz: Wie ein Mann seine Mutter behandelt, so behandelt er auch seine Frau. Hätte ich ihren Worten nur mehr Beachtung geschenkt. Ich hatte mir so sehr gewünscht, ein gutes Verhältnis zu ihr aufzubauen und auf die Weise wieder eine Art Mutter zu haben. Bei diesem Treffen hat sie mir allerdings erzählt, dass Thomas – sie nennt ihn nie Tom – schon als kleiner Junge gefühlskalt und herrschsüchtig war. Er ist jedes Mal total ausgeflippt, wenn er seinen Willen nicht bekam. Sogar körperlich hat er sie dann angegriffen. Außerdem machte es ihm Spaß, Insekten und kleine Tiere zu quälen und zu töten. Ist das nicht der Stoff, aus dem Psychopathen gemacht sind?«

Mona rieb sich fröstelnd über die Arme, obwohl es in dem Restaurant angenehm warm war.

»Jetzt wird dir erst klar, auf was für einen Kerl du dich da eingelassen hast, stimmt's?«, fragte Valerie.

Mona konnte nur stumm nicken. Es passte alles zusammen. Toms Egoismus und Brutalität waren von Anfang an Teil seiner Persönlichkeit.

»Du hast es gut«, fuhr Valerie fort. »Du musst nur mit ihm Schluss machen und ihn in die Wüste schicken. Er wird schnellstmöglich für Ersatz sorgen und du bist ihn los. Ich werde ihn leider nicht los.«

Doch, ging Mona durch den Kopf. Dafür habe ich gesorgt. Aber das konnte sie Valerie unmöglich sagen.

Es war schon fast zweiundzwanzig Uhr, als Valerie leise das *Haus Marina* betrat und in ihr Zimmer ging. Als sie sich auf den Weg zu der Adresse in Oevenum aufgemacht hatte, hätte sie nie erwartet, dass ein so angenehmer Nachmittag und Abend vor ihr lagen. Sie war Greta dankbar dafür, dass sie sie auf die Idee gebracht hatte, Mona Menkwitz aufzusuchen und kennenzulernen.

Valerie zog sich aus, putzte sich die Zähne und legte sich ins Bett. Ihre Vermutung, dass Tom mit einer Geliebten nach Föhr gefahren war, hatte sich bestätigt. Aber sie empfand Mona gegenüber keinen Groll. Sie war Toms Charme erlegen, wie so viele Frauen vor ihr und auch Valerie selbst vor etlichen Jahren. Obwohl sie Tom nicht mehr liebte und ihn während seiner zahlreichen Reisen nie vermisste, fragte sich Valerie doch, wo er sich momentan aufhielt oder ob ihm etwas zugestoßen sein könnte. War er mit einem seiner dreckigen Geschäfte aufgeflogen, sodass er sich auf der Flucht vor jemandem befand? Sie überlegte, ob er Unterschlupf bei einem Freund gesucht haben könnte, verwarf den Gedanken aber sofort wieder, denn Tom hatte keinen einzigen Freund. Hatte er sich längst ins Ausland abgesetzt, während hier auf Föhr noch nach ihm gesucht wurde? Von seinen Konten hatte er seit seinem Verschwinden auf Föhr nichts abgebucht. Aber das musste nichts heißen. Er hatte immer große Mengen Bargeld zur Verfügung, das er in einem Safe aufbewahrte. Sie hatte ihn einmal überrascht, als er ihn befüllte. Manches, hatte er ihr grinsend erklärt, müsse nicht in den Büchern erscheinen. Die Kombination, um den Geldschrank zu öffnen, hatte er ihr natürlich nicht verraten. Und auf sein privates Kreditkartenkonto hatte sie ebenfalls keinen Zugriff. Tom hatte ihr ein eigenes eingerichtet, das er regelmäßig großzügig auffüllte.

Insgeheim hatte sie sich von der Begegnung mit Mona Menkwitz Aufklärung versprochen. Irgendeinen Hinweis, den niemand außer ihr erkannt hätte, weil sie Tom nun mal am besten kannte. Oder die Erkenntnis, dass die beiden ein abgekartetes Spiel spielten, weil er sich aus dem Staub machen wollte oder musste. Aber sie hatte nichts dergleichen herausgefunden. Und nach dem, was Mona ihr heute erzählt hatte, zeigten sich in der Affäre der beiden ebenfalls erste Risse in Toms aalglatter Fassade. Vielleicht hatte der Streit an dem Abend seines Verschwindens die Sache beschleunigt, aber so oder so hätte Tom bald genug von Mona gehabt und wäre weitergezogen.

Valerie gestand sich ein, dass sie Mona Menkwitz mochte. Sie war von einer schwierigen Begegnung ausgegangen und hatte die Stunden mit ihr trotz des unerfreulichen Grundes für ihr Kennenlernen genossen. Schade, dass sie sich nicht beim Einkaufen, in einem Yogakurs, in der Volkshochschule oder wo auch immer über den Weg gelaufen waren. Vielleicht hätten sie sich angefreundet. Zumindest hatten sie verabredet, sich morgen Nachmittag erneut in Wyk zu treffen, und Valerie stellte erstaunt fest, dass sie sich auf das Wiedersehen freute.

Kapitel 34

Nachdem Valerie sie am Abend zuvor vor Insas Haus abgesetzt hatte, war Mona so leise wie möglich ins Haus geschlichen. Sie wollte nur ins Bett und sich ihren wirren Gedanken widmen und auf keinen Fall Insa über den Weg laufen. Im Dunkeln war sie zuerst ins Bad und dann ins Gästezimmer gehuscht.

Als gegen halb zehn am nächsten Morgen an die Tür geklopft wurde, fühlte sie sich der nächsten Begegnung mit Insa gewachsen. »Komm rein!«

»Komm du raus! Wie lange soll ich noch mit dem Frühstück auf dich warten?«

Mona verdrehte die Augen. Insas Laune schien sich kein bisschen gebessert zu haben. Sie hatte nicht die geringste Lust auf ein gemeinsames Frühstück, stand aber dennoch auf, nahm ihre Kleidung unter den Arm und verschwand im Bad.

Als sie wenig später die Küche betrat, traute sie ihren Augen nicht. Der Fußboden war übersät mit Scherben. Insa, die sonst auf Socken durch ihr Haus lief, trug ihre derben Boots und briet Spiegeleier.

»Was ist denn hier passiert?«, fragte Mona.

»Im Wohnzimmer sieht's ähnlich aus«, antwortete Insa.

Mona ging hinüber und sah das leere Regal und das Chaos auf dem Teppich. Zurück in der Küche bemerkte sie den Verband an Insas Unterarm. »Was war hier los? Warum bist du verletzt? Bist du überfallen worden?«

Insa trat mit der Pfanne an den gedeckten Tisch, schob ein Spiegelei auf Monas Teller und das andere auf ihren eigenen und setzte sich. »Nein«, sagte sie unaufgeregt. »Ich war nur schrecklich wütend auf dich. Und das hier«, sie lenkte den Blick auf ihren Arm, »ist nur ein kleiner Kratzer.«

»Du hast die Wohnung verwüstet, weil du wütend auf mich warst?« Mona war fassungslos. »Bist du irre?«

»Was geht's dich an? Es ist mein Haus. Da kann ich tun und lassen und verwüsten, was ich will. Möchtest du Tee oder Kaffee?«

Mona traute ihren Ohren nicht. Wie konnte Insa jetzt zur Tagesordnung übergehen? Aber dann sagte sie sich, dass es das Klügste wäre, auf den Themenwechsel einzugehen, denn in Insas Augen war schon wieder dieses seltsame Flackern.

»Kaffee, bitte«, murmelte sie und griff nach der Kanne, die direkt vor ihrer Nase stand.

»Es ist ja ziemlich spät geworden gestern.«

Mona schaufelte Marmelade auf ihren Toast. »Na und?«

»Wo warst du?«

»In Wyk.«

»Mit dieser Frau?«

»Ja, mit Frau Lehbrink. Insa, was soll dieses Verhör? Falls du es vergessen hast: Ich kann ebenfalls tun und lassen, was ich will.«

Insa ging nicht auf Monas Einwand ein. »Ihr seid also sechs Stunden lang im Café gewesen?«

»Nein, abends waren wir in einem Restaurant. Nicht, dass es dich etwas anginge.«

»Scheint, als hättet ihr euch eine Menge zu erzählen gehabt.«

»Ja, scheint so.« Mona legte ihr Besteck beiseite. Der Appetit war ihr vergangen. »Valerie Lehbrink ist eine sehr nette und angenehme Person. Wir haben uns sehr gut unterhalten und ich mag sie. Wir treffen uns heute Nachmittag erneut.«

Ob Insas Zorn jetzt wieder Fahrt aufnehmen würde? Sie sah Mona zwar nicht an, aber die Hand, in der sie ihre Scheibe Toast hielt, fing an zu zittern. »Findest du nicht, dass eine Verbindung zwischen dir und dieser Frau absonderlich und befremdlich anmutet?«

Nicht absonderlicher und befremdlicher als meine Verbindung zu dir, überlegte Mona, sagte aber lieber nichts.

Sie stand auf und verließ die Küche. Im Wohnzimmer stieg sie kopfschüttelnd über die verstreuten Holzarbeiten hinweg, setzte sich aufs Sofa und schaltete den Fernseher ein. Sie zappte sich durch das Vormittagsprogramm, fand aber nichts, was ihr Interesse weckte oder sie von den Überlegungen ablenkte, die sie beschäftigten.

Vor achtzehn Tagen war Tom gestorben. Durch ihre Hand. Vor achtzehn Tagen hatte sie Insa kennengelernt und das Gefühl gehabt, etwas Besseres hätte ihr nicht passieren können. Insa hatte ihr einen sicheren Unterschlupf geboten, hatte ihr einen

Weg aus der schlimmsten Situation gezeigt, in der sie jemals gesteckt hatte. Hatte sich um sie gekümmert, sie wieder aufgebaut. Und Mona hatte es genossen, aufgenommen und angenommen zu werden. Sich anlehnen zu können an eine Person, die so viel stärker schien als sie selbst. Darauf zu vertrauen, dass jemand die Weichen für sie neu stellte, bevor ihr Leben vollkommen entgleiste. Und dabei hatte Insa langsam und zuerst von Mona unbemerkt Besitz von ihr ergreifen wollen. Anders waren ihr jetziges Verhalten, ihre Bevormundung, ihre Eifersucht nicht zu erklären. Sie wollte Mona für sich allein haben, über alles bestimmen und stets die Kontrolle haben. Und sie drehte durch, wenn ihr das nicht gelang. Die Verwüstungen in der Wohnung malten ein deutliches Bild.

Was für eine Person war Insa wirklich? Was hatte Mona in ihrer Not und ihrer alles andere vernebelnden Dankbarkeit übersehen? Insa hatte eine Leiche verschwinden lassen und Spuren beseitigt, ohne mit der Wimper zu zucken, während Mona in dieser Nacht vor Panik und Entsetzen fast den Verstand verloren hatte. Insa hatte Greta Mortensen angelogen und Mona später davon erzählt, als hätte es ihr sogar Spaß bereitet. Insa war nicht besonnen, gefasst und hilfsbereit. Sie war durchtrieben, kaltblütig und berechnend. Mona musste sich dringend aus ihren Fängen befreien, aber wie stellte sie das an, ohne dass Insa zur Polizei rannte und die Wahrheit über Toms Verschwinden sagte? Mona war inzwischen sicher, dass Insa die Konsequenzen für ihr eigenes Leben vollkommen egal waren.

Und wenn sie selbst zur Polizei ging? Würde sich das nicht strafmildernd auswirken? Immerhin war Tom zu einer Bedrohung für ihr Leben geworden und sie hatte sich lediglich gewehrt. Aber würde die Polizei ihr glauben? Ins Gefängnis müsste sie auf jeden Fall. Und zwar vermutlich für eine lange Zeit. Wie alt wäre sie bei ihrer Entlassung? Und wie alt wären ihre Eltern? Lebten sie dann überhaupt noch? Und fand sie jemals wieder eine Arbeitsstelle und eine Wohnung? Oder würde sie mittel- und obdachlos enden?

Mona schüttelte den Kopf, als könnte sie die Gedanken damit vertreiben. Sie sah auf die Uhr, es war erst kurz nach eins. Um drei war sie mit Valerie vor dem Eiscafé am *Sandwall* verabredet, an dem sie gestern vorbeigegangen waren. Mona beschloss, sich umzuziehen und schon mal für die Verabredung zurechtzuma- chen. Und dann würde sie langsam und gemütlich zu Fuß die knapp vier Kilometer nach Wyk laufen. Draußen schien die Son- ne, der Sturm vom Vortag hatte sich gelegt. Sie würde zwei Flie- gen mit einer Klappe schlagen, indem sie mit dem Spaziergang Zeit überbrückte und gleichzeitig an der frischen Luft war.

Als Mona aus dem Badezimmer, wo sie ein dezentes Make-up aufgelegt hatte, auf den Flur trat, stand Insa vor der Kommode, die die Tür zum Abstellraum versperrte. Sie murmelte irgendet- was vor sich hin. Mona spitzte die Ohren und näherte sich vor- sichtig.

»Ihr seid an allem schuld. Alles ist ganz allein eure Schuld.«

Monas Nackenhaare stellten sich auf. Insa sprach mit der Tür. War sie jetzt komplett durchgedreht? Mona sah die Dellen im Türblatt, die sie vorher nicht bemerkt hatte. Wahrscheinlich stammten sie ebenfalls von Insas gestrigem Wutausbruch.

»Insa?«

Mit seltsam entrücktem Gesichtsausdruck drehte sich Insa um.

»Ist alles okay mit dir?«

»Natürlich. Was soll denn nicht okay sein?«, blaffte Insa und schien wieder im Hier und Jetzt angekommen zu sein.

»Ich gehe jetzt.«

»Ja, geh und triff dich mit deiner neuen Freundin.«

»Weißt du, Insa«, sagte Mona, »Neid ist ein Gift, das man sich selbst verabreicht.«

Insa sah sie nur wütend an, stapfte in die Küche und knallte die Tür hinter sich zu.

Kapitel 35

»Na, was hast du heute vor?«

Valerie hatte gar nicht gesehen, dass Greta an ihrem kleinen Rezeptionstresen stand und in Papieren blätterte. »Ich treffe mich gleich noch einmal mit Mona Menkwitz.«

»Dann ist es gestern also ganz gut gelaufen?«

Greta schob ihren rundlichen Körper hinter dem Tresen hervor. In ihrer Latzhose und dem gestreiften T-Shirt darunter, mit den wild in alle Richtungen abstehenden braunen Locken und dem breiten Grinsen sah sie aus wie ein etwas überdimensional geratenes Kitakind.

»Ja, ist es«, antwortete Valerie. »Danke, dass du das Treffen vorgeschlagen und mir die Adresse genannt hast.«

Greta winkte ab. »Gern geschehen. Wusste sie denn etwas über den Verbleib von Herrn Lehbrink?«

Valerie überlegte, was sie antworten sollte. Sie war gezwungen, die nette und hilfsbereite Greta Mortensen anzulügen, wollte aber dabei so nah wie möglich bei der Wahrheit bleiben. »Leider nicht. Sie waren an dem Abend zusammen bei einem Geschäftsessen, aber danach haben sich ihre Wege getrennt. Mein Mann wollte noch irgendwohin und Frau Menkwitz sich für den Heimweg ein Taxi rufen, aber dann lief ihr eine alte Freundin über den Weg und sie ist mit zu ihr gegangen. Und den Rest kennst du.«

»Ach, das tut mir leid, dass sie dir nicht mehr sagen konnte. Aber ehrlich gesagt war es auch nicht zu erwarten, dass du etwas erfährst, was der Polizei nicht längst bekannt ist.«

Valerie nickte wortlos.

»Jedenfalls weißt du jetzt, dass Frau Menkwitz nicht die Geliebte deines Mannes ist, und das ist doch schon mal was, oder?«

»Ja, da habe ich mich wohl in etwas verrannt, weil sie nicht seine erste Geliebte wäre. Aber da lag ich wohl falsch. Jedenfalls ist sie eine äußerst angenehme und nette Frau. Wir haben uns gestern so gut verstanden, dass wir uns für heute erneut verabredet haben. Allerdings ...« Valerie ließ den Satz unvollendet.

»Allerdings?«, hakte Greta nach.

»Ihre Freundin, bei der sie wohnt, die passt so gar nicht zu ihr. Es kommt mir komisch vor, dass die beiden befreundet sind. Ich finde diese Frau Walzmann irgendwie seltsam. Kennst du sie gut?«

Greta schüttelte den Kopf. »Niemand kennt Insa Walzmann gut. Sie ist eine Einzelgängerin, lebt sehr zurückgezogen. Ein bisschen kauzig, aber harmlos, würde ich sagen. Ich bin übrigens genau wie du irritiert wegen dieser Freundschaft. Aber sie scheinen sich schon sehr lange zu kennen und viele Jahre aus den Augen verloren zu haben. Offensichtlich konnten sie an die alten Zeiten anknüpfen und haben immer noch Gemeinsamkeiten, sonst würde Frau Menkwitz nicht so lange bleiben.«

»Wie auch immer. Ich muss jetzt los«, sagte Valerie, winkte Greta von der Haustür aus zu und verließ die Pension.

Draußen stieg sie in ihren BMW und fuhr nach Wyk. Im Radio erklang das Lied *Piano Man* von Billy Joel und Valerie sang aus voller Kehle mit. Nein, wie eine Ehefrau, die sich um ihren vermissten Mann ängstigte und sorgte, verhielt sie sich absolut nicht. Aber daran war Tom selbst schuld.

Auf dem großen Parkplatz am Heymannsweg fand sie sofort eine Lücke. Sie schloss den Wagen ab, überquerte die Straße und machte sich bestens gelaunt auf den Weg zum Eiscafé, dem vereinbarten Treffpunkt. Schon von Weitem sah sie, dass Mona bereits auf sie wartete. Sie winkte und beschleunigte ihren Schritt. Mona trug eine enge dunkelblaue Jeans, die ihre Kurven perfekt zur Geltung brachte, dazu eine weiße Bluse, eine Jeansjacke, deren Blauton exakt zur Hose passte, und weiße Sneakers. Valerie, die Natur- und Erdtöne bevorzugte und niemals Jeans trug, weil Tom das zu gewöhnlich fand, gefiel Monas Outfit ausgesprochen gut. Sie beschloss, bei ihrem nächsten Einkaufsbummel Jeans in allen möglichen Variationen zu kaufen.

Mona war früh am Treffpunkt angekommen. Sie hatte die Wartezeit für ein erneutes Telefonat mit ihren Eltern genutzt, die sich herzlich für sie gefreut hatten, weil sie sich endlich mal Zeit für sich nahm und einen langen Urlaub machte. Bisher hatte Mona nie verstanden, warum ihre Mutter und ihr Vater immer nur auf ihre Anrufe warteten, anstatt selbst mal anzurufen. Sie begründeten es stets damit, dass sie nicht stören und ihr nicht auf die Nerven fallen wollten und deshalb lieber abwarteten. Zum ersten Mal war Mona über dieses Verhalten ihrer Eltern froh, weil sie sich so auf jedes Telefonat vorbereiten und sich ihre Worte zurechtlegen konnte.

Kaum hatte sie aufgelegt, da sah sie Valerie auf dem *Sandwall* heraneilen. Zur Begrüßung streckte sie ihr die Hand entgegen, aber Valerie umarmte sie spontan. Dann betraten sie das Eiscafé und suchten sich einen freien Tisch. Nachdem sie Platz genommen hatten, strich Valerie über ihren Bauch und sagte: »Heute ist sie sehr unruhig und zappelig.«

»Vielleicht spürt sie, dass gerade alles etwas verworren und unklar ist bei euch«, antwortete Mona. »Wieso eigentlich sie? Heißt das, du weißt, dass es ein Mädchen wird?«

»Ja, schon seit ein paar Wochen. Ich bin so glücklich, denn ich habe mir eine Tochter gewünscht.«

Mona überlegte, ob sie die Frage stellen sollte, die ihr auf der Zunge lag. Valerie schien wieder einmal ihre Gedanken zu lesen.

»Du überlegst, ob Tom nicht lieber einen Sohn hätte, stimmt's? Von wegen Männerstolz und so. Haus bauen, Baum pflanzen, Sohn zeugen und dieser ganze Quatsch. Die Wahrheit ist, dass ich ihm noch gar nicht gesagt habe, dass es ein Mädchen wird. Weil es ihn nichts angeht.«

»Na ja, er ist immerhin der Vater«, warf Mona ein.

»Nein«, sagte Valerie schlicht.

»Haben Sie schon gewählt?«, fragte die Bedienung, die in diesem Moment an ihren Tisch trat.

»Ich hätte gerne einen *Sanften Engel*, alkoholfrei bitte. Und du, Mona?«

»Äh, ja. Ich meine, ich auch. Bitte.« Mona zweifelte nicht daran, dass sie einen begriffsstutzigen Eindruck machte.

Die Bedienung lächelte professionell. »Sehr gerne, kommt sofort.«

Mona beugte sich über den Tisch und flüsterte: »Tom ist nicht der Vater deines Kindes?«

Valerie lehnte sich ebenfalls nach vorne, soweit ihr Bauch das zuließ. »Nein, ist er nicht. Und du musst nicht flüstern. Hier ist niemand, der sich für mich und meine kleine Flunkerei interessiert.«

»Kleine Flunkerei? Du bist echt drollig.« Mona schüttelte tadelnd den Kopf, konnte sich ein Grinsen aber nicht verkneifen.

»Tom betrügt und hintergeht mich seit Jahren. Da wird es doch Zeit, dass ich mich mal revanchiere«, erklärte Valerie. »Außerdem bekomme ich regelmäßig mit, wie er Kunden und Geschäftspartner über den Tisch zieht. Er ist in der Lage, jedem einen Esel als Rennpferd zu verkaufen. Man kann also sagen, ich habe vom Besten gelernt. Finanziell kann er sich eine Familie problemlos leisten und dass er sich um die Kleine kümmert, will ich gar nicht. Falls er überhaupt wieder auftaucht.«

Das wird er nicht, schoss Mona durch den Kopf. Laut sagte sie: »Und wenn er nicht mehr auftaucht?«

»Dann haben die kleine Maus und ich unsere Ruhe.«

»Wenn man dich so reden hört, könnte man glauben, du hast dich seiner entledigt«, lachte Mona. Oh, Gott! Was für eine saublöde Bemerkung. Vor allem angesichts der Tatsache, dass sie selbst ihn aus dem Weg geräumt hatte. »Sorry«, sagte sie zerknirscht, »das war wirklich blöd von mir.«

Valerie war nicht beleidigt. Sie winkte ab und lächelte sogar.

Die Bedienung brachte die Bestellung und beide nahmen einen großen Schluck von dem eiskalten Orangensaft, in dem eine Kugel Vanilleeis schwamm. Sie waren so mit ihren Getränken und Gedanken beschäftigt, dass sie Insa erst bemerkten, als sie direkt neben ihrem Tisch stand.

»Entzückend, wie zwei beste Freundinnen«, sagte sie mit giftigem Unterton.

»Insa, was willst du hier?«, fragte Mona. Nicht zu fassen, dass Insa ihr jetzt sogar hinterherspionierte.

»Dich abholen. Ich habe dich nicht bei mir aufgenommen, um dann genau wie vorher Tag für Tag allein zu sein. Und Sie«, Insa wandte sich an Valerie und starrte mit zusammengekniffenen Augen auf sie herunter, »Sie glauben wohl, Sie können einfach so auftauchen und sich zwischen mich und meine Freundin stellen. Aber ich sage Ihnen eins, Sie würden Mona schlagartig nicht mehr mögen, wenn Sie wüssten, was ich weiß.«

»Insa!« Mona wurde übel, die Eisdiele drehte sich um sie.

Valerie stand auf und sah Insa geradewegs in die Augen. »Frau Walzmann, Ihr Verhalten ist überaus peinlich. Und kindisch noch dazu.«

»Oh, wie gewählt sie sich ausdrückt, die feine Dame«, ätzte Insa.

»Ich bin nur höflich«, Valeries Blick wurde noch eine Spur kälter. »Wissen Sie, Höflichkeit schafft Distanz. Und zu Ihnen möchte ich jede Menge Distanz. Übrigens schauen die Leute bereits zu uns rüber.«

»Das ist mir scheißegal. Was gehen mich die Leute an? Los, Mona! Wir fahren nach Hause.« Insa zerrte an Monas Ärmel.

»Lass mich los und hau ab! Du machst dich total lächerlich. Was denkst du dir nur dabei?«

»Was ich mir denke?«, fragte Insa mit einem falschen Lächeln, das ihr Gesicht zu einer Fratze verzerrte. »Dass ich in der besseren Position bin, das denke ich. Und dass du das auch genau weißt. Also, komm jetzt endlich!«

»Frau Walzmann, es reicht!« Valeries scharfer Tonfall stand in krassem Gegensatz zu ihren weichen Gesichtszügen. »Sie sollten jetzt gehen, bevor ich mich über Sie beschwere und man Sie rauswirft. Mona und ich würden gerne den Nachmittag genießen. Und Ihre Anwesenheit stört uns dabei ganz gewaltig. Sie finden sicher allein hinaus. Sie haben ja leider auch hereingefunden.«

Insa schnaubte so vor Wut, dass ihre Nasenflügel bebten. »Das wirst du bereuen«, spuckte sie in Monas Richtung, drehte sich dann aber um und verließ die Eisdiele.

Kapitel 36

»Wow, was war das denn?« Valerie setzte sich wieder und atmete hörbar aus. »Was meint sie damit, dass sie in der besseren Position ist und du das noch bereuen wirst?«

Mona versuchte zu lächeln, aber sie merkte selbst, dass es misslang. »Ach, das sagt sie nur, weil ich gerade bei ihr wohne und sie mich jederzeit an die Luft setzen kann.«

»Na und? Wir sind auf einer Ferieninsel. Hier sind an jeder Ecke Zimmer zu vermieten. Außerdem kannst du doch auch einfach nach Hause fahren. Wo wohnst du eigentlich?«

»In Elmshorn.«

»Also, wenn ich dich richtig verstanden habe, bist du ohnehin nur noch hier, um Zeit mit deiner alten Freundin zu verbringen. Mag sein, dass sie früher mal nett und normal war, aber erzähl mir nicht, dass du an dieser durchgeknallten Schrulle noch hängst. Warum also solltest du nicht einfach deine Sachen packen und abreisen? Wenn du etwas bereust, dann doch höchstens, dass ihr euch wieder über den Weg gelaufen seid. Die Frau tickt ja nicht ganz richtig.«

»Lass uns das Thema wechseln und nicht mehr von Insa sprechen«, bat Mona. Bestimmt war Valerie längst klar, dass Mona etwas vor ihr verbarg. Reimte sie sich sogar schon zusammen, dass Insa etwas gegen Mona in der Hand hatte? Mona vertraute darauf, dass Valerie zu taktvoll war, um sie jetzt weiter auszufragen.

Sie irrte sich nicht, denn in diesem Moment sagte Valerie: »Also, wo waren wir stehen geblieben? Ach ja, bei Toms vermeintlicher Vaterschaft.«

Mona ging dankbar auf den Themenwechsel ein. »Wer ist denn in Wirklichkeit der Vater deines Kindes?«

»Ein Masseur. Ein junger, muskelbepackter, testosteronüber-ladener Masseur.« Valerie verdrehte schwärmerisch die Augen. »Lass uns zahlen und spazieren gehen. Die Leute gaffen noch immer zu uns rüber. Draußen erzähle ich dir alles.«

Wenige Minuten später schlenderten sie den Promenadenweg entlang. Auf der Aussichtsterrasse tummelten sich ein paar Leu-te. Ein junges Paar knutschte selbstvergessen auf einer der Bänke und zwei ältere Herren spielten eine Partie auf dem begehbaren Schachfeld und schoben die kniehohen Figuren konzentriert hin und her. Mona spürte Valeries Blick auf sich, mit dem sie sich wahrscheinlich vergewisserte, ob Mona sich von dem unschönen Zwischenfall mit Insa wieder erholt hatte. Sie erwiderte den Blick und sagte: »So, jetzt aber raus mit der Sprache!«

»Mein gleichgültiger und einfallsloser Ehemann schenkt mir zu jedem Geburtstag, jedem Weihnachtsfest und jedem Hoch-zeitstag Gutscheine für Wellness-Ausflüge. Ich fahre dann jedes Mal in eine andere Stadt, dankbar für die Abwechslung. Mitte November letzten Jahres, kurz nach meinem Geburtstag, war ich im *Vitalia Seehotel* in Bad Segeberg. Traumhaft schön, sage ich dir. Ich habe schon beim ersten Termin gemerkt, dass der Mas-seur mich toll fand. Und dann habe ich beschlossen, dass er seine Behandlung etwas ausweiten darf. Ich kann dir mit absoluter Si-cherheit sagen, dass mein Baby am 18. November gezeugt wurde. Ach, ich erinnere mich noch gut an seine kräftigen zupackenden Hände. Trotzdem war er ein sehr rücksichtsvoller und einfühl-samer Liebhaber.«

»Ganz so genau muss ich es nicht wissen«, lachte Mona. »Und zu Hause hast du dann gemerkt, dass du schwanger bist. Das muss ein Riesenschock für dich gewesen sein.«

»Im Gegenteil«, widersprach Valerie. »Das war eine riesige Freude. Ich wünsche mir schon lange ein Kind, aber Tom lebt seine Sexualität ja lieber außerehelich aus. Außerdem sollte er seine miesen Gene auch nicht unbedingt weitergeben. Zwischen Oliver, so heißt der Masseur, und mir war keine Liebe im Spiel. Wir waren lediglich scharf aufeinander. Und glaub mir, angesichts von Toms jahrelangen Eskapaden hatte ich nicht den Hauch eines schlechten Gewissens.«

»Und wenn Tom wieder auftaucht und nachrechnet?«, fragte Mona.

Sie wusste zwar besser als jeder andere Mensch auf dem Planeten, dass das nicht geschehen würde, reagierte aber so, wie es für Valerie logisch erschien.

»Als ich sicher war, dass ich schwanger bin, habe ich Tom natürlich sofort nach allen Regeln der Kunst verführt, damit er später keinerlei Verdacht schöpfen kann. Und über eine eventuell mangelnde Ähnlichkeit wird er sich nicht den Kopf zerbrechen. Vermutlich wird er sich ohnehin nicht viel mit seiner Tochter beschäftigen. Sie wird höchstens ein Aushängeschild für ihn sein, genau wie ich. Er hat sich auch kein bisschen über die Nachricht gefreut, dass er Vater wird.« Bei dem Wort Vater malte Valerie mit den Fingern Anführungszeichen in die Luft. »Weißt du, was er gesagt hat? Dass er zwar nicht wisse, wie das passiert sein könnte, aber im Gegensatz zu ihm mache die Natur nun mal Fehler.«

»Puh«, sagte Mona, die all das erst mal sortieren und verarbeiten musste.

»Weiß denn der Masseur, dass er Vater wird?«

»Nein. Warum auch? Wir hatten eine Nacht. Ich kenne nicht mal seinen Nachnamen. Und ich will ja auch in Zukunft nichts weiter mit ihm zu tun haben. Die Kleine wird mein Kind sein. Nur meins.« Valeries Gesicht bekam einen leicht trotzigen Ausdruck, und Mona beschloss, das Thema fallenzulassen. Was ging es sie an, wie und womit Valerie ihren Mann hinters Licht führte. Geführt hätte, korrigierte sie sich in Gedanken.

»Und jetzt«, fuhr Valerie fort, »gehen wir wieder ins Café da vorne und ich hole mir vom Kuchenbuffet das größte Stück Torte, das sie haben. Immerhin esse ich für zwei.«

Als sich Valerie kurze Zeit später im Café zu Mona setzte, stellte sie einen Teller mit einem riesigen Stück Schokocremetorte vor sich ab. Sie legte sich die Serviette auf den Schoß und fing an zu essen. Mona überließ sie ihrem Genuss und lehnte sich zurück. Ihr Blick schweifte durch das Café. Worüber wurde an den anderen Tischen gesprochen? Mona sah ein junges Paar, das Händchen hielt, eine Gruppe von Frauen, die durcheinanderredeten und laut lachten, und zwei ältere Damen, die sich scheinbar über etwas Ernstes unterhielten. Aber mit Sicherheit wurden nirgends so schwerwiegende Themen besprochen wie in den letzten Gesprächen zwischen Valerie und ihr.

Nach einer Weile schob Valerie den leeren Kuchenteller von sich und tupfte sich mit der Serviette die Mundwinkel ab. »Dass ich in dieser Situation einen solchen Appetit habe, ist wirklich schockierend, oder?«, fragte sie mit einem breiten Grinsen. »Aber inzwischen weißt du ja, warum mir Toms ungeklärte Abwesenheit wenig ausmacht.«

Ermutigt durch Valeries Offenheit erzählte Mona von ihrer Affäre mit Tom. Da sich Valeries Gefühle für ihn längst in Luft aufgelöst hatten, stand nicht mehr zu befürchten, sie damit zu verletzen. Sie berichtete ausführlicher vom Kennenlernen bei der Hauseinweihungsparty an Silvester und von den ersten beglückenden und berauschenden Wochen ihrer Beziehung. Ebenso ehrlich und schonungslos sprach sie von den Veränderungen, die wie über Nacht eingesetzt hatten. Von Toms Kontrollzwang und den Anrufen, mit denen er überprüfte, ob sie zu Hause war. Von den Tagen, an denen er sie eingesperrt hatte, woraufhin sie ihren Job verlor. Von seinen Bevormundungen, als sie vorhatte, sich eine neue Arbeitsstelle zu suchen. Von den gemeinen Worten, mit denen er sie kleingemacht und den letzten Rest ihres Selbstbewusstseins vernichtet hatte. Und von den gewalttätigen Übergriffen, die immer häufiger und brutaler wurden.

»Er hat sich nicht ein einziges Mal entschuldigt, obwohl die Spuren seiner Brutalität oft nicht zu übersehen waren.«

»Das wundert mich nicht«, entgegnete Valerie. »*Entschuldigung* oder *Es tut mir leid* gehören nun wirklich nicht zu Toms aktivem Wortschatz. Aber erzähl bitte weiter.«

Mona geriet kurz ins Stocken, weil sie überlegte, ob sie die Vergewaltigungen erwähnen sollte. Wurde das zu viel für Valerie? Trotz allem war sie Toms Ehefrau. Und schwanger.

Als hätte sie Monas Gedanken gelesen, sagte Valerie: »Und den Sex hat er ebenfalls gewaltsam eingefordert, stimmt's?«

Mona nickte wortlos. Sie senkte beschämt den Kopf und schob verlegen ein paar Krümel auf dem Tisch hin und her. Valerie nahm ihre Hand. Mona sah auf und ihre Blicke begegneten sich. Valeries Augen strahlten Verständnis und Weisheit aus. Sie hatte längst all das verstanden, was Mona nicht gesagt hatte.

»Hat er … hat er dich auch …«, stammelte Mona.

»Ob er mich auch geschlagen und vergewaltigt hat, willst du wissen? Ja, ein einziges Mal ist ihm die Hand ausgerutscht, weil er der Meinung war, ich sei nicht freundlich genug zu einem seiner Geschäftspartner gewesen.«

Genau das hat er mir nach dem Abend mit Ollmann vorgeworfen, dachte Mona im Stillen.

Valerie erzählte weiter. »Zuerst war ich wie gelähmt vor Schreck, aber dann hatte ich nur noch Wut in mir. Ich habe ihm gesagt, dass er es nicht wagen solle, noch ein einziges Mal die Hand gegen mich zu erheben und mir wehzutun. Ich machte ihm klar, dass ich durch ihn genügend Leute kennengelernt hatte, die ganz entzückt wären, wenn ich ihnen von diesem Zwischenfall erzählte. Und dass sich die Geschichte dann wie ein Lauffeuer verbreiten würde und ihn bei allen Geschäftspartnern und Kunden und überhaupt in der ganzen Stadt unmöglich machen würde. Dann wäre er geliefert und könnte einpacken.«

»Wie hat er reagiert?«

»Zuerst hat er überheblich gegrinst. Aber ich habe ihm gesagt, er solle sich besser gut überlegen, ob er wirklich das Risiko eingehen wolle, mir nicht zu glauben und mich zu unterschätzen.«

»Wow«, entfuhr es Mona, »das war mutig von dir.«

Eine Weile schwiegen sie. Dann sagte Mona: »Schade, dass wir uns unter solch seltsamen Umständen kennengelernt haben. Vielleicht hätten wir sonst Freundinnen sein können.«

»Ich freue mich auch, dass wir uns begegnet sind«, antworte Valerie. »Und aus meiner Sicht steht einer Freundschaft rein gar nichts im Weg. Du hast mir nichts weggenommen. Und du leidest seit einiger Zeit genauso unter Toms miesem Verhalten wie ich. Wir sind also keine Rivalinnen, sondern Leidensgenossinnen, wenn du mich fragst.«

Mona lächelte. Bei Valeries Worten wurde ihr warm ums Herz und für den Bruchteil einer Sekunde vergaß sie sogar, dass es viel zu viel gab, das eine Freundschaft zwischen ihnen unmöglich machte. Aber davon hatte Valerie keine Ahnung.

»Ich bin dir sogar dankbar«, fuhr Valerie unbeirrt fort. »Durch deine Erzählungen habe ich erst so richtig kapiert, dass Tom noch viel schlimmer ist, als ich dachte. Dass er seine Geliebten offenbar noch um ein Vielfaches schlechter behandelt als mich. Körperliche Gewalt habe ich nur dieses eine Mal erfahren, aber das ist ein schwacher Trost. Mich vergewaltigt er seit Beginn unserer Ehe auf psychische Art und Weise.«

Mona strich sich die Haare hinters Ohr und stützte die Ellbogen auf den Tisch. »Ich hätte nie gedacht, dass ich mich von einem Mann mal so behandeln lassen würde. Aber ich habe einfach Angst davor, es nicht zu überleben, wenn ich mit ihm Schluss mache.«

»Das verstehe ich«, sagte Valerie. »Toms Stolz ist noch größer als sein Ego.«

»Aber wenn er wieder auftaucht, werde ich den Mut aufbringen, mich von ihm zu trennen«, behauptete Mona.

»Ich glaube, wir werden ihn nie wiedersehen«, überlegte Valerie laut. »Vielleicht ist er längst tot.«

»Wie kommst du darauf?« In Monas Kopf schrillten die Alarmglocken. Ahnte Valerie etwas? Das würde bedeuten, dass außer der durchgeknallten Insa eine weitere Person etwas gegen sie in der Hand hatte. Valerie zuckte nur mit den Schultern, antwortete aber nicht.

Kapitel 37

Insa lag in ihrem Bett, den Blick zur Decke gerichtet. Es war fast einundzwanzig Uhr und sie hatte gehört, dass Mona das Haus betreten hatte und in ihr Zimmer geschlichen war. Von wegen Nachmittagsverabredung. Bestimmt hatte sie mit dieser Valerie Lehbrink wieder in irgendeinem Restaurant gegessen, während

Insa allein und lustlos auf ihrer Stulle herumgekaut hatte. So hatte sie sich das nicht vorgestellt, als sie Mona bei sich aufnahm. Was fand sie bloß an dieser Lehbrink? Warum war sie lieber mit ihr befreundet als mit Insa? Fühlte sie sich für die schwangere Frau verantwortlich, weil sie ihren Mann um die Ecke gebracht hatte? War es das schlechte Gewissen, das sie immer wieder zu diesen Treffen bewegte? Was besprachen die beiden miteinander? Die Wahrheit hatte Mona ihr garantiert nicht gesagt, davon war Insa überzeugt. Wenn sie der Lehbrink erzählt hätte, dass sie eine Affäre mit deren Mann hatte, noch dazu fast ein halbes Jahr lang, würde die sich doch gar nicht mehr mit ihrer Rivalin treffen. Vermutlich spielte sich Mona als große Trösterin auf, weil die Ungewissheit über den Verbleib von Thomas Lehbrink für seine Frau nur schwer zu ertragen war, speziell in ihrem Zustand.

Oder war die Ehe gar nicht glücklich und die Besorgnis der Gattin hielt sich in Grenzen? Insa glaubte ohnehin nicht an glückliche Ehen, und nach allem, was Mona ihr von dem Mistkerl erzählt hatte, war es nur schwer vorstellbar, dass er zu Hause ein Engel in Pantoffeln war. Wenn Valerie Lehbrink über das Verschwinden ihres Gatten nicht sonderlich traurig war, würde sie die Nachricht seines Ablebens vielleicht nicht übermäßig hart treffen, aber wer sollte ihr die überbringen? Die Wahrheit kannten nur Mona und Insa. Mona würde sich hüten, ein Wort zu verlieren. Insa hingegen wäre durchaus bereit, die Katze aus dem Sack zu lassen, wenn sich weiterhin alles so zu ihrem Missfallen entwickelte. Sie war sich darüber im Klaren, dass Mona sie nur in den ersten Tagen gemocht hatte. Aus Hilflosigkeit und Dankbarkeit. Inzwischen war von der anfänglichen Sympathie nichts mehr übrig, das war nicht zu übersehen. Kein Wunder, Mona hatte Insas Flashback-Attacken miterlebt.

Insa musste die Atmosphäre der ersten gemeinsamen Tage wiederherstellen. Sich wieder größere Mühe geben. Sie musste Mona verwöhnen und ihr alles so behaglich wie möglich gestalten. Mona wollte lieber heute als morgen weg von hier, aber sie traute sich nicht. Und so sollte es auch bleiben. Insa war fest entschlossen, Mona nicht freizugeben. Warum sie blieb, war egal. Hauptsache, sie blieb.

Diese Frau Lehbrink hingegen, die sollte besser so schnell wie möglich verschwinden. Insa schossen unzählige Ideen durch den Kopf, wie sie diesem Luxusweibchen einen Denkzettel verpassen könnte. Jeder Einfall war gewalttätiger als der davor – und damit umso reizvoller. Wenn Insa nur einen davon umsetzen würde, hätte sie ihre Freundin Mona wieder für sich allein und alles würde sich einrenken. Mona könnte sich hier auf Föhr einen neuen Job suchen. Insa war ja auch mit ihren Schnitzereien beschäftigt. Wenn unbedingt nötig, würde sie Mona erlauben, sich eine kleine Wohnung zu mieten. Dann würden sie sich eben gegenseitig besuchen. Obwohl das Quatsch war und völlig überflüssig. In Insas Haus gab es genug Platz. Abends könnten sie zusammen essen und sich die Ereignisse des Tages erzählen. Und an den Wochenenden würden sie im Sommer Ausflüge unternehmen und im Winter gemütliche Abende zu Hause verbringen und … ach, es würde herrlich werden. Ja, die Lehbrink musste die Insel verlassen. Und wenn sie nicht selbst auf die Idee kam, würde Insa eben nachhelfen.

Kapitel 38

Inzwischen war Valerie seit vier Tagen auf der Insel und seitdem hatte sie sich täglich mit Mona getroffen. Sie genoss die gemeinsamen Stunden. Es gab so viele Parallelen zwischen ihnen. Nicht nur die Tatsache, dass sie sich beide in Tom verliebt und nach kurzer Zeit unter ihm gelitten hatten. Abgesehen davon gab es unzählige Punkte, in denen sie sich ähnlich und einig waren. Es machte Spaß, mit Mona zusammen zu sein, mit ihr zu reden und zu lachen. Und wenn sie sich im *Haus Marina* aufhielt, fanden sich für Valerie auch immer wieder Gelegenheiten für einen Plausch mit Greta Mortensen in der gemütlichen Küche der Pension. Valerie, die die letzten Jahre überwiegend allein in ihrem goldenen Käfig in Neumünster verbracht hatte, genoss die Gesellschaft von Greta oder Mona.

Vor ein paar Minuten war sie von ihrer heutigen Verabredung mit Mona zurückgekommen und nun saß sie wie so häufig mit Greta zusammen. Vor ihnen standen Tassen mit dampfendem Kakao, Gretas immerwährendes Rezept für einen erholsamen Schlaf.

»Scheinbar hast du dich mit Frau Menkwitz angefreundet. Das freut mich sehr für dich, besonders in der schwierigen Lage, in der du bist«, sagte Greta und ihr Lächeln unterstrich jedes Wort.

Valerie nickte und pustete in ihren Kakao, bevor sie einen Schluck trank und die Tasse wieder abstellte.

»Wann sprichst du wieder mit der Polizei?«, wollte Greta wissen.

»Vorläufig wohl nicht. Ich bin mit Hauptkommissar Nölk so verblieben, dass er mich anruft, wenn es etwas Neues gibt. Aber davon ist im Moment nicht auszugehen.« Valerie drehte gedankenverloren eine Haarsträhne um ihren Finger. »Wäre es okay für dich, wenn ich noch ein paar Tage oder eine Woche bleibe? Nicht wegen Tom und der Ermittlungen, sondern weil ich noch nicht in unser Haus zurückmöchte. Und weil ich hoffe, die Verbindung zu Mona so weit zu festigen, dass wir den Kontakt halten, wenn ich wieder in Neumünster bin.«

»Und Frau Menkwitz wieder in Elmshorn«, ergänzte Greta.

»Ach«, Valerie machte eine wegwerfende Handbewegung, »wer weiß, ob sie die Insel je verlässt.«

»Gefällt es ihr so gut, dass sie für immer bleiben möchte?«

»Na ja«, druckste Valerie herum, »es ist eher so, dass diese Frau Walzmann sie nicht gehen lassen will.«

Greta zog die Stirn in Falten. »Was soll das denn heißen? Frau Menkwitz ist erwachsen und kann tun, was sie will.«

»Das sollte man zumindest meinen«, seufzte Valerie, »aber da ist irgendwas komisch zwischen den beiden.«

»Was meinst du damit?«, fragte Greta stirnrunzelnd. »Es stimmt zwar, dass Insa etwas seltsam und eigenbrötlerisch ist. Ich habe mich auch darüber gewundert, dass diese zwei so unterschiedlichen Frauen miteinander befreundet sind, denn wenn ich mich recht erinnere, war Insa schon immer – irgendwie anders.«

»Auf mich wirken die beiden nicht befreundet«, erklärte Valerie. »Es kommt mir eher so vor, als würde Frau Walzmann Mona mit irgendwas unter Druck setzen und sie damit zum Bleiben erpressen.«

Jetzt legte sich ein breites Grinsen auf Gretas Gesicht. »Du hast wohl zu viele Krimis gesehen. Nein, nein, Insa ist ein bisschen schräg, aber harmlos. Vielleicht möchte sie wirklich nicht, dass Frau Menkwitz abreist, weil sie sich über das Wiedersehen und die Gesellschaft freut, aber das ist auch schon alles.«

»Ja, wahrscheinlich hast du Recht«, pflichtete Valerie ihr scheinbar bei. Von der unerfreulichen Szene im Eiscafé erzählte sie Greta lieber nichts. Es war ohnehin kein feiner Zug, mit ihr über Mona und Insa zu sprechen. Außerdem kannte Greta nicht die Wahrheit, hatte nicht die geringste Ahnung von der Affäre zwischen Mona und Tom. Valerie nahm sich vor, lieber den Mund zu halten, bevor sie sich versehentlich verplapperte.

»Danke für den Kakao. Ich gehe noch ein paar Minuten vor die Tür, es ist ein so schöner Abend. Und dann legen wir uns hin.« Bei den letzten Worten strich sie zärtlich über ihren Bauch.

»Ich bin auch reif fürs Bett«, antwortete Greta und gähnte hinter der vorgehaltenen Hand. »Gute Nacht und schlaf gut.«

Valerie ging nach draußen und zog leise die Haustür hinter sich zu. Sie durchquerte den Vorgarten und betrat die *Strandstraße*. Rechts lag der Strand, links der Ort, in diese Richtung schlenderte sie die Straße entlang. In den Häusern brannten vereinzelt Lichter, alles wirkte heimelig und friedlich. Es war bestimmt herrlich, in einem so beschaulichen kleinen Ort zu leben. Vielleicht würde sie Neumünster verlassen, wenn Tom nicht wieder auftauchte. Andererseits mochte sie die Stadt, in der sie lebte. Nur in der Villa, die sie mit Tom bewohnt hatte, wollte sie auf keinen Fall bleiben. Dort erinnerte sie alles an ihre unglückliche Ehe.

In Valeries Kopf entstanden Bilder von einem unbekümmerten und zufriedenen Leben ohne Tom. Sie würde sich eine schöne große Wohnung in einem dieser schicken Mehrfamilienhäuser kaufen. Allein hatte sie nachts oft Angst in der Villa gehabt und in einem solchen Haus hatte man immer Menschen um sich. Vielleicht konnte sie sich sogar mit einer ihrer Nachbarinnen anfreunden. Momentan hatte sie Toms Sekretärin alle Vollmachten zur Leitung der Firma übertragen, aber wenn er verschwunden blieb oder vielleicht nicht einmal mehr lebte und sie seinen

Besitz und sein Vermögen erbte, würde sie das Baugeschäft verkaufen. Von dem Erlös könnte sie finanziell sorglos leben. Und hatte Tom nicht auch eine Lebensversicherung, die dann zur Auszahlung käme?

Tief in ihre Gedanken versunken war sie am Ende der *Strandstraße* angekommen und sah den Turm der Johanniskirche in der Dunkelheit aufragen. *Friesendom* wurde die Kirche von den Insulanern genannt, hatte Greta ihr erzählt. Den Friedhof rings um das Gotteshaus mit den sogenannten *Sprechenden Grabsteinen*, auf denen oftmals die Berufe und die Lebensgeschichte der Verstorbenen verewigt waren, wollte sich Valerie auf jeden Fall genauer ansehen. Aber nicht jetzt im Dunkeln. Sie kehrte um und machte sich auf den Weg zurück zur Pension.

Kapitel 39

Mitten in der Nacht stand Insa auf und zog sich warm an. Dann schlich sie auf Zehenspitzen über den dunklen Flur. So leise wie möglich verließ sie das Haus und holte ihr Fahrrad aus dem Schuppen. Auf keinen Fall wollte sie riskieren, dass Mona vom Motorengeräusch des alten Opels aufwachte. Insa trat kräftig und von ihrem Groll auf Valerie Lehbrink angetrieben in die Pedale und hatte nach einer Viertelstunde die *Strandstraße* in Nieblum und das *Haus Marina* erreicht. Ihre Finger waren eiskalt, denn es war eine sehr kühle Nacht. Sie hauchte in ihre Hände, bis die Durchblutung wieder angekurbelt war. Insa hatte die Pension von Greta Mortensen erst ein einziges Mal betreten, und zwar an dem Tag, als sie Monas Sachen abgeholt hatte. Wie hoffnungsvoll alles angefangen hatte. Und jetzt?

Insa schüttelte den Kopf, um die störenden Gedanken loszuwerden. Sie musste sich konzentrieren. Sie wusste, wo die Rezeption war und dass sich direkt dahinter die Küche befand. Beides lag in der rechten Haushälfte, daher wandte sich Insa nach links. Langsam schob sie ihr Fahrrad hinter den kleinen Schuppen im Vorgarten. Dann stakste sie wie ein Storch durch das Gras, das dringend gemäht werden musste. Die Mortensen gab sich doch immer so perfekt, aber das Rasenmähen hatte sie vergessen. An der linken Hausseite befanden sich im Erdgeschoss zwei Fenster. Hinter beiden brannte kein Licht. Insa drückte sich an die Hauswand und grübelte. Sie war einem Impuls folgend losgefahren, um der Lehbrink einen Denkzettel zu verpassen und sie von der Insel zu vertreiben. Aber wie dieser Denkzettel konkret aussehen könnte, hatte sie sich nicht überlegt. Und wie sie ins Haus gelangen sollte, ebenfalls nicht.

In diesem Moment wurde die Haustür geöffnet und Valerie Lehbrink trat heraus. Sie trug eine dicke Strickjacke, die sie im Gehen vor ihrem kugelrunden Bauch zuband. Dann schlenderte sie zur Straße und bog nach links ab. Mutter und Kind brauchen etwas frische Luft, dachte Insa. Was für ein Glücksfall. Sie würde in Ruhe abwarten, bis die reiche Schlampe zurückkehrte. Bis dahin hätte sie sich überlegt, wie sie vorgehen wollte. Sollte sie es dabei belassen, ihr einen Schrecken einzujagen und zu hoffen, dass sie das zur Abreise bewegte? Oder sollte sie zu härteren Mitteln greifen, sie überfallen und verletzen, damit sie garantiert keinen Tag länger bleiben wollte? Allerdings würde die Lehbrink sie erkennen und dann auf jeden Fall anzeigen. Es sei denn, sie wäre dazu nicht mehr in der Lage. Insas Hemmschwelle war von Natur aus niedrig. Sie war zu vielem fähig. Sie war zu allem fähig. Sie verengte ihre Augen zu engen Schlitzen und suchte in ihrer Umgebung nach etwas, das sich als Waffe eignete.

Ihr Blick fiel auf das Grundstück direkt nebenan. Die Einfahrt war zur Hälfte gepflastert, eine große Menge an Pflastersteinen wartete darauf, verlegt zu werden. Auf einen mehr oder weniger würde es nicht ankommen. Insa schlich hinüber und nahm einen der Steine. Sie wog ihn in der Hand. Ja, perfekt. Nicht zu groß, aber auch nicht zu klein, für unangenehme Kopfschmerzen und eine dicke Beule würde es auf jeden Fall reichen. Und wenn sie zu hart zuschlüge und die Lehbrink schwerer verletzte, wäre es eben nicht zu ändern. Den Stein könnte sie anschließend in ihrer Satteltasche mit nach Hause nehmen und im Garten verbuddeln. Die Leute würden sich entsetzt und betroffen darüber das Maul zerreißen, dass man jetzt sogar im beschaulichen Nieblum seines Lebens nicht mehr sicher war. Niemand würde ihr jemals auf die Schliche kommen. Selbst wenn Mona wider Erwarten bemerkt haben sollte, dass Insa am späten Abend das Haus verlassen hatte ... sie kannte inzwischen Insas Marotte, draußen umherzulaufen, wenn sie nicht schlafen konnte.

Mit dem Stein in der Hand wartete Insa an der Hausecke, dass ihre Rivalin zur Pension zurückkehrte. Nach knapp zehn Minuten sah sie die Silhouette einer Person in der Dunkelheit. Hoffentlich war das die Lehbrink, Insa hatte keine Lust, sich hier in der kühlen Nacht länger die Beine in den Bauch zu stehen. Die Person näherte sich dem *Haus Marina* und Insa erkannte, dass es sich tatsächlich um Valerie Lehbrink handelte. Jetzt bog sie in den Vorgarten ab. Insa drückte sich so nah wie möglich an die Hauswand.

Mitten auf dem Weg blieb die Lehbrink stehen. Sie suchte in den Taschen ihrer überdimensionalen Strickjacke nach dem Hausschlüssel. Insa hielt den Atem an. Endlich hörte sie das Klimpern des Schlüsselbunds. Valerie Lehbrink ging die letzten

Schritte in Richtung Hauseingang. Der Halbmond wurde in dieser Nacht von dichten Wolken verdeckt. Außenbeleuchtung gab es nicht. War sie defekt? Insa frohlockte innerlich, dass ihr dieser Zufall zu Hilfe kam. Die Lehbrink beugte sich leicht nach vorne. Sie versuchte, in der Dunkelheit das Schlüsselloch zu treffen. Insa umklammerte fest den Pflasterstein in ihrer Hand. So geräuschlos wie möglich setzte sie einen Fuß vor den anderen. Sie näherte sich ihrem Opfer. Valerie Lehbrink fluchte leise vor sich hin. Es gelang ihr nicht, den Schlüssel ins Schloss zu stecken. Insa hatte noch zwei oder höchstens drei Schritte vor sich. Sie hob den Arm mit dem Stein.

In diesem Moment erklang lautes Hundegebell von der Straße. Valerie Lehbrink erschrak und drehte sich mit einem Ruck um. Insa, ebenfalls erschrocken, huschte wie ein Schatten zurück um die Hausecke und drückte sich erneut an die Mauer. Sie bemühte sich, so flach und leise wie möglich zu atmen.

»Guten Abend! Bitte entschuldigen Sie den Radau. Ich hoffe, wir haben Sie nicht erschreckt«, rief ein Mann, der einen riesigen Rottweiler an einer kurzen Leine hielt. »Ruhig, Arnie, jetzt ist es aber genug!«

Valerie Lehbrink presste eine Hand auf ihre Brust und winkte mit der anderen, in der sie den Schlüssel hielt. »Doch, ehrlich gesagt haben Sie mich sogar sehr erschreckt. Da haben Sie ja den perfekten Wachhund.«

»Ja, meinem Arnie entgeht nichts.« Er tätschelte den Hund, der sich inzwischen beruhigt hatte. »Aber eigentlich ist er ein ganz, ganz Lieber. Hunde, die bellen ... Sie wissen schon.«

Geh weiter, du Idiot, geh endlich weiter, dachte Insa in ihrem Versteck.

»Haben Sie denn kein Licht vor dem Haus?«, fragte der Mann.

Nein, du Pfeife, das siehst du doch. Aber wahrscheinlich hast du selber wenig Licht im Oberstübchen.

»Warten Sie, ich leuchte mal mit meiner Taschenlampe. Die hat dreißigtausend Lumen, die sehen Sie drei Kilometer weit.«

Der Mann schickte den Strahl seiner Superlampe in Richtung Haustür. Valerie Lehbrink steckte den Schlüssel ins Schloss und winkte dem Gassigänger zu. »Vielen Dank für Ihre Hilfe! Gute Nacht!« Dann war sie im Haus verschwunden.

»Nacht! So, mein Arnie, nun komm!«

Arnie markierte noch schnell Greta Mortensens Zaun als sein Revier, dann setzten Hund und Herrchen ihren Weg fort. Insa löste sich von der Hauswand, ließ den Pflasterstein neben sich ins Gras fallen und biss sich auf die Faust, bis sie blutete, um die Schreie ihrer Wut zu unterdrücken.

Kurze Zeit später betrat Insa ihr Haus so unbemerkt, wie sie es verlassen hatte. Sie legte sich in ihr Bett, aber der Zorn darüber, dass ihr Anschlag missglückt war, ließ erneut Bilder aus der Vergangenheit in ihr hochkommen.

September 1991
Sie hatte die Zusage für die Stelle als Küchenhilfe in dem damals sehr beliebten und gut besuchten Restaurant bekommen.

»Das schaffst du doch nie!«, sagte ihr Vater und sah sie mit diesem spöttischen Gesichtsausdruck an, den sie schon so oft gesehen hatte und kaum ertrug. Insa ging ihrem Vater so gut sie konnte aus dem Weg, aber an diesem Tag hatte sie sich sogar auf seine Heimkehr von der Arbeit gefreut. Stolz legte sie ihm ihren Arbeitsvertrag vor die Nase, den er unterschreiben musste, da sie noch nicht volljährig war. Nach der neunten Klasse hatte sie das Wyker Gymnasium ohne Abschluss verlassen, weil sie sich falschen Freunden angeschlossen hatte. Nun war es ihr ge-

lungen, die Stelle in der Restaurantküche zu bekommen. Mit einem seligen Lächeln bat sie ihren Vater um seine Unterschrift auf dem Vertrag. Er kritzelte seinen Namen auf das Blatt, ohne richtig hinzusehen.

»Na ja, zum Kartoffelschälen und Gemüseschnippeln wird's vielleicht reichen. Auf die Gäste lassen sie dich hoffentlich nicht los.«

Er brach in Gelächter aus und Insas Mutter stimmte sofort ein. Sie war froh, dass sich Spott und Häme ausnahmsweise nicht gegen sie richteten.

Kapitel 40

Am nächsten Tag versuchte Insa alles, um sich abzulenken und zu beschäftigen. Es klappte nicht. Sie konnte sich auf nichts anderes konzentrieren als auf Mona, die in diesen Minuten schon wieder mit der Lehbrink im Café saß und auch am Abend erneut mit ihr verabredet war. Insa, ihre Retterin, ihre Komplizin, die selbstloseste Freundin, die sie jemals finden würde, überließ sie ohne die geringsten Gewissensbisse wieder mal sich selbst.

Gegen halb vier machte Insa sich mit ihrem alten Opel auf den Weg nach Wyk, um die beiden aufzuspüren. Wie vermutet dauerte die Suche nicht lange. Sie saßen im Café *Die Insel* an einem der hinteren Tische und waren so ins Gespräch vertieft, dass sie Insa erst bemerkten, als sie direkt neben ihnen stand.

»Was willst du denn hier?«, fragte Mona patzig, was Insas Ärger verstärkte.

»Einen Tee trinken, wenn es dir nichts ausmacht. Ihr habt doch nichts dagegen, wenn ich mich kurz zu euch setze? Es scheint sonst nirgends ein Platz frei zu sein.«

Bevor Mona antworten konnte, hatte Insa sich auf den freien Stuhl gesetzt und bei der vorbeieilenden Bedienung ihren Tee bestellt. Sie registrierte den genervten Blick, den Mona und Frau Lehbrink sich zuwarfen. Keine der drei Frauen sagte ein Wort.

Als die Atmosphäre am Tisch immer unangenehmer wurde, erhob sich Valerie Lehbrink und verkündete: »Ich werde mal das Kuchenbuffet unter die Lupe nehmen.«

»Über was unterhaltet ihr euch denn so?«, fragte Insa, als sie mit Mona allein war.

»Über alles Mögliche. Nichts, was dich interessieren könnte.«

»Wenn du meinst«, sagte Insa gelangweilt und rührte in ihrer Tasse. Dann schlug sie einen versöhnlichen Ton an. »Ist ja schon gut. Ich trinke aus und gehe wieder, okay?«

»Gute Idee«, antwortete Mona und stand auf. »Ich muss mal. Wäre schön, wenn du dich beeilen würdest.«

Nachdem Mona nicht mehr zu sehen war, hielt Insa Ausschau nach Valerie Lehbrink. Sie stand in leicht gebückter Haltung am Tresen und inspizierte die Kuchen und Torten. Schnell holte Insa ein kleines Tütchen mit winzigen dunklen Körnchen hervor, die sie mit einer flinken Bewegung in Valeries dampfenden Kaffee schüttete und kurz umrührte. Jetzt dauerte es nicht mehr lange, bis sich Valerie Lehbrink bedauerlicherweise krank fühlen würde. Was für ein Glück, dass man im Internet in kürzester Zeit alle möglichen hilfreichen Informationen fand. Und gut, dass Insa so ein umfangreiches Sortiment an Gewürzen in ihrer Küche hatte. Dass Mohn wegen des enthaltenen Morphins in größerer Menge für Schwangere schädlich ist, war ihr bis heute gar nicht bewusst gewesen. Leider musste sie sich mit der Dosierung zurückhalten, sonst hätte die Lehbrink was gemerkt und das Gebräu gar nicht mehr getrunken. Hoffentlich genügte die verabreichte Menge für die gewünschten Beschwerden wie Atemnot, Brechreiz und Herz-Kreislauf-Probleme. Insa lächelte, trank ihren Tee aus und ging.

Besorgt beendete Mona das Telefonat mit Valerie. Am Nachmittag hatte sie sich im Café plötzlich unwohl gefühlt, über Schwindel und Übelkeit geklagt. Mona hatte Valerie im BMW nach Nieblum gefahren und sie in ihr Zimmer gebracht. Dann hatte sie kurz überlegt, ein Taxi zu ordern, sich aber dann doch entschlossen, die knapp vier Kilometer zu Fuß nach Oevenum zu laufen. Das Wetter war perfekt, außerdem konnte sie so in Ruhe nachdenken. Morgen Abend wollte sie mit Valerie zum Essen ins *Valentino*. Mona hatte extra einen Tisch am Fenster reserviert, weil man von dort einen herrlichen Blick aufs Meer genießen konnte. Aber erst mal musste es Valerie wieder besser gehen. Sie machte sich Sorgen um ihr Baby, wollte aber vorerst keinen Arzt konsultieren, sondern sich ausruhen und abwarten, wie sich alles entwickelte. Valerie hatte versprochen, sich am nächsten Tag bei Mona zu melden.

Kapitel 41

Mona verbrachte den Freitagvormittag damit, das Gästezimmer zu putzen und ihre Wäsche zu waschen, weil sie nicht wollte, dass Insa sich darum kümmerte. Am Nachmittag unternahm sie um des lieben Friedens willen einen Spaziergang mit Insa und half ihr im Anschluss, Online-Bestellungen von einigen Holzarbeiten zu bearbeiten und die Ware zu verpacken. Während sie die Kartons für die Fahrt zur Post in den Opel luden, fragte Insa: »Willst du heute gar nicht ausgehen?«

»Valerie fühlt sich nicht wohl. Ich werde den Abend wohl hier verbringen.«

Insa klatschte in die Hände wie ein Kind beim Anblick der prall gefüllten Schultüte. »Wie schön! Ich koche heute Spaghetti mit Steinpilzsauce. Du bist natürlich herzlich eingeladen.«

Mona hatte keine Lust auf ein Abendessen mit Insa. Andererseits meinte sie es nur gut. Sie konnte auch nett sein. Und gleichzeitig so bedrohlich. Außerdem musste Mona irgendetwas essen und allein ein Restaurant zu besuchen, speziell an einem Freitagabend, war kein verlockender Gedanke. »Okay, danke. Klingt lecker.«

Abends saßen die beiden Frauen im Wohnzimmer. Mona auf dem Sofa und Insa in ihrem Sessel. Im Fernseher liefen die 20-Uhr-Nachrichten. Mona war froh, sich auf die neuesten Meldungen aus aller Welt und das Essen konzentrieren zu können, anstatt sich mit Insa zu unterhalten. Ihre Gespräche hatten inzwischen ein derart hohes Eskalationspotenzial, dass es besser war, nur das Allernötigste miteinander zu reden. Die Spaghetti mit der Steinpilzsauce schmeckten köstlich. Kochen konnte Insa, das musste man ihr lassen.

Mona hatte ihr Telefon neben ihren Teller gelegt. Sie fragte sich, wie es Valerie ging. Auf keinen Fall wollte sie ihren Anruf verpassen. Als Insa den Arm nach der Mineralwasserflasche ausstreckte, die weiter hinten auf dem Tisch stand, bemerkte Mona eine Narbe an ihrem Unterarm. Genau da, wo sie nach ihrem Anfall von Zerstörungswut den Verband getragen hatte. War das ein M? Oder doch ein W? W wie Walzmann? Oder doch ein M?

Als Insa ihren Blick bemerkte, zog sie schnell den hochgeschobenen Ärmel ihres Pullovers herunter.

»Möchtest du noch mehr?«, fragte Insa nach ein paar Minuten mit einem Blick auf Monas leeren Teller.

»Gern, aber das hole ich mir schon selber. Du musst mich nicht bedienen.« Mona stand auf und lief mit ihrem Teller in die Küche.

Sie nahm sich Spaghetti und füllte reichlich von der leckeren Sauce dazu. Als sie Insa im Wohnzimmer reden hörte, spitzte sie die Ohren.

»Ich sagte doch bereits, Mona will nicht mit Ihnen sprechen.«

Seltsam, Mona hatte das schrille Klingeln von Insas uraltem Festnetztelefon gar nicht gehört.

»Haben Sie was mit den Ohren? Sie will Sie auch nicht mehr sehen. Leben Sie wohl, Frau Lehbrink.«

Mona stellte ihren Teller so unsanft auf die Arbeitsplatte, dass die Sauce überschwappte. Sie hastete ins Wohnzimmer und sah, wie Insa das Smartphone wieder auf Monas Platz legte.

»Spinnst du jetzt total? Wieso gehst du an mein Telefon? Und warum erzählst du Valerie so einen Scheiß?«

Insa ging lächelnd über Monas Fragen hinweg. »Wo ist denn dein Teller? Du wolltest dir doch Nachschlag holen.«

»Mir ist der Appetit vergangen.« Mona griff über den Tisch hinweg nach ihrem Smartphone und verließ das Wohnzimmer. Vom Flur aus rief sie zurück: »Hast du noch nie was von Privatsphäre gehört?«

In diesem Moment setzte wieder das Rauschen in Insas Ohren ein. Sie legte beide Hände an die Schläfen und schüttelte heftig den Kopf, als könnte sie den Verlauf dessen, was sie erwartete, damit stoppen. Aber schon waren die kleinen Blitze in ihrem Blick und in ihrem Gehirn wieder da und der Raum um sie herum versank in einem seltsamen Nebel. Sie starrte auf den Fernseh-bildschirm, ohne etwas zu erkennen, und Schweißperlen bildeten sich auf ihrer Stirn. Dann zog sie der Sog, der stärker war als alles andere auf der Welt, mit sich hinab.

August 1994

»Hast du noch nie was von Privatsphäre gehört?« Malte schüt-telte ihren Arm ab wie ein lästiges Insekt. Insa versuchte, seine Hand zu nehmen, aber die entzog er ihr.

»Bist du denn nicht gerne mit mir zusammen?«

»Doch«, antwortete Malte gedehnt. »Aber das heißt nicht, dass ich meine Kumpels nicht mehr treffen will.«

»Wenn du Zeit mit deinen Freunden verbringst, geht die aber von unserer gemeinsamen Zeit ab«, erklärte Insa in dem gedul-digen Tonfall einer Erzieherin, die einem schwierigen Kleinkind zu vermitteln versucht, dass man andere Kinder nicht mit der Schaufel hauen darf.

»Mir fehlen die Jungs nun mal. Außerdem lachen sie mich schon aus, weil wir ständig zusammenhängen wie ein altes Ehe-paar«, antwortete Malte ungeduldig und mit gereiztem Unterton.

»Das kann dir doch ganz egal sein. Wir sind glücklich, das allein zählt. Wahrscheinlich sind sie sowieso nur neidisch.«

»Auf dich?« Malte lachte laut auf und sah sie dabei so gemein an wie nie zuvor.

Insa versuchte, sich nichts anmerken zu lassen. »Was kannst du denn mit deinen Freunden tun, was wir nicht auch zusammen machen können?«

Malte verdrehte die Augen und fing an aufzuzählen: »Fuß-ball gucken, Fußball spielen, Bier trinken, rumhängen ...«

»... und Mädchen hinterhergaffen?« Insa biss sich auf die Lippe, das hatte sie eigentlich nicht sagen wollen.

»Ja, das auch, wenn du's genau wissen willst. Die Zeiten, in denen man ein Leben lang mit der ersten Freundin zusammenblieb, sind vorbei, Insa. Denkst du nicht auch manchmal, dass es da draußen noch irgendwo einen Typen geben könnte, der viel besser zu dir passt als ich?«

»Nein«, presste sie heraus, weil sich in ihrem Hals ein dicker Kloß gebildet hatte.

Malte sah, dass sie mit den Tränen kämpfte, und legte den Arm um sie. »Ich will mich nicht mit dir streiten, aber ich glaube, wir sollten eine Pause machen.«

Aber es wurde keine Pause. Malte war zwei Wochen später mit einem anderen Mädchen zusammen und wechselte seine Freundinnen von da an häufiger als ein Bankdirektor seine Oberhemden. Bei Insa meldete er sich nie wieder.

Kapitel 42

Mona hatte im Vorbeigehen ihre Jacke von der Garderobe gerissen und war nach draußen gestürmt. Sie war diese Wut auf Insa so leid. Besonders leid war sie es, sich an dieser Wut abzuarbeiten, ohne dass Insa nur das Geringste davon zu bemerken schien. Sie brauchte dringend frische Luft. Tief atmete sie die kühle Abendluft ein und versuchte, sich zu beruhigen. Sie drückte die Kurzwahltaste, unter der sie Valeries Nummer gespeichert hatte.

Valerie meldete sich nach dem zweiten Klingeln. »Hallo, Mona!«

»Valerie, du glaubst es nicht. Insa ist einfach so an mein Handy gegangen, als ich kurz in der Küche war. Ich würde ihr am liebsten den Hals umdrehen.«

»Ich verstehe den Ansatz«, gab Valerie trocken zurück, »halte es aber nicht für die beste Option.«

Mona war zu aufgebracht, um auf den Witz einzugehen. »Nichts von dem, was sie gesagt hat, ist wahr. Ich habe auf deinen Anruf gewartet. Du hast ihr doch kein Wort geglaubt, oder? Geht es dir denn besser?«

»Nein und ja.«

»Was?«

»Nein, natürlich habe ich ihr kein Wort geglaubt. Und ja, es geht mir wieder gut. Ich habe fast den ganzen Nachmittag geschlafen und jetzt sind die Beschwerden wie weggeblasen. Ich sehe auch endlich nicht mehr aus wie die unbearbeitete Vorher-Version in einer dieser Styling-Shows. Der Kleinen geht's auch gut, sie macht scheinbar gerade ihre Gymnastik.«

Mona legte den Kopf in den Nacken und schloss erleichtert die Augen. »Ich bin so froh, das zu hören. Was war denn das bloß gestern Nachmittag? Na, ist jetzt auch egal. Hauptsache, du bist wieder gesund.«

»Aber diese Insa«, sagte Valerie jetzt in ernstem Ton, »die scheint absolut nicht gesund zu sein. Wie sie sich in dein Leben einmischt, mit dir umgeht, dich verfolgt und über dich verfügen will, ist doch nicht normal. Ich verstehe nicht, warum du dir das gefallen lässt.«

»Sie kann auch sehr nett sein«, antwortete Mona ausweichend.

»Tja, davon habe ich bisher rein gar nichts mitgekriegt. Weißt du, was für einen seltsamen Satz sie am Telefon zu mir gesagt hat?«

»Nein, was denn?«

»Ich soll mich damit abfinden, dich genauso wie Tom für immer und ewig zu verlieren. Für immer und ewig, das waren ihre Worte. Ist das nicht seltsam? Es hat sich für mich fast angehört, als wüsste sie etwas darüber, was mit ihm geschehen ist.«

Mona lief ein kalter Schauer über den Rücken. Ihre Hände wurden so schweißnass, dass sie fast das Handy fallen ließ. »Jetzt hör aber auf«, sagte sie und versuchte zu lachen, was sich anhörte wie das Jaulen eines verletzten Tieres. »Was soll sie denn schon wissen? Und woher?«

»Keine Ahnung, aber sie ist mir nicht geheuer. Und dir auch nicht, das willst du nur nicht zugeben. Wahrscheinlich aus nostalgischen Gründen, weil ihr euch schon so lange kennt.«

»Drei Wochen«, sagte Mona und hätte sich in dem Moment am liebsten selbst in den Hintern getreten.

»Häh? Ich denke, ihr kennt euch seit eurer Jugend.«

»Ja, ich meinte«, Mona überlegte krampfhaft, wie sie aus dieser Sackgasse herauskommen konnte, »ich meinte drei Wochen, seit wir uns wiedergetroffen haben.«

Valerie schnaubte. »Mir haben sogar die letzten paar Tage gereicht, um zu erkennen, dass sie eine intrigante, manipulative, vertrocknete alte Kuh ist. Tut mir leid, dass ich so deutlich werde.«

»Muss es nicht«, sagte Mona leise. »Ich würde kein einziges Wort ändern. Sie ist genau das.«

»Dann pack deine Sachen. Ich kann Frau Mortensen fragen, ob du hier im *Haus Marina* ein Zimmer bekommen kannst. Und wenn nicht, ist bestimmt noch irgendwo anders was frei. Das Beste wäre aber ohnehin, wenn du die Insel verlässt, damit sie gar keinen Zugriff mehr auf dich hat. Fahr nach Hause. Oder zu deinen Eltern, die haben dich schließlich auch seit drei Wochen nicht mehr gesehen.«

Bei der Erwähnung ihrer Eltern kamen Mona die Tränen. Die wenigen Telefonate, die sie alle paar Tage mit ihnen führte, waren ein kläglicher Ersatz für ihre Wochenendbesuche. Die hatte sie nur ausfallen lassen, wenn Tom es verlangt und das mit seinen Fäusten unterstrichen hatte.

»Denk über meine Worte nach, okay?« Valeries Stimme war jetzt wieder weich und freundlich. »Und denk immer daran, dass ich für dich da bin.«

Mona nickte, obwohl Valerie das natürlich nicht sehen konnte. Sie ahnte aber, dass ihre Stimme ihr in diesem Moment nicht gehorchte.

»Bleibt es denn jetzt bei unserem Brunch morgen?«, fragte Valerie. »Ich hole dich um halb elf ab und wir reden über alles außer Insa, okay?«

»Okay«, sagte Mona erleichtert. »Bis morgen, ich freue mich drauf.«

Kapitel 43

Mona hatte tief und fest geschlafen und erwachte an diesem Samstagmorgen ausgeruht und bestens gelaunt. Sie freute sich, dass Valerie wieder gesund war und sie sich gleich zum Brunch treffen würden. Somit blieb ihr das Frühstück mit Insa erspart. Nach dem Zwischenfall mit dem Telefonat gestern hatte sie noch weniger Lust auf Insas Gesellschaft. Natürlich war Insa beleidigt, nachdem Mona ihr ihre Pläne mitgeteilt hatte, aber wen kümmerte das schon? Vielleicht verbrachten Mona und Valerie sogar den kompletten Nachmittag und Abend zusammen, sodass sie Insa den ganzen Tag aus dem Weg gehen konnte.

Während sie auf ihre frisch lackierten Fingernägel pustete, damit sie schneller trockneten, durchforstete sie ihre überschaubare Garderobe nach etwas Passendem für den heutigen Tag. Sie wählte eine beigefarbene Stoffhose, die sie ursprünglich für den beruflichen Termin mit Tom eingepackt, dann aber doch nicht getragen hatte, weil er sie lieber in Kleidern sah. Mona schüttelte den Kopf beim Gedanken daran, wie sie sich von ihm hatte herumkommandieren lassen. Mit gespreizten Fingern, um den Nagellack nicht zu verwischen, fischte sie die Hose aus ihrem Koffer. Dazu entschied sie sich für eine weiße Bluse, ihre Jeansjacke und die Sneakers. Schick, aber nicht übertrieben oder aufgetakelt.

Nachdem sie sich angezogen hatte, band sie die Haare zu einem Zopf zusammen und verzichtete auf Make-up. Valerie war stets ungeschminkt und diese Natürlichkeit gefiel Mona. Sie nahm ihre Tasche, verließ das Zimmer und – stieß auf dem Flur gegen Insa, die auf sie zu warten schien. Sie trug Schuhe und ihren Anorak und hatte sich eine abgewetzte Ledertasche unter den Arm geklemmt.

»Guten Morgen«, sagte Mona.

»Moin!«

»Was hast du heute Schönes vor?« Es war Mona absolut egal, wie Insa den Samstag verbrachte, aber sie hatte das Gefühl, irgendetwas sagen zu müssen.

»Ich begleite euch. Ich habe mich ja schon zurechtgemacht.«

»Wie bitte?« Mona hoffte, sich verhört zu haben.

»Ich komme mit zum Brunch. Allein schmeckt's mir nicht. Und was spricht dagegen, dass ich den Samstag mit meiner Freundin und ihrer neuen Bekanntschaft verbringe?« Sie betonte das Wort Freundin auf übertriebene Art und spuckte das Wort Bekanntschaft förmlich aus. »Ansonsten kann ich Frau Lehbrink, sobald sie hier aufkreuzt, auch kurz erzählen, welche Art von Beziehung du mit ihrem Mann hattest. Bin gespannt, ob sie dann noch immer so gerne Zeit mit dir verbringen möchte.«

»Sie weiß, dass Tom und ich eine Affäre hatten. Und es interessiert sie nicht, weil er sie ständig betrogen und sie längst keine Gefühle mehr für ihn hat.«

Diese Aussage brachte Insa für einen Augenblick aus dem Konzept, aber sie fing sich schnell wieder. »Aber über das unschöne Ende eurer Affäre weiß sie bestimmt noch nicht Bescheid, oder? Wenn das so bleiben soll, finde dich damit ab, dass wir ab sofort bei jeder Unternehmung zu dritt sind.«

»Also ist dein Ziel Akzeptanz durch Penetranz? Wie armselig!«

Insa winkte ab und fuhr fort: »Nenn es, wie du willst. Wir gehen entweder zu dritt oder du sagst der Lehbrink ab und bleibst hier bei mir. Ansonsten muss ich ihr leider den Tag verderben und dummerweise auch Kommissar Nölk an seinem wohlverdienten Wochenende stören. Und wo du dann in Zukunft frühstückst, dürfte dir wohl klar sein.«

»Warum tust du das, Insa?« Mona schüttelte fassungslos den Kopf. »Du bist auch dran, wenn alles rauskommt.«

»Ich sagte bereits, dass mir das vollkommen egal ist. Oh, da ist Frau Lehbrink schon. Pünktlich wie die Maurer.«

Mona warf einen Blick durch das kleine Fenster neben der Haustür. Valeries BMW hielt vor dem Haus. Insa drückte die Klinke herunter, aber Mona legte ihre Hand auf Insas. »Okay. Ich sage ab.«

Sie schlüpfte nach draußen und zog die Tür hinter sich zu, wissend, dass Insa sie sofort wieder öffnen würde, um kein einziges Wort zu verpassen.

»Hallo, Mona!«, rief Valerie und winkte, als Mona die Beifahrertür öffnete. »Steig ein, ich habe einen Mordshunger.«

Bei dem Wort wich Mona alle Farbe aus ihrem Gesicht. Sie
warf einen Blick zurück und sah, dass die Haustür wie erwartet
nur angelehnt war.

»Geht es dir gut?«, fragte Valerie. »Du siehst ziemlich übel
aus.«

»Oh, danke«, antwortete Mona. »Du weißt, wie man Komplimen-
te macht. Aber es geht mir wirklich nicht gut. Ich habe ra-
sende Kopfschmerzen, vielleicht brüte ich irgendwas aus. Besser,
ich bleibe hier und lege mich hin. Tut mir leid.«

»Muss es nicht, du kannst ja nichts dafür«, erwiderte Valerie.
»Schade. Ich wünsche dir gute Besserung. Und melde dich später
mal, okay? Vielleicht können wir uns gegen Abend noch treffen.
Oder morgen.«

»Mal sehen. Mach's gut.« Mona schlug die Autotür zu, winkte
kurz und schlurfte zurück zum Haus.

Insa grinste zufrieden. »Na also, war doch gar nicht so schwer.
Und jetzt vergessen wir diese Tussi. Ich mache Frühstück und du
überlegst, was wir mit dem Samstag anstellen, einverstanden?«

Sie zog Mona an sich und umarmte sie fest. Der Geruch von
Neid und Eifersucht klebte an Insa wie ein billiges Parfum.

Nachdem Mona im Gästezimmer verschwunden war, um sich
umzuziehen, rieb sich Insa siegesgewiss die Hände. Sie hatte gemerkt, dass Mona sich bei ihrer Umarmung versteift hatte, aber
davon wollte sich Insa jetzt nicht entmutigen lassen. Leider war
der Anschlag auf Valerie Lehbrink vor der Tür der Pension in
Nieblum fehlgeschlagen, weil sie nicht zum Zuge gekommen
war. Auch die Sache mit dem Mohn im Kaffee hatte nicht in dem
gewünschten Maße funktioniert, weil Insa mit der Dosierung zu

vorsichtig gewesen war. Und dann hatte Mona sie bei dem Versuch erwischt, dieses lästige Weibsbild telefonisch ein für alle Mal abzuwimmeln. Insa hatte also bereits dreimal versagt, worüber sie sich maßlos ärgerte. Ein weiterer Fehler durfte ihr auf keinen Fall unterlaufen. Es galt, auf der einen Seite die Lehbrink in die Flucht zu schlagen, und auf der anderen Seite dafür zu sorgen, dass Mona sich wieder auf Insa und ihr gemeinsames Leben einließ. Sie könnten es zusammen so schön haben. Warum nur begriff sie das nicht? Nun, ein Anfang war gemacht. Vor Insa lag ein langer Samstag, an dem sie Mona für sich allein hatte.

Zuerst würde sie ein erstklassiges spätes Frühstück herrichten. Anschließend würde sie Mona vorschlagen, zusammen etwas zu schnitzen. Vielleicht entdeckte Mona ein neues Hobby für sich. Würde sie das nicht noch näher zusammenbringen? Für den Nachmittag plante Insa einen Ausflug nach Dunsum. Von dort aus starteten die Wattwanderungen zur Nachbarinsel Amrum. Nirgendwo sonst an der schleswig-holsteinischen Nordsee war es möglich, bei Niedrigwasser zu Fuß von einer Insel zur anderen zu gelangen. Da Insa sich mit den Gezeiten auskannte, wollte sie mit Mona auf eigene Faust ein bisschen durchs Watt laufen, beide ausgerüstet mit Gummistiefeln. Das war doch viel aufregender, als immer nur mit der Lehbrink in Cafés und Restaurants herumzusitzen. Und am Abend wollte Insa dann Mona selbst entscheiden lassen, ob sie zu Hause kochten oder auswärts aßen.

Begeistert von ihrem Plan machte sich Insa daran, in der Küche den Frühstückstisch zu decken. Eine Viertelstunde später, Mona hatte sich bisher nicht blicken lassen, war der Tisch überladen mit aufgebackenen Brötchen, Butter, verschiedenen Marmeladen, Aufschnitt, Käse, Weintrauben, gekochten Eiern, Lachs und einem Gemüseteller mit Paprikastückchen, kleinen Karotten, Cocktailtomaten und Gurkenscheiben. Zuletzt stellte Insa noch Kannen mit Kaffee und Tee dazu, schenkte beiden ein Glas Multivitaminsaft ein und wischte sich mit zufriedenem Blick die Hände an der Schürze ab. Dann ging sie zum Gästezimmer und klopfte an die Tür. Von drinnen kam keine Reaktion. Insa klopfte erneut, diesmal lauter.

»Lass mich in Ruhe«, hörte sie durch die geschlossene Tür.

Insas Stirn legte sich in Falten, aber sie bemühte sich um einen freundlichen Ton. »Das Frühstück ist fertig. Spät, aber dafür umso reichhaltiger.«

»Lass. Mich. In. Ruhe.«

So nicht, dachte Insa und wollte die Tür öffnen, aber die Klinke ließ sich nicht hinunterdrücken. Wie konnte das sein? Es gab keinen Schlüssel für das Zimmer. Wie zum Teufel … Aber dann wurde Insa klar, dass Mona vermutlich den Schrubber aus der Ecke mit den Putzsachen unter die Türklinke geklemmt hatte. Was für eine Unverschämtheit.

»Mach sofort auf!« Insa hörte selbst, dass ihre Stimme schrill klang vor Zorn. Das fing ja prima an. Aber das war allein Monas Schuld. Was bildete sie sich ein? Als nichts passierte, schrie Insa erneut: »Mach sofort auf!«

»Nein!«

»Pass mal gut auf!« Insa platzte fast vor Wut. »Das ist mein Haus und du bist mein Gast. Wenn du nicht sofort diese verfluchte Tür öffnest …«

»Was dann?«, kam es trotzig von drinnen.

Ja, was dann? Insa fuhr sich verärgert durch die Haare. So kam sie nicht weiter. Sie holte ein paar Mal tief Luft und versuchte, sich zu beruhigen, bevor sie sagte: »Ich habe so schöne Pläne für den heutigen Tag. Warum bist du bloß so abweisend zu mir?«

»Das weißt du ganz genau. Und wenn nicht, bist du noch beschränkter als ich dachte.«

Kapitel 44

Das saß. Insa krümmte sich kurz, als hätte sie einen Schlag in die Magengrube bekommen. In ihrem Kopf hallte dieser eine Satz wider, den ihr Vater Millionen Mal zu ihr gesagt hatte: »Du bist noch beschränkter, als ich dachte.«

Aber sie hatte ihn zum Schweigen gebracht. Für immer. Weil sie eben doch nicht so beschränkt war, wie er angenommen hatte.

Oktober 2003
Es musste wie ein Unfall aussehen. Sie hatte wochen-, nein, mo-
natelang gegrübelt, Pläne geschmiedet und wieder verworfen,
neue Ideen entwickelt und auf ihre Umsetzbarkeit hin überprüft.
Zwischendurch hatte sie ihr Vorhaben sogar kurzzeitig aufgege-
ben, weil es ihr unmöglich erschien, es in die Tat umzusetzen,
ohne dabei aufzufliegen. Aber er wurde immer schlimmer, immer
unbeherrschter, immer brutaler. So konnte, so durfte es nicht wei-
tergehen. Und endlich hatte sie eine Idee, um ihn loszuwerden.

Bis in die frühen Morgenstunden lag sie wach und lauschte
auf die Geräusche in dem alten Haus. Gegen vier Uhr schlich sie
sich nach draußen, nahm ihr Fahrrad und fuhr los, so schnell sie
konnte. Der Weg schien sich endlos hinzuziehen, dabei waren es
nur vier Kilometer bis nach Wyk. Zum Glück war es windstill,
sodass sie zügig vorankam. In einigen Häusern brannten schon
Lichter. Wahrscheinlich begannen die Menschen, die dort wohn-
ten, schon früh mit der Arbeit. Sie musste aufpassen, dass sie
von niemandem gesehen wurde. Deshalb hatte sie auch die Fahr-
radlampe nicht eingeschaltet. Das war zwar gefährlich, aber da-
für unauffällig.

Noch vor halb fünf kam sie völlig außer Atem und trotz der kühlen Temperaturen nass geschwitzt in Wyk an. Endlich erreichte sie die Straße Am Flugplatz und damit die Baustelle, auf der er momentan arbeitete. Hier wurde ein riesiges Haus mit vielen Ferienwohnungen saniert. Damit die reichen Leute ein schickes Domizil hier auf der Insel hatten. Damit sie sich vorgaukeln konnten, sie wären halbe Insulaner, nur weil sie bei jedem Wetter die Nordsee vor der Nase hatten. Abgeschirmt in ihren schicken Wohnungen. Dabei gehörte zu einem Inselleben so viel mehr, aber das würden sie nie begreifen. Im Keller des Hauses gab es sogar ein Schwimmbad, hatte er erzählt. Das hatte sie überhaupt nicht verstanden. Wozu brauchten die Leute ein Schwimmbad, wenn das Meer direkt vor der Haustür lag? Ins Schwimmbad gehen konnten sie auch zu Hause. Wo immer das war.

Die Arbeiten waren schon weit fortgeschritten. Sie kamen zackig voran, lagen perfekt im Zeitplan, hatte er beim Abendessen gesagt. Ein paar Sekunden, die sich angefühlt hatten wie der normale Alltag einer normalen Familie. Aber dann waren ihm das Bier zu warm und der Eintopf zu kalt gewesen und er war wie immer ausgeflippt. Hatte den Löffel in den Teller geworfen, dass die Erbsensuppe über den Tisch flog, hatte beim Aufstehen seinen Stuhl umgeworfen und sich im Wohnzimmer vor die Glotze gesetzt. Sie hatte aber noch gehört, was er vor sich hinmurmelte: Vergessen, die blöde Tür vom Baucontainer abzuschließen. Blöder Job als HiWi, immer der Letzte auf der Baustelle. Und morgens wieder eine halbe Stunde vor allen anderen vor Ort, um den Container aufzuheizen und Kaffee zu kochen. Da war ihr klar, dass der ideale Zeitpunkt gekommen war.

Als sie vor dem Baucontainer stand, sah sie sich nach allen Seiten um. Es war keine Menschenseele zu sehen. Sie legte die behandschuhte Hand auf den Türgriff. Wie erwartet ließ sich die nicht verschlossene Tür problemlos öffnen. In dem Container standen zwei Schreibtische, die dermaßen mit Plänen, Papieren, Notizzetteln und benutztem Geschirr übersät waren, dass von der Tischplatte kaum etwas zu sehen war. Auf jedem der Tische gab es eine Schreibtischleuchte und verwaiste Kabelenden zeugten davon, dass tagsüber Laptops angeschlossen wurden, die ihre Besitzer zum Feierabend mit nach Hause nahmen. Die beiden Bürostühle vor den Schreibtischen waren in einem erbarmungswürdigen Zustand, die Sitzbezüge an einigen Stellen eingerissen. Auf einem Schrank an der Wand befanden sich eine Kaffeemaschine und ein Mikrowellenherd. In der Ecke gab es eine Elektroheizung, direkt daneben stand das, worüber sie sich im Internet gründlich informiert hatte und nun alles wusste, was sie wissen musste. Es sah aus wie eine Art Servierwagen, beladen mit vielen Apparaten, aber es war ein mobiler Gasstromerzeuger. Oben an dem Gerät gab es zwei Steckdosen und ein paar Knöpfe, darunter war die Flasche mit dem Gas, das im Container zu Strom umgewandelt wurde.

Sie setzte sich auf einen der wackeligen Bürostühle und drehte sich um die eigene Achse. Sollte sie wirklich? Ja, es gab kein Zurück mehr. Wenn sie es heute nicht tat, würde sie dann jemals den Mut dazu aufbringen? Auf dem Schrank neben der Kaffeemaschine lag eine Mehrfachsteckdose, in die beide Küchengeräte und die Elektroheizung eingestöpselt waren. Der Schalter leuchtete in der Dunkelheit. Sie knipste ihn mit dem Fuß aus. Dann warf sie einen Blick auf ihr Handy. Es war zehn nach fünf, in zwanzig Minuten würde er auf der Baustelle eintreffen. Sie nahm das spitze Obstmesser, das sie von zu Hause mitgebracht hatte, aus der Jackentasche. Damit ritzte sie den Schlauch, der die Gasflasche mit dem Stromerzeuger verband, mit drei kleinen

Schnitten ein. So würde Gas austreten, sobald das Gerät eingeschaltet und durch die Bewegung des Motors Strom erzeugt wurde. Anschließend zerschnitt sie die Isolierung am Anschlusskabel
der Mehrfachsteckdose.

Ebenso unbemerkt, wie sie angekommen war, verließ sie die
Baustelle, stieg auf ihr Fahrrad und machte sich querfeldein auf
den Heimweg. Da er mit dem Auto den Weg über den Fehrstieg
nehmen musste, würden sie sich nicht begegnen, wenn er zur
Arbeit fuhr. Obwohl das auch keine Rolle spielte, denn er würde
niemandem mehr von der Begegnung erzählen können.

Als sie fast zu Hause war, hörte sie den lauten Knall der Explosion. Ein Lächeln huschte über ihr Gesicht. Dann trat sie
kräftig in die Pedale, schlich sich daheim in ihr Zimmer und
legte sich angezogen unter die Bettdecke. Hatte er den leichten
Gasgeruch wahrgenommen, als er den Container betrat? Oder
war sein Geruchssinn schon von der Sauferei beeinträchtigt?
Das passierte nämlich bei mehr als der Hälfte aller Alkoholiker und hieß Korsakoff-Syndrom, das hatte sie mal gelesen.
Keine Ahnung, warum sie es sich gemerkt hatte. Nie hätte sie
gedacht, dass ihr dieses Wissen mal nützen würde. Hatte er sofort gesehen, dass der Schalter an der Mehrfachsteckdose nicht
leuchtete? Oder hatte er, blöd wie er war, die Kaffeemaschine
eingeschaltet und sich darüber gewundert, dass sie nicht funktionierte? Hatte es ihn verwirrt, dass die Steckdose ausgeschaltet
war? Oder hatte er es mit seinem ständig benebelten Hirn gar
nicht registriert und sie angeknipst, ohne einen weiteren Gedanken daran zu verschwenden? Hatte er den Funkenflug, der die
Explosion ausgelöst hatte, gesehen oder war ihm sofort alles um
die Ohren geflogen? Und warum dachte sie darüber überhaupt
nach?

Insa rieb sich fest mit beiden Händen über das Gesicht, als könnte sie die Erinnerung damit abwischen wie Schmutz von einer Fensterscheibe. Sie musste sich beruhigen, wenn sie die Situation und diesen Tag retten wollte. Um einen gelassenen Tonfall bemüht sagte sie durch die geschlossene Tür: »Okay, dann sei beleidigt, solange du willst. Früher oder später musst du ja rauskommen.«

»Stimmt«, rief Mona. »Sobald ich gepackt habe und dieses Hexenhaus verlasse.«

Jetzt war es vorbei mit Insas mühevoller Beherrschung. Sie stieß schrille Schreie aus und traktierte die Tür mit Schlägen und Tritten, bis sie hörte, dass der Schrubber auf der anderen Seite mit einem Scheppern auf dem Linoleumboden landete. Dann stürmte sie in das Zimmer, in dem Mona vor ihrem Koffer hockte. Insa packte Mona am Arm und riss sie hoch. Als sie voreinander standen, sah sie die Angst in Monas Augen, was sie in ihrem Inneren befriedigte und beruhigte.

Mona zitterten die Knie. Sie hatte Insa schon in vielen beunruhigenden Situationen erlebt und sich gefragt, ob sie geistesgestört war, aber nie zuvor war sie sich dessen so sicher gewesen wie in diesem Moment. Obwohl sie sich fürchtete und ihr übel war, reckte Mona das Kinn in die Höhe und sagte: »Ich will, dass du dich ab sofort aus meinem Leben raushältst.«

Insa brach in lautes Gelächter aus. Es war ein unangenehmes, krachendes Geräusch, bei dem sich ein verzerrter, hämischer Ausdruck auf ihr Gesicht legte. Mona wandte den Kopf und sah aus dem Fenster, um Insa nicht länger anschauen zu müssen. Draußen schien die Sonne von einem paradiesisch blauen Himmel. Und sie stand scheinbar im Vorzimmer zur Hölle.

Als Insa sich beruhigt hatte, fauchte sie: »Und wie soll das gehen, hä? Wir beide haben immerhin ein ziemlich großes Geheimnis miteinander. Ich werde also bis zum Ende deiner Tage zu deinem Leben gehören. Und du zu meinem.«

»Lieber gehe ich ins Gefängnis«, antwortete Mona. »Na, los! Ruf den Kommissar an. Wir können ihm gemeinsam alles erzählen, aber dann bist du genauso dran.«

Insa täuschte ein Gähnen vor. »Langsam ermüdet es mich, dir immer wieder sagen zu müssen, dass mir das scheißegal ist. Du kennst doch jetzt mein Leben. Also sag mir, was gebe ich auf?«

»Vielleicht deine durchgeknallten Unterhaltungen mit der Tür zum Abstellraum?« Zufrieden stellte Mona fest, dass sie Insa aus dem Konzept gebracht hatte. Jetzt durfte sie nicht lockerlassen. »Wer ist an allem schuld, Insa? Wer?«

Insa war anzusehen, dass sie kurz davor war, wieder ihre Fassung zu verlieren. »Ich habe keine Ahnung, wovon du sprichst.«

»Wirklich nicht? Ich spreche von deiner Macke, mit einer geschlossenen Tür zu reden. Und irgendwas von *schuld sein* zu faseln. Wer ist denn schuld, Insa? Und woran?«

»Halt den Mund«, zischte Insa.

Mona ließ sich nicht beirren. »Warum steht hier nirgends ein Foto von deiner Mutter oder deinem Vater? Sind sie schuld? Schuld daran, dass du so durchgeknallt bist? Weil sie dich nicht geliebt haben? Tja, weißt du, du machst es einem auch sehr schwer, dich zu mögen, geschweige denn zu lieben.«

Patsch! Mona hielt sich erschrocken die Wange. Insa hatte ihr eine schallende Ohrfeige verpasst. Aber viel stärker als den Schmerz empfand Mona die Genugtuung, Insas Überlegenheit zum Einsturz gebracht zu haben. Sie rieb sich über die brennende Gesichtshälfte und setzte nach. »Würdest du es denn gar nicht vermissen, auf deine durchgeknallte Art mit der Tür vom Abstellraum zu reden? Oder meinst du, das geht auch mit einer Gefängnistür? – Bevor ich hierbleibe, stelle ich mich lieber der Polizei. Und dann kriegen sie dich auch.«

Insa grinste mit der so typischen Überheblichkeit im Blick. Scheinbar hatte sie sich von Monas Tiefschlag erholt. »Zum allerletzten Mal: Es ist mir egal, ob du mich verpfeifst. Aber vergiss nicht, dass ich den toten Typen nur versteckt habe. Aber du, du hast ihn umgebracht. Ihn kaltblütig erstochen. Dich lassen sie nie wieder raus!« Beim letzten Wort beugte sich Insa so weit vor, dass ihre Spucketröpfchen Monas Gesicht trafen.

Monas Widerstand wackelte. »Es ... es war Notwehr«, stammelte sie.

»Tja, kann sein. Aber wie willst du das der Polizei klarmachen?« Insa grinste selbstgefällig. »Dürfte schwer werden, die Bullen davon zu überzeugen, denn dann hättest du dich ja sofort stellen können. Schätze, du wirst für sehr lange Zeit einfahren. Und wenn du wieder rauskommst, wann immer das sein wird, bist du eine alte Frau, eine Mörderin, deren Leben sich dem Ende zuneigt. Ganz abgesehen davon, dass du deine Eltern wahrscheinlich nie mehr wiedersehen wirst, und sie sterben mit dem Wissen, dass ihre Tochter eine Mörderin ist. Die armen, alten Leute.«

Mona kamen die Tränen. Sie ärgerte sich darüber, konnte es aber nicht verhindern. »Warum bist du so gemein? Am Anfang hast du mich gemocht, das weiß ich. Und ich mochte dich auch. Aber dann hast du angefangen, mich nach deinen Vorstellungen zurechtzubiegen. Das konnte und wollte ich mir nicht gefallen lassen.«

»Schade für dich«, entgegnete Insa kalt. »Denn was sich nicht biegen lässt, muss brechen.« Damit machte sie auf dem Absatz kehrt und verließ den Raum.

Mona ließ sich auf das Schlafsofa fallen und gab sich für einen

Moment ihren Tränen hin. Was sollte sie bloß tun? Nach ein paar Minuten setzte sie sich auf und wog ihre Möglichkeiten ab. Wenn sie abreiste, würde umgehend die Polizei vor ihrer Tür stehen und sie verhaften. Das durfte nicht geschehen, schon wegen ihrer Eltern nicht. Außerdem sollte auch Valerie nie von ihrer Tat erfahren. Und Tom war es doch gar nicht wert, für viele Jahre ins Gefängnis zu gehen. Wenn sie bei Nacht und Nebel das Land verließe, wäre es zwar möglich, dass man sie nicht aufspürte, aber sie wäre für den Rest ihres Lebens auf der Flucht und nirgends mehr zu Hause. Ein Wiedersehen mit ihren Eltern wäre dann auch ausgeschlossen und Valeries Freundschaft würde sie ebenfalls verlieren. Blieb nur Option drei. Auf Föhr bleiben, mit Insa leben und ihr die Verbundenheit vortäuschen, die sie verlangte. Frei war sie auf diese Weise auch nicht, aber wenigstens würde sie ihre Eltern und Valerie hin und wieder sehen.

Mona ging ins Bad. Im Spiegel über dem Waschbecken erschien ihr bleiches Gesicht. Sie sah furchtbar aus. Und so fühlte sie sich auch. Sie wusch sich das Gesicht, kämmte ihr Haar und betrat wenig später die Küche. Insa saß am gedeckten Tisch und starrte versonnen lächelnd auf etwas, das neben ihrem Teller lag. Als Mona nähertrat, erkannte sie, dass es ein Plastikbeutel war. Darin befand sich eine Rolle Paketklebeband. Mona schwante Schreckliches, aber sie wagte nicht, die Frage zu stellen, die ihr auf der Zunge lag.

»Kaffee oder Tee?«

»Ich bediene mich selbst, danke.«

»Es freut mich, dass dein Appetit zurückgekehrt ist. Die aufgebackenen Brötchen und die gekochten Eier sind inzwischen allerdings kalt geworden.«

Mona nickte mit dem Kopf in Richtung des Beutels neben Insas Teller und fragte nun doch: »Was ist das?«

Insa folgte Monas Blick und tat so, als sähe sie den Beutel zum ersten Mal. »Ach, das! Das ist das Klebeband, mit dem wir deinen Liebhaber verpackt haben. Vielleicht erinnerst du dich daran, dass ich dir die Rolle schon beim Wagen zugeworfen habe, damit du sie festhältst. Und später beim Megalithgrab hast du artig seine Füße fixiert, als ich dich darum gebeten habe. Da du im Gegensatz zu mir keine Handschuhe getragen hast, sind deine Fingerabdrücke und deine DNA somit sowohl auf dieser Rolle hier«, Insa nickte mit dem Kopf in Richtung des Plastikbeutels, »als auch auf dem Klebeband an Lehbrinks Füßen. Ich dachte mir damals schon, dass mir beides noch von Nutzen sein könnte. Und ich hatte Recht. Ich kann die Polizei jederzeit zu Lehbrinks Leiche führen und beweisen, dass du ihn eingepackt und dort versteckt hast. Und dann dürfte selbst dem dümmsten Polizisten klar sein, dass du ihn auch ermordet hast. Tja, da habe ich dich wohl perfekt ausgetrickst.«

Mona drehte sich der Magen um und vor blankem Entsetzen brach ihr am ganzen Körper der Schweiß aus. »Ich bin doch schon am Boden. Was willst du denn noch?«

Insa lächelte mit falscher Freundlichkeit. »Oh, ich wollte einfach nicht versäumen, noch einmal nachzutreten.«

Kapitel 45

Valerie machte sich ernsthaft Sorgen. Sie hatte das ganze Wochenende lang auf Monas Handy angerufen und es auch heute Morgen schon mehrmals versucht. Leider ohne Erfolg. War Mona schwer erkrankt? Aber warum sagte sie dann nicht wenigstens kurz Bescheid? War sie sogar zum Telefonieren zu schwach? Selbst über einen Anruf von dieser schrecklichen Insa Walzmann hätte sich Valerie gefreut. Alles wäre besser als diese Unsicherheit.

Gegen halb acht abends hatte Valerie endlich Glück. Sie wollte nach dem zehnten oder elften Klingeln schon fast auflegen, als Mona sich meldete. »Menkwitz.«

»Oh, so förmlich«, lachte Valerie, weil sie so erleichtert war, Monas Stimme zu hören. »Hast du im Display nicht gesehen, dass ich es bin? Ich habe seit vorgestern zig Mal versucht, dich zu erreichen. Ist auch egal jetzt. Wie geht's dir denn?«

»Gut«, antwortete Mona. »Warum auch nicht?«

Valerie war irritiert. »Na, weil es dir am Samstag eben nicht gutging, als ich dich abholen wollte. Du warst blass und hast gesagt, du hättest Kopfschmerzen.«

»Ach, das. Alles wieder vorbei.«

»Und warum hast du dich dann nicht einfach mal gemeldet? Ich habe mir Sorgen gemacht.« Valerie ärgerte sich über den leichten Vorwurf in ihrer Stimme. Mona musste ja annehmen, sie wollte sie genauso kontrollieren wie diese Insa. Sie sprach schnell weiter: »Spielt keine Rolle, jetzt habe ich dich erreicht. Wollen wir uns dann morgen treffen, hast du Lust?«

»Ich kann nicht. Insa und ich wollen morgen shoppen gehen. Sie möchte sich neu einkleiden.«

Valerie traute ihren Ohren nicht. »Insa neu einkleiden? Was soll das bringen? Sie ist so anmutig wie ein Sumoringer.«

Am anderen Ende der Leitung blieb es still.

»Sorry, Mona. Ich bin nur irritiert über deine Pläne mit Insa. Dann vielleicht morgen Abend?«

»Geht leider nicht. Insa und ich wollen zusammen kochen.«

»Sagtest du nicht mal, du kochst nicht gerne?«, fragte Valerie.

»Deshalb will ich es ja von Insa lernen. Insa sagt, eine Frau muss kochen können. Und ich finde das auch.«

»Ach, auf einmal?« Nun war es mit Valeries Beherrschung endgültig vorbei. »Hast du inzwischen keine eigene Meinung mehr? Du wackelst ja schlimmer als ein Milchzahn.« Täuschte sich Valerie oder weinte Mona leise? »Mona? Was ist los? Irgendwas stimmt doch nicht.«

»Wie gesagt, ich habe leider keine Zeit. Mach's gut.« Die Leitung wurde unterbrochen, aber Valerie war jetzt sicher, dass Mona bei ihren letzten Worten geweint hatte. Irgendetwas war da faul. Valerie horchte in sich hinein und stellte fest, dass sie kein bisschen sauer darüber war, dass Mona ihr eine Absage nach der anderen erteilt hatte. Was sich hingegen in ihr breitmachte, war ein großes Unbehagen. Was hatte Mona dazu gebracht, auf einmal so viel Zeit mit Insa verbringen zu wollen? Oder besser gesagt, *wer* hatte sie dazu gebracht? Das stank alles gewaltig zum Himmel. Valerie konnte nicht glauben, dass Mona freiwillig mitmachte. Nicht nach allem, was sie über Insa gesagt hatte und was Valerie von Insas grenzwertigem Verhalten Mona gegenüber mitbekommen hatte. Valerie sah sich einmal mehr in ihrer Annahme bestätigt, dass Insa irgendetwas gegen Mona in der Hand hatte. Irgendein Druckmittel, mit dem sie ihre *Freundin* nach ihrer Pfeife tanzen ließ.

Am nächsten Morgen war Valerie wie gerädert. Sie hatte fast die ganze Nacht nicht geschlafen. Stunde um Stunde hatte sie darüber gegrübelt, wodurch Insa diese Macht über Mona hatte. Valerie hatte es so satt, dass Menschen wie Tom oder eben Insa Walzmann durch ihr skrupelloses und manipulatives Verhalten Abhängigkeiten schafften und anderen das Leben erschwerten. Irgendetwas hatte diese Insa zu verbergen. Aber was? Und auf welche Weise hing Mona da mit drin? Auf Valerie hatte diese angeblich so alte Freundschaft von Anfang an komisch gewirkt. Für ihr Empfinden hatten Mona und Insa überhaupt nichts gemeinsam und passten absolut nicht zusammen. Und wenn sie sich, wie Mona behauptete, jahrzehntelang aus den Augen verloren hatten, was konnte es dann geben, das Insa als Druckmittel gegen Mona verwendete?

Plötzlich kam Valerie ein Gedanke, der ihr eine Gänsehaut verursachte. War es möglich, dass das alles mit Tom zu tun hatte? Immerhin hatten sich die beiden Frauen ausgerechnet am Tag seines Verschwindens nach so langer Zeit wiedergetroffen. War das nicht ein seltsamer Zufall? Oder ging nur ihre Phantasie mit ihr durch? Aber dann fiel Valerie wieder ein, was Insa gesagt hatte, als sie am Freitag an Monas Telefon gegangen war. Sie hatte gewollt, dass Valerie Mona *für immer und ewig* verlor, genauso wie Tom. Und in diesem Moment gab es für Valerie keinen Zweifel mehr, dass Insa wusste, was mit Tom geschehen war und wo er sich aufhielt. Und Mona wusste es ebenfalls, sagte Valerie aber nichts, weil Insa sie unter Druck setzte. Doch womit? Das war die Frage. Und Valerie brauchte die Antwort. Um Mona zu retten und um selbst Klarheit über Toms Verbleib zu haben und mit allem abschließen zu können.

Sie zog sich die Decke über den Kopf und versuchte, so gleichmäßig wie möglich zu atmen. Stress und Aufregung schadeten ihrem Kind. Es wäre das Beste, sich aus allem rauszuhalten und Mona und Insa sich selbst zu überlassen. Schließlich waren sie erwachsene Frauen, und was immer sie sich eingebrockt hatten, mussten sie allein auslöffeln. Aber Valerie kannte sich gut genug, um zu wissen, dass ihr das nicht gelingen konnte. Ein paar Minuten lang versuchte sie endlich einzuschlafen. Es war noch früh am Morgen, die Nacht hatte ihr keinen Schlaf geschenkt und Pläne für den heutigen Tag hatte sie ohnehin nicht. Warum sollte sie schon aufstehen? Es funktionierte nicht. Sie war hellwach und nur von dem einen Gedanken beherrscht, Mona aus Insas Fängen zu retten. Was immer der Grund dafür war, dass Insa diese Macht über sie hatte, es war falsch und musste beendet werden.

Gegen halb zehn hielt Valerie es nicht mehr aus. Sie rief Mona an und fragte, ob sie sich mittags treffen konnten. Wie erwartet druckste Mona ein paar Sekunden lang rum und sagte dann ab. Angeblich wollte sie im Internet nach geeigneten Stellenangeboten suchen und ihre Bewerbungsunterlagen auf den neuesten Stand bringen. Schließlich müsse es ja irgendwann beruflich für sie weitergehen. Valerie gab sich verständnisvoll und erkundigte sich beiläufig nach Insa. Mona berichtete, dass Insa schon recht früh am Morgen mit dem Fahrrad zum Lembke-Hain gefahren sei, um trockenes Holz für ihre Schnitzarbeiten zu holen. Da es seit Tagen nicht geregnet hatte, war die Gelegenheit günstig.

»Wenn sie schon länger unterwegs ist, erwartest du sie bestimmt jeden Moment zurück«, vermutete Valerie.

»Nein«, antwortete Mona. »Wenn Insa Holz sammelt, kann es sein, dass sie vollkommen die Zeit vergisst. Sie hat mir mal erzählt, dass sie manchmal noch vor Ort anfängt zu schnitzen.«

»Dann könnte ich dich doch besuchen und dir eine Weile Gesellschaft leisten.«

»Lieber nicht«, entgegnete Mona hastig. »Ich habe mit meinen Bewerbungen wirklich viel zu tun.«

Valerie lächelte stumm und verabschiedete sich von Mona. Sie hatte das mit dem Besuch ohnehin nicht ernst gemeint. Sie hatte etwas anderes vor. In ihrem Kopf schwirrte ein Rettungsplan für Mona umher. Besonders konkret war dieser Plan noch nicht, aber zumindest war Valerie wild entschlossen, Insa unter vier Augen zur Rede zu stellen und Mona damit in dieser schwierigen Situation zu helfen. Es musste doch möglich sein, die Walz-mann in die Enge zu treiben. Zu erfahren, womit sie Mona in der Hand hatte. Und ihr dann klarzumachen, dass ihr perfides Spiel zu Ende war. Was immer Insas Gründe dafür waren, Mona der-artig zu manipulieren und zu beherrschen, es musste aufhören. Valerie würde alles in ihrer Macht Stehende tun, um Mona zu helfen und sie aus Insas Fängen zu befreien.

Sie ließ sich auf ihr Bett fallen und suchte bei Google nach dem Lembke-Hain. Leider fand sie nur spärliche Informationen. Nachdenklich wickelte sie eine Haarsträhne um ihren Zeigefin-ger. Ihr Baby strampelte heftig, vielleicht spürte die Kleine, dass Valerie angespannt war. Sie stand auf und stellte sich ans Fens-ter. Im Vorgarten sah sie Greta, die den gepflasterten Weg zur Haustür fegte. Greta! Sie kannte die Insel wie ihre Westentasche und wusste sicherlich über den Lembke-Hain Bescheid.

Valerie schlüpfte in ihre Sneakers, zog ihre Jacke an, steckte Schlüssel, Geldbörse und Smartphone ein und lief zu Greta nach draußen. Die Pensionswirtin sang inbrünstig, aber schief vor sich hin und tanzte eher mit dem Besen, als dass sie fegte. Schlechte Laune schien diese Frau nicht zu kennen. Als sie Vale-rie bemerkte, hielt sie inne. »Moin!«

»Hallo, Greta! Sag mal, kennst du den Lembke-Hain?«

»Natürlich. Aber zu den bekanntesten Touristenorten gehört er nicht gerade. Wie kommst du darauf?«, fragte Greta verwun-dert.

Valerie überlegte. Sie wollte Greta nicht erzählen, dass ihr Interesse mit Insa Walzmann zu tun hatte. Also musste bedauer-licherweise eine Notlüge her. »Ach, beim Stöbern im Internet bin ich auf die Abbildung einer historischen Postkarte gestoßen. Und nun würde ich gerne wissen, was es mit dem Ort auf sich hat und wie es dort heute aussieht.«

Greta ließ den Besen fallen, hakte sich bei Valerie ein und sagte: »Komm, setzen wir uns einen Moment. Es ist so ein wunderschöner Tag heute. Sieh dir den Himmel an! Strahlend blau und wolkenlos. Wie auf den Ansichtskarten unserer schönen Insel. Aber die gute und gesunde Seeluft, die kann keine Postkarte der Welt transportieren.« Sie atmete tief und genüsslich ein. Nachdem sie auf der Bank unter der großen Buche Platz genommen hatten, legte Greta los.

»Also, es gab einmal einen Kaufmann aus Flensburg mit dem Namen Lembke, der hat achtzehnhunderteinundachtzig gut zweitausend Mark gestiftet, um ein acht Hektar großes Gelände am Südstrand in Wyk mit Bäumen zu bepflanzen. Den ersten Spatenstich machte damals ein Apotheker mit dem Namen Stockmann, deshalb heißt einer der Wege, über den man zum Lembke-Hain kommt, *Stockmannsweg*. Von dort aus kann man zwischen dem *Olhörnweg* und der *Parkstraße* den Wald betreten. Anfang des zwanzigsten Jahrhunderts war die Bepflanzung abgeschlossen und das Gelände wurde der Öffentlichkeit übergeben. Ein Granitstein wurde zu Ehren des Stifters Lembke aufgestellt, und zwar auf einer Lichtung, auf der auch Parkbänke standen. Allerdings ist diese Lichtung heute zugewachsen.« Greta zuckte bedauernd die Schultern. »Damals gab es übrigens harte Strafen für sogenannte Baumfrevler, also Leute, die Bäumen Schäden zugefügt haben. Einmal wurde sogar ein erst achtjähriger Junge angezeigt, weil er einen Zweig abgeknickt hatte, der, so hieß es, so dick war wie der kleine Finger des Jungen. Da siehst du, wie der Lembke-Hain bewacht und gehegt und gepflegt wurde. Ziemlich genau in der Mitte ist ein Spielplatz mit dem Namen Löwenhöhle angelegt worden. Das interessiert dich jetzt ja noch nicht. »Sie zwinkerte Valerie zu. »Aber Picknickflächen gibt es auch und sogar öffentliche Toiletten.«

Verstohlen warf Valerie einen Blick auf ihre Armbanduhr. Wenn sich ein Gespräch um ihre geliebte Heimat drehte, war Greta scheinbar nicht zu bremsen. Mit jeder Minute wurde Valerie nervöser. Sie wollte ihren Plan, der inzwischen ausgereift war, jetzt endlich in die Tat umsetzen und nicht länger aufschieben. Es wurde sicher kein angenehmes Gespräch, aber es musste sein. Und Valerie hatte eine Idee, um sich bei ihrem Vorhaben weniger allein zu fühlen und sich selbst ein Gefühl von Sicherheit zu verschaffen. Nachdem sie erfahren hatte, wo der Lembke-Hain war, wollte sie keine Zeit mehr verlieren.

»Da war superinteressant, Greta. Vielen Dank, dass du dir die Zeit genommen hast. Jetzt will ich dich nicht länger aufhalten.«

Sie stand auf. Greta erhob sich ebenfalls. »Dann genieß den Tag. Wir sehen uns vielleicht später noch.«

Kapitel 46

Valerie stieg in ihr Auto und tippte *Stockmannsweg* ins Navi. Zwischen *Olhörnweg* und *Parkstraße* gab es einen Zugang zum Lembke-Hain, hatte Greta gesagt. Wenige Minuten später hatte sie ihr Ziel erreicht und parkte den Wagen am Waldrand. Es waren weder andere Autos noch Menschen zu sehen. Sie nahm ihre Geldbörse aus der Jackentasche und suchte nach der Visitenkarte von Hauptkommissar Norbert Nölk. Sie wählte seine Telefonnummer und betete im Stillen, dass sie ihn erreichte. Nach dem fünften Klingeln meldete er sich.

»Nölk.«

Valerie schloss vor Erleichterung kurz die Augen. Dann sagte sie: »Hier spricht Valerie Lehbrink. Guten Tag, Herr Hauptkommissar.«

»Frau Lehbrink! Was kann ich für Sie tun?«

»Ich möchte Sie um einen Gefallen bitten.«

»Aha.« Mehr sagte Nölk nicht und Valerie wurde noch nervöser.

»Ich glaube, dass Insa Walzmann etwas über das Verschwinden meines Ehemannes weiß.«

»Wie kommen Sie darauf?« Nölk klang jetzt aufmerksamer und alarmiert.

Valerie ging nicht auf die Frage ein. »Versprechen Sie mir, dass Sie ans Telefon gehen, wenn ich Sie in ein paar Minuten erneut anrufe?«

»Aber wir sprechen doch gerade. Ich verstehe nicht, warum Sie mir nicht jetzt ...«

»Bitte«, drängelte Valerie. »Gehen Sie ran und hören Sie dann einfach zu. Ich bitte Sie.«

Der Polizeibeamte zögerte und Valerie hielt vor Spannung den Atem an. »Ich weiß zwar nicht, was das soll, und so etwas entspricht auch nicht unseren Ermittlungspraktiken, aber meinetwegen. Ich erwarte Ihren Anruf in den nächsten Minuten.« Er räusperte sich und ergänzte: »Frau Lehbrink, ich spiele dieses Spielchen mit, weil Sie gerade viel durchmachen. Aber ich warne Sie: Vergeuden Sie nicht meine Zeit.«

»Danke, vielen Dank.«

Valerie beendete das Gespräch, rief Nölks Nummer aber erneut auf, ohne den Wählvorgang zu starten, und steckte ihr Handy wieder in die Jackentasche. Sie stieg aus und lief ein paar Schritte in den Wald hinein. Schon bald war der strahlend blaue Himmel durch die dichten Bäume kaum noch zu sehen und es wurde merklich kühler. Ein Frösteln durchlief Valerie. Wie wenig diese düstere Szene doch zu diesem schönen und sonnigen Inseltag passte.

Nach wenigen Metern bemerkte sie ein Fahrrad, das an einem Baum lehnte. Bestimmt war es Insas Rad, denn sie vermutete sonst niemanden hier. Die Stille ringsumher ließ vermuten, dass der von Greta erwähnte Spielplatz heute verwaist war. Valerie ging langsam weiter. Sie bewegte sich so leise wie möglich vorwärts. Auf einmal sah sie Insa. Mit ihrem grünen Anorak wirkte sie in dieser Umgebung wie getarnt, aber es war eindeutig Insa, die mit dem Rücken zu Valerie auf einem Baumstumpf saß und schnitzte. Sie war so in ihre Arbeit vertieft, dass sie Valeries Anwesenheit noch nicht bemerkt hatte. Valerie atmete tief ein, straffte die Schultern und bewegte sich weiter auf Insa zu. Unter ihren Füßen zerbrach knackend ein trockener Ast. Insa Walzmann drehte sich ruckartig um. Als sie Valerie erkannte, legte sich sofort ein überheblicher Ausdruck auf ihr Gesicht.

»Was wollen Sie denn hier im Wald? Sind Sie sich dafür nicht zu fein?«

»Ich will mit Ihnen reden.«

Insa Walzmann stieß ein knurrendes Lachen aus. »Ich habe Ihnen nichts zu sagen.«

»Ich Ihnen schon. Ab sofort hören Sie auf, Mona zu kontrollieren, zu bevormunden und zu manipulieren, ist das klar? Ich weiß nicht, warum Sie es sich herausnehmen, sie auf diese Art und Weise zu behandeln, ich weiß nur, dass damit Schluss sein muss. Merken Sie nicht, dass Sie Mona krank machen? Dass Sie sie nahezu entmündigen? Was gibt Ihnen dazu das Recht? Falls es jemals eine Freundschaft zwischen Ihnen und Mona gegeben hat, gehört sie auf jeden Fall der Vergangenheit an. Mona hat genug von Ihnen, ihr reicht es, wie Sie mit ihr umgehen und sich als Aufpasserin aufspielen? Mona hasst Sie und es wird Zeit, dass Sie das begreifen.«

Valerie hatte sich derartig in Rage geredet, dass ihre letzten Worte schärfer ausgefallen waren als geplant, aber wen kümmerte das schon? Als Insa Walzmann jetzt langsam ihre Holzarbeit weglegte und sich erhob, lag in ihrem Blick eine Mischung aus Hass und Wahnsinn und Valerie gefror das Blut in den Adern.

Mona hatte es erleichtert, dass Insa schon früh am Morgen zum Lembke-Hain aufgebrochen war. Sie fühlte sich von Tag zu Tag unbehaglicher in diesem Haus, und ohne Insa, die ihr auf Schritt und Tritt folgte, war es ein bisschen leichter zu ertragen. Wie gerne hätte Mona sich mit Valerie getroffen und ein paar unbeschwerte Stunden verbracht. Obwohl – konnte sie das überhaupt noch? Unbeschwert sein? Noch lieber hätte sie sich Valerie anvertraut. Sich alles von der Seele geredet, ihr Gewissen erleichtert und damit Insa die Macht genommen, die sie über Mona und ihr weiteres Leben hatte. Aber das war unmöglich. Mit der Nachricht von Toms Tod würde Valerie nach allem, was Mona inzwischen über ihre Ehe erfahren hatte, umgehen können. Die Tatsache jedoch, dass Mona ihn erstochen hatte, würde sie zutiefst schockieren. Zum einen wegen der Tat selbst und zum anderen aus Enttäuschung darüber, dass Mona sie so furchtbar hintergangen und belogen und ihr auch noch freundschaftliche Gefühle vorgetäuscht hatte. Denn als vorgetäuscht würde Valerie sie zweifellos empfinden, obwohl Mona echte Sympathie und sogar Zuneigung für Toms Frau empfand. Aber inzwischen spielten diese Überlegungen vermutlich schon gar keine Rolle mehr. Sie hatte Valerie in den letzten Tagen immer wieder abgewimmelt, somit war davon auszugehen, dass sie sich bald gar nicht mehr meldete. Vielleicht fuhr sie sogar ohne ein Wort des Abschieds zurück nach Neumünster. Wer könnte es ihr verübeln?

Seit Stunden saß Mona am Küchentisch mit Insas Laptop vor der Nase. Sie hatte nicht gelogen, als sie zu Valerie gesagt hatte, dass sie sich auf Jobsuche begeben wollte. Sie hatte lediglich verschwiegen, dass sie sich dabei auf Stellenangebote hier auf der Insel beschränkte, weil sie begriffen hatte, dass sie nur die Wahl zwischen Föhr und dem Gefängnis hatte. Bisher war der Gedanke daran, eingesperrt zu werden, das Schlimmste für sie gewesen. Aber Insa sperrte sie in gewisser Weise auch ein, also stellte sich die Frage, was schlimmer war. Vermutlich würde Insa bald nach Hause kommen. Vorher wollte Mona unbedingt Insas Zimmer, das zum Glück auch nie abgeschlossen war, durchsuchen. Irgendwo musste sie den Plastikbeutel mit der Klebebandrolle ja versteckt haben. Das Klebeband, auf dem sich Monas Fingerabdrücke und vermutlich auch ihre DNA befanden, durfte auf keinen Fall in Insas Besitz bleiben, denn ihre DNA war der Polizei ja bekannt. Sie schickte ein Dankgebet durch die Zimmerdecke, als sie die eingetütete Rolle ganz hinten in Insas Wäscheschrank fand. Schnell zog sie ihre Jacke an, steckte den Plastikbeutel in die Tasche und lief in den Ort, wo sie ihren Fund tief in einen öffentlichen Abfallbehälter stopfte. Als sie ins Haus zurückkehrte, stellte sie erleichtert fest, dass sie noch immer allein war.

Für den Nachmittag hatte Insa vorgeschlagen, das *Aquaföhr* zu besuchen. Dort gab es ein Wellenbad mit Meerwasser aus der Nordsee. Mona brauchte unbedingt eine plausible Ausrede. Sie hatte absolut keine Lust zum Schwimmen. Auch nicht in Meerwasser. Sie fühlte sich sowieso, als triebe sie längst im offenen Meer. Dem Meer der Angst, zu dem ihr Leben geworden war.

Mona wurde beim Gedanken an Insas Rückkehr nervös. Sie stand auf und begann, ruhelos durch das Haus zu wandern. In den vergangenen überwiegend schlaflosen Nächten hatte sie sogar darüber nachgedacht, Insa ebenfalls umzubringen, um sie loszuwerden. Aber was in der Dunkelheit der Nacht wie eine gute Idee gewirkt hatte, erwies sich bei Tageslicht zum Glück als Hirngespinst eines gestressten und übermüdeten Geistes. Mona war keine Mörderin. Egal, was mit Tom passiert war, sie war keine Mörderin. Er hatte ihr Leben bedroht, sie hatte sich gegen ihn wehren müssen, um sich selbst zu schützen. Insa war »nur« besessen von ihr, würde ihr aber nie etwas zuleide tun. Oder doch?

Als Mona den Flur entlangging, hörte sie Stimmen vor dem Haus. Sie warf einen Blick durch das kleine Fenster neben der Haustür und bekam mit, wie sich ein älteres Ehepaar, allem Anschein nach Urlaubsgäste, über Insas Haus unterhielt. Mona schnappte Wörter wie heimelig, malerisch, behaglich und behütend auf. Wenn ihr wüsstet, dachte sie. In diesem Haus, das von außen betrachtet nostalgische Gefühle weckte, war gar nichts heimelig oder behaglich. Und Insa, dem Namen nach die Hüterin und Beschützerin, kontrollierte, manipulierte und bewachte alles, was ihr ihrer Meinung nach gehörte. Und dazu zählte sie auch Mona.

Das Ehepaar draußen setzte seinen Weg fort. Mona ebenfalls. Sie tigerte weiter durch das Haus wie ein gefangenes Tier. Vor dem versperrten Abstellraum blieb sie stehen. Sie betrachtete die Spuren von Insas Wutausbruch im Türblatt. Einem Impuls folgend und vielleicht aus Rebellion gegen die Regeln, die zu befolgen Insa von ihr verlangte, rückte Mona die Kommode zur Seite und öffnete die Tür. Sie war vermutlich seit einer Ewigkeit nicht mehr geöffnet worden und ein Fenster gab es nicht. Aus dem ungenutzten Raum schlug ihr ein moderiger Geruch entgegen. Mona trat ein. In der Luft lag eine bedrohliche Atmosphäre, eine Verheißung von Unheil, die das Atmen erschwerte. Auf dem Fußboden stand ein Schuhkarton, sonst befanden sich keine Gegenstände in dem Raum. Erst recht keine Möbel. Mona bückte sich und hob den Karton auf. Er war leicht, aber als sie ihn schüttelte, hörte sie ein leises Rascheln, leer war er also nicht. Sie pustete die Staubschicht vom Deckel, konnte sich aber nicht überwinden, ihn anzuheben. Außerdem würde Insa vielleicht jeden Moment zur Tür hereinkommen. Mona brachte den Karton ins Gästezimmer und schob ihn unter das Schlafsofa, auf dem sie jetzt schon so viele Nächte verbracht hatte. Dann schloss sie die Tür zum Abstellraum und stellte die Kommode wieder davor.

Kapitel 47

Valeries Knie zitterten. Um sich ihr Unbehagen nicht anmerken zu lassen, sprach sie immer weiter. Sie wollte Insa Walzmann beschimpfen, provozieren, beleidigen und was sonst nötig war, um sie aus der Reserve zu locken. Die Frau musste aus ihrer Deckung kommen und endlich reden, aber davon war nichts zu merken. Valerie setzte zum alles entscheidenden verbalen Schlag an. Vorher drückte sie heimlich in ihrer Jackentasche auf die Verbindungstaste ihres Smartphones, damit der angekündigte Anruf bei Hauptkommissar Nölk einging. Dass er Wort gehalten, am Telefon gewartet und das Gespräch angenommen hatte, konnte sie jetzt nur hoffen.

Valerie verschränkte die Arme über ihrem Babybauch, um entschlossen und kämpferisch zu wirken und holte tief Luft. »Ich bin übrigens sicher, dass Sie etwas mit dem Verschwinden meines Mannes zu tun haben«, schrie sie, damit ihre Worte bei Hauptkommissar Nölk ankamen. »Vielleicht haben Sie ihn sogar umgebracht. Immerhin hat die Polizei Blut im Auto gefunden. Und wie konnten Sie sonst so sicher sein, dass er für immer und ewig aus meinem Leben verschwunden ist? Denn genau das waren doch Ihre Worte: für immer und ewig. Vielleicht sollte die Polizei Ihr Haus mal unter die Lupe nehmen. Ich wüsste zwar nicht, was ein Mann wie Thomas bei einer Frau wie Ihnen sollte, aber man kann nie wissen. Vielleicht war er bei Ihnen, warum auch immer, Sie sind in Streit geraten und Sie haben ihn umgebracht, weil Sie Widerworte nicht ertragen.«

Endlich brannten Insa Walzmann die Sicherungen durch. »Halten Sie Ihr Maul«, brüllte sie wie von Sinnen. Zum Glück, so konnte Nölk hoffentlich jedes Wort verstehen. »Sie sind ja nicht ganz dicht! Alles war gut, bevor Sie aufgetaucht sind! Sie haben zwischen Mona und mir alles kaputtgemacht! Warum lassen Sie sie nicht in Ruhe? Hauen Sie ab, gehen Sie zum Teufel, dann wird alles wieder gut!«

Valerie trieb das Gespräch weiter auf die Spitze. »Ich gehe nirgends hin, solange ich nicht weiß, was mit meinem Mann passiert ist. Sie haben ihn ermordet, stimmt's? Ich traue Ihnen alles zu, einfach alles. Wo haben Sie seine Leiche versteckt? Hier? Irgendwo in diesem idyllischen Lembke-Hain?«

So, jetzt wusste Nölk, wo sie sich befanden. Und wo er mit seinen Kollegen anrücken musste, falls es nötig wurde.

Mona saß auf der Schlafcouch mit dem alten Schuhkarton auf den Knien. Sie war hin- und hergerissen zwischen ihrer Neugier und der Angst vor dem, was sich in dem Karton verbarg. Die Neugier siegte. Mit einer trotzigen Kühnheit, die sie gar nicht empfand, öffnete sie den Deckel. In dem Karton lagen einige Zeitungsausschnitte, dazu zwei Trauerbriefe, unschwer zu erkennen an der schwarzen Umrandung auf dem Kuvert. Außerdem waren da noch Fotos von frischen, mit Blumenkränzen geschmückten Gräbern, ein weiterer Briefumschlag ohne Beschriftung sowie zusammengeknülltes Küchenpapier. Sie nahm es in die Hand, wickelte es auseinander und sah, dass sich ein Obstmesser darin verbarg. Irritiert wickelte sie das Bündel wieder zu und legte es zurück in den Karton.

Mona nahm einen der Trauerbriefe aus dem Kuvert. Darin stand, dass ein tragisches Unglück den Ehemann und Vater Wolfram Walzmann am 23. Oktober 2003 im Alter von sechsundfünfzig Jahren aus dem Leben gerissen hatte. Als Trauernde wurde Agnes Walzmann zuerst genannt und direkt darunter Insa Walzmann. Die Traueradresse war die von Insas Zuhause. Unter dem Brief fand Mona mehrere Zeitungsartikel, in denen über einen Unfall berichtet wurde, der sich am 23. Oktober 2003 bei der Sanierung des *Hauses Halligblick* ereignet hatte. Ein Hilfsarbeiter, dessen Name nicht erwähnt wurde, war bei einer Gasexplosion in den frühen Morgenstunden ums Leben gekommen. Die Ermittler gingen davon aus, dass eine defekte oder manipulierte Gasflasche oder Zuleitung für die Explosion verantwortlich war. Der Baucontainer war mitsamt dem Opfer in die Luft geflogen.

War das Todesopfer Insas Vater Wolfram Walzmann, in dessen Traueranzeige von einem tragischen Unglück die Rede war? Laut Zeitungsbericht wurde die Sabotage nie aufgeklärt. In diesem Moment fiel Mona wieder ein, was Insa vor einiger Zeit gesagt hatte, als sie am *Haus Halligblick* vorbeigegangen waren. In der Sanierungsphase habe sie die glücklichsten Minuten ihres Lebens auf der Baustelle verbracht. Mona hatte sich über die Wortwahl gewundert, denn üblicherweise sprach man doch von glücklichen Stunden, oder nicht? Mona kam ein furchtbarer

Gedanke. Sie las den Artikel erneut. Wie lange dauerte es, einen solche Sabotageakt zu arrangieren? Bestimmt nur wenige Minuten. Insas glückliche Minuten? Hatte Insa mit dem Obstmesser, das in dem Karton lag, die Sabotage betrieben und dafür gesorgt, dass ihr eigener Vater bei der Explosion ums Leben kam? Das wäre Mord. Mona fröstelte. Es war unvorstellbar, aber es war nicht unmöglich. Bei ihrem Spaziergang hatte Mona Insas Worte so interpretiert, dass sie damals auf der Baustelle ein Stelldichein, ein Techtelmechtel oder was auch immer gehabt hatte. Irgendwas Normales, Banales. Aber an Insa war nichts normal. Und schon gar nicht banal. Manipulation an der Gasflasche oder eben an der Zuleitung, stand in dem Zeitungsartikel. Einen Schlauch konnte man leicht mit einem Obstmesser aufschlitzen! Und der Unfall hatte sich am Todestag von Insas Vater ereignet! Aber ein Beweis war das alles nicht.

Mona gestand sich ein, dass ihr Verdacht einerseits weit hergeholt schien, sie Insa den Mord an ihrem Vater andererseits aber durchaus zutraute. Warum hatte Insa nie über ihre Eltern sprechen wollen, wenn Mona sie danach gefragt hatte? Weil sie sie vermisste und es sie traurig machte, an sie zu denken? Oder weil sie etwas zu verbergen hatte? Mona nahm den zweiten Trauerbrief aus dem Karton. Darin ging es um Agnes Walzmann. Insas Mutter. Sie war im April 2004 gestorben, also nur ein halbes Jahr nach ihrem Mann. Oben auf dem Bogen stand: *Keinen Halt fand sie auf Erden, so suchte sie diesen im Tode.* Der Spruch ließ auf Suizid als Todesursache schließen. Aus Kummer über den Verlust ihres Ehemannes? Wie auch immer, wenigstens hatte Insa zumindest beim Tod ihrer Mutter nicht die Finger im Spiel gehabt. Und bei ihrem Vater? Das blieb wohl leider Insas Geheimnis.

Insa war schon oft wütend gewesen. Sie kannte diesen Zustand in- und auswendig und sie kannte sich selbst in diesem Zustand. Aber was jetzt in ihr brannte, stellte alles bisher Empfundene in den Schatten. In ihr tobte ein Gemisch aus Zorn und Hass, ein überwältigender und explosiver Cocktail. Was bildete diese dämliche Valerie Lehbrink sich ein? Tauchte hier auf, brachte alles durcheinander, nahm Mona total in Beschlag und stellte jetzt diese haarsträubenden Behauptungen auf. Insa lagen allerlei Sätze auf der Zunge, die sie nur mit letzter Kraft zurückhielt. Sie war in einer gefährlichen Verfassung. Es fehlte nicht viel, und sie würde in ihrer Rage Dinge sagen, die besser ungesagt blieben. Auf keinen Fall durfte sie sich so weit reizen lassen, dass sie sich verriet. Worte mit Bedacht zu wählen, fiel Insa schon in stressfreien Situationen schwer, und die Situation, in der sie jetzt steckte, war alles andere als stressfrei. Ihr Herz klopfte schnell und wild, ein Schweißtropfen lief von der Stirn in ihr linkes Auge. Am liebsten würde sie der Frau an die Gurgel gehen. Was hatte die Lehbrink bewogen, Insa hier im Wald zu suchen und zur Rede zu stellen? Und woher hatte sie gewusst, dass Insa sich hier aufhielt? Das konnte ihr nur Mona gesagt haben, also hatten die beiden wieder miteinander gesprochen. Insa wurde noch wütender, wenn das überhaupt möglich war.

Auf jeden Fall waren sie und die Lehbrink allein hier im Lembke-Hain. Der Spielplatz, der nachmittags gut besucht war, lag in den Morgenstunden verlassen da, denn die Kinder waren um diese Zeit im Kindergarten oder in der Schule. Deshalb hielt sich Insa lieber um diese Zeit hier auf. War die Lehbrink nun mutig oder nur dämlich, hierhergekommen zu sein? Eigentlich konnte Insa ihr doch die Wahrheit erzählen. Dass ihr Ehemann tot war. Dass Mona ihn erstochen hatte. Dass sie in Wirklichkeit eine Mörderin und keine mitfühlende Freundin war. Dass sie die

Leiche zusammen verschwinden lassen hatten. Warum sollte sie das alles nicht erfahren, bevor sie ... Die Lehbrink hatte keine Ahnung, wozu Insa fähig war. Sie hatte sich bisher noch jeden vom Hals geschafft, der ihr im Weg war.

April 2004

Ein halbes Jahr war seit seinem Tod vergangen. Genug Zeit für die Leute, sich über das Unglück auf der Baustelle das Maul zu zerreißen, angemessen betroffen zu sein, Insa und ihre Mutter mal mehr und mal weniger unauffällig zu beäugen. Und mitleidig den Kopf zu schütteln, sobald sie sich beobachtet fühlten. Dabei war Mitleid völlig unangebracht, denn der klägliche Rest dieser kaputten Familie trauerte nicht. Im Gegenteil. Das Haus und die verbliebenen Bewohner schienen gemeinsam aufzuatmen und sich aus jahrzehntelanger gebückter Haltung aufzurichten. Doch das war ein Trugschluss. Die Enttäuschung und die Wut brannten weiter in ihr. Ihre Mutter hatte zu lange mitgemacht. Viel zu lange. Hatte sich nie gewehrt und ihre Tochter beschützt. Sie hätte ihr Liebe, Geborgenheit und Sicherheit geben müssen. Das wäre ihre Aufgabe als Mutter gewesen. Ihre wichtigste, ihre größte, ihre einzige Aufgabe. Wenn man im Job seine Aufgabe nicht erfüllt, wird man entlassen. Agnes Walzmann hatte ihre Lebensaufgabe nicht erfüllt, also musste sie aus dem Leben entlassen werden. Die Leute würden denken, sie sei an ihrem Kummer zerbrochen. Und dafür Verständnis aufbringen. Wenigstens einige von ihnen.

Das Mittel, um sie loszuwerden, stand schon lange fest. Bereits vor der Sache mit dem Baucontainer. Trotzdem war es nicht infrage gekommen, die Reihenfolge zu ändern, denn mit ihm allein zu bleiben, war nie eine Option gewesen. Und heute war der Tag auch für sie gekommen. Es war beinahe unheimlich, wie sehr das Schicksal den Plan unterstützte. Seit einigen Wochen war bekannt, dass sie unheilbar an Krebs erkrankt war. Ihr langjähriger Hausarzt Dr. Pade hatte ihr Schlaftabletten verschrieben, damit sie wenigstens nachts eine kurze Verschnaufpause von ihrem trostlosen Dasein fand. In der Blisterpackung der angefangenen Schachtel waren noch vier Pillen, aber eine neue Zwanzigerschachtel hatte sie sich schon besorgt. Vierundzwanzig Stück. Die reichten für ihren dürren und ausgemergelten Körper hoffentlich aus.

Vor wenigen Minuten hatte sie durch das ganze Haus gebrüllt, dass sie jetzt sofort ein Bier wolle. Was daran so schwer sei, ihr eins zu bringen, und warum das so lange dauere, hatte sie hinterhergeschrien und sich dabei angehört wie er. Komisch, sie hatte bisher nie Bier getrunken. Wollte sie jetzt etwa in seine Fußstapfen treten? Oder wollte sie im Rausch ihre Krankheit und alles andere vergessen? Wenn sie geahnt hätte, dass sie mit dem Wunsch nach dem Bier den Startknopf für das eigene Sterben auslösen würde. Wenige Minuten später setzte sie die Flasche an und trank sie bis zur Hälfte aus, ohne einmal abzusetzen. Dann wischte sie sich mit dem Handrücken über den Mund und beschwerte sich lautstark darüber, »wie ekelhaft und bitter dieses verflixte Gebräu schmeckte«. Sie lehnte sich im Sessel zurück. Dem Sessel, in dem er sonst immer gesessen hatte. Sie schloss die Augen, öffnete sie wieder, griff zur Flasche und trank den Rest in einem Zug aus. Kurz danach war sie eingeschlafen.

In der Küche wischten flinke Finger die Spuren der zerbröselten Tabletten von der Arbeitsplatte. Dann wurden die Blisterpackungen und die Schachteln abgewischt, ihr kurz in die Hand gedrückt und vor ihr auf dem Couchtisch platziert. Daneben stand die leere Bierflasche. Das Ganze ergab ein überaus deprimierendes Gesamtbild, genau wie geplant. Als sie tot war – es

dauerte gar nicht lange – ging der Anruf einer bitterlich wei-
nenden jungen Frau in der Praxis von Dr. Pade ein, die sagte,
ihre Mutter habe Selbstmord begangen. Die nette Arzthelferin
am Telefon sprach tröstend auf sie ein und wenige Minuten spä-
ter war der Hausarzt da.

Zum Glück, denn es war Teil des Plans, dass der Hausarzt
und nicht irgendein Notarzt den Tod feststellte. Notärzte blieben
mit den Aussagen, die sie der zuständigen Staatsanwaltschaft
gegenüber machen mussten, immer sehr vage und vorsichtig,
weil ihnen die Patienten unbekannt waren. Weitere Untersu-
chungen wären angeordnet worden und hätten alles nur in die
Länge gezogen. Dr. Pade hingegen erklärte den eintreffenden
Polizisten, die ebenfalls von seiner Praxis aus gerufen worden
waren, dass die Verblichene todkrank und durch den Verlust des
Ehepartners ein halbes Jahr zuvor zusätzlich geschwächt und
psychisch labil gewesen war. Ein Gespräch mit der völlig aufge-
lösten Tochter ergab, dass die Verstorbene mehrfach den Wunsch
zu sterben geäußert habe, weil es in ihrem Leben nichts mehr
gebe, auf das es sich zu warten lohne. Die Tochter machte sich
schwere Vorwürfe, nicht besser aufgepasst zu haben, und wurde
von den Beamten beruhigt und getröstet, während Dr. Pade den
Totenschein ausstellte. Die Polizisten teilten dem Arzt noch mit,
dass sie alle erhaltenen Informationen an die Staatsanwaltschaft
weitergeben würden, aber davon ausgingen, dass die Leiche in
diesem Fall schnell zur Beisetzung freigegeben würde. Und so
kam es auch. Nun würde sie nie erfahren, ob ihr das Bier ohne
die zerbröselten Tabletten besser geschmeckt hätte.

Kapitel 48

Insa Walzmann war jetzt nicht mehr zu bremsen, was Valerie einerseits freute, weil ihr Plan aufging, und andererseits ängstigte, weil sie die Frau für unberechenbar hielt. Hoffentlich hörte Hauptkommissar Nölk wirklich alles am Telefon mit. Valerie sah die Wut, die Insa Walzmann kaum bezwingen konnte. Außerdem spiegelte ihr Blick den Wahnsinn wider, der sie vermutlich schon vor langer Zeit befallen hatte. Sie kam langsam ein paar Schritte auf Valerie zu, die sich nach Kräften bemühte, nicht wegzulaufen. Als Insa Walzmann weitersprach, stand sie nur eine Armeslänge von Valerie entfernt.

»Sie wollen wissen, was mit Ihrem Ehemann passiert ist?« Sie sprach das Wort Ehemann aus, als handele es sich dabei um ein widerliches Insekt. »Dieser miese, geldgeile, untreue, arrogante und brutale Vergewaltiger ist tot! Mausetot! So tot, wie ein Mensch nur sein kann! Kapierst du das?«

Unvermittelt war sie in ihrer Wut zum Du übergegangen. Valerie stand stocksteif. Sie war nicht überrascht von dieser Nachricht, sie hatte geahnt, dass Tom nicht mehr lebte. Sie empfand keine Trauer, denn seinen Tod zu bedauern hätte bedeutet, dass sie ihn geliebt hätte, was längst nicht mehr der Fall war. Was sie stattdessen empfand, war eine gewisse Genugtuung, weil es ihr gelungen war, Insa Walzmann an diesen Punkt zu bringen. Sie hatte die Beherrschung verloren, die Maske war gefallen. Valerie zweifelte nicht eine Sekunde daran, dass Insa sich schon bald maßlos über sich selbst ärgern würde. Aber jetzt konnte sie sich nicht mehr bremsen.

»Und soll ich dir noch was Interessantes erzählen?«, schrie sie weiter. »Mona hat ihn ermordet! Die niedliche Mona, die so voller Gefühl und Empathie ist, dass einem ganz schlecht davon wird. Die liebe, nette Mona, die den Anschein erweckt, als könnte sie keiner Fliege was zuleide tun, hat ihn erstochen! Mit ihrer Nagelfeile, wenn du's genau wissen willst. Angeblich wollte er wieder über sie herfallen und sie hatte Angst um ihr Leben. Vielleicht glaube ich ihr das sogar. Und vielleicht glaubst du ihr auch, du kanntest deinen Mann schließlich am besten von uns allen. Aber die Polizei, die wird ihr wohl nicht glauben!«

Valerie wurde speiübel. Dass Tom tot war, konnte sie verkraften. Aber dass Mona ihn auf dem Gewissen haben sollte, war ein Schock für Valerie. Mona, mit der sie sich angefreundet, die sie in ihr Herz geschlossen und mit der sie über Dinge gesprochen hatte, die sonst kaum jemand von ihr wusste. Das Schlimmste war nach Valeries Empfinden nicht die Tat selbst, denn sie zweifelte nicht im Geringsten daran, dass Mona in Notwehr gehandelt hatte. Erst recht nach allem, was sie ihr über die Affäre und Toms brutales Verhalten erzählt hatte. Viel schlimmer wog für Valerie, dass Mona sie hintergangen und die Wahrheit mit keinem Wort erwähnt hatte. Die ganze Zeit hatte die furchtbare Tat zwischen ihnen gestanden. Bei jeder Unterhaltung, jeder Unternehmung, jeder Vertrautheit, jedem emotionalen Moment, jedem Lachen. Mona hatte ihre Schuld ausgeblendet und Valerie im Ungewissen gelassen.

Aber jetzt war nicht der Zeitpunkt, um über ihre enttäuschten Gefühle für Mona nachzudenken. Außerdem mischte sich in Valeries Entsetzen über Monas Tat Verständnis. Es wusste niemand besser als Valerie selbst, was für ein Mensch Tom gewesen war. Sie zweifelte keine Sekunde daran, dass er vor Prügeln und Vergewaltigungen nicht zurückgeschreckt war. Sie musste sich jetzt erst einmal auf Insa Walzmann konzentrieren und durfte sich durch nichts ablenken lassen.

»Ich glaube Ihnen kein Wort«, sagte sie und hörte selbst das Zittern in ihrer Stimme. »Es ist wirklich erstaunlich, was Sie sich alles ausdenken, um die Freundschaft zwischen Mona und mir zu zerstören, aber das wird Ihnen nicht gelingen. Hinterlistigkeit ist nichts, was auf lange Sicht funktioniert, das werden Sie schon noch sehen.«

»Jedes Wort, das ich gesagt habe, ist wahr«, beharrte Insa.

»Und was ist Ihr Part in der Geschichte? Sie scheinen ja eine ganz bedeutende Rolle zu spielen, so wie Sie sich vor Mona aufplustern.«

»Ich war in der Nacht spazieren und bin auf Mona gestoßen. Sie stand vollkommen neben sich und war zu keinem klaren Gedanken fähig. Als sie mir erzählt hat, was passiert war, habe ich mich ihr und der unschönen Sache angenommen.«

Der unschönen Sache? Mehr war es für Insa nicht? Zeigte diese Wortwahl nicht überdeutlich, wie irre sie war? »Was haben Sie denn getan?«, fragte Valerie und hoffte, dass sie ihre Fassungslosigkeit gekonnt überspielte.

»Die Leiche beseitigt. Was denn sonst?« Insa schüttelte den Kopf, als könnte sie nicht fassen, dass jemand so begriffsstutzig war. »Wir haben sie gut versteckt und alle perfekt ausgetrickst. Jetzt kann er ganz ungestört vor sich hin gammeln, ohne jemals gefunden zu werden.«

»Wo haben Sie ihn hingebracht?«

»Wieso interessiert dich das? Erstens kennst du dich hier doch ohnehin nicht aus und zweitens wirst du ihn in seinem derzeitigen Zustand wohl kaum mit nach Hause nehmen wollen.« Sie lachte dröhnend über ihren makabren Scherz.

Weil der Kommissar das bestimmt auch gerne wissen möchte, dachte Valerie und betete im Stillen, dass Nölk alles mitbekommen hatte.

»Na gut, ich sag's dir. Zum Megalithgrab *Sunberig.* Bist du jetzt etwa schlauer?«

Mona saß nach wie vor auf dem Schlafsofa mit dem Schuhkarton auf ihrem Schoß. Sie hatte ihn wieder verschlossen, hielt ihn aber fest umklammert. Noch einmal ließ sie sich einzelne Äußerungen von Insa durch den Kopf gehen. Die Erzählungen über Insas schwierige und lieblose Kindheit hatten Mona die Tränen in die Augen getrieben. Deshalb hatte es sie nicht gewundert, dass Insa ihrerseits nicht liebevoll über ihre Eltern sprach und sie nicht vermisste. Auch die Abneigung gegen den Abstellraum hatte Mona verstanden. Einen Raum, in dem man als Kind oft für viele Stunden eingesperrt worden war, wollte man später verständlicherweise nie wieder betreten. Für Mona, die eine glückliche, liebevolle und behütete Kindheit erlebt hatte, waren Insas Schilderungen unerträglich gewesen. Trotzdem erschienen ihr viele von Insas Aussagen jetzt doppeldeutig und beunruhigend.

Erneut nahm sie den Deckel von dem Karton. Ihr Blick fiel auf den unbeschrifteten Briefumschlag. Mona nahm ihn heraus und sah, dass er nicht verschlossen war und sich ein Blatt Papier darin befand. Mit spitzen Fingern zog sie den Bogen heraus und faltete ihn auseinander. Es handelte sich um einen handgeschriebenen Brief. Mona erkannte die Schrift. Ihr wurde eiskalt, als sie den Text überflog. Sie kniff die Augen zu, aber als sie sie wieder öffnete, stand er noch immer da. Monas Verstand wehrte sich gegen das, was ihre Augen nun schon zum wiederholten Mal aufnahmen. Das konnte doch nicht wahr sein! Sie atmete ein paar Mal tief durch und las den Brief in der vertrauten Handschrift ein weiteres Mal, diesmal aber langsam und Wort für Wort.

An meinen Erzeuger!

Du wunderst dich hoffentlich nicht über diese Anrede, aber wie ein Vater hast du dich nun wirklich nie verhalten. Und deine Frau wird nicht müde, mir vorzuhalten, dass selbst meine Zeugung nichts weiter war als die brutale Triebbefriedigung eines Betrunkenen. Kann ich vielleicht was dafür? Kann ich was dafür, das Kind von solch einem Abschaum wie euch zu sein? Gemessen an der Tatsache, dass ich im Suff gezeugt wurde, grenzt es doch fast an ein Wunder, dass ich einen so ausgeklügelten Plan aushecken konnte, um dich loszuwerden, oder? Du hast mich immer für dumm gehalten und warst überzeugt davon, dass ich nichts auf die Reihe bringen würde. Aber du hast dich geirrt. Das mit der Baucontainer-Explosion habe ich richtig gut hingekriegt. Niemand wird je erfahren, dass ausgerechnet ich dich in die Luft gejagt habe. Deshalb gönne ich mir auch diese kleine Trophäensammlung mit den Briefen und Fotos und dem Messer, das mir in der Nacht so gute Dienste geleistet hat.

Ich bin ein bisschen stolz auf mich. Keine Ahnung, warum ich diesen Brief schreibe. Vielleicht weil ich mir gerne vorstelle, wie du ihn liest und erkennen musst, wie perfekt ich dich ausgetrickst und ins Jenseits befördert habe. Mein Erfolg beflügelt mich geradezu, also wird es wohl kein Problem sein, deine Frau nun auch noch loszuwerden. Und dann wird mich nie wieder jemand bevormunden oder mies behandeln. Mal ehrlich, was nehme ich euch denn schon weg? Nichts weiter als zwei erbärmliche, jämmerliche und nichtsnutzige Leben.

In diesem Sinne: Fahr zur Hölle und warte dort auf deine Frau.

Deine dich hassende Tochter Insa!

Kapitel 49

Mona faltete den Papierbogen wieder zusammen und steckte ihn zurück in den Umschlag. Dann ließ sie den Brief in dem Schuhkarton verschwinden. Das Schreiben in ihrer unverkennbaren Handschrift war der Beweis, dass Insa schuld war am Tod ihres Vaters. Sie hatte einen hinterlistigen Plan geschmiedet und ihn ermordet. Und sie war ungestraft davongekommen. War auch der Tod ihrer Mutter in Wirklichkeit kein Suizid gewesen? Hatte sie auch da auf eine so ausgeklügelte Art nachgeholfen, dass niemand Verdacht geschöpft hatte?

Mona begriff endgültig, dass Insa eine kaltblütige und absolut gewissenlose Person war. Eine Person mit ausgeprägten psychopathischen Zügen, die selbst vor Mord nicht zurückschreckte. Unter diesem Aspekt war es überhaupt nicht mehr verwunderlich, dass Insa in der Nacht von Toms Tod einen kühlen Kopf bewahrt und die Beseitigung seiner Leiche so strukturiert, konzentriert und gefühllos abgewickelt hatte. Mona musste sich von dieser Kriminellen lösen, und zwar schnellstmöglich und um jeden Preis. Insas unberechenbare Züge hatte Mona in den mehr als drei Wochen ihres Zusammenlebens mehrmals deutlich erkannt. Aber sie hätte niemals mit einem solchen Ausmaß gerechnet. Am Anfang hatte sich Insa ja auch noch gut im Griff gehabt, sich freundlich, zuvorkommend, umsorgend und entspannt gezeigt. Aber da war Mona von Rat- und Hilflosigkeit gefangen und von Dankbarkeit Insa gegenüber erfüllt gewesen. Und somit für Insa leicht zu lenken. Je mehr sich Mona gegen Einmischungen, Kontrolle und Bevormundung gewehrt hatte, umso mehr hatte sich die echte Insa gezeigt. Die Insa, die mit Kritik oder gar Zurückweisung nicht umgehen konnte. Und der jedes Mittel recht war, um ihre Macht zu behalten. Wie würde sich das alles entwickeln und weiter zuspitzen, wenn Mona nicht endlich den Absprung schaffte? Sie musste weg!

Ihr kam ein Gedanke. Was wäre, wenn sie Insa mit ihrem Wissen konfrontierte? Wenn sie ihr sagen würde, dass sie über den Mord Bescheid wusste? Dass sie den Karton mit dem Obstmesser gefunden hatte? Und den handgeschriebenen Brief, der das Geständnis enthielt? Dass sie Beweise für Insas Verbrechen in der Hand hatte? Dann wäre das Gleichgewicht wieder hergestellt und sie könnte sich aus Insas Klauen befreien. Aber so verlockend der Gedanke auch war, Mona kannte sich selbst gut genug, um zu wissen, dass sie einer solchen Konfrontation mit Insa nicht gewachsen war. Sie war aus ganz anderem Holz geschnitzt. Was Abgebrühtheit und Kaltschnäuzigkeit anging, spielte Insa in einer ganz anderen Liga. Gab es denn wirklich keine andere Möglichkeit, dieser kranken Person zu entkommen?

Mona überlegte und überlegte. Sie dachte sogar darüber nach, ihrem Leben ein Ende zu setzen. Damit wären das ganze Durcheinander, alle Grübeleien, alle Gewissensbisse (gegenüber Valerie, denn Tom gegenüber empfand sie keine) und die Probleme rund um ihre Zukunft auf einen Schlag vorbei. Ihren Eltern würde es das Herz brechen, auch noch ihr zweites Kind zu Grabe zu tragen. Aber wäre das nicht immer noch besser, als zu erfahren, dass die Tochter einen Menschen getötet hatte? Sie würden diesen erneuten Schicksalsschlag vielleicht nicht überleben, aber Monas Verurteilung zu einer langjährigen Haftstrafe würde sie ebenso ins Grab bringen. Besser, sie starben mit dem Mitgefühl der Nachbarn und Bekannten, als mit dem Stigma, das eine straffällig gewordene Tochter mit sich brachte.

Mona überlegte, wie sie ihren Suizid ausführen könnte. Tabletten hatte sie nicht und die erforderliche Menge konnte sie sich nicht von jetzt auf gleich besorgen. Ein Hochhaus, von dem sie springen konnte, gab es weit und breit nicht. Sie konnte ins Wasser gehen und den Tod in der Nordsee finden. Oder besser noch ins Watt laufen und sich von der Flut wegspülen lassen. Aber bei den vielen Leuten, die dort unterwegs waren, würde sie bestimmt jemand sehen und zur Umkehr bewegen. Sollte sie mit Insas altem Opel vor einen Baum fahren? Nein, die Wahrscheinlichkeit zu überleben, war zu groß. Also blieb nur, sich die Pulsadern aufzuschneiden. Messer in allen erdenklichen Größen und Ausführungen gab es hier im Haus.

In diesem Moment suchte sich ein greller Sonnenstrahl den Weg durchs Fenster und wärmte Monas Hände, die noch immer den Schuhkarton festhielten. Sie löste sie von dem Karton und drehte die Handflächen nach oben. Jetzt schien die Sonne genau auf die Stelle, an der sie das Messer würde ansetzen müssen. Konnte sie sich dazu überwinden? Sie hatte auf einmal das Gefühl, als wollte der Himmel ihr zeigen, dass es sie noch gab, die hellen und freundlichen Momente im Leben. Und dass es sich lohnte, auf die Sonne zu vertrauen, die immer da war, auch wenn man sie vor lauter Wolken nicht sehen konnte. Mona schüttelte den Kopf über ihre Suizid-Gedanken. War sie inzwischen so feige, dass sie vor ihren Sorgen und Problemen weglaufen wollte? Nein, es musste einen anderen Weg geben.

Und den gab es auch. Diesen einen, einzig richtigen Weg. Sie war bereit, ihn zu gehen. Sie würde Hauptkommissar Nölk aufsuchen und gestehen, dass sie Tom umgebracht hatte. Sie würde alles erzählen, was sich an dem Abend und in der Nacht zugetragen hatte, und darauf hoffen, dass man die Tat als Notwehr anerkannte. Es war ihr vollkommen egal, wenn sie damit auch Insa an die Polizei auslieferte. Valerie würde sich von ihr hintergangen fühlen und aus Enttäuschung jeden Kontakt zu ihr einstellen, der Gedanke daran brach Mona das Herz. Die Wahrscheinlichkeit, dass Valerie für sie aussagen würde, indem sie Toms Brutalität bestätigte und die Notwehrtheorie damit untermauerte, lag vermutlich bei null. Sie würde zu sehr unter Schock stehen, um Mona zu helfen. Hoffentlich wirkte sich all das gesundheitlich nicht auf Valeries Baby aus. Valerie war im siebten Monat. Oder schon im achten? Auf jeden Fall war es für das Kind noch zu früh, auf die Welt zu kommen. Der Gedanke, dass sie Valeries Freundschaft so schnell wieder verlieren würde, schmerzte Mona. Aber es ging leider nicht anders.

Bevor sie es sich wieder anders überlegte, holte Mona ihre Jacke und ihre Tasche, um sich auf den Weg zur Polizei zu machen. Aber vorher wollte sie noch Insa im Lembke-Hain aufsuchen und ihr ihren Entschluss mitteilen. Ein einziges Mal wenigstens wollte sie die Oberhand haben. Einen winzigen Rest Selbstwertgefühl musste sie sich erhalten, indem sie Insa die Stirn bot. Sie freute sich auf deren Gesichtsausdruck, wenn sie kapierte, dass sie ihre Macht über Mona verloren hatte. Dass Mona lieber im Gefängnis sein wollte als bei ihr. Dieses Bild würde Mona durch die vor ihr liegenden schweren Zeiten tragen und ihr immer wieder die Gewissheit geben, dass sie sich richtig entschieden hatte. Den Gedanken an ihre Eltern schob Mona beiseite, ihr Entschluss durfte jetzt nicht mehr ins Wanken geraten. Sollte sie mit dem Opel fahren, um ihr Vorhaben möglichst schnell in die Tat umzusetzen? Nein, sie beschloss, Insas zweites Fahrrad zu nehmen, das im Schuppen stand. So würde Insa kein Motorengeräusch hören und Mona hatte das Überraschungsmoment auf ihrer Seite. Bevor sie losfuhr, hatte sie allerdings noch etwas überaus Wichtiges zu erledigen.

Kapitel 50

Valerie musste Zeit gewinnen. Ihr war schwindelig von allem, was sie erfahren hatte. Nie im Leben hätte sie mit einer derartigen Geschichte gerechnet. Und ihr war klar, dass Insa Walzmann noch viel unberechenbarer war als bisher angenommen. Jetzt blieb ihr nur die Hoffnung, dass die Verbindung zu Hauptkommissar Nölk geklappt und er sich mit Verstärkung auf den Weg zum Lembke-Hain aufgemacht hatte. Obwohl Valerie am liebsten weggerannt wäre, gab sie sich Insa Walzmann gegenüber cool und selbstbewusst. »Die Polizei wird dieses Megalithgrab bestimmt kennen. Und wenn ich denen alles erzählt habe, wird nicht nur Mona verhaftet werden, sondern Sie auch. Wegen Beihilfe zur Vertuschung einer Straftat oder wie auch immer das heißt. Auf jeden Fall kommen Sie nicht ungeschoren davon.«

Insa Walzmann brach erneut in Gelächter aus. Es klang schauderhaft. Dann wurde ihr Gesicht im Bruchteil einer Sekunde wieder ernst und wutverzerrt. »Wie dumm du doch bist«, zischte sie. »Ist dir denn wirklich nicht klar, dass dann Aussage gegen Aussage steht? Oder siehst du hier irgendwelche Zeugen für unsere nette kleine Unterhaltung? Und was glaubst du, wem die Polizei dann glauben wird? Einer Touristin, die sich eine haarsträubende Geschichte zusammengesponnen hat und aufgrund einer immensen privaten Stresssituation ausgerechnet während ihrer Schwangerschaft vermutlich gar nicht zurechnungsfähig ist? Oder einer unbescholtenen Insulanerin, die noch nie auffällig geworden ist und sich von dir völlig abstruse Anschuldigungen gefallen lassen muss?«

Valerie konnte es nicht fassen. Insa schaffte es, zu klingen wie eine zu Unrecht Angeklagte. Aber in ihrem Blick erkannte

Valerie rasenden Zorn. Nun begann sie, mit ihrem Schnitzmesser vor Valeries Gesicht herumzufuchteln, während sie weitersprach. »Und Mona? Auf wessen Seite wird Mona wohl stehen? Sie ist mir zutiefst dankbar für meine Hilfe. Niemals wird sie sich gegen mich stellen. Ich habe ihr gegenüber aus reiner Nächstenliebe gehandelt und das weiß sie zu schätzen.«

Jetzt war es Valerie, die lachte. »Sie haben eine sehr seltsame Definition von Nächstenliebe. Du meine Güte, Sie gehören wirklich nicht ins Gefängnis. Sie sind vollkommen verrückt und müssen in die Psychiatrie eingewiesen werden. Und nehmen Sie verdammt noch mal endlich Ihr Spielzeugmesser weg!«

Und dann ging alles blitzschnell. Insa Walzmann, deren Gesicht sich vor Zorn in eine groteske Maske verwandelte, bückte sich kurz und hob einen dicken Ast vom Waldboden auf. Sie holte aus und im nächsten Moment durchfuhr Valerie ein Schmerz, als würde ihr Kopf explodieren. Sie ging zu Boden und alles wurde schwarz um sie herum.

Mona erinnerte sich zum Glück daran, dass Insa irgendwann beiläufig erwähnt hatte, von wo aus sie ihre Streifzüge durch den Lembke-Hain startete. Sie fuhr den *Stockmannsweg* entlang, der parallel zum *Promenadenweg* verlief. Die Nordsee führte Hochwasser und Mona hörte die Wellen, die an den Strand spülten und wieder zurückflossen. Es hörte sich an wie ein Seufzer, aber vielleicht kam der auch von Mona selbst.

Was Mona zuerst sah, war das Auto von Valerie. Sie erkannte den silberfarbenen BMW X3 eindeutig am Kennzeichen NMS für Neumünster, VL für Valerie Lehbrink und der Zahl 811 für ihren Geburtstag am achten November. Was wollte sie denn hier im Wald? Dann erinnerte sich Mona daran, dass Valerie sich bei ihrem Anruf heute Morgen nach Insa erkundigt und Mona erwähnt hatte, wo Insa sich aufhielt. War Valerie hergefahren, um Insa zu treffen? Aber warum? Was hatten die beiden miteinander zu besprechen? Steckten sie am Ende unter einer Decke? War es gar nicht Mona selbst, die das größte und schrecklichste Geheimnis zu verbergen hatte? Spielten die beiden ein mieses Spiel mit ihr und lachten sich längst schlapp über sie? Mona verstand überhaupt nichts mehr. Was sollte sie jetzt tun? Und wem konnte sie überhaupt noch trauen? Am liebsten wäre sie wieder aufs Fahrrad gestiegen und weggefahren. Ihr fehlte die Kraft, sich mit noch mehr Intrigen, Geheimnissen und Enttäuschungen auseinanderzusetzen. Aber sie musste sich zusammenreißen und herausfinden, was es mit diesem Treffen zwischen Insa und Valerie auf sich hatte. Auch wenn sie dadurch vermutlich noch tiefer in das Chaos abrutschte, in dem sie seit Wochen steckte.

Mona schob das Fahrrad ein paar Meter weit in den Wald und sah nun Insas Fahrrad. Sie legte ihres vorsichtig daneben ab. Dann ging sie weiter. Ihre Kehle war trocken, ihre Kopfhaut kribbelte unangenehm und ihre Beine waren weich wie Pudding, aber sie setzte automatisch einen Fuß vor den anderen. Schon aus einiger Entfernung erkannte sie Insa zwischen ein paar Bäumen.

Bevor das bisschen Mut, das sie mühsam zusammengekratzt hatte, sie wieder verlassen konnte, schrie Mona in Insas Richtung: »Du bist am Ende, Insa! Ich weiß alles. Ich weiß, dass du deinen Vater ermordet hast. Ich habe den Karton im Abstellraum gefunden. Ich habe die Berichte über die Sabotage auf der Baustelle gelesen. Und deinen geisteskranken Brief auch, in dem du alles zugegeben und sogar noch unterschrieben hast. Und das Messer habe ich auch gefunden. Das waren also deine glücklichen Minuten? Als du deinen Vater mitsamt der Baubude in die Luft gejagt hast? Du bist so krank, Insa, so krank! Wahrscheinlich bist du für den Knast viel zu geistesgestört, aber was soll's?

Einsperren werden sie dich auf jeden Fall, sobald ich alles erzählt und der Polizei deinen Trophäenkarton übergeben habe. Genau das habe ich nämlich vor. Ich erzähle, was ich getan habe, was wir gemeinsam getan haben und als Zugabe auch noch, was du deinem Vater angetan hast. Mord verjährt nicht. Du bist am Ende, Insa. Und das wird mich trösten an jedem einzelnen Tag im Gefängnis.«

Mona drehte sich um und wollte den Lembke-Hain verlassen und sich auf den Weg zur Polizeidienststelle machen. Im Wald war außer dem fröhlichen und unbekümmerten Gezwitscher der Vögel nichts zu hören. Konnte es wirklich sein, dass es Insa die Sprache verschlagen hatte? Ungläubig drehte sich Mona noch einmal um und warf einen Blick zurück. Insa stand noch immer reglos am selben Fleck. Sie wirkte entrückt und Mona fragte sich kurz, ob sie ihr überhaupt zugehört hatte. Insa starrte auf irgendetwas am Boden. Wo war überhaupt Valerie? Mona ging langsam wieder ein Stück auf Insa zu und folgte deren Blick. Plötzlich hatte sie das Gefühl, ihr Herz bliebe stehen.

Auf dem Waldboden lag Valerie. Sie bewegte sich nicht und blutete aus einer Kopfwunde. Direkt neben ihr lag ein großer und schwer aussehender Ast. Mona presste eine Hand vor ihren Mund, um nicht laut aufzuschreien. Plötzlich sah sie alles glasklar. Valerie hatte sie nicht hintergangen. Sie spielte kein falsches Spiel. Im Gegenteil. Bestimmt hatte sie Insa gesucht, um mit ihr zu reden. Um sie zur Vernunft zu bringen, damit sie Mona in Ruhe ließ und nicht länger unter Druck setzte. Die liebe und freundliche Valerie. Sie hatte nicht die geringste Ahnung, was hinter Insas Verhalten und Monas Unterwürfigkeit steckte. Sie hatte nur auf ihr großes Herz gehört und Mona helfen wollen. Und dafür hatte sie mit dem Leben bezahlt. Und mit dem ihres Kindes.

Mona schossen Tränen der Trauer und der Wut in die Augen. Ihr würde übel und sie hatte für einen Moment das Gefühl, sich übergeben zu müssen. Als wäre nicht alles schon schlimm genug, hatte diese ganze unselige Geschichte zwei weitere Todesopfer gefordert. Und sie, Mona, war an allem schuld. Wie sollte sie jetzt weiterleben? Selbst wenn sie wie geplant den Mord an Tom gestand und dafür verurteilt und eingesperrt wurde, würde ihre Seele doch keinen einzigen Tag mehr Frieden finden. Sie hatte Valerie nicht erschlagen, nein, das hatte zweifellos Insa getan. Aber ohne Monas Tat und alles, was dann folgte, wäre Valerie nie in diese Situation geraten. Mona wünschte sich, sie hätte vorhin in Insas Haus doch den Mut aufgebracht, sich umzubringen. Dann hätte sie von dem Drama, das sich wenige Minuten vor ihrem Eintreffen hier abgespielt haben musste, nie etwas erfahren.

In diesem Moment empfand Mona die Überwindung, sich das Leben zu nehmen, als Kleinigkeit im Vergleich zu der Überwindung, die es sie kostete, weiterzuleben. Ihr Entschluss, sich der Polizei zu stellen, galt noch immer. Aber das musste warten. Zuerst würde sie Insa für den Mord an Valerie und ihrem Baby bestrafen. Auf Mona wartete ohnehin nur das Gefängnis, kam es da auf ein weiteres Verbrechen an? Insa aber würde es mit ihrer Verschlagenheit und Hinterlist womöglich schaffen, jegliche Schuld an Valeries Tod von sich zu weisen. Zeugen für den Mord gab es nicht, und Monas Aussage würde auf die Polizei nicht mehr besonders vertrauenswürdig wirken, wenn sie erst einmal ihr Geständnis abgelegt haben würde. Und dann würde man Insa nur noch ihre Hilfe beim Verstecken von Toms Leiche vorwerfen können, aber vielleicht fand ihr hinterlistiger Charakter einen Weg, möglichst ungeschoren davonzukommen. Das durfte nicht passieren. In Mona stieg ein Hass auf, wie sie ihn bisher noch nie empfunden hatte. Nicht einmal Tom hatte dieses Gefühl in dieser Intensität bei ihr ausgelöst.

Wie von einer unsichtbaren Macht gezogen, setzte sich Mona in Bewegung. Dass das trockene Holz unter ihren Füßen knackend zerbrach und damit verriet, dass sie sich auf Insa zubewegte, spielte keine Rolle mehr. Insa hatte sie inzwischen bemerkt, denn sie wandte sich ihr zu und sah sie direkt an. Ihr Gesichtsausdruck war weder erschrocken noch verzweifelt oder geschockt. Stattdessen umspielte ein zufriedenes Lächeln ihren Mund. Mona wankte wortlos auf den neben Valerie am Boden liegenden Ast zu. Angestrengt vermied sie den Blick auf den leblosen Körper, um sich durch nichts von ihrem Vorhaben abbringen zu lassen. · Insa würde bezahlen. Für alles, was sie aller Wahrscheinlichkeit nach ihrem Vater, vielleicht auch ihrer Mutter, ganz bestimmt aber Valerie, dem Baby und Mona angetan hatte. Im Gehen bückte sich Mona und hob den Ast auf. Dann holte sie weit aus und rannte die letzten Schritte auf Insa zu.

»Stehenbleiben! Und Waffe runter!«

Irritiert ließ Mona die Hand mit dem Ast sinken, drehte sich um und erblickte Hauptkommissar Nölk, hinter ihm seinen Kollegen Prick, den Mona von ihrer Befragung kannte, und eine ganze Reihe weiterer Beamter. Ein Notarzt rannte auf Valerie zu, kniete neben ihr nieder und begann, sie zu untersuchen. Als ob das noch irgendeinen Sinn machte.

»Frau Menkwitz, lassen Sie den Ast fallen und nehmen Sie die Hände hoch!«, rief der Hauptkommissar.

Mona gehorchte. Sofort waren zwei Polizisten bei ihr, drehten ihr die Arme auf den Rücken und ließen die Handschellen zuschnappen.

»Frau Menkwitz, Sie sind vorläufig festgenommen wegen des dringenden Tatverdachts, Thomas Lehbrink getötet zu haben.

Wir haben die Aussage von Frau Insa Walzmann, die gegenüber der Ehefrau des mutmaßlichen Opfers, Valerie Lehbrink, angegeben hat, sie hätten ihr die Tat gestanden, sowie die Schilderung, wie sie gemeinsam seine Leiche verschwinden lassen haben. Sie verstehen hoffentlich, dass wir eine Menge Fragen an Sie haben.«

Kapitel 51

Mona war zu überrascht und verwirrt, um sich zu wehren oder irgendetwas zu sagen. Wie kam der Nölk an eine solche Aussage von Insa? Er hielt ihr ein Blatt Papier vor die Nase und sagte, dies sei der Haftbefehl. Sie fragte sich, wie er es geschafft hatte, ihn so schnell zu besorgen.

In diesem Moment erwachte Insa aus ihrer Erstarrung. »Herr Kommissar, Sie und Ihre Kollegen schickt der Himmel! Sie ahnen ja nicht, wie froh ich bin, Sie zu sehen! Mona ist offenbar verrückt geworden. Ich habe mich mit Frau Lehbrink unterhalten, da kam sie dazu, ging auf Frau Lehbrink los und schlug sie mit dem Ast nieder.«

»Ja, ja, zu Ihnen komme ich gleich«, sagte Nölk, ohne Insa anzusehen.

Die ließ sich nicht so leicht abwimmeln. »Jedes Wort, das ich gesagt habe, ist wahr. Mona Menkwitz hat Herrn Lehbrink getötet und mich unter Druck gesetzt, damit ich schweige. Aber das hat mein Gewissen nicht mehr ausgehalten. Ich bin eine ehrliche Haut. Ich schwöre beim Grab meiner Eltern, dass jedes Wort

276

wahr ist. Und die arme Frau Lehbrink hatte es doch verdient, die Wahrheit zu erfahren, finden Sie nicht?«

Die arme Frau Lehbrink. Mona hätte Insa am liebsten ins Gesicht gespuckt.

Insa redete unbeirrt weiter auf den Hauptkommissar ein. »Auf einmal, wie aus dem Erdboden gestampft, stand diese Verrückte«, sie zeigte mit dem Finger auf Mona, »hier im Wald, ging auf uns los und schlug Frau Lehbrink mit aller Kraft den Ast auf den Kopf. Hat man da noch Worte? Die Frau hat doch niemandem was getan. Und hochschwanger war sie auch noch! Und gleich danach wollte sie wie von Sinnen auf mich losgehen! Sie haben ja selbst gesehen, dass sie den Ast noch in der Hand hielt.«

Bevor Mona sich zu Insas eiskalten Lügen äußern konnte, wurde sie von den beiden Beamten freundlich, aber unnachgiebig in Richtung Waldrand geschoben, wo die Polizeiautos standen. Die ganze Zeit weinte sie hemmungslos. Die Tränen liefen ihr übers Gesicht und tropfen von ihrem Kinn. Viel mehr als Insas falsche Beschuldigungen schmerzte sie Valeries Tod. Das hätte nicht auch noch passieren dürfen, dass sie und ihr ungeborenes Kind dieser ganzen unseligen Geschichte zum Opfer fielen. Mona schluchzte laut auf und hätte fast nicht gehört, dass der Notarzt rief: »Die Frau lebt! Die Verletzung sieht schlimmer aus, als sie ist.«

Abrupt blieb sie stehen und drehte sich um. Die Beamten ließen es geschehen. Der Notarzt verlangte nach einer Trage. Er hatte Valerie an eine Infusion angeschlossen und gab seinen Kollegen weitere Anweisungen.

»Und das Kind?«, rief Nölk.

Der Notarzt reckte einen Daumen in die Höhe. »Sieht gut aus.«

Mona sah, wie Valerie von den Sanitätern auf die Trage gelegt und festgeschnallt wurde. Dann gaben ihr die Beamten zu verstehen, dass sie weitergehen solle. Vor Erleichterung schwindelig stolperte Mona auf das Polizeiauto zu. Valerie und ihr Kind lebten. Das war alles, woran sie denken konnte. Jetzt würde für die beiden doch wieder alles gut werden. Sie selbst würde für den Mord an Tom geradestehen, dazu hatte sie sich ohnehin endlich entschieden. Insa würde für ihre Hilfe bei der Beseitigung von Toms Leiche vielleicht glimpflich davonkommen, aber für den Mord an ihrem Vater musste sie angeklagt werden. Hoffentlich reichten die Beweise für eine Verurteilung aus, um sie mindestens so lange einzusperren wie Mona. Valerie würde Mona den Verrat an ihrer gerade entstandenen Freundschaft verständlicherweise nie verzeihen. Aber sie konnte mit ihrem Kind ein glückliches Leben führen. Und das war im Moment das Wichtigste für Mona.

Insa hoffte, sich verhört zu haben. Was hatte dieser Quacksalber da gesagt? Valerie lebte? Das durfte nicht wahr sein. Sie hätte geschworen, dass der Schlag fest und gut genug platziert war, um der reichen Tussi die Lichter auszublasen. Insa ärgerte sich maßlos. Was für ein blöder Fehler war ihr da wieder unterlaufen? Jetzt blieb ihr nur zu hoffen, dass der Lehbrink ein gehöriger Dachschaden bleiben würde und sie dadurch entweder nie gegen Insa aussagen oder man ihren Worten keinerlei Bedeutung mehr beimessen könnte. Aber so hatte es sich nicht angehört, als der Arzt gesagt hatte, die Verletzung sei gar nicht so gravierend wie zuerst vermutet.

Was für ein Mist! Insa hatte das Gefühl, in einer Sackgasse gelandet zu sein. Sie hatte keine Ahnung, wie sie sich aus dieser Situation retten konnte. Die Lehbrink würde aussagen, es war nur eine Frage von Tagen, vielleicht sogar nur von Stunden. Und dann erfuhr der Hauptkommissar, dass der Anschlag mit dem

Ast nicht von Mona ausgegangen war. Auch wenn sie Valerie Lehbrink genug Gründe gegeben hatte, Mona zu verachten, war ihre Verachtung für Insa garantiert um ein Vielfaches größer. Und nebenbei würde die Lehbrink dann auch noch Monas Aussage bestätigen, dass Insa maßgeblich an der Vertuschung des Mordes an Tom Lehbrink beteiligt war. Es war ihre Idee gewesen, die Leiche verschwinden zu lassen, und sie hatte sich aktiv daran beteiligt. Damit standen die Aussagen von Mona und der Lehbrink gegen ihre eigene. Und nicht nur das. Auch die Wahl des Ortes, an dem sie den toten Lehbrink versteckt hatten und über den Valerie Lehbrink den Beamten Auskunft geben würde, sprach für Insas Beteiligung. Denn ihr konnte er bekannt gewesen sein, aber wohl kaum einer Touristin, die erst am Vormittag auf Föhr angekommen war.

Doch viel schlimmer war, dass Mona der Polizei von ihrer Entdeckung des Schuhkartons und seines Inhaltes berichten würde. Sie hatte alles aufbewahrt, weil sie stolz gewesen war auf ihre ausgeklügelte Tat. Diese Selbstzufriedenheit und die unerschütterliche Zuversicht, dass man ihr nie auf die Schliche kommen würden, wurden ihr jetzt zum Verhängnis. Aber wie hätte sie auch ahnen sollen, dass jemals irgendjemand in ihrem Haus herumschnüffeln würde? Nun würde sie zwanzig Jahre nach der Tat aufgrund des Briefes mit dem Geständnis überführt werden. Sie würde für eine mindestens ebenso lange Zeit wie Mona ins Gefängnis wandern. Sie hatte verloren. Genau wie Mona gesagt hatte.

Aber Insa würde sich auch aus dieser Situation retten. Auf ihre Art. Sie beobachtete das Treiben um sich herum. Mona war von den beiden Beamten abgeführt worden. Valerie wurde auf der Trage Richtung Krankenwagen gebracht. Der Notarzt packte seine Ausrüstung zusammen. Hauptkommissar Nölk beriet sich mit seinem Kollegen Prick und einem weiteren Polizisten, den Insa nicht kannte. Niemand beachtete sie. Warum auch? Noch stand sie nicht im Mittelpunkt des Interesses, aber das würde sich schon bald ändern. Sie ging auf Hauptkommissar Nölk zu und tippte ihm an die Schulter. Als er sich zu ihr umdrehte, sagte sie: »Herr Kommissar, die Ereignisse hier haben mich sehr aufgewühlt.«

»Brauchen Sie einen Arzt?«

»Nein, nein«, winkte Insa ab, »nur etwas Ruhe wäre schön. Ich wollte fragen, ob ich wohl nach Hause fahren dürfte.«

Nölk schüttelte den Kopf. »Den Wunsch kann ich Ihnen leider nicht erfüllen. Ich habe später noch Fragen an Sie und muss Sie bitten, auf mich zu warten.«

Insa seufzte. »Gut, aber dann würde ich mir gerne ein bisschen die Beine vertreten, um mich auf die Art etwas zu beruhigen.«

»Machen Sie das, ich komme dann auf Sie zu«, antwortete Nölk und wandte sich wieder seinem Kollegen zu.

Insa kannte den Lembke-Hain wie ihre Westentasche. Nur ein paar Schritte und sie wäre nicht mehr zu sehen. Langsam und scheinbar in Gedanken versunken, in Wirklichkeit aber einem klaren Plan folgend, setzte sie einen Fuß vor den anderen und verließ den Tatort. Nach wenigen Sekunden beschleunigte sie ihr Tempo. Dichter und dichter wurde der Wald. Und Insa kam ihrem letzten Ziel immer näher.

Kapitel 52

Hauptkommissar Nölk war so wütend wie schon lange nicht mehr. Weder er noch einer seiner Kollegen hatte mitgekriegt, wohin Insa Walzmann gegangen war. Warum hätte er ihr untersagen sollen, sich mithilfe von ein bisschen Bewegung zu beruhigen? Wie sollte er ahnen, dass sie sich so weit vom Ort des Geschehens entfernen würde? Jetzt war sie unauffindbar. Sein Gespräch mit den Kollegen hatte noch eine knappe Viertelstunde gedauert. Danach hatte er Insa Walzmann seine Fragen stellen wollen, aber sie war nirgends zu sehen gewesen. Sofort hatte er die anwesenden Beamten mit der Suche beauftragt.

Das war inzwischen über eine Stunde her. Wo, verdammt, war die Frau? Sie vertrete sich nur kurz die Beine, hatte sie gesagt. Außerdem hatte er angekündigt, dass er sie sprechen wollte. Da blieb man doch gefälligst in Rufweite, oder nicht? Nölk überlegte, ob er zwei Beamte zu Insa Walzmanns Adresse schicken sollte. Hatte sie sich über seine Anweisung hinweggesetzt und war doch nach Hause gefahren? Sie mussten die Walzmann schnellstens finden und ihr auf den Zahn fühlen. Um nicht untätig zu sein, beteiligte er sich an der Suche und stapfte immer tiefer in den Wald hinein. Vor ihm tauchte der Lembke-Gedenkstein auf.

Was ragte denn da hinter dem Stein hervor? Nölk trat näher und erschrak. Er hatte schon viele Leichen gesehen, aber selten war er so unvorbereitet gewesen wie in diesem Moment. Auf der Rückseite des Gedenksteins fand er Insa Walzmann. Sie lag seitlich und hatte sich zusammengerollt. Die Hände hatte sie unter eine Wange geschoben. Man hätte annehmen können, sie ruhte sich nur kurz aus, wäre da nicht die große Blutlache gewesen, die sich unter ihrem Gesicht gebildet hatte. Neben ihrem Kopf lag ein Schnitzmesser. Nölk erfasste mit einem Blick, dass Insa Walzmann sich die Pulsadern aufgeschnitten hatte und jede Hilfe zu spät kam.

Der Hauptkommissar informierte seine Kollegen und alarmierte den Notarzt, der wenige Minuten später eintraf und den Tod von Insa Walzmann bestätigte. Sie hatte sich lange und tiefe Schnitte in Längsrichtung zugefügt, die für ein schnelles Verbluten gesorgt hatten. Nölk verstand die Welt nicht mehr. Warum dieser Freitod? Nach allem, was er von ihrem Gespräch mit Valerie Lehbrink mitgehört hatte, hätte sie sich für die Hilfe bei der Beseitigung von Lehbrinks Leiche verantworten müssen. Das war keine Kleinigkeit, aber auch kein Grund für einen Suizid. Dafür stand man gerade und nahm seine Strafe entgegen, aber man brachte sich doch deswegen nicht um. Da musste noch mehr gewesen sein. Was hatte Insa Walzmann sonst noch zu verbergen gehabt? Warum hatte sie keinen anderen Ausweg mehr gesehen? Die Antworten auf all diese Fragen würde Nölk nun nicht mehr von ihr erfahren.

Am späten Nachmittag saß Mona Hauptkommissar Nölk gegenüber und wippte nervös mit den Beinen. Er hatte dem Beamten, der sie aus der Zelle im Keller geholt und in den Vernehmungsraum geführt hatte, netterweise aufgetragen, ihr die Handschellen abzunehmen. Sofort hatte sie die Hände unter ihre Oberschenkel geschoben, damit er nicht sah, wie sehr sie zitterte. Nölk lächelte sie freundlich und aufmunternd an, doch das täuschte nicht darüber hinweg, dass sie sich nun ihrer Verantwortung an Toms Tod stellen musste und ihre Verurteilung näher rückte.

»Möchten Sie Kaffee, Tee oder ein Wasser?«

»Nein, danke.« Zwar war Monas Kehle staubtrocken, aber daran konnte kein Getränk auf der Welt etwas ändern.

»Zunächst einmal muss ich Sie darüber in Kenntnis setzen, dass Ihre Freundin Insa Walzmann sich das Leben genommen hat. Mein Beileid.«

In Monas Ohren hallten seine Worte nach wie ein Echo. Was sagte er da? Insa war tot? »Wie bitte?«, brachte sie mühsam heraus.

»Ich kann mir vorstellen, was das für ein Schock für Sie ist. Es tut mir sehr leid.« Der Hauptkommissar sah ehrlich betroffen aus.

»Aber wie ... ich meine, was ... was ist denn passiert?«

»Nachdem man Sie zur Dienststelle und Frau Lehbrink in die Inselklinik gebracht hatte, ist Frau Walzmann unbemerkt weiter in den Wald hineingegangen, hat sich hinter dem Gedenkstein versteckt und sich die Pulsadern aufgeschnitten. Es kam leider jede Hilfe zu spät.«

Beinahe wäre Mona in hysterisches Gelächter ausgebrochen. Sie beherrschte sich unter großer Anstrengung. Jetzt hieß es, die Nerven und einen klaren Kopf zu bewahren. Was für eine Ironie, dass Insa für ihren Freitod genau die Art gewählt hatte, über die Mona selbst ernsthaft nachgedacht hatte. Sie erstarrte.

Hauptkommissar Nölk schien der Meinung zu sein, Mona genug Zeit gegeben zu haben, um den Schock zu verdauen. Er wies kurz in Richtung des Aufnahmegerätes auf dem Tisch. »Sie gestatten?«

Mona nickte, obwohl ihr klar war, dass die Frage rein rhetorisch gemeint war. Nölk schaltete das Gerät ein und fuhr fort: »Frau Menkwitz, ich war durch einen etwas unüblichen, aber geschickten Schachzug von Frau Lehbrink Ohrenzeuge, als Insa Walzmann Sie beschuldigte, Thomas Lehbrink ermordet zu haben. Anschließend hat sie Ihnen angeblich geholfen, die Leiche zu verstecken. Was sagen Sie zu den Anschuldigungen, die Frau Walzmann im Gespräch mit Frau Lehbrink gegen Sie erhoben hat?«

In Monas Kopf hatte sich ein Gedanke geformt, der langsam Gestalt annahm. Auf einen Versuch kam es an. Was hatte sie schon zu verlieren? »Alles Quatsch«, sagte sie.

»Geht es vielleicht etwas genauer?«

»Insa, also Frau Walzmann, wollte nur ihren Kopf aus der Schlinge ziehen, indem sie mich beschuldigt hat. Es war alles ganz anders.«

Hauptkommissar Nölk lehnte sich zurück und verschränkte die Arme vor der Brust. »Dann erzählen Sie doch mal, wie es wirklich gewesen ist. Und bitte lückenlos, wir haben alle Zeit der Welt.«

Sie hob die Arme und massierte sich ein paar Sekunden lang den Nacken, dann hatte sie den Anfang ihrer Lügengeschichte gefunden. »Herr Lehbrink und ich hatten seit fünf Monaten eine Liebesbeziehung, als wir nach Föhr kamen. Ich hatte die Hoffnung, dass wir hier wieder zu dem Glück der ersten Wochen zurückfinden würden. Denn ich habe unsere Affäre als zunehmend toxisch erlebt. Thomas zeigte sich immer öfter als narzisstisch, kontrollsüchtig und sogar gewalttätig. Aber schon nach dem Abendessen mit dem Makler Ollmann kam es auf der Rückfahrt zu einem Streit. Tom hielt in einem Feldweg, brüllte mich an und wurde handgreiflich. Er beleidigte und bedrohte mich. Ich hatte schreckliche Angst und versuchte, mich gegen seine brutalen Übergriffe zu wehren. Dabei habe ich ihm mit meiner Nagelfeile, die ich schon vorher in der Hand hatte, eine Verletzung am Kinn zugefügt.«

»Wie hat Herr Lehbrink darauf reagiert?«, fragte Nölk.

»Er war erschrocken. Gegenwehr von mir war er ja nicht gewohnt. Ich nutzte seine Schrecksekunde, um schnell auszusteigen und wegzulaufen.«

»Aber er ist Ihnen doch bestimmt gefolgt?«

»Ja, aber nicht sofort. Ich nehme an, er wusste genau, dass ich ihm nicht entkommen konnte, und hat sich hinter dem Steuer seines Autos genüsslich an der Vorstellung geweidet, dass er mich in null Komma nichts einholen würde, wenn er losfuhr.«

»Wohin sind Sie gelaufen?«, wollte der Hauptkommissar wissen.

»Ich bin einfach drauflos gerannt, weg von dem Feldweg. Hab ja nicht viel gesehen, deshalb bin ich auf der Straße geblieben. Und ich habe gehofft, dass mir jemand im Auto entgegenkommen und mir helfen würde.« Allmählich sprach sie sich warm und fühlte sich in ihrer erfundenen Geschichte sicherer. »Und dann, während ich damit rechnete, dass jeden Moment der Motor anspringen und mich der Scheinwerfer seines Autos erfassen würde, erschien da plötzlich jemand auf der Straße, aber zu Fuß. Und während ich *Hilfe, Hilfe!* rufend auf die Frau zulief, erkannte ich zu meinem größten Erstaunen Insa Walzmann. Dass wir uns seit unserer Jugend kannten, wissen Sie ja inzwischen. Nur haben wir uns an dem Abend eben nicht auf dem Parkplatz in Wyk wiedergetroffen, wie wir Ihnen erzählt haben.«

Mona Menkwitz bat um ein Glas Wasser, das Nölk ihr bringen ließ. Das gab ihr Zeit, sich zu überlegen, wie es weitergegangen sein könnte. Sie leerte das Glas zur Hälfte, dann erzählte sie weiter. »Ich habe Insa in ein paar Worten erklärt, dass der Mann, der ein Stück entfernt im Auto saß, mein Freund sei, dass wir einen Streit hatten und er mich verprügeln würde, da startete er tatsächlich das Auto und fuhr auf uns zu. Insa stellte sich ihm einfach in den Weg. Ich konnte es gar nicht fassen und dachte schon, er überfährt sie, aber er bremste doch und hielt dort, wo sein Auto am nächsten Tag gefunden worden ist.«

Mona Menkwitz griff erneut nach dem Wasserglas, trank es leer, tat so, als überwältige sie die Erinnerung, während sie überlegte, wie sie fortfahren sollte.

»Was passierte dann?«, fragte Nölk, nachdem er ihr ein wenig Zeit gelassen hatte, beugte sich auf seinem Stuhl vor und legte die Unterarme auf den Tisch.

»Thomas, also Herr Lehbrink, sprang aus dem Wagen, rannte auf mich zu, fasste mich grob am Arm und wollte mich zum Auto zerren. Da schrie Insa Thomas an, er solle sich schämen, so mit Frauen umzugehen, er solle sich zum Teufel scheren. Er war so erstaunt, dass ich mich befreien und zu Insa laufen konnte. Da kam er auf uns beide zu, wollte nach mir greifen. Doch Insa stellte sich entschlossen dazwischen. Er zögerte einen Moment und ging tatsächlich zu seinem Auto zurück. Dort drehte er sich um und rief mir zu: Ich warte in der Pension auf dich. Und dann wird abgerechnet. Ohne Zeugen! Bei diesen Worten schlug er seine Faust in die offene andere Hand.« Sie unterbrach ihren Bericht, senkte den Kopf, legte eine Hand auf Stirn und Augen und bewegte ihren Oberkörper ein paar Mal hin und her, als könne sie nur so die schmerzhafte Erinnerung ertragen. Dann richtete sie sich auf. Wie endlich entschlossen, die schreckliche »Wahrheit« auszusprechen.

»Insa entwand mir die Nagelfeile, die ich immer noch in der Hand hielt, und rannte zum Auto. Thomas hatte sich auf den Fahrersitz gesetzt und wollte gerade die Tür schließen, als sie sich dazwischenschlängelte und ihm die Feile mit voller Wucht in die Brust rammte. Ich habe gar nicht begriffen, was da passierte, habe es eigentlich bis heute nicht begriffen. Aber nun weiß ich, dass Insa krank war. Jetzt ergibt alles einen Sinn.« Erneut bat sie um eine kurze Pause, weil die Erinnerungen an die Schreckensnacht sie überwältigten.

Nölk holte sein Taschentuch aus der Hosentasche und wischte sich damit über die Stirn. Was für eine Geschichte. Und das so kurz vor seiner Pensionierung. Er hielt Mona Menkwitz für absolut glaubwürdig. Und auf seine Instinkte konnte er sich verlassen. »Wo ist die Tatwaffe jetzt?«

»Das weiß ich nicht. Ich habe die Nagelfeile nie wieder gesehen und Insa auch nie danach gefragt«, antwortete Mona. »Vielleicht ist sie im selben Versteck wie Toms Leiche.«

»Wir wissen bereits, wo das Versteck ist. Valerie Lehbrink hat dafür gesorgt, dass ich ihre Unterhaltung mit Frau Walzmann im Lembke-Hain mithören konnte. Deshalb waren wir so schnell vor Ort und deshalb wurden Sie dort aufgrund von Frau Walzmanns Ausführungen verhaftet. Auch das Versteck der Leiche hat sie genannt. Ein Team ist bereits vor Ort beim Megalithgrab, um die sterblichen Überreste von Thomas Lehbrink zu bergen und in die Gerichtsmedizin aufs Festland zu bringen.«

Mona nickte und legte erschöpft eine Hand an ihre Stirn. Nölk verstand den Hinweis »Lassen wir es für heute gut sein, Frau Menkwitz. Ich hoffe, dass ich morgen bereits das Ergebnis vom Rechtsmediziner habe, denn der Fall ist als überaus dringlich eingestuft worden. Wir unterhalten uns dann morgen weiter.«

Erneut nickte Mona und ließ sich von einem Beamten zurück in die Zelle bringen. Ihr Körper war gebeugt, ihr Gang schleppend. Das alles noch einmal zu durchleben, hatte sie mitgenommen. Sie tat Nölk leid.

Kapitel 53

Mona hatte den ganzen Vormittag vergeblich darauf gewartet, von Hauptkommissar Nölk erneut zur Vernehmung gerufen zu werden. Scheinbar war die Obduktion von Toms Leiche noch nicht abgeschlossen. Am späten Nachmittag war es dann endlich so weit und sie saß dem Polizeibeamten wieder im Vernehmungsraum gegenüber. Nölk erklärte ihr das Ergebnis der rechtsmedizinischen Untersuchung, die schwieriger war als angenommen, weil der Fäulniszustand der Haut schon weit fortgeschritten war. Die Schnittwunde am Kinn, von der Mona erzählt hatte, konnte aus diesem Grund nicht mehr nachgewiesen, aber ebenso wenig widerlegt werden. Auch war es nicht möglich, Fingerabdrücke, falls vorhanden, bei einer Leiche in diesem Zustand zu finden. Die Todesursache jedoch war zweifelsfrei der Stich ins Herz.

Inzwischen hatte Nölk von einigen Beamten Insas Haus durchsuchen lassen. Auch den ungenutzten und vollständig leeren Abstellraum. Dass eine Kommode die Tür versperrte, erwähnte er nicht. Über den Schuhkarton mit den Trauerbriefen und Zeitungsartikeln in Monas Zimmer verlor er ebenfalls kein einziges Wort. Dass durch diesen speziellen Fund ein zwanzig Jahre zurückliegendes Verbrechen aufgeklärt werden konnte, hatte ja auch nichts mit Monas Fall zu tun. Für Hauptkommissar Nölk waren das sicher zwei voneinander unabhängige Delikte, und darüber war Mona erleichtert.

Die Beamten hatten bei der Hausdurchsuchung Monas extravagante Nagelfeile gefunden, die sie im Vorfeld detailliert beschrieben hatte. Sie war im Kleiderschrank versteckt, und zwar in den Falten sorgfältig zusammengelegter Bettwäsche.

Was für ein Glück, dass die Nagelfeile mit Insas Fingerabdrücken übersät war. Da sie in der Tatnacht Handschuhe getragen hatte, musste sie die Feile später noch einmal ohne angefasst haben, vermutlich, als sie sie versteckt hatte. Nun richtete sich die Mordwaffe, die sie wohl als weiteres Druckmittel gegen Mona hatte verwenden wollen, gegen Insa selbst. Was für eine Ironie. Per Kurier war die mutmaßliche Tatwaffe in die Gerichtsmedizin geschickt worden. Dort hatte sich herausgestellt, dass die Feile und der Stichkanal der Wunde genau zusammenpassten. Auch die Blutspuren an der Spitze entsprachen der DNA des Opfers. Nölk erläuterte, dass bei einem Stich ins Herz eine sogenannte Herzbeuteltamponade entstand, eine Flüssigkeits- und Luftansammlung im Herzbeutel, die in kürzester Zeit zum Tod führt.

Mona interessierten diese Details nicht sonderlich. »Wie geht es jetzt für mich weiter?«

»Wir können nicht beweisen, dass Insa Walzmann die Tat begangen hat, denn wir können sie nicht mehr befragen und haben daher nur Ihre Aussage. Wir können allerdings ebenso wenig beweisen, dass Frau Walzmanns Aussage der Wahrheit entspricht und Sie Thomas Lehbrink ermordet haben. Somit wird mir der Richter keinen Haftbefehl für Sie ausstellen und ich kann Sie nicht länger festhalten. Sie dürfen gehen. Wegen Vertuschung einer Straftat werden Sie sich zu verantworten haben, aber das ist ein gesondertes Verfahren. Immerhin wussten Sie von dem Mord und dass Frau Walzmann die Leiche irgendwo versteckt hatte.«

Mona schlug die Augen nieder und schwieg.

»Ein Beamter wird Sie in das Haus von Frau Walzmann begleiten, damit Sie Ihre Sachen holen können«, fuhr Nölk fort. »Dort übernachten können Sie nicht mehr, aber ich nehme auch nicht an, dass Sie das möchten. Ich muss Sie allerdings bitten, noch ein paar Tage auf der Insel zu bleiben.«

Mona nickte. Nun würde sie ihre Eltern noch länger anlügen müssen, aber daran war leider nichts zu ändern.

Am Mittwochnachmittag saß Valerie zusammen mit Greta, Hauptkommissar Nölk und seinem Kollegen Prick am Küchentisch im *Haus Marina*. Valerie hatte nur eine Nacht zur Beobachtung im Krankenhaus bleiben müssen. Die Kopfwunde war nicht so schlimm wie zuerst befürchtet und auch dem Baby ging es gut. Abgesehen von einem Pflaster wies nichts auf die Geschehnisse vom Vortag hin. Nölk hatte sich für die späte Störung vielmals entschuldigt, aber er hielt es für das Beste, Valerie die Ermittlungsergebnisse so schnell wie möglich mitzuteilen, denn im Ungewissen hatte sie wahrlich genug Zeit verbracht. Dass Greta bei der Unterhaltung dabei war, hatte Valerie sich gewünscht und die Beamten hatten nichts dagegen. Nölk und Prick informierten sie darüber, was Mona zum Mord an Thomas Lehbrink und den Tathergang ausgesagt hatte. Gretas Hand lag beruhigend auf der von Valerie. Nachdem die Beamten mit ihrem Bericht fertig waren, kreisten die Gedanken wie ein Karussell durch ihren Kopf.

»Es tut mir sehr leid, dass wir Sie einer solchen Aufregung aussetzen müssen«, sagte Hauptkommissar Nölk. »Noch dazu in Ihrem Zustand.«

Valerie lächelte ihn an. Der Kriminalkommissar war ein netter Mann mit dem Herz am rechten Fleck. Das hatte sie schon bei ihrer ersten Unterhaltung festgestellt, als er sie in Neumünster aufgesucht hatte. Ja, das Gehörte hatte Valerie aufgeregt, aber vor allem hatte es sie verwirrt. Es gab also zwei Versionen des Abends, an dem Tom gestorben war. In einer war Mona die Täterin, in der anderen war es Insa. Welche Geschichte stimmte? Die Polizei glaubte Mona, das hatte sie deutlich herausgehört. Nach Auffassung der Beamten hatte Insa durch den Anschlag auf Valerie bewiesen, dass sie skrupellos genug gewesen war, einen Menschen zu verletzen oder sogar dessen Tod billigend in Kauf zu nehmen. Er ging davon aus, dass Insa Walzmann unter einer Persönlichkeitsstörung gelitten hatte, die sie höchstwahrscheinlich dazu getrieben hatte, ihre Eltern zu ermorden. Auch die zahlreichen Fingerabdrücke von ihr auf Monas Nagelfeile, mit der Tom erstochen worden war, sprachen für Insa Schuld. Das alles klang absolut plausibel. Valerie wünschte sich von Herzen, sie wäre von Insa als Täterin überzeugt. Aber ein Restzweifel blieb. Genauso gut konnte der Tathergang so gewesen sein, wie Insa ihn im Lembke-Hain erzählt hatte.

Die Beamten verabschiedeten sich und wurden von Greta zur Tür begleitet. Dass Valerie schwieg und in sich gekehrt war, verwunderte unter den gegebenen Umständen niemanden. Greta kam nicht sofort zurück in die Küche und gab Valerie damit ein bisschen Zeit für sich allein. In deren Kopf drängte sich eine Erkenntnis mehr und mehr in den Vordergrund: Es bedeutete keinen Unterschied für sie, ob Tom von Insa oder von Mona erstochen worden war. Tom war tot und Valerie war darüber erleichtert. Sie empfand es als Befreiung, ihn nie wiedersehen und nicht mehr mit ihm leben zu müssen.

Und noch ein weiteres Gefühl breitete sich in Valerie aus, nämlich Dankbarkeit. Durch Toms Tod sah sie einer sorglosen Zukunft mit ihrem Kind entgegen. Falls Mona schuldig war, hatte sie Valerie durch die Tat neue Zuversicht und Lebensfreude geschenkt. Auf eine für die meisten Menschen zweifellos nur schwer nachvollziehbare Weise fühlte sie sich mit Mona jetzt sogar noch verbundener. Trotzdem würde sie Mona fragen, welche

Geschichte stimmte, weil sie die Wahrheit kennen wollte. Aber wie auch immer die Antwort ausfallen würde, Valerie würde zu Mona stehen und an der Freundschaft festhalten. Falls Mona die Schuldige war, verlangte es Valerie sogar Respekt ab, wie abgebrüht sie es geschafft hatte, jeden Verdacht von sich selbst auf Insa abzuwälzen und sich auf diesem Weg an ihr zu rächen und sich ihr Leben zurückzuerobern.

Kapitel 54

Mona war heilfroh, als Valerie sie anrief, um sie über das freie Zimmer im *Haus Marina* zu informieren. Und zum Glück war es keins von denen, die Tom und sie ursprünglich bewohnt hatten. Valerie war ihr bei ihrem Einzug freundlich begegnet und hatte sie sogar umarmt, was Mona von Herzen freute. Greta hatte beide in ihrer Küche zum Essen eingeladen. Es gab ein köstliches Gulasch und alle drei langten kräftig zu, während sie sich über Belanglosigkeiten unterhielten und den roten Elefanten im Zimmer ignorierten.

Als Greta nach dem Essen den Tisch abgeräumt und das Geschirr in die Spülmaschine geräumt hatte, gähnte sie etwas zu auffällig. »Hach, bin ich heute erledigt. Bleibt ruhig noch sitzen, solange ihr wollt. Ihr wisst ja, wo der Lichtschalter ist. Ich gehe ins Bett. Gute Nacht.«

Mona lächelte. Diese Greta, die ihr beim erneuten Einzug sofort das Du angeboten hatte, war wirklich ein Schatz. Weil ihr klar war, dass Mona und Valerie eine Menge zu besprechen hatten, stellte sie ihre gemütliche Küche zur Verfügung. Ein weiterer Grund war, so vermutete Mona, dass die schlaue Greta sich durch ihren Rückzug davor schützte, Einzelheiten zu hören und zu erfahren, die ihr Gewissen belasteten.

Eine Weile schwiegen sie. Mona hatte den Kopf gesenkt, während sie angestrengt nach den richtigen Worten suchte, um das überfällige Gespräch zu beginnen. Auf einmal sprachen beide zugleich.

»Was wolltest du im Wald?«, fragte Mona, ohne den Kopf zu heben.

»Wer hat ihn wirklich umgebracht?«, fragte Valerie. »Okay, du zuerst.«

»Was wolltest du im Wald?«, wiederholte Mona.

»Ich wollte Insa suchen und sie zur Rede stellen. Ich wollte wissen, warum sie eine solche Macht über dich hat. Oder glaubst du etwa, ich hätte nicht gemerkt, dass es dich traurig gemacht hat, mir abzusagen? Nie im Leben habe ich dir abgenommen, dass du lieber Zeit mit Insa verbringen wolltest.«

Mona hob den Blick und lächelte. Die liebe, gutherzige Valerie hatte wirklich angenommen, sie könnte mit Worten auf die herzlose und intrigante Insa einwirken. Das war rührend von ihr – und ein bisschen naiv.

»Und warum bist du dort aufgetaucht?«, wollte Valerie wissen.

»Ich hatte an dem Tag nach reiflicher Überlegung beschlossen, endlich zur Polizei zu gehen. Das hätte ich von Anfang an tun sollen. Zum Wald gefahren bin ich, weil ich Insa meinen Entschluss mitteilen und ihr dummes Gesicht sehen wollte.«

Mona sah, wie Valerie kurz die Augen schloss und sich dann betont aufrecht hinsetzte. Beiden war klar, dass nun die alles entscheidende Frage folgte.

»Mona, bitte sag mir jetzt die Wahrheit, denn ich muss es wissen. Wolltest du den Beamten sagen, dass du Insa geholfen hast, Toms Leiche zu verstecken? Oder dass du ihn erstochen hast?«

Mona schwieg, weil sie gegen eine aufsteigende Übelkeit ankämpfen musste. Valerie gab ihr Zeit, indem sie hinzufügte: »Wenn du es warst, dann sollst du wissen, dass ich dich nicht dafür verurteile. Nach allem, was du mir berichtet hast, glaube ich, dass du in Notwehr gehandelt hast. In meinen Augen hast du durch die vielen brutalen Übergriffe vorher, die Angst vor Entdeckung und die Erpressung durch Insa genug gebüßt. Ich will es einfach nur wissen.«

Mona stieß langsam den angehaltenen Atem aus. »Ich habe ihn getötet«, flüsterte sie.

Valerie nickte bedächtig. »Ich verstehe. Also stimmt die Geschichte, die Insa mir erzählt hat. Du bist ihr über den Weg gelaufen und sie hat sich als Retterin in der Not ausgegeben und vorgeschlagen, die Leiche in diesem alten Grab zu verstecken und so die Tat zu vertuschen. Und du hast viel zu sehr unter Schock gestanden, um klar denken und dich gegen irgendetwas wehren zu können. Damit hatte dich diese kranke Seele in der Hand.«

Jetzt war es Mona, die stumm nickte. Dann brach sie in Tränen aus. Alles, was sich in den letzten sechsundzwanzig Tagen seit dieser furchtbaren Nacht aufgestaut hatte – Panik, Entsetzen, Wut, Verzweiflung, Ratlosigkeit und Ausweglosigkeit – löste sich und drang nach außen. Valerie stand auf, kam auf Mona zu, zog sie von ihrem Stuhl hoch und nahm sie fest in die Arme. Sie wiegte sie wie ein kleines Kind, das von einem Monster im Schrank geträumt hatte. Beruhigend strich sie ihr über die Haare und tätschelte ihr den Rücken.

Es dauerte lange, bis Mona nicht mehr von immer neuen Weinkrämpfen geschüttelt wurde. Nach einigen Minuten lösten sich die Freundinnen voneinander und setzten sich wieder an den Tisch. Valerie ergriff erneut Monas Hände und hielt sie fest. Leise sagte sie: »Mir und meiner Kleinen hast du eine Zukunft ohne Tom geschenkt, dafür kann ich dir gar nicht genug danken. Ich werde unser Geheimnis bis in alle Ewigkeit bewahren. Schon deshalb, weil ich mich jetzt längst der Mitwisserschaft schuldig gemacht habe. Indem du schlau warst und Insa für die Tat verantwortlich gemacht hast, gibst du dir auch selbst die Chance auf ein neues Leben. Nutze sie, Mona, nutze sie!«

Mona sah Valerie aus verweinten Augen an. »Ich versuche es.«

»Ich will dir dabei helfen, wenn du magst. Vielleicht ist es für dich eine Option, nach Neumünster zu ziehen und dir dort einen neuen Job zu suchen? Wir könnten uns öfter sehen, wenn du nicht weit weg wohnst. Nur lass uns bitte über eine einzige Sache ab heute nie wieder sprechen: über Tom.«

Ihr Gespräch dauerte bis tief in die Nacht. Mona war glücklich und erleichtert, dass kein Geheimnis mehr zwischen ihnen stand und sie mit offenen Karten und gleichberechtigt ihre Freundschaft fortsetzen und ausbauen konnten.

Obwohl sie so spät ins Bett gegangen war, erwachte Mona um sechs Uhr am nächsten Morgen. Sie war entspannt und ausgeruht. Nachdem sie sich zurechtgemacht hatte und aus ihrem Zimmer trat, hörte sie Greta in der Küche.

»Moin, Greta!«

»Moin, Mona! Warum bist du schon so früh auf den Beinen? Ihr hattet doch sicher noch viel zu besprechen, Valerie und du. Ist bestimmt spät geworden.«

»Das stimmt. Aber ich habe so gut geschlafen, dass ich schon wieder fit bin«, antwortete Mona. »Danke noch mal, dass wir deine Küche blockieren durften.«

Greta winkte ab. »Schon gut. Nachts brauch ich sie ja nicht.«

»Greta?«

»Wat is, min Deern?«

»Darf ich mir dein Fahrrad ausleihen? Ich würde gerne eine kleine Tour in der frischen Morgenluft unternehmen.«

»Natürlich. Steht hinterm Haus.«

»Danke!«, sagte Mona, holte schnell ihre Jacke aus ihrem Zimmer und machte sich auf den Weg.

Eine halbe Stunde später stieg Mona vom Fahrrad und schob es ein Stück näher heran an die historische Grabstätte, die Insa und sie genutzt hatten, um Toms Leiche zu verstecken. Inzwischen war die ja von der Polizei abtransportiert worden, aber sie hatte noch einmal herkommen müssen, um endgültig mit dem Drama um Thomas Lehbrink abzuschließen.

Die Wiese vor dem geschichtsträchtigen Megalithgrab glich einem umgepflügten Acker. Kein Wunder, wenn man überlegte, was für ein großer Polizeieinsatz hier stattgefunden hatte.

Mona steckte die Hände in die Jackentaschen und atmete tief die gesunde Luft ein. Und auf einmal breitete sich ein Gefühl in ihr aus, das sie längst verloren geglaubt hatte: eine alles überlagernde Lebensgier. Sie wandte den Blick nach oben und sah den blauen Himmel mit den weißen Wolkentupfen, darunter das Grün der Felder. Endlich gab es für sie wieder Hoffnung. Dieses innere Gefühl, das einen nicht nur antrieb, um überhaupt durchs Leben zu kommen, sondern auch vorantrieb, wie die Schiffe auf der Nordsee vorangetrieben wurden; zu einem Ort, an dem man geliebt und geschätzt wurde. Zu ihren Eltern, zu ihrer Freundin Valerie und dem Kind, das bald geboren wurde, und vielleicht eines Tages zu einem Mann, der sie liebte und achtete.

»Tja, Insa«, sagte Mona in die kühle und salzige Nordseeluft, »dieses eine Mal habe ich dich perfekt ausgetrickst.«

Epilog

August

Mona und Valerie lagen auf einer Decke im Garten von Monas Elternhaus und genossen die Sommersonne. Seit ihrer Rückkehr von Föhr versuchte Mona, so häufig wie möglich in die Hansestadt zu fahren, weil sie ihre Eltern schmerzlich vermisst hatte und durch Insas Kindheitsberichte umso mehr zu schätzen wusste. Die Freundschaft zu Valerie war noch enger geworden, die beiden Frauen verbrachten so viel Zeit wie möglich zusammen. Monas Eltern hatten Valerie von der ersten Begegnung an ins Herz geschlossen und behandelten sie wie eine weitere Tochter. Momentan fuhr Mona meistens über Neumünster von Elmshorn nach Lübeck, um Valerie abzuholen. Den Umweg von ungefähr fünfzig Kilometern nahm sie gerne in Kauf, weil die Fahrt zusammen viel mehr Spaß machte und Valerie sich ganz selbstverständlich jedes Mal an den Benzinkosten beteiligte. Wenn alles lief wie geplant, würde Mona allerdings bald nach Neumünster ziehen, denn sie hatte eine Arbeitsstelle in Aussicht und wollte Elmshorn mitsamt allen unschönen Erinnerungen hinter sich lassen und in Valeries Nähe neu anfangen.

Heute waren sie zum ersten Mal zu dritt in Lübeck eingetroffen, denn Valerie hatte am zweiten August, neun Tage vor
dem errechneten Geburtstermin, ihre kleine Tochter Anni zur
Welt gebracht. Anni Lehbrink, denn Valerie hätte zwar gerne
ihren Mädchennamen wieder angenommen, verzichtete aber
ihrem Kind zuliebe darauf. Immerhin war die Kleine offiziell
Toms Tochter und Mit-Erbin. Anni war Monas Patenkind und
auf diesen Freundschafts- und Vertrauensbeweis von Valerie
war Mona sehr stolz. Die Kleine war ein süßes Baby und hatte
Valeries braune Augen und ansatzweise auch die dunklen Haare geerbt. Es war eine leichte und schnelle Geburt gewesen,
und weder Mutter noch Kind waren die Erlebnisse und Strapa-
zen anzumerken, die der Aufenthalt auf Föhr ihnen beschert
hatte.

Monas Mutter hatte auf der Terrasse den Tisch für ein leckeres Mittagessen gedeckt. Etwas abseits, im Schatten, stand der
Kinderwagen. Er war leer, denn Monas Vater wurde nicht müde,
die kleine Anni in seinen Armen zu wiegen und ihr beim Schlafen zuzusehen. Wenn Mona beobachtete, wie er vorsichtig die
kleine, rosige Wange streichelte, berührte sie das so sehr, dass
ihr fast die Tränen kamen. Auch Monas Mutter hatte sofort begeistert die Omarolle für Anni übernommen, und Valerie stand
das Glück darüber, Teil dieser Familie zu sein, ins Gesicht geschrieben. Sie hatte inzwischen einen Unternehmensberater mit
dem Verkauf der Baufirma und einen Makler mit der Veräuße-
rung der Villa in der Kastanienallee beauftragt. Mit dem Erlös aus
beiden Verkäufen und der Prämie aus Toms Lebensversicherung,
die bald zur Auszahlung kam, waren Mutter und Kind finanziell
für immer abgesichert.

Mona war wie von Hauptkommissar Nölk angekündigt wegen
Vertuschung einer Straftat angeklagt worden. Der Prozess stand

noch aus und das mögliche Strafmaß reichte von einer Geldstrafe bis zu fünf Jahren Haft. Monas Anwalt war zuversichtlich, dass sie glimpflich davonkommen würde. Insa hatte sie massiver psychischer Gewalt und Erpressung ausgesetzt, das würde das Gericht seiner Meinung nach strafmildernd berücksichtigen. Mona versuchte, so wenig wie möglich über das nachzugrübeln, was auf sie zukam. Es hatte keinen Sinn, sich im Vorfeld den Kopf darüber zu zerbrechen und sich verrückt zu machen. Sie musste abwarten und das Urteil akzeptieren, wie auch immer es ausfallen würde. Ihren Eltern hatte sie bisher nichts erzählt. Wenn sie Glück hatte und mit einer Geldstrafe davonkam, wollte sie es dabei belassen und ihnen jede Menge Aufregung ersparen.

Mona und Valerie tauschen sich oft und gerne darüber aus, wie sie Monas neue Wohnung und Valeries neues, wesentlich kleineres Haus einrichten würden. Sie blätterten in Magazinen, planten, verwarfen und planten neu. Besonders wichtig war ihnen die Gestaltung des Kinderzimmers. Wahrscheinlich würden sie die Wände in Mintgrün streichen, weil Valerie keine typische Mädchenfarbe wie Rosa oder Pink wollte.

Über die Geschehnisse auf Föhr sprachen sie nur noch selten. Heute allerdings schnitt Mona das Thema wieder einmal an. »Ich hatte solche Angst, dass unsere Freundschaft die Wahrheit am Ende doch nicht übersteht und du nie wieder ein Wort mit mir sprichst«, sagte sie und sah Valerie an.

»Das wäre schon deshalb nicht passiert, weil es Insa noch posthum in Entzücken versetzt hätte. Und das wollen wir ja nicht.« Valerie grinste und stieß einen wohligen Seufzer aus.

»Wie war eigentlich Toms Beerdigung?« Mona hatte an der Trauerfeier nicht teilgenommen. Das wäre ihr dann doch zu verlogen vorgekommen.

»Wie erwartet war es ein Schaulaufen aller Wichtigtuer der

Stadt. Alle haben die Chance genutzt, zu sehen und gesehen zu werden. Ich glaube, ich war die Einzige, die nicht gerne hingegangen ist.«

»Quatsch«, widersprach Mona, »niemand geht gerne zu Beerdigungen.«

»Doch! Ich habe gelesen, dass Serienmörder Beerdigungen lieben. Nicht nur die ihrer eigenen Opfer, sondern ganz allgemein. Sie tauchen ständig dort auf.«

Beide kicherten und das war umso befreiender, weil Mona eine Zeit lang nicht zu hoffen gewagt hatte, dass sie jemals wieder frei und unbeschwert lachen würde.

Als die kleine Anni am Abend friedlich in ihrem Reisebettchen schlummerte und sich auch Monas Eltern in ihr Schlafzimmer zurückgezogen hatten, saßen Valerie und Mona noch im Wohnzimmer und tranken ein Glas Wein. Alkoholfrei, weil Valerie ihre Tochter stillte.

Mona griff das Föhr-Thema erneut auf und sagte: »Weißt du, inzwischen gelingt es mir schon oft, einen ganzen Tag lang nicht an die Ereignisse auf der Insel zurückzudenken. Aber dann gibt es doch auch immer wieder Momente, in denen ich Insa gegenüber ein schlechtes Gewissen habe. Und Tom würde auch noch leben, wenn er mich nie kennengelernt hätte.«

Valerie nippte an ihrem Wein. Dann stellte sie das Glas auf den Couchtisch, strich sich das braune Haar aus dem Gesicht und wandte sich Mona zu. »Vergiss nicht, dass du Insa mit deiner Version der Geschichte nicht mehr schaden konntest. Du hast sie deswegen nicht ins Gefängnis bringen können. Sie hatte ihr Leben schon vorher und vor allem freiwillig beendet. Und was Tom betrifft: Wir wissen doch beide, dass die Welt ohne ihn ein besserer Ort ist. Außerdem wollten wir ja nicht mehr über ihn sprechen. Schon vergessen?«

Mona nickte. »Stimmt.« Sie schenkte ihnen beiden Wein nach. »Obwohl ich noch vor Gericht muss und nicht weiß, was mich erwartet, bin ich glücklich. Komisch, oder?«

»Das ist doch toll«, lachte Valerie und erhob erneut ihr Glas. »Freu dich darüber. Was kommt, wissen wir nicht, wir haben nur das Hier und Jetzt. Du musst es annehmen, denn es ist das Leben.« Sie trank einen Schluck Wein und leckte sich genüsslich über die Lippen. Dann grinste sie und fragte: »Hättest du eigentlich im nächsten Sommer Lust auf einen gemeinsamen Urlaub mit Anni und mir?«

Und Mona antwortete: »Gern. Von mir aus sogar auf Föhr.«

ENDE

Danksagung

Vorab möchte ich anmerken, dass der Name Anni, den ich dem Kind von Valerie gegeben habe, der Vorname meiner geliebten Mutter ist. Sie hat mein Schreiben von Anfang an begleitet und sich über jeden Erfolg mitgefreut. Wegen einer Alzheimer-Erkrankung ist ihr dies seit 2021 leider nicht mehr möglich. Ihr Name in diesem Buch ist meine Hommage an die Frau, die mit mir bisher durch dick und dünn gegangen ist und deren schweren Weg ich bis zum Ende mit ihr gehe.

Mein herzlichster Dank für dieses erneute Buch-Projekt geht an den Verlag Prolibris, speziell an Frau Dr. Anette Kleszcz-Wagner und Rolf Wagner. »Das Föhr-Geheimnis« ist mein vierter Roman bei Prolibris und gleichzeitig der dritte mit meiner Lieblingsinsel Föhr als Schauplatz. Wer hätte das gedacht, als 2017 mein erster Kurzkrimi in einer Prolibris-Weihnachtsanthologie erschien und damit unsere Zusammenarbeit begann?

Außerdem geht erneut ein riesiges Dankeschön an meinen Ehemann Rainer.

Danke für deine ehrliche Meinung, wenn ich dir von meinen vielen unausgegorenen Ideen die eine erzähle, die den Roman tragen soll.

Danke für dein Verständnis in der Zeit meiner geistigen Abwesenheit, während die Geschichte im Kopf Gestalt annimmt.

Danke für deine Geduld und die liebevoll dekorierten Sandwiches und Snacks in der Phase des Schreibens.

Danke für deinen Zuspruch in den anstrengenden Momenten des Selbstzweifels.

Und danke für deine Liebe 24/7 an 365 und manchmal sogar 366 Tagen im Jahr.

Ebenfalls bedanken möchte ich mich bei Meike Messal, meiner Autorenkollegin, Testleserin, Beraterin, Kritikerin, Trostspenderin, Herzensfreundin und Schwester im Geiste. Ich hoffe, ich bin das alles ebenso für dich, denn that's what friends are for.

Und das riesigste Dankeschön gilt wie immer allen Leserinnen und Lesern meiner Romane, ohne die meine Ideen unbemerkt, meine Gedanken ungeteilt und meine Worte ungelesen blieben.

Herzlichst, Ihre und eure Doris Oetting

Von derselben Autorin

Doris Oetting, Das Haus auf Föhr
Inselroman
Paperback, 298 Seiten
ISBN 978-3-95475-182-2

Doris Oetting, Kalte Liebe in Cuxhaven
Kriminalroman
Paperback, 258 Seiten
ISBN 978-3-95475-203-4

Doris Oetting, Die Föhr-Affäre
Inselkrimi
Paperback, 279 Seiten
ISBN 978-3-95475-239-3